Imogen Clark
Wenn deine Zeilen mich berühren

TINTE & FEDER

Das Buch

Der Nr. 1 Hit aus Großbritannien: Eine bewegende Geschichte um Familiengeheimnisse, Verrat und die Macht der Liebe aus der Feder der Bestsellerautorin Imogen Clark.

»Bitte verzeiht mir …« liest Cara auf einer der Postkarten, die sie auf dem Dachboden ihres Elternhauses findet. Wer hat sie geschrieben und warum? Verunsichert fragt sich die junge Frau, was sie wirklich über ihre Familie und den frühen Tod ihrer Mutter weiß. Sie will endlich Antworten auf Fragen, die sie ihrem Vater aufgrund seiner Alzheimer-Erkrankung nicht mehr stellen kann.

Hin- und hergerissen zwischen Loyalität ihrer Familie gegenüber und Angst vor der Wahrheit, begibt Cara sich auf Spurensuche. Es wird eine Reise weit hinein in alte Familiengeheimnisse und Lügen, die ihr Leben vollkommen verändert …

Die Autorin

Imogen Clark studierte Jura und arbeitete als Rechtsanwältin, bevor sie sich ganz ihrer großen Leidenschaft widmete – dem Schreiben. Ihr erster Roman »Wenn deine Zeilen mich berühren« erreichte in Großbritannien die Spitze der Amazon Kindle-Charts.

Imogen Clark lebt mit ihrem Mann und ihren vier Kindern in Yorkshire.

IMOGEN CLARK

Wenn deine Zeilen mich berühren

ROMAN

Aus dem Englischen von Katja Rudnik

TINTE & FEDER

Die englische Ausgabe erschien 2018 unter dem Titel
»Postcards From a Stranger« bei Lake Union Publishing, Seattle.

Deutsche Erstveröffentlichung bei
Tinte & Feder, Amazon Media EU S.à r.l.
38, avenue John F. Kennedy, L-1855 Luxembourg
Juli 2019

Die Übersetzung dieses Buches wurde durch Amazon Crossing ermöglicht.

Umschlaggestaltung: semper smile, München, www.sempersmile.de
Umschlagmotiv: © Mark Carrel / Shutterstock; © ESB Professional / Shutterstock; © MM_photos / Shutterstock
Lektorat: Rainer Schöttle
Korrektorat: Manuela Tiller/DRSVS
Gedruckt durch:
Amazon Distribution GmbH, Amazonstraße 1, 04347 Leipzig /
Canon Deutschland Business Services GmbH, Ferdinand-Jühlke-Straße 7, 99095 Erfurt /
CPI books GmbH, Birkstraße 10, 25917 Leck

ISBN 978-2-91980-862-5

www.tinte-feder.de

Prolog

1987

Mit einem dumpfen Geräusch landet die Post auf der Fußmatte.

Er bekommt es mit. Nach Monaten des aufmerksamen Hinhörens sind seine Ohren geschult. Er sollte die Post holen und durchschauen, aber das Spiegelei ist fast perfekt. Wenn er die Pfanne jetzt von der Herdplatte zieht, bleibt das Eiweiß zähflüssig. Wenn er sie stehen lässt, wird das Eigelb fest und verdirbt ihm den erfreulichen Moment, wenn er mit der Gabel die Oberfläche durchsticht.

Er lauscht, kann die Kinder jedoch nicht hören. Sie müssen oben sein. Die Post kann einen Moment warten. Wer sagt denn überhaupt, dass heute wieder eine Postkarte dabei ist? Schließlich kommt nicht jeden Morgen eine.

Er wendet seine Aufmerksamkeit wieder dem Ei zu, beobachtet, wie die Ränder kross werden, und hält den Pfannenwender bereit. Genau im richtigen Moment schiebt er das Spiegelei auf den bereitstehenden Teller. Dann geht er die Post holen.

Seine Tochter steht im Flur und die Windel hängt schwer zwischen den Beinen der Dreijährigen. In der Hand hält sie eine Postkarte.

»Daddy«, sagt sie und strahlt ihn an. »Guck, was der Briefträger bringt hat.« Sie zeigt ihm die Karte. Es ist das Foto einer Schimpansin darauf, die ihr Junges sicher in den Armen hält. »Was steht da?«, fragt sie und schiebt ihm die Karte in die ausgestreckte Hand.

Er dreht sie um, weiß jedoch, was in der einzigen Zeile geschrieben steht. Es ist immer dasselbe. Er vermeidet es, einen Blick darauf zu werfen.

»Ich hab dir doch gesagt«, schimpft er und ignoriert ihre Frage, »dass du die Post nicht anfassen sollst, Cara! Die ist für Daddy.«

Er hebt die restlichen Briefe auf und schiebt die Postkarte zwischen die Umschläge.

»Geh jetzt und sag deinem Bruder, dass das Frühstück fertig ist.«

Er schaut seiner Tochter nach, wie sie den Flur entlangstapft, und macht sich im Geiste eine Notiz, dass das nie wieder passieren darf.

Kapitel 1

Cara, 2017

»Ich schaffe das nicht mehr allein!«, schreie ich in den Hörer, obwohl ich das nicht beabsichtigt habe. »Ich brauche Hilfe«, sage ich in ruhigerem Ton.

Dann lege ich die Hand über die Sprechmuschel, um meine Stimme zu dämpfen. »Dad!«, flehe ich. »Mach nicht solchen Krach.«

Mein Vater schaut mich etwas neugierig an, hört aber nicht auf. Das Geräusch des Metalllöffels, der auf den Holztisch geschlagen wird, traktiert weiter meine empfindlichen Nerven. Ich erinnere mich an den Rat des Psychologischen Dienstes und hole noch einmal tief Luft. »Bitte«, füge ich mit dem bestmöglichen Lächeln hinzu, das ich zustande bringe.

Ich nehme die Hand von der Sprechmuschel und führe die Unterhaltung mit meinem Bruder fort.

»Hörst du das?«, frage ich ihn, obwohl es wahrscheinlich jeder in diesem Land hören kann. »Unser Vater schlägt mit einem Löffel auf den Tisch. Das macht er jetzt schon eineinhalb Stunden. Er wird weder aufhören noch mir den Löffel geben. Ehrlich, Michael, ich halte das nicht mehr lange aus.«

Ich spüre, wie sich Tränen in meinen Augen sammeln, aber ich will nicht, dass Dad sieht, wie aufgebracht ich bin. Deshalb presse ich die Lippen fest zusammen und hole durch die Nase tief Luft.

»Bleib einfach da, Dad«, sage ich so ruhig ich kann. »Ich telefoniere mit Michael und bin gleich wieder bei dir.«

Mein Blick wandert durch den Raum auf der Suche nach herumliegenden Messern oder Dingen, mit denen sich Dad verletzen könnte. Auf dem Weg zum Flur streiche ich ihm behutsam über den kahlen Kopf und lasse die Tür einen Spaltbreit offen. Das Geklopfe geht weiter.

»Mir ist schon klar, dass es schwer für dich ist, Cara«, höre ich Michael sagen, der Hunderte von Meilen entfernt sicher in seinem Büro sitzt. »Ich würde dir mehr helfen, wenn ich könnte, aber du weißt ja, wie es ist ...«

Seine Stimme verliert sich, aber ich höre nicht die leiseste Spur von Schuldgefühlen darin.

»Ich weiß!«, blaffe ich ihn an. »Und ich bitte dich auch nicht darum, mir bei den alltäglichen Dingen zu helfen. Aber ich kann so nicht mehr allein weitermachen. Ich bin überfordert, Michael. Es wird immer schlimmer mit ihm. Manchmal bin ich so wütend auf ihn, dass ich Angst habe, ich könnte ...«

Ich verstumme, bevor ich ausspreche, was ich vielleicht täte, und der angefangene Satz hängt bedrohlich in der Luft. Michael schweigt.

»Wir brauchen eine Pflegerin«, fahre ich fort. »Jemanden, der dafür ausgebildet ist, sich um Leute wie Dad zu kümmern. Sie muss ja nicht hier wohnen, zumindest jetzt noch nicht, aber ich brauche jemanden, der tagsüber hier ist, damit ich arbeiten, Einkäufe erledigen und auch mal aufs Klo gehen kann, ohne mir Sorgen darüber machen zu müssen, was ihm einfällt, wenn ich nicht da bin. Dad kann das bezahlen. Es hat doch keinen

Sinn, dass er auf unserer Erbschaft hockt. Mir wäre es lieber, wir finden jemanden, der ihn pflegt … richtig pflegt.«

Am anderen Ende der Leitung ist es still und ich frage mich, ob die Verbindung abgebrochen ist.

»Michael? Michael? Bist du noch da?«

»Ja.«

Seine Stimme klingt weit entfernt.

»Okay«, sagt er schließlich. »Du weißt es am besten. Wenn du es wirklich nicht schaffst und eine Pflegerin die einzige Lösung ist, dann mach das. Wie willst du die Suche angehen?«

»In der Stadt gibt es eine Vermittlungsagentur. Über die hört man nur Gutes.«

Ich verkneife mir hinzuzufügen, dass ich die Empfehlung auf Twitter gelesen habe … von jemandem, den ich überhaupt nicht kenne. Erkundigungen kann ich auch jetzt noch einholen, wo ich Michaels Erlaubnis habe.

»Ich rufe da an und mache einen Termin aus«, fahre ich fort.

Am anderen Ende höre ich gedämpfte Stimmen. Michael ist nicht mehr allein und ich weiß, dass es mit seiner Aufmerksamkeit jetzt vorbei ist.

»Ich muss los«, sagt er mit seiner ungewohnten Telefonstimme. »Du kümmerst dich darum und hältst mich auf dem Laufenden.«

Das klingt, als hätte er mit einem wichtigtuerischen Kunden über eine Geschäftsübernahme gesprochen und nicht mit seiner Schwester über seinen ernsthaft erkrankten Vater. Ich bin drauf und dran, den Hörer aufzulegen, als ich ihn flüstern höre: »Lass dich nicht unterkriegen, Ca. Du machst das prima.«

Dann legt er auf.

Ich stehe im Flur und atme tief ein, versuche, meine Gedanken trotz des aus der Küche kommenden Lärms zu ordnen. Dad schlägt nicht mehr mit dem Löffel auf den Tisch. Er singt jetzt. Ich höre angestrengt hin und es ist die erste Zeile eines Liedes, das ich in der Schule gelernt habe.

»Oh, when the saints … go marching in …«

Seine Stimme klingt klar, als hätte sich das Wirrwarr in seinem Kopf so weit entknotet, dass er sich an die Melodie erinnert, was auf die Worte allerdings nicht ganz zutrifft.

»Cara!«, ruft er. »Cara!«

Ich versuche, das Lied von Anfang an zu singen, um ihm zu helfen, komme aber nur so weit wie Dad. Dann verabschiedet sich mein Gedächtnis. Alzheimer kann erblich sein. Und wer kümmert sich dann um mich?

Dad beginnt von vorne. »Oh, when the saints … go marching in …«

Dann wird wieder mit dem Löffel erbarmungslos auf die Tischplatte geschlagen. Nicht im Takt zu den Worten, sondern völlig unharmonisch, wie bei neuen Rekruten, die den Gleichschritt erst noch lernen müssen. Ich schaue auf die Uhr. Es dauert nicht mehr lange, bis der Sozialdienst eintrifft, um Dad zur Tagespflege abzuholen. Bis dahin muss ich nur ruhig und beherrscht bleiben. Ich kann Michael wirklich nicht die Schuld zuschieben. Er lebt jetzt in London und kann nicht beim ersten Anzeichen von Schwierigkeiten alles stehen und liegen lassen und nach Hause kommen. Es wäre zwar schön, wenn er ab und zu hier wäre, aber Michaels Lösung für die Probleme mit Dad ist, sie mir zu überlassen. Und das ist noch nicht einmal abwegig, vermute ich. Ich bin diejenige, die hier vor Ort ist und versucht, alles zusammenzuhalten. Aber wie ein kleines Mädchen habe ich immer das Gefühl, ich bräuchte den Segen meines Bruders. Ich habe Angst, vorzupreschen und schwierige Entscheidungen zu treffen, aber genau das werde ich tun müssen. Ich weiß, dass Michael schon vor langer Zeit aufgehört hat, sich um Dads Krankheit Sorgen zu machen.

Es klopft an der Tür. Das selbstbewusste Pochen eines häufigen Besuchers.

»Dad, Brian ist da, um dich ins *Limes* zu bringen«, rufe ich und hoffe, dass Brian nicht die Erleichterung in meiner Stimme hört. »Vielleicht kennt er die nächste Zeile von *When the Saints*«, füge ich an. Das Lied schwirrt mir immer noch im Kopf herum.

Ich öffne die Tür und da steht Brian. Ein kleiner, untersetzter Mann mit Händen wie Schaufeln und einer Reibeisenstimme.

»Komm rein«, empfange ich ihn. »Wir sind gleich fertig. Nicht wahr, Dad ...?«

Ich stoße die Küchentür auf und Dad steht neben der Spüle und entleert den Inhalt einer vollen Milchpackung auf den Boden. Teebeutel liegen um ihn herum verstreut wie vom Baum gefallene Blätter. Er lächelt mich an wie ein Kleinkind, das ein neues Bild gemalt hat.

»Tee«, sagt er.

»Oh, Dad!«, entfährt es mir, als ich das Ausmaß der Verwüstung erfasse.

Ich achte darauf, dass die ausgeschüttete Milch nicht an Stellen rinnt, an denen ich sie nicht aufwischen kann. Das letzte Mal, als Dad das getan hat, dauerte es Wochen, bis wir den Gestank los waren.

»Brian wird dir im *Limes* einen Tee besorgen«, tröste ich ihn und lächele mit zusammengebissenen Zähnen. »Mach schon. Wir wollen ihn doch nicht warten lassen.«

Ich greife nach Dads Hand und drücke sie. Keine Reaktion. Er folgt mir geradewegs durch die Milchpfütze zur Tür, wo Brian ihn übernimmt.

»Auf geht's, Joe«, krächzt Brian. »Lass uns gehen. Patricia sitzt schon im Bus und ist heute ziemlich ausgelassen. Das solltest du dir nicht entgehen lassen.«

Ich schneide eine Grimasse in Brians Richtung und kann nicht ganz glauben, was er sagt, aber er zwinkert mir nur zu. In diesem Fall sind alle Mittel recht, nehme ich an.

Als der Kleinbus abfährt, greife ich mir den Wischmopp und beseitige den Milchsee.

* * *

Draußen nähert sich eine Fremde dem Haus. Die Straße sieht nett aus, denkt sie, wohlhabend, aber nicht allzu selbstgefällig. Sie hat die Adresse geprüft und nochmals geprüft und sich den Weg von der Bushaltestelle eingeprägt, damit sie niemanden nach dem Weg fragen muss. Es wäre nicht gut, die Aufmerksamkeit auf sich zu ziehen. Sie weiß nicht, wer in diesem kleinen Ort wen kennt.

Langsam setzt sie ihren Weg auf dem Bürgersteig fort und schielt dabei immer wieder zu den Häusern. Drei, fünf, sieben … Ihr Herz pocht heftig und sie holt tief Luft, um Haltung zu bewahren.

Als sie das übernächste Haus erreicht, bleibt sie stehen, öffnet ihre Handtasche und tut so, als suche sie etwas darin. Unter der Krempe ihres Hutes hervor starrt sie auf das Gebäude. Von hier aus kann sie jedes Detail erkennen. Es handelt sich um ein dreistöckiges viktorianisches Stadthaus mit einem winzigen Vorgarten und einem Lattenzaun. Wie ist das mit der Version vereinbar, die sie sich vor ihrem inneren Auge die ganzen Jahre gemacht hat? Sie bemerkt, dass die Fensterscheiben schmutzig sind und sich welkes Laub um die Fallrohre herum angesammelt hat, aber die Vorhänge sehen hübsch aus. Eine Schale aus Stein vor der Haustür ist mit Sommerblumen bepflanzt, die jetzt jedoch aufgrund des frühen Frostes struppig und braun sind. Aber immerhin hat sich jemand die Mühe gemacht, sie zu pflanzen, denkt sie.

Jetzt, wo sie hier ist, fühlt sie sich ein bisschen mutiger. Was täte sie, wenn jemand aus dem oberen Fenster schauen würde? Würde sie hinauflächeln oder vielleicht sogar winken?

Ein Kleinbus biegt in die Straße ein und verringert beim Näherkommen das Tempo. Sie schaut zu Boden und geht weiter. Der Bus hält kurz hinter ihr und sie hört, wie die Tür geöffnet wird und der Fahrer aussteigt. Er sagt etwas zu seinen Fahrgästen und geht dann den Weg zum Haus hinauf, wo er selbstbewusst an die Tür klopft.

Sie überquert die Straße und geht den Weg zurück, den sie gekommen ist.

Kapitel 2

Die Pflegerin von der Agentur soll um vierzehn Uhr vorbeikommen und ich bin bestens vorbereitet. Das Haus, in dem Dad und ich die letzten dreißig Jahre gelebt haben, ist groß und von mir schwer sauber zu halten, besonders weil ich nicht gerade versessen aufs Putzen bin. Es hat hohe Decken, zugige Fensterflügel und viel zu viele Ecken und Winkel, in denen sich Staub und Spinnen ansiedeln. Offen gestanden ist es ungepflegt und ungeliebt. Obwohl wir jetzt nur noch kaum die Hälfte der Räume bewohnen, scheint mir auch über die bewohnten die Kontrolle entglitten zu sein. Ich bin nicht von Natur aus ordentlich, aber ich habe mich bemüht, weil Dad es so mochte. Als Michael und ich Kinder waren, hatte Dad den Laden fest im Griff. Teilweise lag das sicher auch daran, dass Mum nicht mehr da war und er nicht wollte, dass es hieß, er würde sich nicht richtig um uns kümmern, aber ich glaube, die Ordnungsliebe war einfach in seiner DNA verankert. Seitdem Dad immer weiter von mir abdriftet, ist mir mit dem Haus das Gleiche passiert. Dad bemerkt den Staub und die Unordnung nicht mehr und mir macht es auch nichts aus, also ist das kein Problem.

Dennoch will ich auf die Pflegerin einen guten Eindruck machen und räume ein paar Sachen weg. Dann wusele ich mit dem Staubsauger und einem Staubwedel durch die Wohnung und mache mich sogar von innen über die Fenster her, aber da es jetzt draußen hell ist, sehe ich die halbmondförmigen Schlieren auf den Scheiben. Der Geruch saurer Milch weht immer wieder aus der Küche herüber, aber ich hoffe, dass Pflegerinnen an so etwas gewöhnt sind. Als ich einen Stapel Brautzeitschriften auf dem Couchtisch ordne, sage ich mir noch einmal, dass die Frau nicht kommt, um meine Haushaltsführung zu begutachten, und dennoch möchte ich aus einem Gefühl der Loyalität Dad gegenüber, dass sich das alte Haus von seiner besten Seite präsentiert.

Die Zeiger der Uhr auf dem Kaminsims bewegen sich auf vierzehn Uhr zu und eine Szene aus *Mary Poppins* kommt mir in den Sinn. Als Kind habe ich diesen Film geliebt. Ich sehnte mich nach einem mich liebenden Kindermädchen aus der Zauberwelt. Und jetzt suche ich wieder jemanden, der hier hiereingestürzt kommt und mit einem Löffel Zucker alles besser macht.

Ich habe beschlossen, die Sache mit der Pflegerin in Angriff zu nehmen, wenn Dad bei der Tagespflege ist. Sollte sie ein Reinfall sein, braucht er niemals zu erfahren, dass ich ihn mit einer Fremden abspeisen wollte. Ich weiß, dass ich das nicht tue, aber für mich fühlt es sich so an. Ich finde den Brief der Agentur zwischen den Seiten einer meiner Zeitschriften wieder, wo ich ihn versteckt hatte. Auf dem Papier scheint Mrs A. Partington aufgrund der reichlichen Erfahrung und exzellenten Referenzen neueren Datums die Richtige zu sein und ich frage mich, wofür das A steht. Alison vielleicht? Oder Abigail? Ich bin froh, dass sie verheiratet ist. Dadurch macht sie einen noch erfahreneren Eindruck, aber ich weiß, dass das lächerlich ist. Ich erwische mich dabei zu hoffen, dass sie älter ist als ich, habe aber keine Ahnung, weshalb mir das wichtig ist.

Genau um vierzehn Uhr klingelt es an der Haustür. Durch die Milchglasscheibe der Eingangstür kann ich die Umrisse einer Frau in dunkler Kleidung erkennen. Sie trägt keinen Hut und hat auch keinen Regenschirm dabei, also ist es nicht Mary Poppins. Schon wieder kommt mir der Gedanke, ich ließe Dad im Stich, und er trifft mich mit so unvermittelter Wucht wie ein Schlag in die Magengrube, dass mir die Luft wegbleibt und ich mich sammeln muss, bevor ich den Schnappriegel an der Tür löse. Ich dränge meine Schuldgefühle ganz weit zurück, bis ich sie nicht mehr spüre. Dad ist sehr verletzlich und diese Frau ist eine völlig Fremde, aber wer sagt denn, dass ich ihr den Job geben muss? Vorerst ist es nur ein Gespräch. Ich öffne die Tür.

Sie muss über fünfzig sein, also besteht sie schon einmal den ersten Test. Sie trägt einen adretten Regenmantel aus Gabardine in elegantem Marineblau und eine dazu passende Lederhandtasche unter dem Arm. Ihre silbergrauen, ein wenig drahtigen Haare sind kurz und ordentlich geschnitten. Sie ist völlig ungeschminkt. Ich schaue nicht auf ihre Füße, bin mir aber sicher, dass sie bequemes Schuhwerk trägt.

»Hallo«, begrüße ich sie und lächele sie breit und gewinnend an. »Ich bin Cara. Bitte kommen Sie doch herein.«

»Angela Partington. Sehr erfreut«, sagt sie.

In ihrer Stimme fehlen die harten Konsonanten eines Yorkshire-Akzents, aber ich höre ihr nicht an, woher sie kommt. Irgendwo aus dem Süden. Genauer könnte ich es nicht sagen. Sie streckt mir ihre kalte, trockene Hand entgegen und ihr Händedruck ist fest. Mir ist klar, dass meine Handfläche ein wenig feucht ist, aber ich widerstehe dem Drang, sie zurückzuziehen. Ich spüre, wie ihre Fingerspitzen auf den rauen Furchen und Rissen meiner lädierten Haut verweilen und sie ein wenig die Augen aufreißt, aber glücklicherweise gibt sie darüber keinen Kommentar ab.

»Dad ist im Moment nicht da«, erkläre ich, als ich sehe, dass sie prüfend in die Teile des Hauses späht, die vom Flur aus einsehbar sind. »Er ist meistens in der Tagespflege. Dort hat er ein paar Freunde und die Pfleger und Pflegerinnen beschäftigen ihn. Es ist gut für ihn, mal rauszukommen, und es gibt mir Gelegenheit, das eine oder andere zu erledigen.« Ich verziehe das Gesicht, um ihr zu signalisieren, wie kompliziert mein Leben ist, und befürchte sofort, dass ich einen lieb- und gefühllosen Eindruck mache, aber sie scheint es nicht zu bemerken. »Ich dachte mir, es ist besser, wenn er nicht hier ist. Er kann manchmal ein bisschen …« Ich suche nach einem Wort, das sein Verhalten beschreibt, ohne zu treulos zu klingen. »Störend sein. Also, Sie wissen schon, was ich meine, oder?«, füge ich hinzu.

»Durchaus.« Sie nickt, um mir zu zeigen, dass sie mich versteht. »In seinem Zustand ist das zu erwarten. Er kann natürlich nichts dafür, aber dadurch wird alles andere ein wenig erschwert.«

Meine Nervosität lässt sofort nach. Sie versteht, was ich die ganze Zeit durchgemacht habe, und ich spüre, wie der Druck ein wenig abnimmt.

»Wir haben alle unsere Schwächen«, fährt sie fort. »Ich weiß das, ganz sicher. Man muss nur wissen, wie man damit umgeht. Hier entlang?«

Als sie mich breit anlächelt, entdecke ich eine Zahnlücke zwischen ihren Schneidezähnen, die die moderne Zahnmedizin nicht durchgehen lassen würde. Sie stößt die Tür zum Wohnzimmer auf, bevor ich die Möglichkeit dazu habe. In jeder anderen Situation wäre mir diese Direktheit unangenehm, aber als ich sehe, wie sie es sich auf meinem Sofa bequem macht, wird mir klar, dass sie genau diejenige ist, nach der ich suche. Jemand, der das Ruder übernimmt, damit ich es nicht mehr tun muss.

»Darf ich Ihnen eine Tasse Tee anbieten?«

»Nein danke«, sagt sie und tut meine Frage mit einer schnellen Handbewegung ab. »Ich hatte bereits genug. Erzählen

Sie mir doch etwas über Ihren Vater und wie der ganze Ablauf hier ist.«

Und ruckzuck erzähle ich ihr alles über meinen Frust wegen Dads Unberechenbarkeit, meiner Unfähigkeit, angemessen auf seine ständigen Fragen zu reagieren, und der Schuldgefühle, die ich deshalb habe. Während ich rede, nickt sie, als hätte sie das alles schon gehört, was wahrscheinlich auch zutrifft. Ab und zu unterbricht sie mich mit Bemerkungen wie: »Das macht er also«, oder »Oh, so einer ist er.« Das weckt mein Vertrauen. Und je mehr sie zu verstehen scheint, desto mehr Einzelheiten gebe ich preis, bis das Gefühl der Treulosigkeit Dad gegenüber völlig verschwunden ist und ich unser Leben ungeschönt vor ihr ausgebreitet habe.

»Außerdem arbeite ich von zu Hause aus«, füge ich hinzu, »was die Sache ein bisschen schwierig macht.« Ich nicke in Richtung des Stapels mit Brautzeitschriften auf dem Sofatisch. »Ich stehe nicht kurz davor zu heiraten«, erkläre ich, als ich sehe, dass ihr Blick zu meiner linken Hand huscht. »Ich bin von Beruf Brautkleiddesignerin und habe hier im Haus eine Schneiderwerkstatt.«

Sie nickt, stellt mir aber keine persönlichen Fragen, was ich merkwürdigerweise enttäuschend finde, obwohl ich es meistens hasse, über mich zu reden.

»Wie auch immer«, fahre ich schnell fort, »ich habe mit meinem Bruder Michael gesprochen. Er lebt jetzt in London und wir sehen ihn nicht sehr oft.« Ich erzähle ihr nicht, weshalb. Ich will sie nicht verschrecken, bevor wir uns einig sind. »Wir sind übereingekommen, dass es Zeit wird, jemanden hinzuzuziehen, der sich mit der Materie auskennt. Und da kommen Sie ins Spiel.«

Ich lehne mich ein wenig zurück und lächele sie an wie ein Schulmädchen seine Direktorin. Ich merke, wie sehr ich ihr gefallen möchte. Alles wäre viel unkomplizierter, wenn ich ihr einfach ohne Umschweife den Job anbieten könnte, aber ich erinnere mich daran, dass ich ganz sicher sein muss. Es geht hier um Dad und seine Bedürfnisse, nicht um mich.

»Also ich würde gern bei Ihnen anfangen, wenn Sie einverstanden sind«, sagt sie, als könne sie meine Gedanken lesen. »Ich bin flexibel und arbeite, wenn Sie mich brauchen«, fährt sie fort. »Auch abends, zu einem Preis, den wir dann absprechen müssen, und ich kann auch hier wohnen, um die Nächte abzudecken, wenn es so weit ist. Das heißt, natürlich nur, wenn Sie nicht möchten, dass er in ein Hospiz kommt.«

In meinem Hals bildet sich ein Kloß. Dass jemand so sachlich über das Lebensende meines Vaters spricht, ist wie ein Stich ins Herz, aber gleichzeitig ist ihre nüchterne Ehrlichkeit fast tröstlich.

»Oh. Tut mir leid«, entschuldigt sie sich, als sie sieht, dass ich Mühe habe, die Tränen zurückzuhalten. »Ich weiß, dass es hart für Sie sein muss, aber keine Angst, ich kenne mich aus. Es ist mein Job, alles so leicht wie möglich für Sie zu machen.«

»Danke«, sage ich mit brennenden Augen. »Es ist nur, dass … na ja, wissen Sie …« Ich hole tief Luft, dränge den Schmerz zurück und werde wieder sachlich. »Als bei ihm vor fünf Jahren Alzheimer im Frühstadium diagnostiziert wurde, war, abgesehen davon, dass er manchmal etwas durcheinander war, noch alles okay. Aber zurzeit scheint die Krankheit ziemlich schnell voranzuschreiten. Man kann ihn nicht mehr bedenkenlos allein lassen. Er ist total schnell verwirrt und dann regt er sich auf. Eigentlich neigt er nicht zu aggressivem Verhalten, aber es gibt Ausnahmen.«

Plötzlich habe ich Angst, dass meine Ehrlichkeit sie abschreckt, und das zeigt mir, wie sehr ich möchte, dass sie bleibt.

»Das ist doch kein Problem, oder?«, frage ich schnell. »Sie kommt nicht so häufig vor – die Aggressivität, meine ich.

Eigentlich eher selten. Vielleicht einmal im Monat oder so. Und er hat mich noch nie geschlagen. Er schmeißt dann Sachen herum. Ich nehme an, das geschieht mehr aus Frust.«

Die Pflegerin nickt, als verstehe sie genau, was ich zu erklären versuche.

»Das ist okay«, sagt sie, »und es ist sehr verbreitet. Es kann einem ein bisschen Angst machen, aber man muss nur wissen, wie man damit umgeht. Sie werden anhand meiner Empfehlungsschreiben sehen, dass ich eine Menge Erfahrung mit der Pflege von Alzheimerpatienten habe. Und ich verstehe sehr wohl, wie hart es für Sie sein muss, die Pflege von jemandem, den Sie sehr lieben, einer fremden Person anzuvertrauen, aber ich werde hoffentlich nicht lange eine Fremde bleiben.«

Obwohl es sich anhört wie eine gut einstudierte Rede, beschließe ich sofort, ihr die Stelle anzubieten.

»Soll ich Ihnen das Haus zeigen?«, frage ich sie. »Allerdings ist es ein wenig unordentlich. Ich bin nicht mehr richtig nachgekommen.« Ich lächele entschuldigend, aber sie wischt mit einer abwinkenden Handbewegung meine Ängste vom Tisch. Von Minute zu Minute mag ich sie mehr. »Dads Zimmer ist noch oben«, fahre ich fort. »Aber hier unten gibt es auch eines, das er bekommen kann, wenn er die Treppe nicht mehr schafft. Wir haben bereits einiges machen lassen, zum Beispiel beidseitige Geländer an der Treppe, Handläufe im Bad und Ähnliches. Sie können sich alles anschauen und dann, wenn es Ihnen gefällt und Sie hier arbeiten möchten, können wir ein Treffen mit Dad arrangieren.«

Sie schaut mich mit einem netten, breiten Lächeln an.

»Das wäre prima«, sagt sie.

Kapitel 3

Annie, 1969

Annie träumt davon, nach Frinton-on-Sea davonzulaufen. Sie selbst ist noch nie in dem schicken Küstenstädtchen gewesen, aber ihre Mutter hatte einmal eine Postkarte von dort bekommen und Annie gefiel der Ort. Ein paar Wochen wurde die Karte stolz auf dem Kaminsims in der guten Stube präsentiert. Annie starrte so lange darauf, wie es ihr möglich war, ohne bestraft zu werden, und verlor sich in der Reihe von Strandhäuschen aus Holz, die die Küste säumten. Ihr Lieblingshäuschen war in einem pistaziengrünen Farbton gestrichen. Drinnen stellte sie sich ein klitzekleines, kuscheliges Bett mit einer Daunendecke und pinkfarbenem Satinbezug vor, ein Schaukelpferd und maritime Gardinen mit Streifen, die sie zuziehen konnte, um die Welt auszusperren. So sah ihr perfektes Haus aus.

Die Postkarte stand bis zu dem Tag gegen die Kaminuhr gelehnt, an dem ihr Vater sie während irgendeines Streits schnappte und ordentlich in vier Stücke zerriss. Annie wollte ihn davon abhalten und von dem winzigen Bett und dem Schaukelpferd erzählen, aber letzten Endes war es einfacher, ihn die Karte zerreißen zu lassen. Sie begriff bereits, dass ihre Träume oft in kleinen Fetzen im Abfalleimer landen würden.

Als sie ihrer älteren Schwester Ursula von ihren Ausreißplänen erzählte, lachte diese sie aus. Wie sollte das denn funktionieren? Es gab doch keinen Ort, an den sie flüchten konnte. Annie fauchte zurück und erzählte ihr vom Strandhäuschen in Frinton-on-Sea. Nur einen Augenblick sah Ursula verwirrt aus. Wie konnte es einen sicheren Ort geben, von dem Annie wusste und sie selbst nicht? Doch dann lachte sie wieder über ihre Schwester, denn sie war älter und kannte sich aus, und Annie weinte heiße, wütende Zornestränen. Nie wieder erwähnte sie Frinton, aber sie hielt den Ort in ihrer Erinnerung fest und flüchtete sich in Notfällen, wenn es wirklich schwierig wurde, dorthin.

Natürlich kann Annie nicht davonrennen. Sie ist erst zehn. Das ist nur ein alberner Traum. Ursula hat mit ihren dreizehn Jahren bessere Aussichten auf eine Flucht, aber sie scheint sich nicht so sehr danach zu sehnen wie Annie. Wenn die Lage brenzlig wird, verzieht sich Ursula in ihr Zimmer und zeichnet, bis es sicher ist, wieder herunterzukommen. Später wird Annie klar, dass sich Ursula in ihre Kunst flüchtete. Annie musste sich auf ihre Fantasie verlassen, um sich zu schützen. Und schließlich wird ihr bewusst, dass ihre Fantasie ein falscher Freund gewesen ist, der manchmal zwar auf ihrer Seite war, sie aber viel öfter in Sackgassen und an dunkle Orte führte, wo sie niemals hätte sein sollen.

Im Moment steht Annie in der Küche des Elternhauses in East London und schält Kartoffeln für das Abendessen. Der Schäler ist stumpf, die Klinge verhakt sich ständig und der Berg von Kartoffeln, der noch geschält werden muss, scheint nicht zu schrumpfen, sondern zu wachsen, als würde jemand ständig neue hinzulegen, wenn Annie nicht hinschaut. Sie greift in das kalte, schmutzige Wasser und jagt in der Abwaschschüssel einer Kartoffel hinterher. Als sie sie erwischt, holt sie sie mit einer schwungvollen Bewegung heraus. Annie untersucht sie auf Augen und grüne Stellen, aber diese Kartoffel hat keine Schönheitsfehler. Gerade als sie den Sparschäler über die Schale zieht, hört sie, wie die Haustür zugeschlagen wird. Ihr Blick schnellt zur Küchenuhr an der Wand. Es ist erst halb fünf. Er ist früh zurück. Sie senkt den Kopf und schält schneller. Jetzt hört sie ihn im Haus herumlaufen. Er wirft seine Schlüssel in die Schale auf dem Tisch im Flur, hängt seinen Mantel auf und öffnet die Tür zum Wohnzimmer. Annie weiß, dass er als Nächstes in die Küche kommen wird. Sie schält noch schneller und schneidet dabei mehr von der Kartoffel als von der Schale ab, obwohl sie weiß, dass auch das ihr Ärger einbringen wird.

Die Tür geht auf und da ist er, ihr Vater. Ein kleiner, kompakter Mann mit dichtem, gewelltem, hellblondem Haar, das er mit Brylcreem bändigt. Alles an ihm ist robust.

»Hallo, mein Schatz«, begrüßt er sie. »Was gibt's zum Abendessen?«

Als er das gesagt hat, weiß sie, dass alles normal sein wird. Sie entspannt sich ein wenig, wirft aber zur Sicherheit einen heimlichen Blick auf ihn. Er steht ruhig in der Tür und ein breites Grinsen zeigt seine tabakgelben Zähne.

»Spiegeleier und Pommes, Dad«, antwortet sie. »Ich schäle gerade die Kartoffeln.«

»Braves Mädchen«, lobt er.

Das gefällt Annie. Trotz allem sehnt sie sich nach seinem Lob.

»Wo ist deine Mutter?«, fragt er ohne einen Anflug von Verärgerung und Annie entspannt sich noch ein bisschen mehr.

»Noch nicht von der Arbeit zurück«, antwortet sie. »Und Ursula holt im Laden Eier.«

»Braves Mädchen«, sagt er wieder. »Sei ein Schatz und mach deinem alten Dad eine Tasse Tee.«

Als er die Küche verlässt, lockert er seine Krawatte und signalisiert damit das Ende eines Teils seines Tages. Annie nickt und legt schnell den Schäler beiseite, um sofort den Wasserkessel zu füllen. Schmutzwasser aus der Spülschüssel spritzt auf ihre Bluse und verräterische braune Flecken verunzieren den blauen Stoff. Sie hält den Atem an, doch ihr Vater hat sich bereits umgedreht und sieht die Schweinerei nicht, die sie angerichtet hat. Fieberhaft überlegt sie, wie sie die Flecken beseitigen kann, noch bevor das Wasser vollständig in den Stoff eingedrungen ist. Sie wird wieder die Strickjacke anziehen, wenn sie ihm den Tee bringt. Dann wird er es nicht bemerken. Sie füllt den Wasserkessel, mit dessen Gewicht sie ein wenig Probleme hat, und stellt ihn auf den Herd. Als sie vorsichtig die Flamme darunter entzündet, fällt die Haustür erneut ins Schloss. Ursula ist zurück.

»Dieser Blödmann im Laden an der Ecke hat wieder versucht, mir Knickeier anzudrehen. Ich glaube, er dachte, ich würde es nicht bemerken«, schimpft sie, als sie die Küche betritt. »Aber ich bin ihm auf die Schliche gekommen. Ich bin vielleicht noch jung, habe ich zu ihm gesagt, aber ich bin nicht blöd. Ich möchte ein Dutzend Ihrer besten Eier. Oder zumindest solche, die nicht angeschlagen sind. Der denkt wohl, ich bin von gestern!«

»Dad ist zu Hause«, unterbricht Annie Ursulas Schimpftirade, um ihr Gelegenheit zu geben, ihre Lautstärke zu drosseln. Doch Ursula lässt sich nichts anmerken. Sie stellt die Eier auf den Tisch und legt einige Kupfermünzen dazu. »Er ist aber okay«, fügt Annie hinzu.

Ursula zuckt mit den Schultern, als würde es sie nicht jucken, welche Laune ihr Vater hat, aber als sie den Mantel auszieht, um ihn an den Kleiderhaken an der Hintertür zu hängen, sieht Annie, wie sie ganz leicht zusammenzuckt.

»Tut's noch weh?«, fragt sie leise.

Ursula schaut sie böse an und Annie macht sich auf noch mehr Ärger gefasst, aber dann wird Ursulas Gesichtsausdruck ein bisschen weicher.

»Nicht allzu schlimm«, sagt sie. »Nur noch ein bisschen.«

»Meinst du, wir sollten es Mum erzählen? Vielleicht ist etwas gebrochen.«

So schnell Ursulas finsterer Gesichtsausdruck verschwunden war, so schnell ist er auch wieder da.

»Überhaupt nichts bringt es, ihr das zu erzählen«, stößt sie wütend hervor. »Mir geht's gut«, fährt sie in liebenswürdigerem Ton fort. »Es tut nur manchmal weh, wenn ich mich falsch bewege. Es braucht einfach seine Zeit, dann wird es besser.«

»Wir könnten es jemandem in der Schule erzählen.« Annie lässt nicht locker. »Mrs Williams sagt immer, dass wir mit ihr über alles reden können, was uns Sorgen macht.«

»Das ist in der Grundschule so, aber wenn du in höhere Klassen kommst, kümmert das keinen mehr. Die haben alle ihre eigenen Probleme. Mach dir keine Sorgen, Annie. Das heilt schon. Tut es doch immer. Wichtig ist nur, ihm aus dem Weg zu gehen. Kümmere dich jetzt um die Pommes und ich decke den Tisch.«

»Er möchte eine Tasse Tee«, sagt Annie.

Ursulas Gesichtsausdruck verdüstert sich schon wieder und Annie denkt für einen schrecklichen Moment, dass ihre Schwester explodieren wird, doch dann scheint sie es sich anders zu überlegen.

»Das übernehme ich«, presst sie zwischen zusammengebissenen Zähnen hervor.

Annie fischt eine halb geschälte Kartoffel aus dem braunen Wasser und zieht mit gesenktem Kopf unerschütterlich in gleichförmigen Bewegungen den Schäler über die braune Schale.

Kapitel 4

Cara, 2017

»Du meinst also, diese Pflegerin ist die Richtige?«, fragt mich Beth, als wir uns in derselben Woche in unserem Lieblingscafé in Ilkley treffen. Seit der Grundschule ist Beth, beste Freundin und Vertraute, immer an meiner Seite. Zusammen sind wir über jede Entwicklungshürde gekrabbelt und sie ist der Mensch, mit dem ich die meisten Erinnerungen teile. Es klingt abgedroschen zu sagen, dass sie die Schwester ist, die ich nie hatte, aber so ist es.

Das Café, das versteckt am Ende der Stadt liegt, wo es nur Einheimische finden, ist geschmackvoll in gedämpften Grautönen dekoriert und mit nicht zueinanderpassenden Tischen und Stühlen möbliert. Die großen Fensterscheiben sind ständig vom Dampf der Kaffeemaschinen und vom Atem der Frauen beschlagen. Die Aromen von geröstetem Kaffee und getoasteten Rosinenbrötchen vermischen sich köstlich in der stickigen Luft.

»Ja, das glaube ich«, antworte ich und stelle mir die Pflegerin vor meinem geistigen Auge vor. »Sie hat Erfahrung auf dem

Gebiet und scheint mit beiden Beinen im Leben zu stehen. Wir passen zusammen.«

Ich nehme einen letzten Schluck Kaffee, aber der ist bereits kalt geworden und ich widerstehe dem Drang, ihn in die Tasse zurückzuspucken.

»Wie heißt sie?«, fragt Beth. »Wir können sie nicht immer *die Pflegerin* nennen.«

»Angela Partington«, kläre ich Beth auf. »Aber ich kann sie nicht Angela nennen. Irgendwie fühlt sich das nicht richtig an. Und Partington ist so ein Zungenbrecher.«

»Irgendwie musst du sie ja ansprechen«, gibt Beth zu bedenken und rümpft in Gedanken die Nase. »Wie wäre es mit Mrs P? Das verschafft dir einen Hauch Distanz, ist aber nicht so förmlich wie der ganze Nachname.«

Ich überlege ein paarmal hin und her und prüfe, was mein Mund dazu sagt. Dann muss ich lächeln.

»Was ist?«, fragt Beth.

»Mrs P. Wie Mary Poppins. Genau! Ich hole uns noch Kaffee und dann kannst du mir erzählen, was es bei dir Neues gibt.«

Schwungvoll nehme ich unsere Tassen und mache mich auf den Weg zum Tresen. Als ich zurückkomme, hat Beth die Schuhe ausgezogen und die Füße unter die Schenkel gezogen. Sie schaut auf ihr Handy und ihre schwarzen Haare hängen ihr wie ein Vorhang vorm Gesicht.

»Greg antwortet nie auf meine Nachrichten«, beschwert sie sich, als ich mich wieder setze. »Ich frage mich manchmal, ob er sie überhaupt liest. Vermutlich sind sie nicht wirklich wichtig. Es geht darin nicht um Leben oder Tod. Aber wenn ich ihm schreibe und er es nicht für nötig hält zu antworten, fühle ich mich so erbärmlich.«

Sie scheint auf ihrem Stuhl ein wenig in sich zusammenzusacken, als hätte jemand ein bisschen Luft aus ihr herausgelassen. Jetzt ist es an mir, sie wiederaufzurichten.

»Er ist wahrscheinlich nur mit einem Patienten beschäftigt oder im Operationssaal oder so«, beruhige ich sie in so heiterem Tonfall wie möglich.

Allerdings vermute ich, dass Greg Spielchen mit ihr spielt. So kommt er mir jedenfalls vor, aber es wird nicht helfen, Beth das zu erzählen. Sie verdreht die Augen und kurz macht sie ein verärgertes Gesicht, als sie die Lippen zusammenpresst.

»Ich bin nicht völlig verblödet. Schließlich arbeite ich auch in einem Krankenhaus«, blafft sie mich ein wenig gereizt an. Ich muss vorsichtiger sein, wenn es um Greg geht. Aber Beth wäre natürlich nicht Beth, wenn der Zorn von langer Dauer wäre, und so hat er sich wieder gelegt, bevor ich den Rückwärtsgang einlegen kann. Sie wechselt das Thema und die Stimmung ist gerettet.

»Was hält eigentlich Michael von dieser Pflegerin? Mrs P?«

Sie betont den Buchstaben, indem sie ihn in die Länge zieht.

»Oh, du kennst doch Michael«, antworte ich. »Er überlässt die ganze Sache mir. Im Prinzip ist er einverstanden, aber ich habe den Eindruck, dass er denkt, ich hätte irgendwie versagt.«

Beth reagiert wieder gereizt und die Gefühlsregung von vorhin richtet sich jetzt gegen meinen Bruder.

»Das ist Quatsch und das weißt du. Wenn er das wirklich glaubt, dann sollte er herkommen und sich selbst um euren Dad kümmern. Und dann gucken wir mal, wie lange er durchhält. Es ist sehr leicht, voreingenommen zu sein, wenn man weit weg in London sitzt. Ich würde gern mal sehen, wie er hier eine Woche vor Ort zurechtkäme.«

Ich führe die Kaffeetasse zum Mund und verharre, bis die Hitze meine Lippe verbrennt.

»Ich vermute, dass da immer noch diese Sache zwischen ihm und deinem Dad steht«, spekuliert Beth und ich spüre, wie mir ein kalter Schauer über den Rücken läuft.

Das ist das Problem mit Freundinnen, die man schon seit der Kindheit kennt. Sie haben ein gutes Gedächtnis.

Wir beide nippen an unserem Kaffee und sitzen einen Moment in einvernehmlichem Schweigen da. Hinter uns zischt die Kaffeemaschine und das Geräusch klappernden Geschirrs mischt sich mit dem leisen Gemurmel von Unterhaltungen.

»Was hast du am Wochenende vor?«, frage ich Beth.

Sie strahlt wieder.

»Greg fährt mit mir weg«, erzählt sie. Ihre dunklen Augen funkeln, während sie redet, und ich befürchte, dass es Liebe ist, die einzig wahre. »Er hat nicht gesagt, wohin«, fährt sie fort. »Nur, dass ich etwas Umwerfendes einpacken soll.«

»Und deinen Reisepass?«, will ich wissen.

Sie lässt die Schultern ein wenig sinken. »Er hat nichts davon gesagt, dass ich meinen Reisepass mitnehmen soll, also nehme ich an, dass ich ihn nicht brauchen werde. Was meinst du?«

Ich muss ihr zustimmen. »Aber es gibt trotzdem haufenweise fantastische Orte, an die er mit dir fahren kann.«

»Ich weiß! Ich habe überlegt, wo das sein könnte. Zu weit weg allerdings nicht, denn er hat am Sonntag Rufbereitschaft. Aber es gibt da dieses Landhaushotel bei Bolton Abbey mit einem Spa, weißt du? Oder vielleicht eines dieser Boutique-Hotels in Harrogate.« Beth beißt sich auf die Lippe. »Kannst du ein Geheimnis für dich behalten?«

»Beth!«, rufe ich mit gespielter Empörung. »Ich bin deine beste Freundin. Ich kenne alle deine Geheimnisse.«

Sie schaut sich um, als gäbe es wirklich jemanden, der unsere Unterhaltung ausspioniert, und dann senkt sie die Stimme zu einem Flüstern.

»Ich glaube, er will mir einen Heiratsantrag machen. Eine Andeutung oder so etwas hat er zwar nicht gemacht, aber es fühlt sich einfach richtig an, weißt du?«

Natürlich weiß ich das nicht. Ich habe keine Ahnung, wie es sich anfühlt, wenn man verliebt ist, aber ich nicke bestätigend.

»Und was wirst du sagen? Falls er dich fragt, meine ich.«

Unter dem Tisch und außerhalb der Sichtweite von Beth kreuze ich fest die Finger.

Beth starrt mich nur mit großen Augen an.

»Äh … Ja, natürlich!«

Kapitel 5

Annie, 1976

Annie lernt Joe Ferensby kennen, als sie siebzehn und er fünfundzwanzig ist. Er landet in ihrem Leben wie eine Packung Feuerwerkskörper und lässt ihr Herz rasen und ihre Hände feucht werden und von Anfang an ist sie nie ganz sicher, was als Nächstes geschehen wird. In vielerlei Hinsicht, denkt Annie später, spiegelte das alles ihr bisheriges Leben wider, aber mit Joe hat sie keine Angst vor den Explosionen, sondern genießt sie, ohne den Stachel des Zweifels zu spüren. Seine Unberechenbarkeit ist aufregend und nimmt ihr den Atem. Und obwohl sie nie ganz sicher ist, wohin es mit ihm geht, muss es doch besser sein als dort, wo sie herkommt. Also gibt sie nach und folgt ihm.

Sie treffen in einem Bus aufeinander. Annie ist auf dem Weg zu ihrer Arbeitsstelle bei Selfridges, wo sie Damenhandschuhe verkauft. Es ist ein ganz netter Job, der niemals eine Herausforderung darstellen wird, aber das ist ihr gerade recht. Katrina, ihre Freundin aus der Abteilung für Herrenhemden, sitzt neben ihr.

»Schau jetzt nicht auf«, flüstert ihr Katrina hinter vorgehaltener Hand zu. »Der Typ da hinten mustert uns ziemlich interessiert.«

Natürlich muss Annie schauen und Katrina hat ganz recht. Sie entdeckt ihn sofort zwischen den ganzen Büromädchen und Schulkindern. Sein Kopf und seine Schultern ragen heraus wie Poseidon aus dem Wasser. Er hat unbändige dunkle Haare, die auf dem Kragen aufstoßen, und einen nachmittäglichen Anflug von Bartstoppeln, obwohl es erst halb neun ist. Ihn umgibt eine Selbstsicherheit, als kenne er Geheimnisse, von denen niemand außer ihm weiß. Annies Blick trifft auf seinen und er zwinkert ihr zu. Es ist ein dreistes Zwinkern, das von einer leichten Drehung des Kopfes unterstrichen wird. Annie senkt wieder den Blick und ärgert sich darüber, dass sie wie ein Schulmädchen rot wird. Der Bus hält an, er springt auf den Bürgersteig, nachdem er dem Busfahrer dankend zugewunken hat, und dann dreht er sich um, als der Bus wieder losfährt, um sie anzuschauen.

»Der hat angebissen!«, ruft Katrina mit einem Grinsen.

Annie antwortet nicht, sondern zuckt nur mit den Schultern. Wie gewonnen, so zerronnen, denkt sie, aber vor ihrem inneren Auge taucht immer wieder dieses Zwinkern auf, bis ihr Verstand ganz benommen ist. In der nächsten Woche ist er wieder da, hat einen Sitzplatz ergattert und ist völlig auf eine Ausgabe der »Racing Post« konzentriert. Ein Bleistiftstummel klemmt zwischen seinen Zähnen. Er schaut nicht auf, als Annie an ihm vorbeigeht, um sich ein bisschen weiter hinten hinzusetzen. Doch als Katrina ihn entdeckt, veranstaltet sie in dem Versuch, diskret zu sein, solch einen Tumult, dass er von seiner Zeitung aufschaut. Er sieht Annie genau in dem Moment, als sie sich umdreht, um sich zu setzen, und bedenkt sie mit einem derart reizenden Lächeln, dass sie für einen Moment glaubt, sie werde ohnmächtig. Dieses Mal ist sie jedoch besser auf seinen Charme vorbereitet. Sie nickt ihm kühl zu, als sei er jemand, den sie einmal auf einer Party kennengelernt hat und an dessen Namen sie sich nicht mehr erinnern kann.

Er steht auf und kommt im Bus mit wiegenden Hüften auf sie zu. Die Zeitung hat er unter den Arm geklemmt. Neben Annie bleibt er schwankend stehen und setzt sich auf die Kante des gegenüberliegenden Sitzes, wobei er den Gang für alle anderen Fahrgäste blockiert und seine Knie Katrinas Oberschenkel berühren. Annie bemerkt, dass ihre Freundin die Beine nicht wegzieht, und spürt, dass sie das ärgert, aber er zeigt kein Interesse an Katrina und hat seinen Blick einzig und allein auf Annie gerichtet. Jetzt, wo sie ihn von Nahem betrachten kann, sieht sie, dass er hellblaue Augen hat, die angesichts seiner dunklen Haare ein wenig unnatürlich wirken. Irgendwie hat er Ähnlichkeit mit der Fußballlegende George Best.

»So sieht man sich wieder, Ladys«, begrüßt er die Mädchen. »Joseph Ferensby.«

Völlig selbstsicher streckt er ihnen die Hand hin. Annie ist zurückhaltend und weiß nicht, wie sie mit diesem offenkundigen Balzgehabe umgehen soll, aber gleichzeitig spürt sie, wie sie gegen ihren Willen in seinen Dunstkreis gesogen wird. Sie nimmt sich zusammen, aber Katrina reißt sofort das Zepter an sich.

»Ich bin Katrina und das ist Annie«, sagt sie.

Dann streckt sie dem Fremden die Hand entgegen. Er ergreift sie und haucht ihr einen Kuss auf die Fingerknöchel. Annie rümpft die Nase. Er mag zwar gut aussehen und beträchtlich älter sein als die Jungs, die sie aus der Schule kennt, aber sogar ihr erscheint das ein bisschen schleimig.

»Hallo, Katrina und Annie. Und wohin seid ihr beide unterwegs?«

»Zur Arbeit. Wir arbeiten bei Selfridges in der Oxford Street. Sie in der Abteilung für Damenhandschuhe und ich in der für Herrenhemden.«

Annie stößt Katrina heimlich an. Es gefällt ihr nicht, dass ein Fremder so viele Informationen über sie bekommt, aber Katrina ignoriert sie und ist völlig in ihrem Element.

»Ach, wirklich?« Joseph Ferensby hebt die Augenbrauen, bis sie in seinen dunklen Haaren verschwinden.

Obwohl Katrina die Unterhaltung führt, hat er nur Augen für Annie. Sie widersteht dem Drang, wegzuschauen, und hält dem Blick mit leicht gehobenem Kinn stand.

»Hier muss ich raus«, sagt er ohne Vorwarnung und steht auf. Trotz ihrer Zurückhaltung spürt Annie, wie es ihr ein wenig schwer ums Herz wird, als sie ihn zur Tür laufen und aus dem Bus springen sieht. Als sie wieder losfahren, dreht er sich um und winkt ihr zu.

»Der ist aber ein bisschen selbstgefällig«, sagt sie zu Katrina und versucht, unbeeindruckt zu klingen.

»Aber trotzdem zum Anbeißen«, gibt diese zurück. »Hast du seine Augen gesehen? Oh, in denen könnte ich mich verlieren!«

»Ach, hör auf! Du klingst wie jemand aus dem Film *Jackie*«, hält Annie dagegen, doch sie weiß genau, was ihre Freundin meint.

Eine Woche später taucht er bei Annies Arbeitsstelle auf. Es ist ein ruhiger Tag und Annie staubt die Ständer ab, aber eher, um die Zeit herumzubringen, als dass es nötig wäre. Sie lässt den Staubwedel zwischen die Handschuhe gleiten und versucht, außer dem Staub nichts zu entfernen. Die Minuten vergehen so langsam, dass sie prüft, ob die Uhr nicht etwa stehen geblieben ist.

Als sie das Geräusch zum ersten Mal hört, registriert sie es gar nicht richtig. Erst beim zweiten Mal schaut sie auf und versucht herauszufinden, was es ist.

»Pssst.«

Es hört sich an wie Gas, das aus einer Leitung entweicht.

»Pssst.«

Dann entdeckt sie ihn. Er versteckt sich hinter einer Säule, aber sein Kopf guckt hervor.

»Pssst. Annie.«

Er winkt sie mit raschen kleinen Handbewegungen herüber, als befände er sich in wirklicher Gefahr. Annie schaut zu ihrer Vorgesetzten, aber die redet gerade mit einer Kundin und so macht Annie ein paar Schritte auf ihn zu.

»Was machst du hier?«, fragt sie, als sie nah genug ist, um zu flüstern und dennoch gehört zu werden.

»Ich wollte dich sehen«, antwortet er.

»Aber ich kann jetzt nicht reden. Wenn mich meine Vorgesetzte erwischt, bin ich dran.«

Er sieht enttäuscht aus.

»Aber ich habe den weiten Weg auf mich genommen, reißende Flüsse überquert und gegen Bären gekämpft, um …«

»Okay, okay«, unterbricht sie ihn.

Dieser Mann ist ein Idiot, aber er hat etwas an sich, was sie trotz ihrer Entschlossenheit, es nicht zu tun, lächeln lässt.

»Du musst so tun, als seiest du ein Kunde«, flüstert sie. »Hör auf, dich hinter der Säule zu verstecken.« Und dann mit ein wenig lauterer Stimme: »Wie kann ich Ihnen helfen, Sir?«

Trotz seiner üblichen Selbstsicherheit scheint er unsicher zu sein, was von ihm in dieser neuen Rolle erwartet wird, und Annie muss ihm auf die Sprünge helfen.

»Sie möchten ein paar Handschuhe, Sir? Für Ihre … Freundin?«

»Äh, ja.«

»Und was gefällt ihr so?«, fragt Annie und versucht, nicht zu lachen.

»Na ja …«

Er schneidet eine Grimasse, die Annie signalisiert, dass er mehr Unterstützung braucht.

»Möchten Sie Leder, Sir?«

»O ja! Definitiv.« Er nickt und freundet sich langsam mit dem Spiel an.

»Und welche Farbe, Sir? Wir haben gerade welche in hübschem Babyrosa bekommen. Gefällt ihr rosa? Ihrer Freundin?«

»Ja!«, ruft er und greift die Idee auf. »Rosa ist ihre Lieblingsfarbe.«

»Und sollen sie gefüttert sein, Sir?«

Er sieht wieder verwirrt aus. Annie macht dieses Spielchen Spaß und sie genießt es, ausnahmsweise einmal die Oberhand zu haben.

»Die Handschuhe, Sir. Seidenfutter vielleicht? Oder Cashmere?«

Joe hebt verwirrt die Hände und Annie grinst.

»Wenn Sie mir bitte folgen würden, Sir …«

Sie führt ihn hinüber zu einem Schubladenschrank, ein wenig entfernt von der Auslagenfläche. Ihre Vorgesetzte schaut nicht einmal auf. Annie senkt die Stimme, als sie sich weit hinunterbeugt, um die vorletzte Schublade zu öffnen.

»Was machst du hier?«, zischt sie. »Ich arbeite.«

Joseph bemüht sich nicht, leiser zu sprechen.

»Wie ich bereits sagte, suche ich nach Handschuhen für meine Freundin.«

Er zwinkert ihr zu und ihr Magen schlägt Purzelbäume. Damals war er so charmant. Annie hatte keine Chance.

»Und welche Größe soll es sein, Sir?«, fragt sie ihn.

»Größe? Handschuhe haben Größen?«

»Natürlich, Sir. Wie groß sind die Hände Ihrer Freundin?«

Bevor ihr klar wird, was geschieht, nimmt er ihre Hand und dreht sie zur Begutachtung in seiner.

»Sehr klein«, sagt er.

Besorgt darüber, dass sie jemand beobachtet, zieht Annie die Hand zurück, aber niemand ist interessiert an ihr. Außer diesem Mann.

»Gehst du mit mir etwas trinken?«, fragt er schnell. »Freitag nach der Arbeit? Ich hole dich ab. Um sechs Uhr.«

»Halb sieben«, sagt sie. »Und ich habe Handschuhgröße sieben, falls du das je wissen musst.«

»Ich denke, Sie haben nicht das, wonach ich suche«, sagt er mit lauterer Stimme. »Macht aber nichts. Trotzdem vielen Dank.«

Zufrieden mit seiner Vorstellung grinst er sie an und entfernt sich vom Tresen. Er dreht sich jedoch noch einmal zu ihr um und formt mit den Lippen: »Freitag. Halb sieben.« Dann ist er verschwunden.

Sie gingen zusammen etwas trinken. In der nächsten Woche sahen sie einen Film im Kino und danach wurden ihre gemeinsamen Unternehmungen einfach zu einer Art Routine. Es war lustig mit ihm und er brachte sie zum Lachen. Durch ihn hatte sie den Kolleginnen etwas zu erzählen, erkannte aber auch, dass es ein Leben fernab von zu Hause für sie gab. Nach und nach wurde ihr bewusst, dass das der Fluchtweg sein könnte. Sie wusste, dass er vom allerersten Moment ihres Kennenlernens im Bus an ein Charmeur gewesen war, aber charmant zu sein, war schließlich nichts Schlimmes. Ihr gefiel es, dass er so viel Wirbel um sie machte, und das tat er wirklich. Er zog ihr den Stuhl vor, bevor sie sich setzte, und stand immer auf, wenn sie es tat. Das war zwar ein bisschen altmodisch, aber was war falsch daran? Damals dachte sie, sie handele aus freien Stücken. Während sie im Bett lag und Ursulas Schnarchen leise durch die Wand drang, machte sie wohldurchdachte Zukunftspläne. Wenn um kurz nach halb zwölf Uhr nachts die Haustür ins Schloss fiel und ihr Vater über den Flur torkelte, nachdem er die Schlüssel nicht in die Holzschale auf dem Tisch, sondern auf den gefliesten Boden geworfen hatte, dann lag sie so still sie konnte da, auch wenn er auf gar keinen Fall ahnen konnte, dass sie noch wach war, und träumte von einem Leben, in dem sie nichts mehr vortäuschen musste.

Kapitel 6

Cara, 2017

Nachdem Mrs P eine Woche bei uns ist, habe ich den Eindruck, als sei sie schon immer da gewesen, und ich kann mich nicht mehr erinnern, wie ich vorher ohne sie klargekommen bin. Sie fügt sich problemlos in unseren Tagesablauf ein und versucht nicht, etwas zu ändern, was für Dads Geisteszustand unverzichtbar ist. Etwas derart Simples wie eine neue Person im Haus könnte schon alles durcheinanderbringen, aber sie ist so behutsam, dass sich sogar Dad an sie gewöhnt.

Schon bald bildet sich eine gerüstähnliche Tagesstruktur um uns herum. Die Spinnweben, an die ich mich gewöhnt hatte, sind verschwunden, genauso wie die verschmierten Fenster. Ich bin nicht ganz sicher, wann sie die Zeit für solche Hausarbeiten findet, aber ich bin sehr dankbar dafür.

Eines Tages, in der zweiten oder dritten Woche, bin ich in meinem Nähzimmer mit den letzten Arbeiten an einem Brautkleid beschäftigt. Jenseits meines Fensters ist es nasskalt und grau. Zu dieser Jahreszeit taucht die Straße in den Schatten des Moores ein und die Sonne steht nie hoch genug am Himmel, dass ihre Strahlen auf die Gärten treffen, aber die

Hügel werden immer wieder kurz von ihr beschienen. Der violette Heideteppich, der zu Beginn des Herbstes so wunderschön aussah, stirbt gerade ab, und bald wird das Moor von einem tristen braunen Tuch bedeckt sein.

Das Brautkleid sieht umwerfend aus, muss ich sagen, auch wenn Eigenlob stinkt. Es ist ein traditionelles Kleid aus elfenbeinfarbenem Duchesse-Satin, das ich für eine Braut nähe, die bei jeder Anprobe vor Aufregung ununterbrochen kichert. Das verstärkte Mieder soll mit winzigen Perlen bestickt werden, die alle von Hand aufgenäht werden müssen. Das ist eine fummelige, zeitaufwendige Arbeit, die zusätzlich dadurch erschwert wird, dass die stramme Haut meiner rechten Hand keine ausreichende Beweglichkeit zulässt. Aber die Perlen sind ein Detail, das den Unterschied zwischen einem Kleid von der Stange und einem von mir gefertigten macht. Mir macht die Arbeit nichts aus, solange ich nicht hetzen muss. Die Monotonie, mit der man jede winzige Perle mit der Nadel aufnimmt und über den Faden zum Stoff gleiten lässt, hat eine therapeutische Wirkung, die mich entspannt.

Als ich so dasitze und die winzigen Perlen eine nach der anderen mit der Nadel aufnehme, klingelt das Telefon. Es ist nichts von Belang, ein junger Mensch, der seinen Lebensunterhalt wie eine Henne in der Legebatterie in einem Callcenter zusammenkratzt. Ich bin höflich, aber bestimmt. Als ich zurückkomme, steht die Tür meines Nähzimmers halb offen. Je näher ich komme, desto mehr werde ich von Panik erfasst. Dad steht in der Mitte des Raumes. Er hat das Kleid in einer Hand und das schwere Rockteil liegt auf dem Boden ausgebreitet. Die Schachtel mit den winzigen Perlen hält er in der anderen Hand, aber sie ist leer, denn die Perlen liegen wie Unmengen von Reiskörnern auf den Holzdielen verstreut.

Ohne nachzudenken, schreie ich ihn an. Ich kann nicht anders. Alle Fähigkeiten, die ich im Umgang mit

Alzheimerpatienten gelernt habe, sind in meiner Wut wie weggeblasen.

»Dad!«, schreie ich. »Was zum Teufel machst du da? O Gott! Sieh dir das Durcheinander an. Leg das Kleid hin. Du wirst es ruinieren!«

Dad schaut mich völlig perplex an. Er weiß nicht, wohin er das Kleid legen soll oder was er falsch gemacht hat. Normalerweise würde meine Wut an diesem Punkt wegen seiner Verwirrtheit nachlassen, aber ich bin so erbost über das, was hätte passieren können, dass ich mich nicht in den Griff bekomme.

»Her damit!«, blaffe ich ihn an. »Gib es mir. Oh, Herrgott noch mal!« Ich versuche, ihm das Kleid wegzunehmen. Dad schlurft vorwärts und schießt dabei mit dem Fuß die Perlen in alle Richtungen. Seine Hausschuhe bleiben in der Schleppe des Kleides hängen und ich befürchte, der Stoff wird reißen. »Pass doch auf!«, schreie ich wieder. »Verdammter Mist, Dad! Du verteilst sie ja im ganzen Zimmer.«

Er sieht so verletzt aus, doch ich verspüre kein Mitleid für ihn. Alles, was ich sehe, ist die Gefahr, in der das Kleid schwebt, und die Verwüstung, die er in der kurzen Zeit allein angerichtet hat. Im Moment könnte ich ihn ohne mit der Wimper zu zucken umbringen.

Ich entwirre ihn aus dem Kleid und lege es außerhalb seiner Reichweite auf den Arbeitstisch. Dann falle ich auf die Knie und versuche, alle Perlen zu retten, während Dad einfach dasteht. Ich schimpfe immer noch mit ihm, als Mrs P hereinplatzt.

»Was um alles in der Welt ist hier los?«, fragt sie bereits, bevor sie über die Türschwelle tritt. Sie lässt den Blick im Zimmer umherschweifen, erfasst schnell die Situation und hakt sich behutsam bei Dad ein. Dann führt sie ihn zur Tür, während die Perlen unter ihren Füßen knirschen. Er murmelt etwas vor sich hin und ich schnappe einzelne Worte auf, aber Entschuldigung ist nicht darunter. Ich lasse die beiden gehen und sammle weiter die Perlen auf. Dazu lecke ich den Zeigefinger an, damit die Perlen daran kleben bleiben und ich sie dann mühsam eine nach der anderen mit zitternden Händen zurück in die Schachtel fallen lassen kann. Ein wirklicher Schaden ist eigentlich nicht entstanden. Das Kleid ist ein wenig zerknittert, aber immer noch sauber und ganz.

Ich krieche unter dem Tisch herum, wo ich immer noch Perlen finde, als Mrs P zurückkommt. Ich höre sie nicht, aber als ich aufschaue, sehe ich ein Paar Beine in bequemen Schuhen neben dem Tisch stehen.

»Ist er okay?«, frage ich, ohne unter dem Tisch hervorzukriechen.

»Es geht ihm gut«, antwortet sie. »Er macht nur ein Nickerchen. Brauchen Sie Hilfe?«

Ohne auf eine Antwort zu warten, geht sie auf die Knie und fängt an, Perle für Perle aufzulesen und in der hohlen Hand zu sammeln.

»Ich habe mich wirklich blöd benommen, oder?«, sage ich zu ihrem breiten Rücken.

»Es war eine schwierige Situation«, antwortet sie ruhig. »Vielleicht sollten Sie die Tür abschließen, wenn Sie nicht hier sind.«

Ich fühle mich ertappt.

»Normalerweise mache ich das auch.« Ich klinge wie ein Kind, das eine lahme Entschuldigung für ein vermeidbares Fehlverhalten vorbringt. »Ich war nur ganz kurz draußen, aber ich hätte es wissen müssen.«

Mrs P steht auf, stemmt die Hände ins Kreuz und streckt sich.

»Ich bin zu alt, um auf dem Fußboden herumzukriechen«, sagt sie.

»Ich glaube, wir haben sie auch fast alle. Sie sind so winzig und kullern überallhin.«

Mrs P streicht zaghaft mit der Hand über den cremefarbenen Satin des Kleides.

»Es ist wunderschön«, sagt sie so leise, dass ich es fast nicht höre. »Ich hatte es mir vorhin gar nicht genau angeschaut.«

»Danke.« Ich spüre, wie mich ihr Lob ein kleines bisschen stolz macht.

»Und das hier?«, fragt sie und deutet auf ein Modell aus dichtem Baumwollgewebe auf der Schneiderpuppe.

»Das ist für den kommenden Sommer. Ich werde es in Muschelrosa nähen. Warten Sie.« Ich stehe auf. »Irgendwo habe ich eine Stoffprobe.«

Ich öffne eine Schublade und ziehe ein quadratisches Stück Rohseide hervor, deren Rosa so blass ist, dass es fast wie eine optische Täuschung aussieht. Ich halte es Mrs P hin und sie nimmt es so vorsichtig, als wäre es ein Schmetterling, den sie verletzen könnte. Mit den Fingern streicht sie über das Material und zögert ein wenig bei den Unebenheiten.

»Sie sind so talentiert, Cara«, lobt sie mich und mir schwillt die Brust noch ein bisschen mehr. »Ihr Vater muss stolz auf Sie sein.«

Meine Seifenblase platzt.

»Na ja …«, setze ich an.

Plötzlich habe ich das Gefühl, ehrlich sein zu müssen und ihr von den Dingen zu erzählen, die sich in diesem Haus über die Jahre abgespielt haben. Ich möchte ihr anvertrauen, wie Dad mit spitzen Bemerkungen meine Freunde vertrieben und meine Arbeit so schlechtgemacht hat, dass ich irgendwann jedes Fitzelchen Entschlossenheit zusammenkratzen musste, um überhaupt weiterzumachen. Ich möchte ihr sagen, wie Dads Krankheit mein Leben nicht schwerer, sondern leichter gemacht hat. Doch dann überlege ich es mir anders und greife auf die sicheren Standardantworten zurück, die ich jedem gebe, der Interesse zeigt.

»Ehrlich gesagt dachte Dad immer, dass meine Arbeit irgendwie sinnlos und eine Zeitverschwendung sei«, gebe ich mit einem halben Lächeln zu. »Er hat nie verstanden, weshalb Frauen Hunderte, manchmal sogar Tausende von Pfund für ein Kleid ausgeben, das sie nur einmal tragen, wo die meisten Ehen sowieso mit einer Scheidung enden. Als ich auf die Kunstakademie ging, meinte er, ich würde die Chancen vertun, die er mir böte, und dass ich lieber etwas Nützliches anfangen solle.«

Ich zucke herablassend mit den Schultern, als wäre es nun einmal so und man könne es nicht ändern, sehe jedoch, wie Mrs P ganz leicht den Kopf schüttelt.

»Aber er hat gesehen, wie entschlossen ich war, und deshalb hat er schließlich nachgegeben und mir hier im Haus das Nähzimmer überlassen. Zunächst habe ich nicht genug verdient, um die Miete für ein eigenes Haus aufzubringen, geschweige denn für ein Atelier, und deshalb kam es mir gelegen. Als er dann krank wurde, habe wir zwei Fliegen mit einer Klappe geschlagen. Dad hat meinen Beruf allerdings nie als anständige Arbeit betrachtet. Laut meinem Vater ist das hier …« Ich breite die Arme aus und meine damit das Nähzimmer mit den Tischen und Stoffballen und Gefäßen mit Perlen und Garnrollen. »Ist das hier nur ein Hobby, das er finanziert.«

»Aber jetzt können Sie sich doch sicher selbst ernähren.« Mrs P schaut auf die Pinnwand, an der Fotos all der Bräute hängen, die ich eingekleidet habe. Es sind so viele Fotos, dass sie einander überlappen und von einigen Kleidern nur wenig zu sehen ist.

»Natürlich. Von dem, was ich verdiene, könnte ich uns beide gut versorgen, aber Dad kann oder will das nicht glauben.

Na ja, jedenfalls war das früher so«, forme ich den Satz um. »Jetzt ist es natürlich etwas anderes.«

Mrs P nickt.

»Ich stelle mir aber vor, dass meine Mutter stolz gewesen wäre«, füge ich hinzu. »Ich habe Ihnen doch erzählt, dass sie gestorben ist, oder? Als ich zwei war.«

»Ja«, sagt sie. »Das haben Sie erwähnt. Es ist eine Tragödie, dass Sie Ihre Mutter so früh verloren haben. Erinnern Sie sich überhaupt noch an sie?«

Ich schüttele den Kopf. »Nein. An gar nichts. Ich weiß, dass ihr Name Anne war, aber das ist auch schon alles. Fotos gibt es auch kaum. Ich nehme an, dafür war damals kein Geld übrig. Es gibt ein Hochzeitsfoto und ein paar Urlaubsschnappschüsse, aber das ist schon alles.«

Ich deute auf ein Foto mit Mum und Dad. Es ist ein rechteckiges Polaroidfoto, auf dem beide auf einer blau karierten Picknickdecke sitzen. Die Farben sind überentwickelt und grell. Mum trägt ein Kleid mit Rosen darauf und ein gelb-blauer Schal sorgt dafür, dass ihr die strohblonden Haare nicht ins Gesicht hängen. Sie strahlt denjenigen an, der das Foto schießt, aber ihr Gesicht misst nicht einmal einen Zentimeter im Durchmesser.

»Auf der Rückseite steht, dass es 1980 in Brighton aufgenommen worden ist. Sie sehen glücklich aus, nicht wahr? Ich wurde nicht in Yorkshire geboren«, fahre ich fort. »Wir lebten in London, aber nachdem Mum gestorben war, sind wir mit Dad weggezogen. Ich glaube, es war zu schwer für ihn, dort zu bleiben. Und nennenswerte Familie gab es da auch nicht. Ich vermute, uns hat dort nichts mehr gehalten. Als Dad dann den Job in Leeds bekam, sind wir hierhergezogen. Das war ein neuer Anfang für uns drei. Wie gesagt, ich erinnere mich an nichts. Nur an mein Leben hier.«

Mrs P sagt nichts. Sie sitzt nur da, hört zu und lässt den Baumwollstoff des Modellkleids durch die Finger gleiten.

»Wie auch immer«, fahre ich fort und fühle mich plötzlich ein bisschen unbehaglich, »ich hoffe, sie wäre stolz auf mich. Meine Mum, meine ich.«

»Da bin ich ganz sicher«, bekräftigt Mrs P. »Welche Mutter wäre nicht stolz auf ihre Tochter?«

Dann steht sie auf und streicht den Rock ihrer blauen Dienstkleidung glatt.

»Jetzt muss ich aber weitermachen«, sagt sie im gewohnt überzeugenden Tonfall, verlässt das Nähzimmer mit kurzen, schnellen Schritten und zieht die Tür hinter sich ins Schloss.

Irgendetwas glitzert auf dem Boden und ich entdecke noch eine Perle. Ich weiß, dass ich wochenlang auf die treten werde, die ich jetzt vergesse. Also hebe ich sie auf und lasse sie in die Schachtel fallen.

Kapitel 7

Michael, 1992

Es regnet seit Tagen. Nicht den nasskalten Sprühregen, der vom Moor herunterweht, sondern Wasser in unvorstellbaren Mengen. Der Regen hämmert gegen die Fensterscheiben und verlangt, eingelassen zu werden. Er überflutet Gossen und prallt von der Oberfläche der neu gebildeten Seen auf dem Rasen ab. Es regnet Bindfäden, sagen die Leute, aber Michael weiß, dass das keine Bindfäden sind, und deshalb hat er nur Verachtung für den ungenauen und seiner Ansicht nach lächerlichen Ausdruck übrig.

Cara und er sind drinnen eingesperrt und ihr Einfallsreichtum erschöpft sich allmählich. Wie alles im Haus ist auch geregelt, wo sie spielen dürfen. Michaels Zimmer befindet sich direkt über dem Wohnzimmer. Wenn sie beide darin herumspringen, etwas fallen lassen oder gar zu laut reden, dringen Strafandrohungen ihres Vaters die Treppe hinauf. Caras Zimmer liegt an einer günstigeren Stelle, ist aber so klein, dass man sich kaum darin umdrehen kann, und deshalb nur zum Kartenspielen und Lesen geeignet. Der Dachboden wäre der ideale Ort zum Spielen und würde die beiden durch ein komplettes Stockwerk von ihrem Vater trennen. Aber dort oder sogar auf der Holztreppe zu spielen, die zu den beiden Räumen hinaufführt, ist verboten. Michael hatte einmal vorgeschlagen, dass sie dort oben doch ein bisschen aufräumen könnten, um ein Lager zu errichten, aber ihr Vater hatte nur den Kopf geschüttelt.

»Ich will nicht, dass ihr beide da oben herumstöbert«, sagte er. Er lächelte zwar, aber seine Stimme klang gerade so bedrohlich, dass sie wussten, er meint es ernst. »Da gibt es viel zu viele Sachen, in denen kleine Finger eingeklemmt werden können.«

»Was sind das für Sachen, Daddy?«, fragte Cara.

»Dinge, mit denen du nicht herumhantieren sollst«, antwortete er und ließ damit ihrer Fantasie so weit freien Raum, dass der Dachboden zu einer Art mythischer Sirene wurde, die sie anlockte, um sie auf den Felsen zu zerschmettern.

Heute schaut Cara Michael an und ihre haselnussbraunen Augen sind voller Hoffnung und Erwartung, dass er ihren Tag besser macht.

»Was sollen wir tun?«, fragt sie ihn.

»Lass uns Französischer Widerstand spielen.« Cara sieht nicht überzeugt aus, nickt jedoch ergeben und wartet auf mehr Einzelheiten. »Wir können Arbeiter im Widerstand sein«, fährt er fort und erwärmt sich für das Thema. »Und wir können versuchen, unsere Soldaten über die feindlichen Linien zurück nach Hause zu bekommen.«

»Ist das sehr kompliziert?«, fragt Cara und ihr kleiner Mund braucht einige Zeit, um das schwere Wort auszusprechen. »Muss ich wieder ein Gefangener sein?« Sie verengt die Augen zu Schlitzen. Sie ist zwar noch jung, aber nicht dumm.

»Nein«, antwortet Michael und schüttelt den Kopf. »Und der Dachboden ist Feindesgebiet.«

»Aber Daddy sagt, wir dürfen nicht auf den Dachboden gehen«, gibt Cara zu bedenken und schüttelt ernst den Kopf.

»Ich wette, da oben ist gar nichts Besonderes. Er will nur nicht, dass wir etwas durcheinanderbringen. Wir werden nichts anfassen. Nur die Männer retten und wieder herauskommen. Das bekommt Dad sowieso nicht mit. Er ist doch viel zu sehr damit beschäftigt, Golf zu schauen.«

Cara ist offensichtlich nicht überzeugt und rümpft die kleine Nase. »Ich glaube, Daddy wird das Spiel nicht gefallen.«

»Pech.«

Sie schleichen zur Dachbodentreppe und werfen auf der Suche nach dem Feind achtsame Blicke den Flur entlang. Michael meint als Befehlshaber und Ältester vorangehen zu müssen. Vorsichtig beginnt er den Aufstieg die verbotene Treppe hinauf, überspringt die dritte Stufe und prüft bei den anderen, ob sie knarren, bevor er sie vollständig mit seinem Gewicht belastet.

Cara holt tief Luft und folgt ihm. Sie ahmt Michaels vorsichtigen Gang nach. Als sie die vorletzte Stufe erreicht, löst sich irgendwie die schwere Taschenlampe, die Michael mit seiner Schuluniformkrawatte an ihrem Einsatzgürtel befestigt hat, und fällt mit lautem Gepolter auf die Holzstufen. Voller Panik streckt Cara die Hände aus und versucht, den Fall zu stoppen, aber die Taschenlampe gleitet ihr aus den kleinen Händen und schlägt auf den restlichen Stufen auf. Jeder Aufprall ist lauter als der vorhergehende. Ihnen bleibt nichts anderes übrig, als dazustehen und zuzuschauen.

Die Taschenlampe ist noch nicht am Fuß der Treppe angekommen, als sie hören, wie unten die Wohnzimmertür geöffnet wird. Cara wirft Michael einen entsetzten Blick zu. Sie hat die Augen weit aufgerissen und schnell ist jegliche Farbe aus ihren Wangen gewichen. Michael kann vor Panik keinen klaren Gedanken fassen. Er steht wie angewurzelt da. Eigentlich sollten sie so schnell wie möglich in Michaels Zimmer oder ins Bad rennen und sich dann eine Geschichte ausdenken, wie es dazu kam, dass die Taschenlampe so laut polternd heruntergefallen ist. Irgendetwas sollten sie tun, doch sie stehen nur erstarrt da und hören die schweren, sich nähernden Schritte ihres Vaters.

»Was zum Teufel ist da oben los?«, poltert er, lange bevor er die erste Treppe emporgestiegen ist. Und als er bemerkt, wo sie sind, fügt er hinzu: »Ich hoffe, ihr seid nicht auf dem Dachboden, sonst werde ich euch das Fell versohlen. Das schwör ich euch, so wahr mir Gott helfe!«

Michael erholt sich als Erster von seinem Schreck.

»Sind wir nicht, Dad«, ruft er und versucht gleichförmig und ruhig zu klingen. »Wir spielen nur hier auf der Treppe. Wir sind nicht reingegangen, nicht wahr, Ca?«

»Nein, Daddy.« Cara gibt ihrem Bruder Rückendeckung und schüttelt so energisch sie kann den Kopf. »Ich habe die Taschenlampe fallen lassen und sie hat den Krach gemacht. Wir haben nichts Unrechtes getan. Ehrlich, Daddy.« Sie schaut ihren Vater mit weit aufgerissenen Augen an, um ihm zu zeigen, wie unschuldig sie beide wirklich sind, aber das scheint ihn nur noch wütender zu machen.

»Macht, dass ihr da wegkommt!«, zischt er mit einer vor Wut grellen Stimme, wie sie Michael noch nie zuvor gehört hat. »Wie oft habe ich euch schon gesagt, dass ihr auf dem Dachboden nichts zu suchen habt? Es ist gefährlich und ihr dürft nicht …« Ihr Vater holt mit seiner riesigen Hand aus und schlägt Cara heftig auf die Oberschenkel. Der feste Schlag bringt sie aus dem Gleichgewicht und sie muss sich am Geländer festklammern, um nicht der Taschenlampe die Treppe hinunter zu folgen. »Ihr … habt … da …«, wiederholt er, jedes Wort deutlich vom nächsten trennend und die Konsonanten ausspuckend, »nichts … zu … suchen! Kommt sofort runter und verschwindet in eure Zimmer. Und heute gibt es kein Abendessen für euch. Wenn ihr Hunger bekommt, könnt ihr über euren Ungehorsam nachdenken.«

Cara steigt die Treppe hinab. Sie hält den Kopf gesenkt, aber Michael weiß, dass sie gegen die Tränen ankämpft. Trotz der offensichtlichen Gefahr reibt sie über ihren Oberschenkel und ist entschlossen zu zeigen, wie sehr er wehtut. Bei jedem Schritt, den sie macht, spürt Michael, wie er innerlich immer wütender wird. Er folgt seiner kleinen Schwester die Treppe hinunter. Seine Schultern sind angespannt und die Arme bereit, hochzuschnellen, falls er sich selbst vor einem Schlag schützen muss.

»Es tut mir leid, Daddy«, sagt Cara erneut, aber dieses Mal vorsichtiger, als sie an ihrem Vater vorbei auf ihr Zimmer zugeht.

Michael bleibt drei Stufen vor dem Ende der Treppe stehen. Er ist jetzt mit seinem Vater auf Augenhöhe, weicht jedoch zurück, damit er nicht so leicht greifbar ist. Dann holt er tief Luft und richtet sich zu voller Größe auf. »Du solltest uns nicht schlagen«, sagt er. Er versucht ruhig zu klingen, aber in seiner Stimme ist ein winzig kleines Stocken zu hören. Michael hofft, dass es sein Vater nicht mitbekommt. »Das ist gesetzlich verboten. So haben wir's in der Schule gelernt. Und Mummy würde es auch nicht gefallen.«

Sein Vater sieht aus, als würde er gleich explodieren. Er kneift die Augen zusammen und schiebt den Unterkiefer vor. »In meinem Haus mache ich, was ich verdammt noch mal will!«, schreit er. »Und du weißt, dass deine Mutter tot ist. Die schert sich nicht mehr um euch. Geht jetzt in eure Zimmer und kommt erst wieder raus, wenn ich es euch sage.«

Michael rührt sich nicht vom Fleck und heftet den Blick auf den seines Vaters. Er spürt, wie die Unverfrorenheit von ihm abstrahlt, aber das ist ihm egal. Der Vater greift nach seinem Arm und zerrt ihn die Stufen hinunter. Michael zieht es die Füße unter dem Boden weg, er verliert den Halt und landet zusammengekrümmt am Fuß der Treppe. Aus sicherer

Entfernung von ihrem Aussichtspunkt auf dem Flur ist von Cara ein Keuchen zu hören und Michael befürchtet sofort, dass es die Aufmerksamkeit seines Vaters wieder auf sie ziehen wird. Langsam steht er auf. Sein rechter Knöchel schmerzt fürchterlich, aber er ignoriert ihn. Er hebt den Kopf und schaut seinen Vater an, lenkt seinen Hass direkt in dessen Seele. Einen Augenblick denkt Michael, dass er für seine Frechheit erneut geschlagen wird, denn der Vater hebt den Arm, lässt ihn dann aber wieder sinken. Michael bemerkt die Anspannung der Muskeln, als sein Vater die Faust ballt.

»Verschwindet in eure Zimmer«, fordert er wieder und aus jedem Wort klingt die Wut.

Dann dreht er sich um, stampft die Treppe hinunter und wirft die Wohnzimmertür hinter sich zu.

Sobald er verschwunden ist, rennt Cara auf Michael zu und wirft die Arme um ihn. Doch er kann ihre Umarmung nicht erwidern. Die Wut scheint seinen Körper in Stein verwandelt zu haben. Kerzengerade und steif steht er da, während sich Caras dünne Arme um seine Taille schlingen. Er spürt, wie ihr Herz aufgeregt schlägt.

»Ich hasse ihn«, murmelt er. »Sobald ich kann, werde ich dieses Haus verlassen und so weit wie möglich fortgehen.«

Am nächsten Tag stieg ihr Vater mit seinem Werkzeugkasten hinauf zum Dachboden und brachte ein Vorhängeschloss an der Tür an. Michael und Cara gingen nie wieder hinauf.

Kapitel 8

Cara, 2017

Es ist nicht so, dass ich nicht mehr auf dem Dachboden gewesen wäre, seitdem mir als kleines Mädchen der Zutritt verboten worden war. Das Vorhängeschloss ist längst verschwunden. Ich war mit Dads altem Werkzeugkasten dort oben und habe es entfernt, als ich ziemlich sicher war, dass er sich nicht mehr daran erinnern konnte, weshalb es überhaupt da war. Er kommt auch gar nicht mehr hier herauf. Es scheint, es wären dieser Teil des Hauses und sein Inhalt völlig aus seinem Gedächtnis gelöscht. Aber auch ich gehe selten hoch. Obwohl ich jetzt erwachsen bin und es im Grunde mein Haus ist, ist dort oben irgendetwas, das mir Angst einjagt. Es ist, als hingen Dads Warnungen immer noch in der muffigen Luft. Das ist natürlich albern. Ich weiß jetzt, dass Dad nur nicht wollte, dass wir seine Sachen durcheinanderbringen, aber manchmal frage ich mich, ob er je gemerkt hat, wie sehr seine übertriebene Reaktion der Beziehung zu Michael geschadet hat. Auf jeden Fall hatte ich nie die Absicht, Dads

Sachen in Unordnung zu bringen. Es sind schließlich nur alte Schachteln, gefüllt mit altem Kram.

Jetzt bin ich aber wieder hier oben, denn in einer Radiosendung habe ich gehört, dass es für Leute mit Alzheimer sehr hilfreich sein kann, vertraute Gegenstände zu berühren. Ich befürchte, dass Dad über dieses Stadium bereits hinaus sein könnte, aber es spricht nichts dagegen, es zu versuchen, und ich hätte dann auch neue Themen, über die ich ihm etwas erzählen könnte. Also wage ich mich jetzt hinauf, um auf der Suche nach unvergesslichen Schätzen in seinen Sachen herumzustöbern.

Dort oben trifft mich als Erstes immer die Hitze wie ein Schlag. Die Luft ist trocken und warm, irgendwie beklemmend, auch wenn es im restlichen Haus kalt ist. Der vordere Raum ist fast komplett leer, abgesehen von den Spinnweben und Staubpartikeln, die im Lichtkegel tanzen. Als ich den Dachboden zum ersten Mal betrat, war ich sehr wütend auf Dad. All dieser Platz! Wäre es so schlimm gewesen, Michael und mich hier spielen zu lassen? Er hätte doch das Zimmer dahinter, in dem er seine Sachen aufbewahrte, abschließen können, damit »kleine Finger nicht eingeklemmt werden können«.

Im Gegensatz zum leeren ersten Raum ist der zweite bis zu den Dachsparren vollgestopft mit den Überbleibseln nahezu eines ganzen Lebens. Er ähnelt dem vergessenen Lagerraum eines lange nicht mehr bestehenden Betriebes. An zwei Wänden stehen Regale mit Aufbewahrungskartons, auf deren Vorderseite ordentliche weiße Schildchen kleben, die den Inhalt beschreiben. Mein Blick bleibt an zwei Kartons hängen, die die Aufschrift URLAUB IN ARRAM, AUGUST 1992 und ERSATZGÜRTELSCHNALLEN tragen. Weshalb hat man Ersatzgürtelschnallen und lagert sie in einem eigens dafür beschrifteten Karton auf einem längst vergessenen Dachboden?

Die Antwort darauf ist einfach. Dad. In seinem Leben hatte es nichts gegeben, über das er nicht die volle Kontrolle hatte. Deshalb ist auch die Alzheimererkrankung so grausam. Sie hat ihn seines ganzen Daseinszwecks beraubt. Dieser Raum steht für die letzten Reste seiner Macht. Wären da nicht diese ordentlich beschrifteten Kartons, würde es einfach sein zu denken, dass er nur ein alter Mann ist, der mit einem weitverbreiteten Altersleiden konfrontiert ist. Erst wenn man diesen Raum sieht, bekommt man eine Vorstellung von dem Mann, der er einmal war.

Als ich auf die geordneten Kartons schaue, frage ich mich wieder einmal, ob hier auch Sachen von Mum sind, obwohl ich die Antwort darauf kenne. Als ich klein war, habe ich ständig danach gefragt. Ich sehnte mich nach Fotos von uns als Familie oder nach einer alten Handtasche, die vielleicht weitere Schätze barg. Jedes Mal, wenn ich fragte, wurde Dad wütender, sodass ich all meinen Mut zusammennehmen musste, bevor ich ihn darauf ansprach. Michael schüttelte immer als stumme Warnung den Kopf, aber das hielt mich nicht davon ab zu fragen. Allerdings zögerte Dad nie mit der Antwort. Er sagte immer, es gäbe nichts, und ich habe im Haus auch nie etwas von Mum gefunden.

Ich schaue angestrengt auf die Schildchen – STEUERERKLÄRUNGEN 1990–99, BEDIENUNGSANLEITUNGEN (ELEKTRISCH). Das Ende des Raumes kann ich wegen der aufgetürmten Kartons, die eine riesige beige Mauer bilden, gar nicht sehen. Ich schiebe ein paar zur Seite, bis ein Spalt entsteht, durch den ich steigen kann. Hier hinten sind die Kartons weniger geordnet, und anstelle von extra gekauften Lagerkartons scheint Dad alles verwendet zu haben, was ihm in die Finger kam. Ein Großteil sind Schuhkartons, einige sehr klein. Ich nehme an, darin waren ursprünglich meine kleinen Schuhe. Ich fahre mit den Fingern darüber und lächele über die Skizzen der Schuhe, die sich einst darin befanden. Sie sind mir alle so vertraut, obwohl es über zwanzig Jahre her ist, dass ich sie getragen habe. Dann entdecke ich in der Ecke einen Kasten. Er sieht anders aus als die anderen. Zunächst einmal ist er aus grau-khakifarbenem Metall, wie eine große Geldkassette. Und dann klebt kein Schildchen darauf. Ein abgenutzter Kofferanhänger ist an einem der Griffe befestigt. Darauf steht einfach ein A.

Ich spüre, wie mein Herz ein wenig schneller schlägt. A – Anne? Mum.

In dieser extrem dunklen Ecke ist kaum Platz, um sich umzudrehen, und schon gar nicht, um sich hinzuhocken, damit ich die Schachtel ordentlich untersuchen kann. Ich muss ein paar Kartons beiseiteschieben, um manövrieren zu können. Mir fällt auf, dass ich schnell und abgehakt atme, und ich zwinge mich, die Ruhe zu bewahren. In diesem Metallkasten kann alles Mögliche sein und vielleicht hat es gar nichts mit Mum zu tun.

Als ich genug Platz geschaffen habe, knie ich mich neben den Kasten auf den Boden. Auf dem Deckel liegt so viel Staub, dass ich meinen Namen darauf schreiben könnte. Man sieht deutlich, dass ihn schon ziemlich lange niemand mehr angefasst hat. Dann sehe ich, dass er ein Schloss hat, und mir wird bange ums Herz. Werde ich in all diesen Schachteln nach dem Schlüssel suchen müssen? Ich stehe kurz davor, ihn mit nach unten zu nehmen, um ihn irgendwie aufzubrechen, doch als ich den Kasten am Griff hochnehmen will, öffnet sich der Deckel wie von selbst. Ich halte die Luft an und schlucke ein paarmal, bevor ich hineinschaue.

Anders als in den anderen Kartons ist der Inhalt dieses Kastens nicht geordnet. Er ist halb voll, aber es ist kein Versuch gemacht worden, die Sachen darin übersichtlich zu stapeln. Jedes Teil wurde einfach achtlos hineingeworfen. Es sieht aus, als wären es Dutzende von Fotografien, doch als ich genauer hinschaue, sehe ich, dass es sich um Postkarten handelt, und ich bin ernüchtert. Das hier kann kein Kasten mit Sachen meiner Mutter sein.

Wahllos ziehe ich eine Postkarte heraus. Sie zeigt ein Foto des Post Office Tower in London. An der Qualität des Bildes erkenne ich, dass die Karte alt ist. Ich drehe sie um und sehe, dass sie unter der hiesigen Anschrift an Michael und mich adressiert ist. Wieder wird mir ein wenig das Herz schwer. Mum starb, bevor wir hierhergezogen sind, also kann die Karte nicht von ihr sein. Mein Blick fällt auf die kurze Nachricht in abgehackter, gestelzter Schrift.

Meine kleinen Lieblinge, ich liebe euch mehr, als ihr euch je vorstellen könnt. Bitte vergebt mir.

Das ist alles. Die Karte ist nicht unterschrieben und der einzige andere Hinweis ist der Poststempel. Durch meinen Kopf schießen die Gedanken so schnell, dass ich keine Chance habe, einen festzuhalten, bevor sich der nächste aufmacht. Beim Poststempel kneife ich die Augen zusammen. Er ist verwischt, wie sie es gewöhnlich sind, aber ich kann einen Teil des Datums entziffern – März 1992. Als diese Karte abgeschickt wurde, war ich fast acht. Also kann sie nicht von Mum sein. Aber wer sonst würde uns solch eine Karte schreiben?

Ich fische noch eine aus dem Kasten. Sie zeigt ein Foto von Big Ben mit vorbeifahrenden schwarzen Taxis im Vordergrund und einem großen roten Doppeldeckerbus. Ich drehe die Karte mit zitternden Händen um. Wieder der gleiche Text.

An meine kleinen Lieblinge. Ich liebe euch mehr, als ihr euch je vorstellen könnt. Bitte vergebt mir.

Diese ist vom September 1995. Wieder taucht meine Hand in den Kartenhaufen ein und zieht eine weitere heraus. Dieses Mal kommt sie aus Mombasa und ein afrikanischer Elefant schwingt seinen Rüssel hoch in die Luft. Sie ist von 2001. Und wieder der gleiche Wortlaut wie bei den anderen.

Karte für Karte ziehe ich heraus. Auf allen steht exakt der gleiche Text. Mir schwirrt der Kopf vor lauter Fragen. Von wem sind sie? Warum sind sie alle an Michael und mich adressiert? Warum sind sie in diesem Kasten in den Tiefen des verbotenen Dachbodens versteckt?

Etwas anderes enthält der Kasten nicht – nur die Postkarten, Hunderte, in keiner besonderen Reihenfolge, nur achtlos hineingeworfen. Ich wühle herum und suche nach der ältesten Karte, kann jedoch keine einzige finden, die vor März 1987 geschrieben wurde. Mum starb im Februar.

Das ergibt keinen Sinn. Ich nehme den Kasten und setze mich im anderen Raum auf den staubigen Fußboden. Hier ist mehr Platz und alle Gedanken an mein ursprüngliches Vorhaben sind vergessen. Ich hole händeweise Karten aus dem Kasten und stapele sie nach Jahren geordnet, um sie in eine chronologische Reihenfolge zu bringen. Sie umfassen eine Zeitspanne von März 1987 bis Juli 2002. Zunächst scheinen sie aus England zu kommen, hauptsächlich aus London. Ein paar sind aus touristischen Städten wie Paris und Amsterdam, eine ist aus Moskau mit den schneebedeckten knallbunten Türmen der Kathedrale auf dem Roten Platz. Viele sind aus Italien – Rom, Neapel, Bologna – und auch aus Amerika. Aber dann später, nach 2002, nichts mehr. Keine Karten. Ich frage mich, ob keine mehr kamen oder ob Dad aufgehört hat, sie aufzubewahren. Wahrscheinlich ist es tatsächlich Ersteres, denn ich kümmere mich jetzt schon seit Jahren um die Post und mir wäre eine solche Postkarte bestimmt aufgefallen.

Ich leere den Kasten komplett aus, aber auch am Boden ist nichts mehr versteckt. Er enthielt nur die Karten. Wahllos nehme ich eine in die Hand. Darauf ist die grelle Aufnahme eines Sonnenuntergangs zu sehen. Die Farben sehen künstlich aus. Ich klopfe mit der Karte rhythmisch gegen meine Lippen, während ich versuche, eine gewisse Ordnung in meine wirren Gedanken zu bringen. Doch das gelingt mir nicht. Es ergibt keinen Sinn. Mir fällt niemand ein, der uns über so viele Jahre Postkarten geschickt haben könnte. Niemand, außer der einen Person, die es nicht getan haben kann.

Kapitel 9

Annie, 1976

Joe kommt am Sonntag zum Mittagessen zu den Kemps und Annie macht sich wahnsinnige Sorgen. Verzweifelt hofft sie, dass sich alle gegenseitig mögen werden. Ein Anfang wäre schon gemacht, wenn sie das Essen hinter sich bringen würden, ohne sich anzuschreien, denkt sie.

Ihre Mutter hat Joe zum Aperitif eingeladen. Annie schaudert, weil sich das so spießbürgerlich anhört, beschließt jedoch, nichts zu sagen, damit ihre Mutter nicht die Nerven verliert und das ganze Essen absagt. Annie verbringt den Morgen damit, Gemüse zu putzen und ein Trifle vorzubereiten, und ist so abgelenkt, weil sie alles perfekt machen will, dass sie sich gar nicht vorstellen kann, wer vor der Tür steht, als es eine Minute nach zwölf klingelt.

»Er ist sehr pünktlich!«, ruft ihre Mutter aus dem Wohnzimmer, wo sie zum dritten Mal die Kissen auf dem Sofa aufschüttelt. »Das mag ich bei Männern.«

Annie nimmt an, dass die Liste der Traummanneigenschaften ihrer Mutter ziemlich kurz sein muss, denn immerhin hat sie sich für ihren Vater entschieden.

»Dann mach mal die Tür auf!«, ruft ihre Mutter und steht stocksteif da wie das sprichwörtliche Kaninchen vor der Schlange. Sie muss genauso nervös sein wie ich, denkt Annie.

Sobald sie die Tür öffnet, weiß sie, dass alles gut werden wird. Er steht da und poliert seinen Schuh an der Rückseite des Hosenbeins. Joe trägt seinen guten Anzug und eine graublaue Krawatte, die Annie noch nie an ihm gesehen hat. Seine dunklen Locken sind ordentlich gekämmt und er hat sich kurz zuvor rasiert. Annies Magen schlägt Purzelbäume, denn sie ist stolz auf ihn und die Tatsache, dass er sie ausgewählt hat.

Dennoch überkommt sie Schüchternheit, als wäre sie diejenige, die fremdes Terrain betritt, und nicht er. Sie winkt ihn in Richtung des Wohnzimmers und er tritt über die Schwelle und küsst sie leicht auf die Wange, als er an ihr vorbeigeht. Annie atmet die hölzerne Note seines Aftershaves ein.

»Hier riecht es aber gut«, sagt er und verwirrt sie damit zunächst, bis sie merkt, dass er das Essen meint.

»Das ist Roastbeef«, erklärt sie. »Mum macht sonntags gern einen Braten mit allem Drum und Dran.«

Was ihre Mutter sonntags kocht, hängt einzig und allein davon ab, wie nüchtern Annies Vater ist, aber es klingt besser, vorzugeben, dass Joe gerade in einen typischen Tag bei den Kemps geraten ist.

»Bitte setz dich doch«, sagt sie. Annie hat den Eindruck, dass ihre Stimme förmlich und angespannt klingt, aber Joe scheint es nicht zu bemerken. Er lässt sich auf das Sofa fallen und zerdrückt dabei eines der von ihrer Mutter mit peinlichster Sorgfalt aufgeschüttelten Kissen. Annie zuckt unwillkürlich zusammen. »Hast du gut hergefunden?« Sie klingt wie die Empfangsdame bei einem Vorstellungsgespräch. »Tut mir leid«, fügt sie hinzu und verzieht den Mund zu einer Grimasse. »Achte gar nicht auf mich. Ich glaube, ich bin ein bisschen nervös.«

Joe schenkt ihr sein typisches breites Lächeln. In seinem Gesicht ist keine Spur von Besorgnis zu erkennen. »Das brauchst du nicht zu sein«, beruhigt er sie. »Ich komme mit Eltern bestens klar. Sie werden mich lieben.«

Bevor Annie Zeit hat, sich darüber auch noch Sorgen zu machen, geht die Tür auf und ihr Vater kommt herein. Sie versucht ihn mit Joes Augen zu sehen. Ein mittelalter Mann mit beginnendem Bierbauch und mit Brylcreem gegelten Haaren. Er trägt eine Strickweste über einem langweiligen grünen Hemd und eine braune Hose. Offensichtlich hat er sich für den Gast nicht in Schale geworfen.

»Du musst der neue Macker sein«, sagt er und Annie zuckt erneut zusammen. »Malcolm Kemp.« Er nickt, als wäre seine Identität so offensichtlich, dass er sich keinem wirklich vorstellen muss.

Joe, der schnell aufgestanden ist, als Annies Vater das Zimmer betrat, streckt ihm jetzt die Hand entgegen.

»Joseph Ferensby«, stellt er sich vor. »Ich freue mich sehr, Sie kennenzulernen, Mr Kemp. Und Sie haben eine entzückende Tochter, wenn ich das sagen darf.« Joe strotzt vor Selbstbewusstsein, genau wie am ersten Tag im Bus, und Annie beneidet ihn um sein lockeres Auftreten.

Ihr Vater schaut Annie nachdenklich an, als wäre es ihm noch nie in den Sinn gekommen, dass jemand seine Tochter als entzückend betrachten könnte. Annie versucht, seine Gedanken zu lesen, wird aber von ihrer Mutter unterbrochen, die hereingewuselt kommt. Sie trägt ein silbernes Tablett mit einer Schale gesalzener Erdnüsse und fünf klirrenden Gläsern darauf, die mit bernsteinfarbenem Sherry gefüllt sind. »Wer möchte Sherry?«, fragt sie und streckt Joe das Tablett entgegen. Und dann, in letzter Sekunde, überlegt sie es sich anders und hält es Annies Vater hin, der sich ein Glas nimmt, am Inhalt schnüffelt und es dann in einem Schluck leert.

»Joe, das ist meine Mutter, Pam«, sagt Annie schnell. »Mum, das ist Joe.«

»Schön, Sie kennenzulernen, Mrs Kemp. Da sieht man gleich, woher Annie das gute Aussehen hat.«

Annie verschluckt sich um ein Haar. Ihre Mutter wird sofort rot und lässt fast das Tablett fallen, während sie einen nervösen Blick auf ihren Mann wirft. Sie hält Joe das Tablett mit den Gläsern hin und er ist drauf und dran, sich eines zu nehmen, als sich Annies Vater einmischt.

»Du wirst doch diesen Mist nicht trinken wollen, Joseph. Die Pubs haben geöffnet und wir verschwenden wertvolle Trinkzeit. Wir sind mal kurz weg auf ein schnelles Bier, Pam. Zum Mittagessen sind wir wieder zurück.«

Annies Mutter, die offensichtlich keinen Ausflug ins Pub vor dem Essen erwartet hat, verliert sofort die Fassung. »Na gut«, sagt sie leise, »aber ich brauche dich um Viertel vor eins wieder hier, damit du das Fleisch schneidest, Malcolm. Bitte.«

Annie hört den flehenden Ton in ihrer Stimme und hofft, dass Joe ihn nicht mitbekommt. Ihr Vater nickt nur und komplimentiert Joe aus der Haustür, wobei er sich im Vorbeigehen noch eine Handvoll Erdnüsse schnappt. Alles, was Annie und ihre Mutter jetzt tun können, ist abwarten und hoffen.

Annie nimmt sich ein Glas Sherry und eine Handvoll Erdnüsse, die sie sich auf einmal in den Mund schüttet. Ihre Mutter schüttelt erneut die Kissen auf.

Es geht bereits auf halb zwei zu, als die Männer zurückkommen, und beide hatten eindeutig mehr als ein Bier, aber sie sind bester Stimmung und scheinen gut miteinander auszukommen. Als die Haustür lautstark ins Schloss fällt, erscheint Ursula aus ihrem Zimmer und kommt halb die Treppe herunter, bleibt jedoch außer Reichweite stehen. Annies Vater macht eine Handbewegung in ihre Richtung.

»Und diese junge Dame, Joseph, mein Junge, ist meine Erstgeborene, Ursula. Sie ist ein echter Knaller. Du wirst dich am Ende des Mittagessens fragen, ob du die richtige Schwester ausgewählt hast. Ursula, meine Süße, komm und begrüß den neuen Liebhaber der kleinen Annie.«

Ursula guckt mürrisch, macht aber keine Anstalten, näher zu kommen. »Hallo«, sagt sie. Ihr Ton ist weder herzlich noch freundlich. Sie wendet sich an ihre Mutter. »Ist das Mittagessen fertig? Ich sterbe vor Hunger.«

»Ich glaube, es ist bereits leicht verkocht«, flüstert ihre Mutter, aber ihr Vater ist schon auf dem Weg ins Esszimmer.

»Mensch, hab ich einen Kohldampf!«, stöhnt er und drängt sich an ihrer Mutter vorbei.

»Wie ist die Sitzordnung? Ein Junge, ein Mädchen?«, fragt Annies Mutter fröhlich, als sie sich um den Tisch versammeln und auf Anweisungen warten. »Ich sitze hier an der Tür, damit ich das Essen bringen und abräumen kann. Möchtest du neben Annie sitzen, Joseph?«

»So funktioniert das nicht«, mischt sich ihr Vater ein und schüttelt bedächtig den Kopf. Mit einem tabakgelben Finger deutet er reihum auf jeden der Stühle und zählt sie ab. »Das ist grundlegende Mathematik, Frau«, weist er ihre Mutter zurecht, wendet sich dann wieder an Joe. »Du solltest hier besser nicht nach Grips und Schönheit gleichzeitig suchen, Joseph. Davon gibt es hier nämlich ziemlich wenig.«

Annie hört, wie Ursula sich räuspert, und denkt für einen furchtbaren Augenblick, dass sie ihrem Vater widersprechen wird, doch stattdessen sagt sie: »Oh, wir sind beide dumm wie Bohnenstroh. In unserem Kopf herrscht gähnende Leere.«

»Also, das stimmt nun wirklich nicht«, meldet sich ihre Mutter leise zu Wort.

»Der Junge weiß, dass ich Spaß mache, Pam. Sei nicht so empfindlich.«

Annie sieht, wie ihre Mutter ein wenig in sich zusammensackt, die Schultern hängen lässt und den Kopf senkt, sodass Annie ihr Gesicht nicht mehr sehen kann. »Ich bringe jetzt das Essen«, sagt sie und ihre Stimme ist kaum mehr als ein Flüstern. »Könnt ihr mir bitte helfen, Mädchen?«

»Ich weiß nicht«, ist ihr Vater zu vernehmen, der sich auf seinem Stuhl zurücklehnt und zu Joe schaut, als kommunizierten die beiden in einer Sprache, die den Frauen fremd ist. »Wie kann ich vor Joseph mit meinen Töchtern prahlen, wenn du sie ständig wegschleppst? Kommst du in der Küche nicht allein klar? Bei dem Theater, das du machst, sieht es glatt so aus, als hättest du noch nie einen Sonntagsbraten gemacht.« Ihre Mutter zu erniedrigen und vor Joe anzugeben, gefällt Annies Vater außerordentlich. »Und Joseph und ich brauchen etwas zu trinken. In der Speisekammer ist noch Bier. Bring uns jedem eine Dose, ja?«

Annie merkt, dass ihre Mutter in Panik gerät und mit so vielen Aufgaben auf einmal überfordert ist.

»Ich mache das, Dad«, sagt sie und schlüpft aus dem Zimmer, bevor er sich erneut beschweren kann.

Mit gesenktem Kopf folgt ihr ihre Mutter.

»Ich musste das Fleisch selbst schneiden«, beklagt sie sich, sobald sie sicher in der Küche sind. Ihr schwaches Nervenkostüm lässt ihre Stimme hoch und atemlos klingen. »Ich konnte nicht länger warten. Es wird ihm nicht gefallen, aber was sollte ich tun?«

»Schon gut, Mum«, beruhigt Annie sie. »Ich wette, er wird es nicht einmal merken. Ich bringe jetzt die Bierdosen rein und dann komme ich zurück und helfe dir.«

Sie schnappt sich die Dosen und zwei Gläser. Allerdings mehr zum Schein, denn sie ist sicher, dass sie keiner von beiden benutzen wird. Dann geht sie ins Esszimmer zurück. Ihr Vater hält Hof und Joe lacht tüchtig über etwas, das er gesagt hat.

Ursula blickt immer noch finster drein und sieht aus, als wäre sie viel lieber irgendwo anders.

»Stimmt doch, oder, Annie?«, fragt ihr Vater, als sie das Zimmer betritt. »Ursula könnte mit dem Gesicht Milch sauer werden lassen. Ist kein Wunder, dass es der junge Joseph hier auf dich abgesehen hat. Du magst zwar nicht das gute Aussehen oder, seien wir doch ehrlich, die Figur deiner Schwester haben …«

Annie fühlt sich gedemütigt. Sie stellt die Bierdosen auf den Tisch, daneben jeweils ein Glas, und verschränkt die Arme fest vor der Brust. Sie wirft einen Blick auf Joe, hofft, dass sein Gesichtsausdruck Entsetzen oder zumindest Mitleid zeigt, aber er ist auf ihren Vater fokussiert und lacht sogar noch lauter als zuvor. Er kann ihm doch wohl nicht auf den Leim gegangen sein? Sie riskiert es, einen Blick auf Ursula zu werfen, die fast unmerklich den Kopf schüttelt. Lass es, heißt das. Lass es einfach.

»… aber immerhin weiß unsere Annie, wie man lächelt«, fährt ihr Vater fort.

»Ich gehe Mum helfen«, murmelt Annie und tritt den Rückzug an.

»Joseph scheint nett zu sein«, sagt ihre Mutter, als sie wieder in die Küche kommt. Ihre Stimme klingt jetzt ruhiger. »Und dein Vater mag ihn«, fährt sie fort. »Das ist gut.« Annie fällt die offene und fast leere Sherryflasche auf, aber sie erwähnt sie nicht. »Nimm du bitte das Gemüse und ich bringe die Ofenkartoffeln und das Fleisch«, fügt sie hinzu und gibt Annie ein Geschirrhandtuch. »Ich hole dann noch die Soße.«

Annie nimmt die heißen Schüsseln und folgt ihrer Mutter. In der Mitte des Tisches stellt sie sie auf Untersetzern vorsichtig ab, wobei die Stiele der Servierlöffel auf ihren Vater zeigen.

»Oh, ich Dummerchen!«, ruft ihre Mutter. »Ich habe die Teller vergessen. Was hab ich mir denn dabei gedacht?«

»Gar nichts hast du gedacht«, murrt ihr Vater. »So wie immer. Da siehst du mal, was ich in dieser Familie auszuhalten habe, Joseph. Ich bin von unfähigen Idioten umgeben.«

Joe lacht wieder, aber dieses Mal klingt sein Lachen unsicherer. Er schaut mit einer fragend gehobenen Augenbraue zu Annie, die nur mit den Schultern zuckt. Was kann sie auch sagen? Willkommen in der Familie Kemp.

»Ich hole sie schnell. Sie sind zum Wärmen im Backofen. Bin gleich zurück.«

Wieder klingt die Stimme ihrer Mutter schrill vor Anstrengung, nicht die Beherrschung zu verlieren. Sie verlässt erneut das Zimmer, ist aber innerhalb von Sekunden mit einem Stapel Teller zurück, auf dem sie oben die Sauciere balanciert. Annie hält den Atem an, erwartet ein Desaster, aber ihrer Mutter gelingt es, alles unfallfrei auf dem Tisch abzustellen. Dann lässt sie die Hände über dem Essen schweben und kontrolliert, ob alles so ist, wie es sein soll. Fast sieht es so aus, als würde sie es segnen.

»So, Joseph«, sagt sie und richtet schließlich den Blick auf ihren Gast. »Was kann ich dir auftun?«

»Oh, ein bisschen von allem wäre wunderbar. Danke, Mrs Kemp.« Joe bedenkt ihre Mutter mit dem für ihn typischen Augenzwinkern.

Annies Mutter wird rot wie eine Debütantin. Ursula verdreht die Augen, aber Annie spürt einen kleinen Anflug von Stolz. Dieser gut aussehende Mann gehört ihr, und zwar für immer. Joes Teller, auf dem sich das Essen türmt, wird an ihn weitergereicht.

»Soße?«, fragt Annie.

Joe nickt und zwinkert auch ihr zu, eine kleine verschwörerische Geste, die ihr sagt, dass er versteht und sie das hier zusammen durchstehen.

»Was zum Teufel hast du mit dem Fleisch gemacht?« Der Zorn ihres Vaters kommt plötzlich und wie aus dem Nichts. Die Atmosphäre verdüstert sich merklich. Annie beißt sich auf die Lippe. »Womit hast du es geschnitten, Frau? Mit einer Nagelfeile? Oder hast du es mit einem Löffel zerhackt? Du hast ein einwandfreies Stück Fleisch ruiniert, du dämliche Kuh – und das war nicht gerade billig, weißt du, Joseph? Bei uns gibt's kein Suppenfleisch oder Bruststück. Das ist echte Oberschale. Geht jetzt aber sicher auch als Suppenfleisch durch, so wie sie es zugerichtet hast.« Er schiebt den Stuhl zurück und will aufstehen.

Annies Mutter zieht sich in sich selbst zurück und der winzige Funken Selbstvertrauen, der sich entzündet hatte, erlischt wieder.

»Tut mir leid«, murmelt sie. »Ich hab mein Bestes gegeben. Es war nur so, dass du nicht da warst und das Fleisch musste geschnitten werden, sonst wäre alles andere hinüber gewesen.«

»Ach so«, entgegnet ihr Vater und nickt langsam. »Es ist also mein Fehler. Meine Frau kann nicht mit einem Tranchiermesser umgehen und irgendwie muss ich dafür den Kopf hinhalten. Siehst du, was ich hier aushalten muss, Joseph?«

»Du hättest es selbst machen können. Mum hatte dich gebeten, zu einer bestimmten Zeit vom Pub zurück zu sein, aber du bist ja zu spät gekommen und da mussten wir uns behelfen«, schaltet sich Ursula mit ruhiger Stimme ein.

Annie erstarrt, senkt den Blick auf ihr Tischset und ist plötzlich fasziniert von der Jagdszene, die darauf abgebildet ist. Ihre Mutter saugt scharf die Luft ein. Sie warten alle auf das, was unweigerlich als Nächstes kommen wird, aber es ist Joe, der das Schweigen bricht.

»Also für mich sieht das alles lecker aus, Mrs Kemp«, lobt er. »Mir läuft schon das Wasser im Mund zusammen.«

Annies Vater lässt sich wieder auf den Stuhl sinken und knurrt, aber er beschwert sich nicht mehr. Ihre Mutter häuft Essen auf seinen Teller und reicht ihn ihrem Mann. Der nimmt ihn entgegen, ohne sich zu bedanken. Dann versorgt sie Ursula und Annie und schließlich auch sich selbst. Schon bald schlagen sie alle zu und von Joe hört man anstelle eines Gesprächs nur noch anerkennende Laute.

Als ihr Vater aufgegessen hat, schiebt er den Teller von sich und lehnt sich zurück.

»Also, Joseph. Womit verdienst du deinen Lebensunterhalt?«

»Ich bin Buchmacher, Mr Kemp«, antwortet Joe.

Annie sieht, wie sich ihr Vater wieder ein wenig aufsetzt.

»Ein ehrwürdiger Beruf«, lobt er. »Als Buchmacher muss man schlau sein. Da geht es um Mathematik, wisst ihr, Mädchen? Da müssen die Gewinnquoten und die Wahrscheinlichkeit berechnet werden. Anspruchsvolle Sachen. Das geht allerdings ein bisschen über deinen geistigen Horizont, Annie. Sie ist nämlich nicht die Hellste, unsere Annie«, fügt er in übertrieben hörbarem Flüsterton hinzu.

»Oh, ich weiß nicht«, unterbricht ihre Mutter ihn tapfer. »Sie hat einen sehr guten Schulabschluss gemacht, Joseph.«

»Und der hat ihr herzlich wenig gebracht. Jetzt verkauft sie Handschuhe an Frauen mit mehr Geld als Verstand, um ihren Lebensunterhalt zu verdienen. Das ist ja wohl kein beruflicher Erfolg. Und Ursula ist auch nicht besser.«

»Ich gehe auf die Kunstakademie, Dad«, wirft Ursula ein.

»Weil du nicht auf mich gehört hast. Wohin wird dich das bringen, frage ich dich? Ein Dach überm Kopf wirst du davon nicht bezahlen können. Das ist sicher.«

»Du solltest stolz auf deine Mädchen sein, Malcolm«, getraut sich ihre Mutter zu sagen. »Beide machen ihre Sache sehr ordentlich.«

Ihr Vater sieht aus, als wolle er gleich widersprechen, aber da mischt sich Joe ein.

»Also ich bin stolz auf Annie«, sagt er. »Sie ist sehr gut für mich.« Dann lächelt er Annie an und seine hellen Augen strahlen, obwohl sein Blick ein wenig abschweift. »Das war ein köstliches Mittagessen, Mrs Kemp.«

Annies Herz macht einen kleinen Sprung. Sie sieht, wie ihre Mutter ebenfalls strahlt. Sogar ihr Vater sieht weniger verärgert aus. Nur Ursula blickt immer noch finster drein.

»Oh, bitte sag Pam zu mir.« Annies Mutter richtet sich auf ihrem Stuhl auf. »Möchtest du noch einen Drink, Joseph, bevor ich das Dessert serviere?«

Kapitel 10

Cara, 2017

Nachdem ich die Postkarten entdeckt habe, schwirrt mir der Kopf, während ich mich bemühe, das zu ordnen, was ich zu wissen meine. Wie Eichhörnchen in einem Baum jagt in meinem Kopf eine Frage die andere, aber es gibt keine Antworten. Ich ziehe mich in mein Nähzimmer zurück, kann mich aber auf nichts konzentrieren. Dreimal nähe ich einen Ärmel ein und trenne ihn wieder heraus, bevor ich einsehe, dass das heute nichts wird. Das Kleid wieder über die Schneiderpuppe gestreift, sitze ich da und starre hinaus in den schlafenden Garten. Wenn sich die Antworten doch einfach hinter dem Fenster befänden.

Dad und Mrs P sind in der Küche. Ich höre, wie Schränke geöffnet und geschlossen werden und Dad wieder Kirchenlieder singt. Er war nie ein Kirchgänger, oder zumindest nicht, soweit ich weiß. Wo er all diese Lieder nur gelernt hat, die wie fast nichts anderes fest in seinem Gedächtnis verankert zu sein scheinen, ist mir ein weiteres Rätsel, das vielleicht niemals gelöst wird. Das beunruhigt mich jetzt auf eine noch nie da gewesene

Art und Weise. Bis heute Morgen dachte ich, ich wüsste alles, was es über den Mann zu wissen gibt, mit dem ich seit mehr als dreißig Jahren in diesem Haus wohne. Jetzt bin ich mir nicht mehr sicher.

Natürlich habe ich darüber nachgedacht, Dad auf die Postkarten anzusprechen, und wieder drängt sich der Gedanke in den Vordergrund. Ich weise ihn zurück. An Kirchenlieder mag er sich erinnern, aber die meiste Zeit hat er Schwierigkeiten, mich, seine Tochter, einzuordnen. Das sehe ich an den eigenartigen Blicken, die er mir zuwirft, wenn ich mit ihm rede. Zuerst dachte ich, er würde in den dunklen Winkeln seines Verstandes nach meinem Namen suchen, aber mittlerweile ist mir klar, dass es meine gesamte Identität ist, die ihm entgleitet. Deshalb ist es auch zwecklos, ihn nach dem Metallkasten auf dem Dachboden zu fragen. Ich weiß, dass ihn seine eigenen Schwächen zunehmend frustrieren. Erst gestern hat das letzte Teil des blauen Denby-Geschirrs dran glauben müssen, als er seinen Teller ohne Vorwarnung durch die Küche schleuderte. Ich kann die Teller durch etwas Billiges, Namenloses ersetzen, aber ich möchte es in seinem labilen Zustand nicht noch schlimmer für ihn machen.

Ich überdenke die Möglichkeiten immer wieder, aber jedes Mal komme ich zum selben Ergebnis. Was, wenn Mum nicht gestorben ist? Was, wenn sie die ganze Zeit am Leben war, uns Postkarten geschickt und versucht hat, den Kontakt zu halten? Wenn ich darüber nachdenke, was das bedeutet, bildet sich in meiner Kehle ein Kloß so hart wie eine Nuss, der es unmöglich macht zu atmen. Meine Mutter ist tot – das ist eine bekannte Tatsache. Das ist seit meinem zweiten Lebensjahr die Wahrheit gewesen, aber was wäre, wenn es doch nicht wahr ist? Würde Dad bei so etwas wirklich lügen? Nichts ergibt einen Sinn. Ich stolpere herum in den dunklen

Wassern meiner Fantasie und suche verzweifelt nach etwas, an dem ich mich festhalten kann.

Drei- oder viermal erwische ich mich, wie ich mit dem Telefon in der Hand dastehe und Michaels Nummer wähle, aber jedes Mal lege ich auf, bevor es bei ihm klingelt. Was sollte ich ihm auch sagen? Meine Eltern mögen zwar plötzlich für mich zu einem Rätsel geworden sein, aber ich kenne meinen Bruder. Bevor ich mit ihm rede, muss ich mehr Informationen haben, sonst wird er meine Vermutung einfach abtun.

Dann kommt mir eine Idee – ein Moment der Klarheit in all diesem Durcheinander. Wenn meine Mutter tot ist, dann gibt es darüber ein Dokument. Die Leute sterben nicht einfach. Sie hinterlassen eine Spur in der Bürokratie. Ich kenne den Namen meiner Mutter, weiß das ungefähre Sterbedatum und dass sie in London gelebt hat. Es muss eine Sterbeurkunde geben. Alles, was ich tun muss, ist, online zu recherchieren. Noch während ich das denke, bin ich mit ein paar Schritten an der Tür meines Nähzimmers und ziehe sie fest hinter mir zu. Meine Hand schwebt über dem Messingschlüssel im Schloss, aber ich entscheide mich dagegen. Es hat genug verschlossene Türen gegeben. Wenn Dad oder Mrs P hereinkommt, beende ich einfach die Recherche. Keiner muss wissen, was ich vorhabe.

Meine Hände zittern so heftig, dass ich kaum den Laptop aufklappen, geschweige denn das Passwort eingeben kann. Ich öffne Google und schreibe: Wie findet man eine Sterbeurkunde? Die ersten Seiten sind Werbung für Stammbaum-Nachforschungen, über die ich hinwegscrolle. Und dann finde ich eine offizielle Regierungsseite. Ohne noch einmal darüber nachzudenken, klicke ich darauf und dann auf GEBURTEN, EHESCHLIESSUNGEN UND

TODESFÄLLE. Fast sofort habe ich die Seite vor mir, über die man Sterbeurkunden anfordern kann. Meine Hand schwebt zögernd über der Maus, aber ich zittere so sehr, dass ich die Seite anklicke, bevor ich mich wirklich dafür entschieden habe, und eine Zahlungsaufforderung erscheint. Das verwirrt mich, und es ist auch nicht richtig. Denn wenn meine Mutter nicht tot ist, dann gibt es auch keine Sterbeurkunde, für deren Anforderung ich Gebühren entrichten müsste. Ich muss anders an die Sache herangehen und gehe zurück auf die Abstammungsseiten. Es ist erst dreißig Jahre her, dass meine Mutter gestorben sein soll, aber damit zählt sie doch sicher als Vorfahrin, oder? Ich wähle willkürlich eine Seite aus, die sich sofort öffnen lässt. In der obersten Bildschirmzeile wird eine kostenlose Recherche angeboten. Alles, was ich tun muss, ist, einen Namen und ein Datum eingeben, plus oder minus zehn Jahre.

»Cara! Cara!«

Dads Stimme unterbricht meine Gedanken und ich schrecke auf, als stünde er direkt hinter mir. Wie als Kind, wenn ich etwas im Schilde führte, habe ich ein schlechtes Gewissen.

»Cara!«

Ich höre, wie er näher kommt. Sein Gang ist schwerfällig und unsicher. Ich minimiere die Bildschirmansicht.

»Ich bin hier, Dad. In meinem Näh…, in deinem Arbeitszimmer.«

Die Tür wird geöffnet und Dad steht da. Er hat sich seinen Pullover wie einen dicken Schal um den Hals gewickelt. Die Ärmel baumeln nutzlos zu den Seiten herunter.

»Ich kann nicht …«, setzt er an und lässt sich dann, bezwungen von seinem Satz und dem Pullover, in den Sessel fallen. Dabei verpasst er nur knapp das neue Schnittmuster, das ich gerade noch rechtzeitig unter ihm wegziehe.

»Oh, Dad. Du steckst aber in einer misslichen Lage. Komm, lass dir helfen.« Ich ziehe den Pullover nach unten und er windet sich wie ein störrisches Kleinkind. Als ich seinen Arm in den richtigen Ärmel stecke, etwas, was ich für ihn schon ein Dutzend Mal gemacht habe, fällt mir auf, dass es sich anders anfühlt, ihm zu helfen. Eine winzige Wolke des Zweifels hängt über mir. Hat Dad mich all die Jahre belogen und dann noch über so etwas Wichtiges? Mein Mitleid für seine Verwirrtheit wird zum ersten Mal von einem Gefühl überschattet, das ich nicht ganz einordnen kann.

»Wo ist Mrs P?«, frage ich ihn und versuche das Gefühl, das ich nicht kenne und nicht mag, abzuschütteln.

»Wer?«, fragt er.

»Du weißt doch. Mrs P. Die Pflegerin.« Ich helfe ihm auf die Beine und ziehe den Pullover auch hinten herunter.

»Keine Pflegerin«, sagt er und schüttelt gemächlich den Kopf.

»Na, komm schon, Dad.« Ich führe ihn am Arm aus dem Zimmer. »Lass uns eine Tasse Tee kochen.«

Sorgsam schließe ich die Tür hinter mir. Meine Recherche wird warten müssen.

Ich ertappe mich dabei, wie ich Dad gegenüber kurz angebunden bin, jedenfalls kürzer als sonst. Alles, was er tut, tötet mir den Nerv, und ich murmele beim geringsten Anlass etwas Liebloses vor mich hin. Vielleicht hilft frische Luft, denke ich und gehe nach draußen, um mich über das Laub herzumachen. Unser Garten ist umgeben von alten Bäumen, die im Sommer Schatten spenden und Privatsphäre bieten, allerdings im Herbst für verstopfte Abflüsse und moderndes Laub sorgen. Dad kehrte früher das Laub, sobald es vom Baum fiel, und irgendwie spornt mich das Wissen an, dass der alte Dad, also der von früher, es nicht hätte herumliegen lassen. Ich arbeite systematisch, harke einen Rasenabschnitt zu einem hohen Laubhaufen zusammen und widme mich dann dem nächsten. Schon bald ist der Rasen übersät mit braunen Haufen, die aussehen wie Maulwurfshügel zwischen grünen Flecken. Ich hole einen Sack aus dem Gartenschuppen, und als ich zurückkomme, ist das Laub meiner Haufen wieder über den ganzen Rasen verteilt. Es sieht aus, als hätte ich es nie zusammengeharkt. Inmitten dieses Durcheinanders stehen Dad und Mrs P und amüsieren sich prächtig. Er lehnt sich an sie, damit er nicht fällt, wenn er das Bein zurückschwingen lässt, um mit so viel Schwung wie möglich in die Blätterhaufen zu treten. Dad hat zwar den Körper eines alten Mannes, aber wenn sein Fuß auf den Laubhaufen trifft, strahlt sein Gesicht vor Entzücken wie das eines Kindes.

Ich sehe rot. Es gibt eine Million effektivere Dinge, die ich an diesem Nachmittag hätte tun können, als meine Zeit mit etwas zu vertun, das so schnell wieder zunichtegemacht wird.

»Herrgott noch mal!«, schimpfe ich, als ich auf die beiden zugehe. »Dad! Hör auf damit!«

Dad dreht sich zu mir um, erweckt aber nicht den Anschein, als hätte er mich verstanden. Er lässt immer noch sein Bein schwingen, obwohl der Haufen, in dem er steht, nur noch aus ein paar Blättern besteht. Mrs P, die mit den Händen Dads Arm umfasst, damit er nicht das Gleichgewicht verliert, fängt meinen Blick auf und schüttelt leicht den Kopf. Sie will mir ohne Worte sagen, dass ich es einfach dabei bewenden lassen soll, dass es nur ein harmloser Spaß ist, dass ich im Moment leben soll. Ich schaue auf die Blätter und dann auf Dad, der mit einem Lächeln auf seinem ständig verwirrten Gesicht in der Mitte steht. Ich weiß, dass ich diesen Moment zu schätzen wissen und einen geistigen Schnappschuss davon machen sollte, weil es nicht mehr viele solcher Lächeln geben wird, und gewiss sollte das wichtiger sein als ein paar Minuten vergeblicher

Mühe. Aber alles, was ich inmitten dieses verstreuten Laubes sehen kann, ist der Mann, der mich mein ganzes Leben lang belogen hat, der Dinge unter Verschluss gehalten hat, die eigentlich ans Licht gehört hätten.

Ich lasse den Sack fallen. Am liebsten würde ich ihn den beiden entgegenschleudern, aber er ist leer und hat nicht genug Gewicht.

»Das könnt ihr jetzt alles wieder zusammenharken«, sage ich und weiß, wie lächerlich diese Aufforderung klingt, aber das ist mir vollkommen egal. Dann drehe ich mich um und stolziere zurück zum Haus. Sie rufen mir nichts hinterher. Nur das Rascheln von Blättern ist zu hören, als sie zu einem weiteren Laubhaufen gehen. Ich bin wie ein bockiges Kind. Eigentlich möchte ich mitmachen, Teil des Spaßes sein, aber ich bin zu stur und riskiere, mein Gesicht zu verlieren, und das macht mich noch wütender. Ich weiß, dass mehr hinter meinem Wutanfall steckt als nur ein paar zerstobene Blätterhaufen, aber ich lasse den Gedanken, wo er ist. Ich getraue mich nicht, mich zu sehr selbst zu erforschen. Noch bin ich einfach nicht bereit, so weit zu gehen. Ich muss einen Schritt nach dem anderen machen.

Später, nachdem das Abendessen zubereitet, gegessen und alles wieder aufgeräumt ist und Mrs P Dad fürs Bett fertig macht, gehe ich in mein Nähzimmer. Die Rechercheseite befindet sich immer noch minimiert am unteren Rand des Bildschirms. Ich klicke sie wieder an und tippe dann mit zitternden Fingern *Anne Ferensby 1987* in die vorgegebenen Kästchen.

Meine Hand schwebt über der Maus. Und wenn es keine Sterbeurkunde gibt? Das würde heißen, dass ich tatsächlich noch eine Mutter habe. Eine lebende Mutter. Ich klicke. Jetzt bin ich so weit gekommen und muss es wissen. In diese unmögliche Lage habe ich mich selbst gebracht. Ich schaue auf die kleine Sanduhr, die sich füllt und leert. Dann aktualisiert sich der Bildschirm und eine rote Meldung schreit mir entgegen:

Es konnten leider keine Ihre Suchkriterien erfüllenden Ergebnisse gefunden werden.

Für einen Augenblick wird mir schwer ums Herz, doch dann wird mir klar, dass keine Ergebnisse bedeutet, dass es keine Sterbeurkunde für meine Mutter gibt. Meine Mutter ist nicht tot. Meine Mutter ist nicht tot. Nicht tot. Sie lebt.

Immer wieder wiederhole ich dieselbe Recherche. Jedes Mal dasselbe Ergebnis. Ich ändere das Datum um fünf Jahre in beide Richtungen, obwohl es eigentlich sinnlos ist, denn ich weiß genau, wann meine Mutter gestorben sein soll. Im Februar 1987. Nichts. Dann versuche ich es mit dem aktuellen Jahr, aber diesmal zögern meine Finger. Was, wenn meine Mutter nicht im Jahr 1987 gestorben ist, aber trotzdem nicht mehr lebt? Was, wenn ich sie kurz nach ihrem Auffinden schon wieder verloren habe?

Ich muss es jetzt wissen. Ich muss alles wissen. Ich klicke und warte, aber wieder erscheint dieselbe Meldung. *Keine Ergebnisse.*

Tränen sammeln sich in meinen Augen und ich blinzele sie fort, während ich auf die Nachricht starre. *Keine Ergebnisse.* Die Worte verschwimmen durch die Tränen, bis der Bildschirm zu einer Masse farbiger Pixel wird. Kann meine Mutter wirklich am Leben sein? Das ergibt keinen Sinn, aber welche andere Erklärung gibt es?

Ich muss ungefähr eine halbe Stunde dagesessen und auf den Laptop gestarrt haben. Irgendwann hat er in den Standby-Modus geschaltet, denn als ich schließlich wieder zu mir komme, ist der Bildschirm schwarz. Mir ist vage bewusst, dass mir ein Gedanke gekommen war, der mich ins Hier und Jetzt zurückbefördert hat. Ich versuche, mich darauf zu konzentrieren, was mir jedoch nicht gelingt. Es ist, als wollte ich die Samen einer Pusteblume einfangen. Jedes Mal, wenn ich die Hand ausstrecke, lässt der Windzug, den ich dabei verursache, die Samen wieder ein wenig außer Reichweite schweben. Ich mühe mich ab, zurückzudenken und den Gedanken wieder einzufangen. Als es mir schließlich gelingt, ist er so simpel, dass ich gar nicht verstehe, wie er mir entfallen konnte. Wenn meine Mutter noch lebt, kann ich vielleicht etwas über sie herausfinden, ein anderes Detail, das diese ganze Geschichte weniger verworren macht.

Eine frische Adrenalinwelle brandet durch meinen Körper bis in die Finger. Ich wecke den Laptop, starte eine neue Suche und gebe Anne Ferensby in das Suchfeld ein. Dann warte ich gespannt auf ein Ergebnis.

Meinen Sie Anne Hornsby?, fragt mich Google, als wüsste ich den Namen meiner Mutter nicht.

Mein Blick überfliegt die Ergebnisse der Recherche. Anne Browne, die aus einem Ort in Yorkshire kam, der nicht einmal genau so geschrieben wird wie dieses Hornsby, und dann zahlreiche Seiten, die sich auf den Ort beziehen. Da ist nichts, was in irgendeiner Weise auf meine Mutter zutreffen könnte. Sofort bin ich ausgebremst. Wie kann es sein, dass es nichts über sie gibt? Jeder hinterlässt irgendeine Art von digitalem Fußabdruck. In der heutigen Zeit kann das nicht vermieden werden. Ich aktualisiere die Recherche, obwohl ich weiß, dass es sinnlos ist. Dann suche ich anhand ihres Namens und des Datums ihres angeblichen Todes. Danach gebe ich ihren Namen und das Jahr ein, in dem sie geboren wurde, doch fördere nichts zutage.

Ich schlage auf die Tastatur, als würde das etwas bringen, und die Tasten scheppern protestierend. Wie kann es sein, dass meine Mutter nicht tot ist und hier bereits Schluss ist? Es muss doch etwas geben. Wenn sie lebt, wo ist sie dann? Was macht sie? Wie lebt sie? Es gibt Millionen Fragen, die mich später einholen werden, aber im Augenblick konzentriere ich mich auf die grundlegenden. Und dann kann ich plötzlich die Augen nicht mehr offen halten. Als ich auf die Uhr schaue, ist es morgens halb drei und alles um mich herum ist still. Ich klappe den

Laptop zu und mache mich auf den Weg ins Bett. Als ich mir die Zähne putze, schaue ich mein Spiegelbild an. Sehe ich aus wie sie? Würde sie mich auf der Straße erkennen? Würde ich sie erkennen?

Als ich ins Bett gehe, verfliegt die Erschöpfung und neue Ideen schwirren mir im Kopf herum. Ich liege einfach in der Dunkelheit, bis das Licht eines neuen Tages durch die Vorhänge dringt.

Kapitel 11

Es stellt sich heraus, dass Greg an dem romantischen Wochenende Beth einen Antrag gemacht hat. Ich bekomme diverse SMS von ihr, die sie alle eilig in der Damentoilette geschrieben hat. Sie sind voller Abkürzungen und Ausrufezeichen und kreischen praktisch vor Begeisterung. Ich bin nicht überrascht, dass er sie gefragt hat. Beth ist ein großartiger Fang. Wer würde sie nicht heiraten wollen? Doch als ich am nächsten Tag zu Greg fahre, weil mich beide zu einem Festessen eingeladen haben, kann ich nichts dagegen tun, dass ich mich selbst ein bisschen bemitleide. Unablässig scheinen sich Paare zu bilden. Ich weiß, dass das der Lauf der Dinge ist, aber trotz aufrichtiger bester Absichten wird sich Beth nach und nach von mir entfernen, weil die Anziehungskraft ihres neuen Lebens zu stark sein wird, um sie zu ignorieren.

Ich biege in Gregs Straße ab und halte vor dem Haus. Sein schnittiger schwarzer Porsche steht in der Einfahrt neben Beths altem, verbeultem Peugeot. Die neue, luxuriöse Villa ist mit künstlichen Betonblöcken verkleidet, die dem glatten, honigfarbenen Stein aus dieser Region nachempfunden sind. Das Haus nebenan sieht fast genauso aus und das daneben ebenso. Die gepflasterte Auffahrt erinnert mich an die Zeichnung eines Kindes und nirgendwo gibt es Pflanzen, die der Fassade etwas von ihrer Strenge nehmen, außer zwei exakt gestutzten Buchsbäumen, die über der glänzenden schwarzen Eingangstür Wache halten. Trotz seines offensichtlich hohen Preises ist das Gebäude langweilig und nichtssagend. Mir gefällt Beths kleines Häuschen mit dem Garten voller Wildblumen und der riesigen Glyzine, die das baufällige Spalier hinaufrankt, viel besser. Ich nehme an, sie wird es jetzt verkaufen, um in Gregs Villa zu ziehen, und der Gedanke macht mich wieder traurig.

Ich greife nach der Flasche Champagner, die unter dem Beifahrersitz herumgerollt ist, und überprüfe meine Frisur im Spiegel auf der Rückseite der Sonnenblende. Greg mustert die Leute immer von oben bis unten, was ich unangenehm finde, obwohl es mir eigentlich egal ist, was er von mir denkt. Dann fahre ich mit einem Finger über die Mundwinkel, um verschmierten Lippenstift abzuwischen, und hole tief Luft.

Als ich an die große schwarze Tür klopfe, öffnet Beth fast sofort.

»Wer ist es?«, höre ich Greg von drinnen rufen.

»Nur Cara«, antwortet Beth.

»Sehr charmant!«, rufe ich, werfe ihr die Arme um den Hals und drücke sie fest an mich. »Komm her, du! Ich gratuliere dir!« Dann drücke ich ihr einen Kuss auf die glänzenden Haare und atme ihr vertrautes Parfüm ein. Trotz meiner eigenen Sorgen freue ich mich für sie. »So! Ich will alles wissen. Lass nichts aus. Aber zuerst brauche ich einen Drink. Ich hatte einen furchtbaren Tag und brauche Alkohol zur Wiederbelebung«, scherze ich.

Beth greift nach meinem Ellbogen und führt mich in die Küche. Mir verschlägt sie jedes Mal den Atem, Gregs Küche. Es ist ein Schrein aus Chrom und Granit und jede Oberfläche reflektiert die nächste. Einmal habe ich mich über die Sauberkeit aller Gerätschaften ausgelassen – Greg scheint mir der zwanghafte Typ zu sein –, aber Beth meinte, dass er dort eigentlich gar nicht kocht.

»Das ist alles nur Show«, erzählte sie mir einmal. »Er kann nicht mal ein Ei kochen.«

»Mal gucken, ob ich Gläser finde«, sagt sie jetzt und öffnet einen Geschirrschrank nach dem anderen.

Nach einigen Anläufen stößt sie auf einen Schrank voller Gläser und Tassen. Sie reckt sich gerade nach den Sektflöten, als Greg in der Tür erscheint.

»Nicht die, Darling.« Seine Stimme erschreckt Beth dermaßen, dass sie fast das Glas auf den gefliesten Boden fallen lässt. Ich bemerke, wie sie vor Erleichterung, das Glas noch in der Hand zu halten, aufatmet. »Das ist eine besondere Gelegenheit und schreit doch nach Kristallgläsern, oder?«, erklärt Greg.

Er öffnet einen weiteren Schrank. Das geschliffene Glas funkelt im grellen Licht der Deckenstrahler. »Diese hier, denke ich.« Er nimmt eine schlanke Champagnerflöte aus dem Schrank und hält sie prüfend hoch.

»Müssen nur ein bisschen poliert werden.«

Einen Augenblick kommt es mir so vor, als gäbe er Beth eine Anweisung, doch dann öffnet er eine Schublade, holt ein kariertes Geschirrhandtuch heraus und macht sich selbst an die Arbeit. Beth hält sich zurück und beobachtet ihn geduldig.

»Soll ich einschenken?« Das ist mehr ein Befehl als eine Frage. Er nimmt mir die Flasche aus der Hand, wirft einen kritischen Blick auf das Etikett und lässt dann fachmännisch den Korken knallen. Der Champagner sprudelt und schäumt und ich erinnere mich zu spät an die holprige Fahrt hierher, bei der die Flasche kräftig durchgeschüttelt wurde. »Der ist aber ziemlich ausgelassen«, scherzt Greg, als er sich bemüht, den Champagner ordnungsgemäß einzuschenken.

Wir halten alle die Luft an, als sich die Schaumblasen immer weiter auf den Glasrand zubewegen und dann kurz davor wieder den Rückzug antreten.

»Und jetzt«, sagt er, als alle drei Gläser millimetergenau die gleiche Menge Champagner enthalten, »ein Toast auf meine wunderschöne zukünftige Braut.«

Ich wiederhole seine Worte und hebe mein Glas. Beth wippt auf den Zehen, deutet auf ihre Brust und formt lautlos mit den Lippen die Worte: »Ich! Das bin ich!«

»Ich gratuliere euch beiden«, sage ich und dann zu Beth: »Ich freue mich so für dich.«

Beth nimmt meine Hand und drückt sie fest.

»Ich kann es kaum glauben«, sagt sie. »Es war so eine Überraschung.« Sie zwinkert mir verschwörerisch zu und ich werfe einen Blick hinüber zu Greg, der aber völlig nichtsahnend ist und den Augenblick genießt. »Komm und setz dich.« Sie hakt mich unter und zerrt mich förmlich ins Wohnzimmer. Beth ist wie ein junger Hund, völlig ausgelassen und übermütig. Ich gebe meinen Eigensinn auf und folge ihr.

Das Wohnzimmer ist riesig und hell erleuchtet. Es gibt drei Sofas, jedes klein und elegant mit auf Hochglanz polierten Armlehnen aus Holz und Füßen wie kleine Kastanien. Sie sehen nicht einladend aus, sind mit einem Stoff in einem satten Weinrot mit goldenen Streifen bezogen und mit goldenen Quasten gesäumt. Der Raum erinnert mich an ein altmodisches Schlosshotel, in dem Kinder nicht erlaubt sind.

Beth schiebt mich zu einem Sofa. Ich setze mich und ertappe mich dabei, wie ich mich nicht zurücklehne, sondern vorne am Rand hocke. Beth quetscht sich sofort neben mich, streift ihre Schuhe ab und zieht die Füße unter die Schenkel.

»Ich will alle Einzelheiten wissen«, sage ich und meine es auch so.

Jeder Quadratzentimeter von Beth scheint zu lächeln. Während sie redet, schlingt sie die Arme fest um sich.

»Oh, Cara«, fängt sie an. »Es war so romantisch. Das Hotel war einfach perfekt. Wir hatten eine Suite mit Blick auf den Golfplatz. Das Badezimmer allein hatte fast die Größe meines Häuschens. Als wir angekommen sind, haben wir … na ja. Das kannst du dir sicher vorstellen.«

Ich grinse sie an.

»Und dann …?«

»Dann sind wir zum Abendessen nach unten gegangen. Zuerst haben wir an der Bar einen Drink genommen und da hätte ich schon wissen müssen, dass etwas im Busch war. Der Kellner hat uns einfach Champagner serviert, ohne dass wir welchen bestellt hatten. Greg hatte dem Personal schon erzählt, was er vorhatte.«

Ich habe Mühe, das Romantische in etwas zu erkennen, das so inszeniert war, aber ich will mich für Beth freuen und deshalb nicke ich begeistert.

In diesem Augenblick betritt Greg den Raum. Es ist, als hätte er in den Kulissen auf seinen glorreichen Moment gewartet und seinen Auftritt so geplant, dass er eine maximale Wirkung erzielt.

»Ich erzähle Cara gerade, wie du den Kellnern grünes Licht gegeben hast, Darling«, säuselt Beth und dreht sich auf dem Sofa sitzend mit dem ganzen Körper zu ihm um.

Greg grinst und schaut mich an, als warte er auf Lob. Ich ignoriere ihn und widme bewusst Beth all meine Aufmerksamkeit.

»Jedenfalls«, fährt sie fort, »haben wir dann mit dem Abendessen begonnen, aber mitten in der Vorspeise … ich hatte Jakobsmuscheln mit Erbsenschaum. Sie waren fantastisch, so saftig und …«

Hinter mir gibt Greg einen tiefen, abfälligen Ton von sich.

»Cara will nicht genau wissen, was wir gegessen haben, Darling.«

»Eigentlich doch«, mische ich mich ein, aber Beth entschuldigt sich bereits.

»Tut mir leid. Wie auch immer, mitten in der Vorspeise taucht ein Mann mit einer Geige auf und kommt direkt an unseren Tisch, um irgendein klassisches Lied zu spielen. Wie hieß das noch mal, Greg?«

Greg schüttelt den Kopf und lächelt sie nachsichtig an. »Das war Albinonis *Adagio*«, säuselt er.

»Das war's«, sagt Beth. Ihr Lächeln ist jetzt so breit, dass ich mich wundere, dass sie überhaupt noch reden kann. »Er beginnt also, sein Adagi-Dingsbums zu spielen, und alle schauen zu uns herüber. Der Speisesaal war voll, nicht wahr, Greg?«

Greg nickt. Sein Lächeln hat sich von nachsichtig zu etwas verändert, das nahe an eingebildet herankommt.

»Dann hat sich Greg vorgebeugt und die Rose aus der Vase genommen. Oh! Die Rose habe ich noch gar nicht erwähnt.« Ich schüttele den Kopf. »Also, da war eine einzelne rote Rose auf dem Tisch, als wir uns gesetzt haben. Wie auch immer, er nahm die Rose aus der Vase. Dann ist er auf die Knie gegangen und hat mich vor dem ganzen Restaurant gefragt, ob ich ihm die sehr große Ehre erweise, seine Frau zu werden.«

Ich nehme an, wir haben den Höhepunkt erreicht, und bin drauf und dran, sie zu umarmen, aber sie redet weiter.

»Und dann hat er mir die Rose gegeben.«

Greg mischt sich ein.

»Und da ist der Plan irgendwie schiefgegangen«, gibt er zu und schaut mich demonstrativ mit gehobenen Augenbrauen an.

Greg redet wie eine Figur aus einem schlechten Historiendrama. Beginnend an Beths Halsgrube breitet sich Schamesröte aus.

»Ich war so blöd, Cara! Ich habe den Ring überhaupt nicht bemerkt. Er befand sich in der Rose. Ich weiß nicht, was ich mir gedacht habe. Ich meine, schau dir doch nur mal die Größe an!« Sie hält mir die linke Hand hin. Der Ring ist spektakulär. In der Mitte sitzt ein Rubin, der fast die Größe einer Fünf-Pence-Münze hat. Er sitzt in einer rotgoldenen Fassung umgeben von Diamanten im Brillantschliff. Der Ring wäre nicht meine erste Wahl gewesen. Ich bin sicher, Beths auch nicht.

»Wow!«, rufe ich, als beide offensichtlich auf eine Reaktion warten. »Ich weiß nicht, wie du den übersehen konntest, Beth.«

»Allerdings, Cara«, pflichtet Greg mir bei.

»Vielleicht war es die Farbe der Rose, die verwirrend war«, füge ich hinzu. »Eine weiße wäre wahrscheinlich besser gewesen.«

Greg schnaubt.

»Also, wenn Beth nur die Augen aufgemacht hätte …«, murmelt er.

»Na ja«, sage ich. »Greg hat den Antrag gemacht und Beth hat den Ring gefunden …«

»Letztendlich«, stöhnt Greg.

»Und dann …?«

Beth schaut mich an, als hätte ich eine Schraube locker. »Ich habe natürlich Ja gesagt und dann hat das ganze Restaurant geklatscht und der Geiger hat *Congratulations* gespielt.«

»Den hatte ich ganz vergessen«, flüstere ich.

Greg hat genau verstanden, was ich gesagt habe, denn sein Lächeln entgleitet ihm.

»Und dann hat Greg Champagner für alle bestellt. Na ja, der stand schon bereit, oder, Greg? Die Kellner servierten ihn, sobald ich Ja gesagt hatte.«

»Wow«, sage ich wieder. »Gut, dass du Ja gesagt hast.«

»Natürlich hat sie Ja gesagt«, mischt sich Greg ein und sein Blick huscht im gut eingerichteten Zimmer umher. »Warum sollte sie das nicht?«

Gute Frage, denke ich. »Zeig mir noch mal den Ring, Beth.«

Beth streckt mir die Hand hin und ich halte sie fest.

»Er hat vor Beth meiner Mutter und meiner Großmutter gehört. Und er passt wie angegossen, nicht wahr, Beth?«

»Ich meine eigentlich immer noch, dass er ein bisschen eng ist«, entgegnet Beth leise.

»Habt ihr schon ein Datum festgelegt?«

»Oh, sobald alles geregelt ist. Greg hält nichts von langen Verlobungen, nicht wahr, Greg? Und du nähst mein Hochzeitskleid, ja, Cara?«

Gregs zurückgekehrtes Lächeln erstarrt. »Willst du das nicht in London aussuchen, Darling? Ich bin sicher, Caras Kleider sind vollkommen angemessen, aber Geld spielt hier wirklich keine Rolle.«

»Nein«, sagt Beth mit Bestimmtheit, die mir sofort auffällt und mich beruhigt. »Das ist mein Kleid und ich will nichts lieber, als dass meine beste Freundin es für mich entwirft und anfertigt. Natürlich werden wir es bezahlen«, fügt sie hinzu. »Wie du gerade gehört hast, spielt Geld keine Rolle.«

Ich kann nicht anders und grinse Greg an, der in seiner eigenen Schlinge gefangen ist und jetzt weiß, dass er mit seiner zukünftigen Frau kein völlig einfaches Spiel haben wird. Dann wende ich mich wieder an Beth.

»Ich würde mich sehr freuen und wäre geehrt, wenn ich das Hochzeitskleid anfertigen darf.« Ich umarme Beth und drücke sie fest.

Über Beths Kopf hinweg schaue ich Greg an, der mich mit einem verkniffenen kleinen Lächeln bedenkt.

Kapitel 12

Annie, 1978

Es ist komisch, wie der Verstand im Nachhinein Geschichte neu schreibt. Es wird Annie schließlich klar werden, dass es ein Fehler war, Joe geheiratet zu haben. Sie suchte nach einem Ausweg, einem neuen Leben für sich, und dachte, es mit Joe gefunden zu haben. Als sie Ursula erzählt, dass Joe um ihre Hand angehalten hat, ist sie auf die Reaktion allerdings nicht vorbereitet. Es ist nicht so, als hätte sie erwartet, dass ihre Schwester die Champagnerkorken knallen lässt, auch wenn sie keine zum Knallen-lassen haben. Ursula ist die ältere der Schwestern und man hätte normalerweise erwartet, dass sie als Erste das Haus verlässt. Als sie Kinder waren, hatten sie sogar darüber gesprochen, zusammen wegzugehen. Unter der Bettdecke wurde geflüstert, während ihr Vater unten tobte. Aber das waren keine richtigen Pläne gewesen; zumindest hatte Annie das nie gedacht. Es waren kindische Tagträume, wie ein Pony zu Weihnachten zu bekommen oder Ballerina zu werden. Sie würden jede für sich ausbrechen und ihre eigenen Fluchtmöglichkeiten ergreifen. Annie hatte erwartet, dass sich ihre Schwester für sie freuen würde, und ist deshalb schockiert über Ursulas Reaktion.

»Du kannst ihn nicht heiraten!«, schreit Ursula.

»Ich bin erwachsen. Ich kann tun, was ich will!«, schreit Annie zurück.

Als Schreien kann man es eigentlich nicht bezeichnen. Obwohl sie sich die Sätze gehässig entgegenschleudern, ist die Lautstärke nur wenig lauter als ein Flüstern. Ihr Vater ist am Tisch zwischen ihnen zusammengesackt. Seine Stirn ruht auf dem Handgelenk und der andere Arm hängt schlaff herunter. Seine langsame, nasale Atmung könnte den Eindruck erwecken, dass er tief und fest schläft, aber die Schwestern wissen aus bitterer Erfahrung, dass man sich darauf niemals verlassen kann. Er kann jeden Moment aufwachen und feststellen, dass sie sich über seinen Kopf hinweg streiten. Das muss auf alle Fälle vermieden werden.

»Warum sollte ich ihn nicht heiraten?«, zischt Annie mit heiserer Stimme. »Er ist gut aussehend und charmant. Er hat einen guten Job und eine eigene Wohnung. Und er liebt mich.«

Sie spielt ihre Trumpfkarte zum Schluss aus, hört und genießt den triumphalen Klang ihrer Stimme.

Ursula verdreht die Augen.

»Er liebt dich?«, spottet sie. »Er liebt dich! Du würdest doch nicht wissen, was Liebe ist, wenn sie hier hereingeschlendert käme, auf die Knie fiele und deine Schuhe lecken würde. Du liebst ihn nicht, Annie, und er liebt dich garantiert auch nicht. Mach die Augen auf! Siehst du nicht, was hier geschieht?«

Ums Verrecken sieht Annie nicht, was geschieht. Sie ist der Meinung, ihren Seelenverwandten gefunden zu haben, und wird mit ihm in den Sonnenuntergang reiten.

»Du bist nur eifersüchtig«, zischt sie zurück und stößt mit einem Finger über den gekrümmten Körper ihres Vaters hinweg in Ursulas Richtung. »Du bist eifersüchtig, weil ich jemanden gefunden habe, der mich hier rausholt, und du wirst zurückbleiben.«

»Oh, das ist er also? Dein Ritter in einer schimmernden Rüstung. Verdammt, du bist genauso schlimm wie Mum! Siehst du nicht, wie das ausgehen wird?«

Annie, die die Arme fest vor der Brust verschränkt hat, sieht, wie etwas in ihrer Schwester erlahmt, als hätte sie den Willen verloren, Annie anzugehen. Ihr vor Wut angespannter Gesichtsausdruck verändert sich zu etwas, das eher an Mitleid erinnert.

»Schau mal, Annie«, sagt sie behutsamer. »Ich weiß, dass du ein neues Leben beginnen willst. Weiß Gott, ich verstehe das. Aber bist du sicher, dass eine Heirat die Lösung ist? Wirklich sicher? Du bist noch so jung und willst dich schon binden. Das ganze Leben liegt noch vor dir. Geh raus und lebe zuerst ein bisschen. Wenn er dich so sehr liebt, wie du sagst, dann wird er auf dich warten.«

Annie schlingt die Arme noch fester um sich. Sie wird nicht zulassen, dass Ursula ihr die Heirat ausredet. Was Joe anbelangt, ist sie sich schon die ganzen Monate sicher. Sie hat nur darauf gewartet, dass er die Frage der Fragen stellt. Im Spiegel hatte sie sogar geübt, überrascht und erfreut auszusehen, sodass sie bereit war, als er sie eines Abends mit einem Funkeln in den Augen von der Arbeit abholte. Er ging mit ihr an ihrer gewohnten U-Bahn-Haltestelle vorbei in eine Seitenstraße, wo sie ein Taxi nahmen. Joe gab dem Fahrer einen kleinen Zettel und nannte das Ziel nicht laut. Dann zog er ein seidenes Halstuch aus seiner Tasche und verband ihr die Augen, sodass sie nicht sah, wohin sie fuhren. Als das Taxi anhielt, half er ihr aus dem Auto und ignorierte ihren lachenden Protest. Er führte sie behutsam und sie spürte, wie aus dem Beton unter ihren Füßen Gras wurde und die Steigung zunahm. Die seidene Maske entfernte er noch immer nicht. Endlich blieben sie stehen und er wies sie an, die Augenbinde abzunehmen. Wie sie bereits vermutet hatte, befanden sie sich auf dem Primrose Hill und die Lichter der

Stadt funkelten unter ihnen wie eine riesige Schatzkammer. Joe kniete vor ihr und sie spürte, wie ihr Herz Purzelbäume schlug. Er ergriff ihre Hand und sie bemerkte, dass sie nur ein wenig zitterte.

»Annie, erweist du mir die Ehre und wirst meine Frau?«, fragte er und bevor sie antworten konnte, streckte er ihr eine dunkelblaue Schachtel entgegen. Der Ring mit mehreren Rubinen war filigran und feminin. Annie verbannte den Hauch einer Enttäuschung aus ihrem Kopf, denn in ihrer Fantasie hatte sie sich diesen Moment so vorgestellt, dass Joe noch keinen Ring ausgesucht hatte und sie beide zu einem Juwelier gingen, um zusammen einen Diamanten auszuwählen. Dennoch war der Ring wunderschön und sie musste zugeben, dass sie ihn vielleicht sogar selbst ausgesucht hätte, wenn er ihr gezeigt worden wäre.

Sie sagte Ja – natürlich – und er hob sie hoch und wirbelte sie herum wie ein Kind. Annie wollte am liebsten, dass Primrose Hill erstarrte und jeder auf sie schaute. Genau genommen gab es hier oben Heiratsanträge wie Sand am Meer. Der einzige Mensch, der mitbekam, dass sich Annies Leben gerade grundlegend änderte, war ein alter Mann, der einen Pudel an einer roten Leine spazieren führte.

Mit Joe an der Hand schwebte sie den Hügel hinunter. Annie spürte, wie sich der neue, fremde Ring seitlich in ihren Finger grub, als Joe ihre Hand drückte. Wahllos lächelte sie jeden an, der ihres Weges kam. Leute mit Hunden, Jogger und aufsässige Teenager gleichermaßen, bis ihr die Wangen wehtaten. Sie würde Mrs Joe Ferensby werden und sie wollte, dass alle Welt es erfuhr und ihre Freude teilte.

Und jetzt sitzt Ursula hier und will ihr einreden, dass die ganze Heirat ein Fehler sei. Annie ist neunzehn Jahre alt, du meine Güte! Alt genug, um zu wissen, was sie will, und ihre eigenen Entscheidungen zu treffen. Und diese Entscheidung ist gut. Das weiß sie aus tiefstem Herzen.

»Ich weiß, dass du denkst, ich sei zu jung, Ursula«, beginnt sie. »Aber ich bin nicht wie du. Ich war nicht auf dem College. Und ich bin bereit für den nächsten Lebensabschnitt.« Annie erwartet bei dieser Aussage irgendeine Art von Protest von Ursula und macht eine Pause, wartet auf die Unterbrechung, doch Ursula schweigt und Annie ist ein wenig überrascht. »Ich bin bereit dafür, ein eigenes Zuhause zu haben«, fährt sie fort, »und für Kinder. Und ich weiß, dass Joe ein Charmeur ist und wie verrückt mit jeder flirtet. Er wickelt Mum und Dad um den kleinen Finger. Aber das ist wirklich alles nur Fassade. Er ist liebenswürdig und fürsorglich und lustig und ich weiß, dass er mich liebt. Das tut er wirklich.«

Annie streckt die Hand über den Tisch, um den Arm ihrer Schwester zu berühren. Es ist eine ungeschickte Geste und sie muss sich weit vorbeugen, um an sie heranzureichen. Sie spürt, wie Ursula ein wenig zurückweicht, dann jedoch die Berührung zulässt.

»Kannst du dich nicht einfach für mich freuen, Urs? Bitte.«

Ursula holt Luft, um etwas zu sagen, wird aber von einem tiefen, kehligen Schnarchen unterbrochen. Ihr Vater schaudert im Schlaf und Annie zieht schnell die Hand zurück, stellt sich darauf ein zu verschwinden. Ursulas Gesichtszüge verhärten sich wieder und sie presst die Lippen zu einer festen, weißen Linie zusammen.

»Mach, was du willst«, sagt sie. »Sobald ich mit dem Studium fertig bin, werde ich auch von hier weggehen, und zwar so weit wie möglich. Du wirst nur noch eine Staubwolke von mir sehen. Heirate ihn, heirate ihn nicht. Mir ist das egal. Aber komm nicht angeheult, wenn du mit Kindern zu Hause angebunden bist, um die du dich gar nicht alle kümmern kannst, und dein Leben vorbei ist, kaum dass du fünfundzwanzig bist. Du hast die Wahl, Annie. Mach keinen Fehler.«

Ursula stürmt aus der Küche, allerdings leise. Annie ist allein. Ihr Vater sabbert jetzt. Ein schmales Rinnsal Speichel läuft ihm aus dem Mund über die Wange und sammelt sich auf dem Tisch. Er sieht so verletzlich aus. Annie könnte einfach ein Kissen nehmen und … Aber das ist jetzt nicht mehr von Bedeutung. Joe wird sie beschützen. Ihr Vater wird ihr nie wieder wehtun können.

Kapitel 13

Cara, 2017

Irgendwie weiß ich, dass meine Mutter noch lebt. Ich kann nicht erklären, weshalb, aber ich spüre es tief in mir. Irgendwo da draußen, in der großen, weiten Welt, habe ich eine Mutter, die nicht tot ist. Allerdings habe ich keinen Beweis, keinen Grund, abgesehen von einem Kasten mit alten Postkarten, um solch einen überraschenden Schluss zu ziehen. Sogar als mir dieser Gedanke durch den Kopf geht, werden die Schmetterlinge in meinem Bauch zu Drachen, die so heftig mit den Flügeln schlagen, dass ich Mühe habe zu atmen und mit offenem Mund nach Luft schnappe. Das passendste Wort, das mir einfällt, um diesen Zustand zu beschreiben, ist Freude, reine und von Herzen kommende Freude.

Natürlich hält das Gefühl nicht an. Frühstück ist das gewohnte Durcheinander von Verschüttetem und Fehlinterpretation. Ich denke, Dad will Cornflakes. Dass er sie nicht will, merke ich daran, dass er die Schale auf den Tisch ausleert. Ich hole ein Tuch und brauche nicht lange, um die Schweinerei aufzuwischen, denn ich habe gelernt, seine Schüssel nicht zu voll zu machen. Dann versuche ich es mit »Weetabix«.

Die scheinen auch nicht recht zu sein, aber er hat offensichtlich auf halbem Wege das Interesse am Widerstand aufgegeben und isst sie. Er ist jetzt an einem Punkt angelangt, an dem er immer noch selbst essen will, es aber nicht mehr gut kann. Als es der »Weetabix«-Brei endlich auf den Löffel geschafft hat, bleibt er wenigstens dort, aber dann landet mehr auf Dads Kinn als in seinem Mund. Als er schließlich frustriert und hungrig ist, erlaubt er mir, ihm mit dem restlichen Brei zu helfen.

Ich muss mit Michael sprechen. Noch während der Gedanke in meinem Kopf Gestalt annimmt, weiß ich, dass ich es jetzt, in dieser Minute tun muss. Ich muss ihm erzählen, was ich entdeckt habe. Diese Frau, die ich vielleicht mit nur einem Mausklick von den Toten zum Leben erweckt habe, ist auch seine Mutter. Darüber hinaus ist dieses Wissen eine viel zu schwere Last für mich allein und mein Bruder der einzige Mensch, der wissen kann, wie es sich anfühlt. Beth wäre mitfühlend und würde die richtigen Laute von sich geben, um mir beizupflichten, aber ihre Mutter ist nicht dreißig Jahre tot gewesen, um dann einfach wiederentdeckt zu werden. Nein. Der Einzige, mit dem ich wahrscheinlich besprechen kann, wie sich das anfühlt, ist Michael.

Aber wie? Michael ist in London. Es ist nicht so, dass ich einfach auf einen Kaffee bei ihm vorbeischauen kann, und ich kann dieses Gespräch nicht am Telefon führen. Ich muss sein Gesicht sehen, wenn ich ihm von meiner Entdeckung erzähle, damit ich seine Reaktion einschätzen kann. Ich muss richtig mit ihm sprechen, ohne dass er plötzlich kein Wort mehr sagt oder, was noch schlimmer wäre, einfach den Hörer auflegt. Es wäre nicht das erste Mal, dass er bei unangenehmen Mitteilungen den Kopf in den Sand steckt. Ganz plötzlich überwältigt mich das Bedürfnis, nach London zu fahren. Hastig springe ich auf, als würde ich auf der Stelle starten. Sogar Mrs P, die vor der

Spüle steht, dreht sich zu mir um, wendet sich aber wieder wortlos dem Geschirr zu, als alles in Ordnung zu sein scheint.

»Ich muss nach London«, verkünde ich. »Heute.«

Sobald ich das gesagt habe, wird mir bewusst, dass es gar nicht machbar ist. Solche Reisen müssen tagelang, wenn nicht gar wochenlang sorgfältig geplant werden. Und Dad kann ich auch nicht seinem Schicksal überlassen. Mrs P hat zwar schon einmal mit mir darüber gesprochen, dass sie auch hier übernachten könnte, wenn Dad diese Pflegestufe erreicht, aber seitdem habe ich diese Möglichkeit nicht mehr erwähnt.

»Ich brauche Seide«, erkläre ich. »Und von ein paar anderen Sachen ist auch nicht mehr viel da. Normalerweise bestelle ich online, aber ...«

Meine Stimme verliert sich. Sogar für mich hört es sich nach einer lahmen Ausrede an. Ich arbeite an Hochzeitskleidern, die eine Lieferzeit von Monaten, wenn nicht gar Jahren haben. Ich bin gut organisiert – na ja, bei meiner Arbeit auf jeden Fall. Ich war noch nie in einer Situation, in der ich irgendetwas jetzt sofort gebraucht hätte. Ich hätte ehrlicher sein sollen. Von Anfang an hätte ich sagen sollen, dass ich Michael sehen will. Weshalb, brauche ich nicht zu sagen. Ich will gerade eine Kehrtwendung machen, als sich Mrs P noch einmal umdreht und die Hände an einem Geschirrhandtuch abtrocknet.

»Möchten Sie, dass ich bei Ihrem Vater bleibe?«, fragt sie. »Ich habe für heute Abend noch nichts geplant und könnte nach Hause flitzen, wenn er im *Limes* ist, um ein paar Sachen zu holen. Ich bleibe über Nacht hier und dann brauchen Sie nicht zurückzuhetzen.«

Ich überlege mir ihr Angebot noch, während sie spricht. Es scheint aufrichtig zu sein und hat nicht den Anschein, als würde sie sich ausgenutzt oder zu etwas gedrängt fühlen, das sie nur ungern tut. Außerdem bitte ich sie auch nicht um etwas, was sie umsonst tun soll. Ich bin sicher, die Nachttarife der Agentur decken die Unannehmlichkeiten mehr als ab.

Ich merke, dass ich noch nicht geantwortet habe. Mrs P starrt mich an und wartet, und je länger keine Reaktion von mir kommt, desto mehr erwecke ich den Eindruck, als würde ich ihr irgendwie nicht trauen. Ich sehe, wie in ihrem Gesicht Zweifel auftauchen, und antworte, bevor sich diese Zweifel festsetzen.

»Wenn es Ihnen wirklich nichts ausmacht, wäre das fantastisch.« Ich lächele, so breit ich kann, um ihr zu zeigen, wie sehr ich ihren Fähigkeiten vertraue, während meiner Abwesenheit für Dad zu sorgen. »Normalerweise muss ich nicht so kurzfristig weg. Es ist mehr oder weniger eine einmalige Sache. Aber wenn Sie aushelfen könnten ...«

»Machen Sie sich keine Sorgen«, beruhigt sie mich. »Wir werden gut ohne Sie klarkommen. Vor allem hätten wir dann mal weniger Unordnung.«

Das lässt mich aufhorchen, aber als ich sie anschaue, sehe ich den Schalk in ihren haselnussbraunen Augen aufblitzen und weiß, dass alles gut werden wird. Dann fällt mir wieder Dad ein, der dasitzt und darauf wartet, dass ihm jemand sagt, was er als Nächstes tun soll. Dem Gespräch, das über seinen Kopf hinweg geführt wurde, hat er nicht folgen können.

»Bist du damit einverstanden, Dad?«, frage ich ihn. »Wenn ich über Nacht weg bin und sich Mrs P um dich kümmert?«

»Wir kommen schon miteinander klar, nicht wahr, Joe?«, schaltet sich Mrs P ein.

Dad schaut von einer zur anderen. Ich bin mir ziemlich sicher, dass er nichts verstanden hat, aber meine Hand würde ich dafür nicht ins Feuer legen. Wenn das hier nicht klappt, dann werde ich keine Gelegenheit mehr bekommen, mit Michael zu reden, und plötzlich hat dieses Gespräch oberste Priorität.

»Das ist prima«, sage ich, bevor er Gelegenheit hat zu begreifen, worum es geht.

Dad starrt mich mit ausdruckslosem Gesicht an.

»Ich packe ein paar Sachen zusammen und schaue, wann ein Zug fährt. Vielen Dank.«

Ich muss mich zusammenreißen, um nicht vor Freude zu hüpfen. Mrs P nickt und ich renne aus der Küche und in mein Nähzimmer, wo ich in null Komma nichts die Fahrplanseite aufgerufen und nachgeschaut habe, wann ich losmuss. Doch dann kommen mir plötzlich Zweifel. Was soll ich Michael erzählen? Es ist ja nicht so, als hätte ich einen echten Beweis dafür, dass unsere Mutter nicht tot ist. Ein Kasten voller Postkarten ohne Unterschrift und das Fehlen einer Sterbeurkunde sind zwar ein ziemlich guter Anfang, aber was sagt mir das mit Sicherheit? Im Augenblick habe ich nur ein paar unwesentliche Hinweise und ein Bauchgefühl und ich werde mehr brauchen, um meinen Bruder zu überzeugen.

Kapitel 14

Als ich das Haus mit hastig in eine Reisetasche gestopften Sachen für eine Übernachtung verlasse, drehe ich mich um und sehe Dad am Fenster sitzen und mich beobachten. Es tut mir in der Seele leid, ihn dort wie einen kleinen Jungen sitzen zu sehen, der darauf wartet, dass sein Daddy heimkommt, bis mir einfällt, dass er dort jeden Morgen sitzt und auf Brian und den Kleinbus wartet, der ihn zur Tagespflege bringt. Alles Emotionale, das ich hineininterpretiere, ist ganz allein auf meinem Mist gewachsen. Dad hat vergessen, dass ich wegfahre. Er wird nicht weiter darüber nachdenken, bis er vom *Limes* zurückkommt und feststellt, dass ich nicht zum Abendessen da bin – und vielleicht noch nicht einmal dann.

Der Zug läuft in Wakefield ein und ich überlege, wie ich die Sache mit Michael am besten angehe. Ich hatte ihm eine eilige Nachricht geschickt, bevor ich das Haus verließ, um sicherzugehen, dass er auch da sein würde.

Hi. Bin heute in der Stadt. Kann ich vielleicht bei euch übernachten? Komme gegen siebzehn Uhr an. C x

Michael hatte zurückgeschrieben. Seine Nachricht war zwar kurz, lautete aber, dass ich willkommen sei. Er war von meiner Ankündigung sicher leicht überrascht gewesen, jedoch nicht aus der Bahn geworfen worden. Wenn sie zu Hause sind, steht ihre Tür immer für mich offen. Als der Zug auf Doncaster zurast, überlege ich, wie der Abend verlaufen wird. Ich stelle mir das Abendessen mit Marianne und den beiden Zwillingsmädchen, meinen Nichten, vor. Sie essen immer alle zusammen viel später, als wir es jemals zu Hause getan haben, was ein Beweis für Michaels neues Leben im Süden des Landes ist. Die Kinder nennen das Abendessen *Dinner*, worüber ich immer grinsen muss. Ich nehme an, ich wäre genauso geworden, wenn Dad uns nicht aus unserem Londoner Leben und allem, was an unsere Mutter erinnerte, in den Norden geschleppt hätte. Nach dem Essen muss ich Michael ein bisschen für mich haben. Sosehr ich Marianne auch mag, ich kann das nicht vor ihr mit meinem Bruder besprechen. Das ist eine Sache unter vier Augen. Wenn ich ihr vielleicht sage, dass es sich um etwas handelt, was mit Dad zu tun hat, dann ist sie eventuell froh, wenn sie sich unter dem Vorwand, die Kinder ins Bett zu bringen, entfernen kann.

Und an diesem Punkt schwächelt mein Plan. Was werde ich sagen, wenn ich mit Michael allein bin? Wie sagt man jemandem, dass man glaubt, dass die seit dreißig Jahren tot geglaubte Mutter in Wirklichkeit lebt? Es ist schwer, sich vorzustellen, wie man das beiläufig in eine Unterhaltung einfließen lässt. Während ich dieses Szenario in meinem Kopf durchspiele, spüre ich, wie sich Nässe unter meinen Achselhöhen bildet, die Flecken in meinem Top hinterlässt. Doch neben dieser Angst bin ich auch aufgeregt. Ich versuche mir vorzustellen, wie Michael reagieren wird. Er wird es zuerst nicht glauben, aber er wird sich wundern, wenn ich ihm zeige, was ich gefunden habe. Auf die Tatsache, dass ich etwas weiß, was er nicht weiß, bilde ich mir ein bisschen was ein. Die Erfahrung, die kleine Schwester zu sein, lässt einen nie wirklich los.

Wir erreichen Doncaster. Der Bahnhof ist groß und altmodisch. Ich stelle mir Soldaten mit ihren Liebsten, Dampf und Betriebsamkeit vor. Eine Frau betritt meinen Waggon. Sie muss um die sechzig sein, nehme ich an. Besonders gut bin ich nicht darin, das Alter von Leuten zu schätzen, die mehr als zehn Jahre älter sind als ich. Ich gehe nach ihren Haaren, die von stahlgrauen Strähnen durchzogen sind, und nach ihrer Kleidung, die aus verschiedenen Beigetönen besteht, abgesehen von einem konsequent roten Polyesterschal, den sie um den Hals geschlungen hat.

Die Frau ist von ziemlich kräftiger Statur und muss sich seitlich den engen Gang zwischen den Sitzen hindurchschieben. Ich sitze allein an einem Tisch und es gibt noch andere freie Plätze, deshalb bin ich genervt, als sie neben mir stehen bleibt und sich auf den Sitz mir gegenüber zwängt. Ihre Beine stoßen gegen meine, als sie versucht, es sich auf dem begrenzten Platz bequem zu machen. Erst als sie sich eingerichtet hat, schaut sie zu mir auf.

»Hier sitzt doch niemand, oder, Schätzchen?«

Ich bin versucht, ihr zu erzählen, dass mein Reisebegleiter gerade in den Speisewagen gegangen ist und gleich zurück sein wird, aber dann wäre ich verlegen, wenn sie sich irgendwo anders hinsetzt und mein erfundener Begleiter nicht auftaucht. Ich schüttele den Kopf und schaue wieder aus dem Fenster, hoffe, damit einem weiteren Gespräch aus dem Weg zu gehen. Die Atmung der Frau beruhigt sich. Sie muss spät dran gewesen und zum Zug gerannt sein. Dann beginnt sie, Sachen aus ihrer Tasche hervorzukramen. Trotz meiner Angst, ihre Aufmerksamkeit zu erregen, beobachte ich sie verstohlen. Zuerst holt sie ein Rätselbuch mit Eselsohren und einen Bleistiftstummel mit abgenutztem Radiergummi am oberen

Ende hervor und dann ein ziemlich zerdrücktes Blätterteiggebäck in einer Zellophantüte. Sie öffnet die Tüte, holt das Gebäck heraus und isst die Zuckergarnitur, indem sie an ihrem Finger leckt und ihn auf die glitzernden kleinen Körnchen drückt. Ich will eigentlich wegschauen, aber mein Blick fällt immer wieder auf sie. Als würde sie mein Starren bemerken, schaut sie auf und lächelt mich an. Dann wird sie rot und wischt ihren klebrigen Finger am Rock ab.

»Oh, was Sie jetzt wohl von mir denken!« Sie schüttelt den Kopf. »Mein Blätterteiggebäck so zu essen.« Ihre Augen funkeln und sie zuckt mit den Schultern. »Trotzdem ist es die einzig richtige Methode, so ein Teil zu essen«, fügt sie hinzu. »Als Nächstes muss man die obere Schicht durchstoßen und die ganzen Johannisbeeren herausholen.«

Als wolle sie das Gesagte beweisen, klopft sie behutsam gegen das Gebäck und die Kruste zerbricht. Zum Vorschein kommen die glänzenden dunklen Früchte darunter.

»Als meine Mum sie gemacht hat, hat sie immer einen Minzzweig hineingetan, bevor sie sie gebacken hat. Hat fantastisch geschmeckt. In den gekauften ist das nicht, aber sie schmecken trotzdem lecker. Wollen Sie mal probieren?«, fragt sie und schiebt das flache Gebäck über den Tisch zu mir.

Ich schüttele den Kopf.

»Nehme ich Ihnen nicht übel, Schätzchen. Sieht ja auch nicht mehr so appetitlich aus.«

Sie fährt fort, an der Oberseite des Gepäcks zu zupfen und sich winzig kleine Stückchen in den Mund zu stecken. Dann sehe ich, wie ihr Blick auf meine Hand fällt. Ich könnte sie wegziehen und verstecken, aber ich habe gelernt, dass es das Beste ist, sich dem Starren frontal zu stellen. Also lasse ich die Hand auf dem Tisch vor uns liegen. Die Frau wendet den Blick nicht ab, wie es die Leute normalerweise tun, sondern betrachtet eingehend die rauen Konturen meiner Haut.

»Das ist aber eine furchtbare Narbe, die Sie da haben, Schätzchen«, sagt sie. »Plagt Sie die noch?«

Ich bin gerührt, dass sie nach den Nachwirkungen fragt und nicht, wie es dazu gekommen ist. Normalerweise sind die, die nicht widerstehen können zu fragen, völlig darauf fixiert, woher eine solche Verletzung stammt.

»Sie kann schmerzen, wenn es zu heiß wird, und bei feuchtem Wetter manchmal auch«, antworte ich.

»Da wohnen Sie aber im falschen Teil der Erde, wenn Sie Feuchtigkeit meiden wollen.« Sie schenkt mir ein breites, offenes Lächeln.

Dann schlägt sie das Rätselbuch auf, drückt es links und rechts vom Buchrücken kräftig auseinander und beginnt, die Hinweise zum Lösen der Rätsel zu lesen. Sie nimmt den Bleistift und klopft sich damit behutsam gegen die Stirn. Zwei Minuten später legt sie den Stift wieder auf den Tisch und lehnt sich zurück.

»Ich weiß nicht, warum ich mich abmühe«, sagt sie zu mir. »Ich werde daraus nicht schlau. Meine Tochter sagt, ich soll Rätsel lösen, damit mein Verstand nicht einrostet. Ich glaube aber, sie hat Angst, dass ich plemplem werde und sie sich dann um mich kümmern muss. Sie scheint die ganzen Jahre vergessen zu haben, die ich damit verbracht habe, mich um sie zu kümmern. Aber trotzdem hat sie nicht ganz unrecht, oder? Viele werden heutzutage senil und es heißt, es wird immer schlimmer.«

Obwohl sie eine Fremde ist, hat das gradlinige, direkte Geplapper dieser Frau etwas, das mich anzieht. Wir sitzen hier beide in einem Zug fest. Was ist schon dabei, sich ein bisschen zu unterhalten?

»Mein Vater ist dement«, sage ich. »Na ja, eigentlich hat er Alzheimer.«

»Gibt es da einen Unterschied?«, fragt sie. »Ich dachte immer, dass das eine nur ein vornehmer Name für das andere sei.«

Eigentlich habe ich keine Lust, zu sehr ins Detail zu gehen, und frage mich bereits, ob es nicht besser gewesen wäre, den Mund zu halten. »Demenz ist so etwas wie ein Oberbegriff. Er deckt eine Menge verschiedener Krankheiten ab. Alzheimer ist nur eine davon«, erkläre ich ihr.

Sie nickt, als verarbeite sie das Gesagte.

»Das habe ich nicht gewusst«, sagt sie. »Und geht es Ihrem Dad schlecht?«

In Bezug auf Dads Krankheit habe ich nie an gut oder schlecht gedacht. Sie ist einfach da.

»Na ja«, beginne ich, »es gibt viele, die schlechter dran sind, nehme ich an, aber wir haben ein Stadium erreicht, in dem er nicht mehr allein bleiben kann.«

»Ist er in einem Pflegeheim?«, fragt sie und hat den Kopf mitfühlend zu einer Seite geneigt.

»Nein. Er ist noch zu Hause bei mir.«

Sie sieht verwirrt aus und schaut sich sogar um, ob sie irgendwo im Waggon ein Anzeichen von Dad entdeckt.

»Ich habe Hilfe«, füge ich hinzu. »Eine Pflegerin kommt vorbei. Sie kümmert sich auch heute um ihn.«

»Sehen Sie, das ist toll«, kommentiert die Dame das Gesagte, bricht ein Stück vom Boden des Gebäcks ab und schiebt es sich in den Mund. »So sollte das auch sein. Kinder kümmern sich um ihre Eltern. So wird's auf dem Kontinent auch gemacht. Die machen das schon richtig, die Italiener. Meine Tochter wird mich sofort in ein Heim stecken, wenn sie auch nur ansatzweise meint, dass ich nicht mehr alleine klarkomme.«

Ich nicke und versuche die Tatsache zu ignorieren, dass ich diese Diskussion schon viele Male mit mir selbst geführt habe.

»Und wo ist Ihre Mutter?«, fragt die Dame jetzt.

»Meine Mutter ist gestorben, als ich noch ein kleines Mädchen war«, antworte ich.

Die Antwort entschlüpft mir wie schon Hunderte von Malen in meinem Leben. Als mir die Frau gütig zunickt, fällt mir ein, dass ich das vielleicht zum allerletzten Mal gesagt habe.

»Das ist eine Schande«, sagt sie. »Sie armes, kleines Häschen. Ein Kind braucht seine Mutter, seien wir doch ehrlich. Ein Mann ist schön und gut, aber es gibt Dinge, für die man einfach eine Mum braucht. Kein Wunder, dass Sie sich so gut um Ihren Dad kümmern. Zwischen Ihnen beiden muss es eine enge Bindung geben.«

Und genau da trifft es mich. In einem Zug voller Fremder, bei einem Gespräch mit dieser Frau, die Blätterteiggebäck isst und ein Rätselbuch besitzt. Wenn meine Mutter nicht tot ist, wo zum Teufel ist sie dann? Wie konnte sie Michael und mich in so jungen Jahren im Stich lassen? Und wo ist sie seitdem gewesen? Dachte sie, ein paar Postkarten wären genug, um sie von ihren mütterlichen Pflichten zu entbinden? Wenn ja, dann lag sie falsch.

Die Gebäckfrau schaut mich an. Ihr Blick ist auf meinen gerichtet, sie hat den Kopf wieder zur Seite gelegt und ich merke, dass sie auf eine Reaktion von mir wartet.

»Ihr Dad …«, ermuntert sie mich, »Sie müssen wirklich eine besondere Bindung zu ihm haben. Geht's Ihnen gut, Schätzchen?«, fügt sie hinzu und ihr rundes Gesicht sieht besorgt aus.

Ich versuche, mich den neuen Gedanken, die mir im Kopf herumschwirren, zu verschließen.

»Entschuldigung. Ja. Wir sind uns ziemlich nah. Wenn es Ihnen nichts ausmacht, würde ich …«

Ich stehe auf und schiebe mich am Tisch vorbei. Dann gehe ich auf die elektrische Schiebetür zu, die diesen Waggon vom nächsten trennt.

»Ist alles in Ordnung, meine Liebe?«, höre ich sie hinter mir herrufen.

Ich reagiere gar nicht mehr auf sie, will nur noch weg. Ich brauche frische Luft und Freiraum, um meinen Kopf von diesem fremdartigen Gedanken freizubekommen, der in meinen Verstand eingedrungen ist. Er ist wie ein Virus. Ich spüre, wie er sich ausbreitet und alles zerstört, was er berührt. Ich will, dass das aufhört, will die Aufgeregtheit festhalten, die mich überkommen hat, als ich an meinem Computer saß, die ich gespürt habe, als ich in den Zug gestiegen bin, aber es ist zu spät. Sie ist bereits verdorben. Jetzt kann ich kaum glauben, dass es so lange gedauert hat, bis mir der Gedanke gekommen ist. Wie konnte sie uns verlassen? Wohin ist sie gegangen? Wo ist sie dreißig Jahre lang gewesen?

Ich lehne mich an die Wand zwischen den Waggons, schließe die Augen und atme tief ein und aus. Mein Körper wird vom Zug behutsam durchgerüttelt und ich werde ruhiger, wie ein Baby, das geschaukelt wird. Ich weiß nicht, wie lange ich hier gestanden habe, aber als ich zu meinem Platz zurückkehre, ist die Gebäckfrau nicht mehr da.

Kapitel 15

Als ich bei Michael ankomme, fühle ich mich durch die Fahrt mit der stark frequentierten U-Bahn schmutzig und irgendwie so, als hätte ich Schaden genommen. Michaels Haus, eine Doppelhaushälfte mit spitzen Giebeln und großen Erkerfenstern, ist aus gelbbraunen Londoner Ziegelsteinen gebaut. Das sanfte Abendlicht tanzt darüber und zieht mich an wie das Leuchtsignal eines im Meer verschollenen Schiffes. Das Haus unterscheidet sich deutlich vom schwarzen Sandstein unseres Hauses in Yorkshire. Im Vorgarten, jetzt pflegeleicht mit Kies bedeckt, stehen verstreut einzelne Blumentöpfe, die, wie ich annehme, Sommerblumen enthielten, die jetzt zu bloßem Kompost verkommen sind. Ein Beet in Kreisform beheimatet verschiedene undefinierbare Büsche, die, unter Wahrung ihrer Anonymität, ordentlich gestutzt sind. Der Garten ist die Personifikation meines Bruders – praktisch, effizient und dezent – und lässt mich lächeln.

Ich klopfe an die Tür und höre fast sofort kleine Füße, die auf sie zurennen, um sie zu öffnen.

»Tante Cara ist hier!«, rufen meine Nichten drinnen und ihre Stimmen klingen viel aufgeregter, als es meine Erscheinung auf der Türschwelle verdient.

Das Klacken von Riegeln ist zu hören, die zurückgeschoben werden, und dann öffnet sich die Tür und gibt den Blick frei auf zwei kleine dunkelhaarige Mädchen. Ihre anfängliche Aufregung scheint von ihnen abzufallen, sobald die Tür aufgeht. Sie drängen sich aneinander und beäugen mich schüchtern.

»Hallo Mädchen«, begrüße ich sie. »Kann ich reinkommen?«

Sie treten im Gleichtakt beiseite, um mich eintreten zu lassen, und als ich an ihnen vorbeigehe, spüre ich, wie sich eine kleine Hand sacht in meine schiebt.

Marianne kommt aus der Küche im hinteren Teil des Hauses. Sie trägt eine Schürze, womit sie für mich sofort eine Mutter verkörpert. Ein mit Stoff überzogener Haarreif, den man heute nur noch selten sieht, hält ihre dunklen Haare aus dem Gesicht. Sie hat Mehl an den Händen und Unterarmen.

»Cara! Wie schön, dich zu sehen. Hattest du eine angenehme Reise?«

In ihrer Stimme hört man immer noch den Singsang ihrer walisischen Wurzeln, obwohl sie schon viele Jahre in London lebt. Sie eilt auf mich zu, erweckt den Eindruck, als wolle sie mich küssen, und hält sich dann im letzten Moment zurück. Michael und ich zeigen unsere Gefühle nicht gern offen und ich bin Marianne dankbar, dass sie sich daran erinnert.

»Danke, dass ich so kurzfristig kommen darf«, sage ich. »Ich brauchte Sachen aus der Stadt und habe wie immer zu lange gewartet, um sie noch rechtzeitig geliefert zu bekommen. Ich hätte heute Abend wieder nach Hause zurückfahren können, aber …«

»Natürlich nicht«, unterbricht mich Marianne. »Den ganzen weiten Weg herzukommen und dann nicht vorbeizuschauen, hätten wir dir niemals verziehen, nicht wahr, Mädchen?«

Zara und Esmé schütteln die Köpfe. Sie sind wie kleine Miniaturausgaben ihrer Mutter. Ich sehe keine Spuren meiner Gene in den zu mir aufblickenden Gesichtern.

»Michael ist noch nicht von der Arbeit zurück, aber ich soll dir ausrichten, dass er nicht zu spät kommen wird. Komm rein, komm rein.«

Sie deutet mit ihrem mehligen Arm auf das Wohnzimmer.

»Kann ich dir etwas zu trinken anbieten?«

»Eine Tasse Tee wäre prima«, nehme ich das Angebot an.

»Geh ins Wohnzimmer und mach es dir gemütlich, während ich den Wasserkocher einschalte. Mädchen, bedrängt Tante Cara nicht so.«

Die beiden haben ihre anfängliche Schüchternheit überwunden, kleben rechts und links an mir und machen es mir unmöglich zu gehen. Sie scheinen sehr klein zu sein, aber ich habe auch keine wirkliche Vergleichsmöglichkeit. Ich kann mich nicht einmal daran erinnern, wie alt sie eigentlich sind – vielleicht sechs oder sieben?

»Ihr beide kommt mal mit mir und dann schauen wir, ob ich etwas für euch in meiner Tasche habe.«

Die Mädchen hüpfen auf und nieder und zerren an meinem Arm.

»Oh, das war doch nicht nötig«, sagt Marianne, aber sie lächelt auf eine Art, die mir zeigt, dass Geschenke erwartet werden, und ich bin erleichtert, dass ich daran gedacht habe. Ich fördere zwei gestreifte Papiertüten zutage und gebe jeder Nichte eine. Sie schauen sich gegenseitig mit großen Augen an, bevor sie die Tüten öffnen, und dann sitzen sie sofort auf dem Boden, um die Ausbeute zu vergleichen. In jeder Tüte befindet sich eine Auswahl von Seidenbändern in Regenbogenfarben, ein Tütchen mit winzigen Knöpfen in Form kleiner Tiere sowie ein Rollmaßband in einem Marienkäfergehäuse. Dass ich ein Geschenk für die Kinder mitbringen sollte, ist mir gerade noch eingefallen, als ich vorhin in einem Kurzwarenladen gewesen bin. Die Mädchen scheinen begeistert zu sein, und Marianne, die sich auf der Türschwelle herumgedrückt hat, formt mit den Lippen ein stummes »Danke« über ihre Köpfe hinweg.

Ich schaue zu, wie die Mädchen Knöpfe tauschen, während mir Marianne eine Tasse Tee zubereitet. Dass ich keine Kinder habe, liegt auf der Hand. Dazu braucht man normalerweise einen Partner, und den sehe ich in nächster Zeit nicht, aber ich bewundere Marianne und Michael, die bei ihrem Nachwuchs großartige Arbeit geleistet haben. Das muss Mariannes Einfluss sein. Wo sollte Michael denn gelernt haben, ein glückliches Familienleben zu schaffen? Als Michael Marianne einen Heiratsantrag machte, war ich überrascht, auf wen seine Wahl gefallen war. Sie ist eine einfache Frau, die sich sehr von seinen anderen Freundinnen unterschied. Und ruhig ist sie auch, aber nicht auf Mauerblümchenart. Es ist vielmehr so, dass sie nur spricht, wenn sie etwas Sinnvolles zu sagen hat, und sie hat eine innere Ruhe, eine Selbstbeherrschung, die sehr beruhigend wirkt. Je besser ich sie kennenlerne, desto mehr verstehe ich, weshalb Michael sie ausgewählt hat, um sein Leben mit ihr zu verbringen. Allerdings bin ich nicht ganz sicher, weshalb sie Michael genommen hat.

Die Umverteilung von Knöpfen und Bändern scheint ohne großen Wirbel beendet worden zu sein und die Mädchen schleichen mit ihren Schätzen davon. Marianne betritt das Zimmer mit einem Tablett, auf dem sich alles befindet, was für eine perfekte Tasse Tee notwendig ist. Sie stellt es auf den Couchtisch und gießt mir wie selbstverständlich eine Tasse Tee ein, gibt Milch dazu und einen Löffel Zucker. Dann reicht sie mir die Tasse und ich nehme sie dankbar entgegen und sinke noch ein bisschen tiefer ins Sofa.

»So«, sagt Marianne, als sie sich selbst eine Tasse Tee eingeschenkt hat. »Wie geht es eurem Vater? Läuft es gut mit der Pflegerin?«

»Ja, bisher schon«, antworte ich. »Ich glaube, Dad mag sie, und sie ist nett und behandelt ihn mit Würde, was angesichts seines Benehmens nicht immer leicht ist.« Ich sehe, wie Marianne ein wenig zusammenzuckt, aber ich halte mich jetzt nicht zurück. Das Leben mit Dad ist hart und sie müssen das verstehen. »Ich denke, es wird gut funktionieren«, füge ich hinzu und mir wird dabei bewusst, dass es stimmt.

»Michael ist unglaublich dankbar für das, was du tust«, sagt Marianne mit ihrer einfühlsamen Stimme. Sie schaut mir direkt in die Augen, als sie das sagt, und ich bemerke, dass sie versucht, mehr zu vermitteln als nur Worte. Auf diese Art von Gespräch will ich mich nicht einlassen. In meinem Kopf schwirrt sowieso schon viel zu viel herum. Ich versuche mit einem Lächeln und einem Nicken das Thema zu beenden.

»Ich weiß das, Marianne«, sage ich und hoffe, nicht zu abweisend zu klingen.

Michael sollte verdammt dankbar sein. Er rennt bei erster Gelegenheit davon und kommt nie wieder zurück, lässt mich bei dem Vater, vor dem er geflüchtet ist, und dann später bei dem gebrochenen Mann, zu dem Dad geworden ist. Ich hoffe, er hat Gewissensbisse, denn nichts anderes verdient er. Angesichts der Feindseligkeit, die zwischen den beiden geherrscht hat, hat er wohl das Beste getan, was er tun konnte, aber manchmal ist das Beste einfach nicht gut genug.

»Die Mädchen sind groß geworden.« Ich wechsele geschickt das Thema.

Bei der Erwähnung ihrer Töchter lächelt Marianne warmherzig.

»Oh, sie sind kleine Racker, aber wir sind stolz auf sie. Zara spielt richtig gut Geige und Esmé hat wohl die Liebe zur Mathematik von ihrem Vater geerbt. Es ist noch zu früh, ich weiß, aber so weit, so gut.«

Während sie redet, höre ich, wie ein Schlüssel ins Schloss der Haustür geschoben wird. Marianne hört es ebenfalls und glättet in einer fast Pawlow'schen Reaktion ihre Haare.

»Ah!«, ruft sie mit größerer Erleichterung als notwendig. Sie findet diese Unterhaltung unter vier Augen wohl anstrengend. Oder vielleicht bin ich es nur, die eine Herausforderung darstellt.

»Da ist er ja, der Herr des Hauses. Wir sind hier, Michael!«, ruft sie zum Flur hinaus.

Ich habe den Eindruck, dass es mehr dazu dient, Michael daran zu erinnern, dass sie eine Besucherin haben, als ihn in unsere Richtung zu dirigieren. Das Geräusch von Schlüsseln ist zu hören, die auf einem Tisch abgelegt werden, das Rascheln eines Regenmantels und dann erscheint mein Bruder in der Tür. Abgesehen von ein paar grauen Strähnen in seinen kräftigen dunklen Haaren sieht er noch genauso aus wie früher, als wir jung waren. Seine Krawatte sitzt locker und die Hemdsärmel hat er bis zu den Ellbogen hochgekrempelt, aber beides sieht teuer aus und die Anzughose sitzt ordentlich auf den schmalen Hüften und endet genau in der richtigen Höhe über den polierten Schuhen.

»Ca. Hi. Wie geht's dir? Hattest du eine gute Reise und hast du all deine Nähutensilien bekommen?«

Obwohl ich ihn seit mehr als einem Jahr nicht mehr gesehen habe, ist nicht damit zu rechnen, dass wir uns umarmen, aber ich höre die Aufrichtigkeit in seiner Stimme.

Ich nicke als Antwort auf all seine Fragen. »Ich hoffe, es macht dir nichts aus, dass ich hier so überfallartig aufgekreuzt bin.«

Er schüttelt den Kopf.

»Natürlich nicht. Es ist schön, dich zu sehen.«

Mir fällt auf, dass dem nicht die gewohnten Höflichkeitsfloskeln folgen, etwa, wie lange es her ist, seit wir uns das letzte Mal gesehen haben. Wir wissen beide genau, wie lange das her ist.

»Wir bringen uns gerade auf den neuesten Stand«, meldet sich Marianne zu Wort. »Cara hat den Mädchen ein paar hübsche Sachen mitgebracht. Das war wirklich reizend von ihr.«

Ich zucke mit den Schultern, um anzudeuten, dass es das Mindeste war, was ich tun konnte.

»Wie auch immer«, fährt sie fort, »ich werde mich mal ums Abendessen kümmern. Es ist bald fertig.«

Sie steht auf, greift nach dem Tablett und verlässt den Raum. Jetzt bin ich mit meinem Bruder allein.

»Also?«, fragt er. Meine faule Ausrede mit den Kurzwaren hat er natürlich durchschaut.

»Nicht hier und nicht jetzt. Können wir nach dem Abendessen irgendwohin gehen? Nur wir beide? In einen Pub oder so?«, frage ich.

Michael schaut mich an und ich kann deutlich sehen, dass er sich fragt, was so wichtig sein kann, dass Marianne es nicht hören soll. Ich befürchte, dass er etwas dagegen hat, aber dann sagt er nur: »Okay. Das kriege ich hin. Aber es wird Fragen geben und es kann sein, dass ich Marianne später davon erzählen werde, was auch immer es sei.«

»Das ist okay«, räume ich ein. »Ich würde es nur lieber erst allein mit dir besprechen.«

Er nickt zufrieden und dann ruft Marianne aus der Küche, dass das Essen fertig ist. Das Geräusch der die Treppe herunterpolternden Mädchen folgt unmittelbar danach.

»Ich freue mich darauf«, sage ich und stehe auf.

Eines von Mariannes vielen Talenten ist die Fähigkeit, köstliches Essen zu kochen, eine Eigenschaft, die mir völlig abgeht. Michael antwortet nicht und ich frage mich nicht zum ersten Mal, was in seinem Kopf vorgeht.

Kapitel 16

Annie, 1984

Annie dreht wieder die Temperatur des Backofens herunter. Die Koteletts, die sie für Joes Abendessen gebraten hat, werden an den Rändern kross und das Fett ist kurz davor zu verbrennen. Die einst kräftig grünen Erbsen sind jetzt matschig und khakifarben und die Haut auf der Soße wird Annie nicht entfernen können, ohne den vorhin perfekt angerichteten Teller zu ruinieren. Es hilft nichts. Wäre er pünktlich nach Hause gekommen, hätte ihn ein einwandfreies Essen erwartet, sobald er durch die Tür gekommen wäre. Er wartet nicht gern. Annie versteht das. Er arbeitet hart und möchte, dass alles perfekt ist, wenn er nach Hause kommt. Ihr Vater war genauso. Jetzt denkt sie an ihre Mutter, die immer die letzten zwanzig Minuten vor Eintreffen des Vaters damit verbracht hatte, das Haus aufzuräumen und sich selbst vor dem Flurspiegel herzurichten. Annie hatte ihr gern dabei zugesehen, wie sie die Konturen ihrer Lippen mit dem Rand des Lippenstifts nachzog und sich dann in die Wangen kniff, um ein wenig Farbe darauf zu zaubern. Jetzt versucht Annie, das Gleiche für Joe zu tun. Jeden Tag beabsichtigt sie, ihr Zuhause zu einem ruhigen, häuslichen Ort der Glückseligkeit zu verwandeln, in den er gern zurückkehrt, aber irgendwie versagt sie immer. Heute Abend hat sie Michael und Cara gebadet und Cara ist im Bett, aber die Bestandteile eines Lego-Forts liegen noch immer auf dem Küchenboden verstreut und der Treppenabsatz ist mit den ausgezogenen Kleidungsstücken der Kinder übersät. Sosehr sie es auch versucht, sie scheint nie das Abendessen, die Kinder und das Haus zur gleichen Zeit fertig zu bekommen. Irgendetwas bleibt immer unerledigt.

Joe ist spät dran und sein Essen definitiv verkocht. Den Koteletts ist nicht mehr zu helfen, aber vielleicht könnte sie noch ein paar Erbsen kochen. Sie öffnet die Backofentür und greift nach dem Teller, denkt zu spät daran, dass er heiß ist. Die Haut an den Fingerspitzen zieht sich zusammen, als sie das Porzellan berühren. Sie greift nach dem Geschirrhandtuch und versucht noch einmal, den Teller aus dem Ofen zu holen. Die Hitze dringt durch die dünne Baumwolle und in ihre bereits verbrannten Finger. Sie weiß, dass sie die Hand unter kaltes Wasser halten sollte, aber dazu ist keine Zeit. Das wird sie später tun, wenn das Abendessen gerettet ist. Sie stellt den Teller auf den Tisch, faltet das Geschirrhandtuch dicker zusammen und hebt ihn noch einmal an. Auch trotz des dicken Stoffes protestieren ihre Finger gegen die sengende Hitze. Mit dem Ellbogen öffnet Annie den Deckel des Mülleimers und versucht, die verblassten Erbsen vom Teller zu kratzen, ohne das andere Essen hineinzuschütten. Das Kotelett in seinem See aus erstarrter Soße rutscht in Richtung der Mülleimeröffnung. Auch der Kartoffelbrei kommt in Fahrt und folgt. Bevor Annie es stoppen kann, rutscht das Kotelett vom Teller und landet auf den Resten der Spaghetti, die es für die Kinder zum Abendessen gegeben hat.

Kurz erstarrt Annie und weiß nicht, was sie tun soll. Panik erfasst sie, doch die schüttelt sie ab. Das lässt sich in Ordnung bringen. Sie greift in den Mülleimer und holt das Kotelett heraus. Es sieht okay aus. Ein bisschen Tomatensoße klebt daran, aber das bekommt sie hin. Sie denkt gerade darüber nach, den Rand des Tellers mit einem Küchenkrepp abzuwischen, als sie Joes Schlüssel in der Haustür hört. Jetzt gibt es keine Erbsen mehr, die Soße sieht auf dem Teller aus wie ein schmutziger Protest und am Kotelett klebt Tomatensoße. Annie hatte versucht, alles so perfekt für ihn zu machen, und jetzt hat sie alles vermasselt. Schon wieder. Und dann, wie auf ein Stichwort, ist von oben ein schmerzerfülltes Heulen zu hören. Cara ist aufgewacht.

Annie lässt sich auf einen Stuhl am Küchentisch fallen. Vor ihr stehen die Reste von Joes Abendessen und sie stützt den Kopf in die Hände. Tränen brennen ihr in den Augen, aber sie beißt sich auf die Lippe, um nicht die Beherrschung zu verlieren, und atmet tief und gleichmäßig ein und aus.

»Hallo!«, ruft Joe. »Ich bin zu Hause.«

»Ich bin hier«, antwortet Annie und ihre Stimme ist kaum mehr als ein Flüstern. Die Tür geht auf und Joe kommt hereingeschlendert. Annie schaut nicht auf. »Es tut mir leid«, sagt sie leise. »Ich habe dein Abendessen ruiniert.« Sie hört, wie Joe die Küche durchquert und spürt, wie er die Arme von hinten um sie schlingt und sie zärtlich an sich drückt.

»Man kann dich aber auch nicht allein lassen, Baby, oder?« Dann lacht er warmherzig. »Nur du kriegst es fertig, Koteletts und Kartoffelbrei zu ruinieren.«

Sie hört das Lächeln in seinen Worten, hebt aber immer noch nicht den Kopf. »Es tut mir leid«, sagt sie wieder. »Es war alles gut, aber dann bist du nicht rechtzeitig gekommen …« Sie hält abrupt inne und möchte nicht, dass Joe denkt, sie würde ihm die Schuld an dem verpatzten Essen geben. Sie hätte die

Temperatur im Ofen nicht so hoch einstellen sollen. Nur sie allein ist daran schuld.

»Das macht doch nichts, Mäuschen«, tröstet Joe sie und lässt sie los. Sogleich fröstelt sie und fühlt sich ungeschützt. »Ich hatte nach der Arbeit sowieso noch etwas zu essen. Lass uns das hier entsorgen.«

Er trägt den Teller zum Mülleimer, hebt den Deckel und schüttet das Essen kurzerhand hinein.

»Da hast du's. Problem gelöst.«

Als Annie das Fleisch verschwinden sieht, denkt sie an die gebackenen Bohnen, die die Kinder und sie regelmäßig essen, um Haushaltsgeld zu sparen.

Von oben kommt erneutes Geheul.

»Ich glaube, sie zahnt«, meint Annie. »Sie war den ganzen Tag unruhig. Es war wirklich anstrengend, sie zufriedenzustellen. Ich bin zu nichts gekommen.«

»Mach dir keine Gedanken«, beruhigt Joe sie. »Bleib einfach hier sitzen und ruh dich ein wenig aus. Ich schaue nach ihr.«

Annie weiß, dass sie aufspringen und sich um ihre Tochter kümmern müsste, dass es Joe ist, der nach einem harten Arbeitstag eigentlich seine Füße hochlegen sollte, aber ihr fehlt einfach die Kraft. »Danke«, murmelt sie, aber sie bezweifelt, dass er es hört, als er die Treppe hinaufspringt, um seine quengelige kleine Tochter zu beruhigen. Annie bekommt nur seine Singsangstimme mit, die anklagend die Treppe herunterschwebt.

»Aber, aber, meine kleine Prinzessin«, ruft er. »Was ist denn hier los? Machen dir die neuen Zähne das Leben schwer? Mummy ist zu müde, um dich zu trösten, aber jetzt ist Daddy da und alles wird gut. Ganz ruhig.«

Annie stellt sich Joe vor, wie er im Kinderzimmer auf und ab geht, Cara ihren winzigen Körper an seine Schulter drückt und ihren kleinen perfekten Kopf in die Halsbeuge ihres Vaters schmiegt. Und schon hört das Schreien auf. Er hat in weniger als einer Minute geschafft, was ihr den ganzen Tag nicht gelungen ist. Sie konnte ihr eigenes Baby nicht beruhigen und sogar das Zubereiten des Abendessens war in einem Massaker geendet. Die Ehe ist nichts für sie. Sie ist eine furchtbare Mutter und eine noch schlimmere Ehefrau. Der Gedanke, dass alle ohne sie viel besser dran wären, kommt ihr nicht zum ersten Mal.

Kapitel 17

Cara, 2017

Wie erwartet, ist Mariannes Abendessen köstlich. Ich esse viel mehr, als gut für mich ist, aber es ist so ein seltenes Vergnügen, dass jemand für mich kocht, dass ich mich nicht bremsen kann.

»Möchte jemand Kaffee?«, fragt Marianne, als das Dessert ordnungsgemäß vertilgt ist.

Ich werfe Michael einen Blick zu, aber er schiebt schon seinen Stuhl nach hinten.

»Das ist lieb von dir, Darling, aber Cara und ich müssen einiges besprechen. Über Dad«, fügt er erklärend hinzu.

Ich korrigiere ihn nicht.

»Ich dachte, wir könnten kurz in den Pub gehen.«

Mariannes Augenbrauen schießen nach oben.

»Das braucht ihr doch nicht«, sagt sie, als hätte Michael vorgeschlagen, dass wir uns in den Schuppen setzen. »Ich bringe die Mädchen ins Bett und räume dann auf.« Sie schaut sich in der Küche um, in der kaum ein Löffel am falschen Platz liegt. »Ihr beide könnt euch doch ins Wohnzimmer setzen.«

»Danke, aber ich denke, wir gehen in den Pub«, gibt Michael in leicht scharfem Ton zurück. Er erinnert mich an

Dad. »Am Ende der Straße gibt es ein recht gutes Lokal, Ca. Hol deinen Mantel und dann gehen wir.«

Der Pub ist tatsächlich ganz in der Nähe. Er ist weiß gestrichen und zahlreiche Körbe entlang der Fassade hängen vor dunklen Fenstern tief herab. Michael geht voran und wir finden schnell einen etwas versteckt liegenden Tisch. Ich mache es mir mit dem Rücken zur Wand bequem, als Michael fragt, was ich trinken möchte.

»Einen Cognac, bitte«, sage ich.

Er schaut mich eigenartig an. »Werde ich auch einen brauchen?«

»Gut möglich.«

Ohne weitere Fragen zu stellen, geht er zur Theke und lässt mir Zeit, darüber nachzudenken, wie ich das Thema anspreche.

Im Nu ist er zurück mit zwei Cognacgläsern, deren Inhalt eher nach einem doppelten aussieht. Er reicht mir ein Glas und lässt sich auf seinen Stuhl fallen.

»Erzählst du mir jetzt, worum es geht?«

Ich hole tief Luft und fange an. »Es begann mit Mrs P.«

Michael sieht bereits verwirrt aus.

»Mrs P. Das ist die Pflegerin. Ich nenne sie so, weil … na ja, das ist eigentlich egal. Wie auch immer, wir haben über Mum gesprochen …«

Ich spüre, wie er die Luft anhält. Über Mum mit einer Fremden zu sprechen, käme ihm nie in den Sinn. Ich ignoriere seine Reaktion und fahre fort.

»Sie ist auf jeden Fall unglaublich organisiert, Mrs P. Du wirst sie mögen. Sie bringt das Haus in Ordnung. Du würdest es nicht wiedererkennen …«

Michael verströmt Ungeduld. Mein ausschweifender Erzählstil beginnt ihn zu nerven. Er hebt eine Augenbraue, aber ich lasse mich nicht nervös machen.

»Ich bin also auf den Dachboden gegangen, um nach Sachen zu suchen, die Dad vielleicht wiedererkennt, damit es ihm guttut, und …«

»Du bist auf den Dachboden gegangen?« Michael täuscht Entsetzen vor.

Die Stimmung hellt sich sofort auf.

»Ich weiß. Das war sehr ungezogen. Die ganze Zeit über habe ich gedacht, dass ich gleich erwischt werde, aber das war natürlich lächerlich. Er ist nicht mehr so, wie er war, Michael. Ich bezweifle sogar, dass er sich noch an einen Dachboden erinnert, ganz zu schweigen davon, dass es uns nicht erlaubt war, dort hinaufzugehen.«

Michael hat immerhin den Anstand, ein bisschen betroffen auszusehen, bevor er mich antreibt.

»Und was hast du bei deiner kleinen Expedition gefunden?«

»Das ist der Punkt«, sage ich und nehme einen Schluck Cognac.

In der Nähe der Theke lässt jemand ein Glas fallen. Dem Geräusch des auf den Fliesen berstenden Glases folgen sofort Hurrarufe und Applaus. Ich schaue hinüber, um herauszufinden, was passiert ist, aber als ich Michael wieder anblicke, starrt der mich immer noch an, als hätte nichts meine Erzählung unterbrochen. Ich fahre fort.

»Ganz hinten befand sich ein Kasten. Er war nicht beschriftet wie die anderen Kartons. Nur ein A stand darauf und als ich ihn geöffnet habe …«

»Flogen Fledermäuse heraus und eine Geistererscheinung schwebte darüber …«

»Wenn du dich darüber lustig machen willst …«

»Tut mir leid.« Michael neigt den Kopf vor falscher Scham.

»Jedenfalls«, fahre ich mit deutlicher Betonung fort, »war der Kasten voller Postkarten. Wie diese hier.«

Ich wühle in meiner Tasche herum, hole den Umschlag heraus, in dem sich ein paar Exemplare befinden, und schiebe ihn über den Tisch zu Michael.

Er zögert einen Moment, bevor er ihn nimmt, die Karten herauszieht und einen Blick auf die Bilder wirft, bevor er die Karten umdreht. Ich schaue ihm prüfend ins Gesicht, als er die Nachricht auf einer Postkarte liest. Dann überfliegt er die anderen und erkennt zweifellos, dass alle Nachrichten genau gleich lauten. Eine tiefe Linie bildet sich zwischen seinen Augenbrauen.

»Was soll das bedeuten?«, will er wissen. Seine Stimme klingt schroff. *»Meine kleinen Lieblinge, ich liebe euch mehr, als ihr euch je vorstellen könnt. Bitte vergebt mir«,* liest er ausdruckslos. In seiner Stimme ist ein bitterer, sarkastischer Unterton zu hören, der mir ein unangenehmes Gefühl gibt. Es ist, als würde er mit irgendeinem Auszubildenden reden, der seine Arbeit nicht zu Michaels Zufriedenheit erledigt hat. »Woher kommen sie?«, fragt er, legt die Karten wieder auf den Tisch und schiebt sie zu mir. Ich zögere. Ich brauche ihn bei dieser Sache, aber ich laufe Gefahr, ihn zu verlieren, bevor ich zum wichtigen Teil komme.

»Schau auf die Poststempel«, sage ich schnell. »Das hier sind nur ein paar Beispiele, aber die ersten kamen im März 1987 …« Ich mache eine Pause, damit ihm die Bedeutung des Datums bewusst wird. An seinem Gesichtsausdruck erkenne ich, dass er versteht. »Und das ging so weiter bis zu meinem achtzehnten Geburtstag. Dann hört es auf.«

»Okay«, beginnt er langsam. »Du hast ein paar alte Postkarten von einem Irren gefunden, der eine Schraube locker hat. Und?«

Ich nehme einen weiteren Schluck. Der Cognac brennt mir zuerst in der Kehle und dann im Magen. »Und da wird es dann wirklich merkwürdig«, setze ich an. »Ich habe mich gefragt – das ist nur so eine weit hergeholte Idee: Was wäre, wenn Mum diese Postkarten geschickt hat?«

»Das kann natürlich nicht sein«, kontert Michael herablassend, »weil sie, wie du erwähnt hast, erst nach ihrem Tod geschickt wurden.«

Ich schweige einen Moment und warte, dass die Bedeutung dessen, was ich gesagt habe, in Michaels Bewusstsein dringt.

»Oh, ich verstehe!« Er lehnt sich auf seinem Stuhl zurück und verschränkt die Hände hinter dem Kopf. »Jetzt verstehe ich. Du willst mir doch jetzt nicht eröffnen, dass du denkst, unsere Mum sei nicht gestorben.«

Es ist, als hätten wir die Zeit zurückgedreht. Ich bin die dumme kleine Schwester, die nichts Sinnvolles zu sagen hat, und er ist der allwissende große Bruder.

»Na ja«, setze ich an und reibe mir über die narbige Haut meiner versehrten Hand. »Welche andere Erklärung kann es sonst geben? Wer hätte uns solche Postkarten geschrieben? Und zwar unsere gesamte Kindheit hindurch?«

Michael öffnet den Mund und will etwas sagen, aber ich rede einfach weiter.

»Und außerdem ist das nicht alles. Darum geht's nicht hauptsächlich.«

»Dann mal raus mit der Sprache.«

Michael versucht immer noch, einen uninteressierten Eindruck zu erwecken, aber jetzt beugt er sich wieder vor und sein Kopf befindet sich dicht vor meinem. Ich hole tief Luft. Sicher wusste ich, dass es nicht einfach werden würde, aber alles hängt jetzt davon ab, wie er auf meinen nächsten Satz reagiert. Ich muss ruhig bleiben und ihm emotionslos die Fakten mitteilen, damit er sich nicht über mich lustig machen kann oder das Wesentliche nicht begreift.

»Ich hatte Gelegenheit, darüber nachzudenken. Angenommen, nur mal angenommen, sie sind von Mum und sie ist gar nicht gestorben …«

Michaels Augenbrauen schießen in die Höhe und er ist drauf und dran, mir zu sagen, dass ich mich lächerlich mache, doch ich rede einfach weiter.

»Deshalb habe ich auf einer dieser Stammbaum-Websites recherchiert. Ich dachte, ich könnte versuchen, ihre Sterbeurkunde zu finden.«

Ich rede jetzt wirklich schnell. Die Worte purzeln übereinander, weil ich mich beeile, sie schnell herauszubringen, bevor ich Michael völlig verliere.

»Und es gibt keine Sterbeurkunde, Michael. Ich habe immer wieder gesucht, auch auf offiziellen Behördenseiten, und keine Sterbeurkunde unserer Mutter gefunden. Was, wenn sie nicht gestorben ist? Wenn sie uns diese Postkarten geschickt hat und nicht tot ist? Und wenn das wahr ist, dann bedeutet es, dass Dad uns jahrelang angelogen hat, und ich weiß nicht, wie ich weiter vorgehen soll.«

Plötzlich löst sich die Anspannung der letzten vierundzwanzig Stunden, heiße Tränen sammeln sich in meinen Augen und warten darauf, zu fließen. Ich atme zittrig und fange an zu schluchzen, laut und krampfhaft wie ein kleines Mädchen. Michael rührt sich nicht.

»Was ist, wenn ich recht habe, Michael?«, stammele ich weinend. »Was, wenn sie all die Jahre irgendwo da draußen gewesen ist und …«

Ich kann nicht mehr reden, lasse den Kopf hängen und schüttele ihn schweigend.

»Das ist doch Blödsinn«, blafft Michael laut genug, dass ich zusammenzucke. »Unsere Mutter ist gestorben, als wir klein waren, und weiter nichts. Ich weiß nicht, wer diese Postkarten geschickt hat, aber es muss jemand gewesen sein, der mit Dad ein makabres Spielchen gespielt hat. Und bei diesem Unsinn mit der Sterbeurkunde hast du wahrscheinlich falsch recherchiert.«

Natürlich verlegt er sich darauf, mir einen Fehler zu unterstellen. Manchmal ähnelt er Dad ungemein. Entschlossen, nicht lockerzulassen, ignoriere ich den Affront.

»Das habe ich nicht, Michael, wirklich nicht. Im Zentralregister gibt es weder im Jahr 1987 noch zu irgendeiner anderen Zeit eine Sterbeurkunde für Anne Ferensby. Unsere Mutter ist nicht tot, es sei denn, das war nicht ihr richtiger Name. Und was ist mit den Postkarten? Die deuten doch auch darauf hin, dass sie lebt. Sie ist gegangen, aber sie wollte uns wissen lassen, dass sie uns liebt, und deshalb hat sie die Karten geschickt. Es gibt Hunderte davon, Michael, Hunderte!«

»Als könnte ein Haufen Postkarten je wiedergutmachen, dass sie uns im Stich gelassen hat.«

Ich wittere ein Zugeständnis und greife es auf.

»Hältst du es also auch für möglich, dass sie nicht tot ist?«, frage ich verzweifelt.

»Ich weiß es nicht und ich will es auch nicht wissen. Soweit es mich betrifft, ist sie gestorben, als sie gestorben ist oder uns sitzengelassen hat oder was auch immer sie damals getan hat. Nichts hiervon …« Er schnipst gegen die Postkarten, dass sie vom Tisch fliegen. »Nichts hiervon ändert daran etwas. Ich habe keine Mutter mehr.«

»Aber Michael! Möchtest du nicht wissen, warum sie das getan hat, was passiert ist? Bist du nicht ein kleines bisschen neugierig?«

»Nein«, sagt er mit einer Endgültigkeit, die ich kenne. »Es interessiert mich nicht. Ich pfeife drauf und will nichts mehr darüber hören. Unsere Mutter ist tot und damit Schluss.« Er leert sein Glas in einem Zug. »Komm, wir gehen nach Hause. Und erwähne nichts davon gegenüber Marianne. Ich möchte nicht, dass sie und die Mädchen in deine kleinen Fantastereien verwickelt werden.«

Ich schaue in das Gesicht meines großen Bruders und irgendwo, tief hinter der Wut und dem Draufgängertum, sehe ich den kleinen Jungen, der er einst war: verletzt, verwirrt und verloren. Aber der Eindruck ist vergänglich und dann ist Michael auch schon aufgestanden, schreitet zur Tür und lässt mich nach meiner Tasche und den Postkarten suchend zurück.

Wir reden nicht, als er auf dem Bürgersteig vor mir marschiert und ich zwei Schritte für einen von ihm machen muss. Als wir zu Hause ankommen, bleibt er am Gartentürchen stehen und dreht sich zu mir um. Behutsam legt er mir eine Hand auf die Schulter. Sein Gesichtsausdruck ist milder geworden und seine Stimmer ruhiger.

»Lass los, Ca«, sagt er. »Das führt zu keinem guten Ende. Wenn sie uns im Stich gelassen hat, dann hätte sie genauso gut sterben können. Welche Mutter lässt ihre eigenen Kinder zurück? Diese ganze Sache muss wieder zurück auf den Dachboden, wo du sie ausgegraben hast, und dann vergessen werden.«

Zu meiner Überraschung legt er den Arm um mich und drückt mich kurz und ungeschickt an sich. Dann dreht er sich um und geht die Stufen zur Haustür hinauf. Ich folge ihm, bin wie betäubt von dem, was geschehen ist, kann jedoch den Geist nicht in die Flasche zurückstecken und vergessen, was ich entdeckt habe. Und das will ich auch gar nicht.

Kapitel 18

Gott sei Dank ist Marianne schon im Bett, als wir hereinkommen. Das erleichtert mich, denn ich bin nicht sicher, ob wir im Moment mit ihrem fragenden Blick klargekommen wären. Michael überprüft Türen und Fenster und zieht Stecker heraus, damit das Haus zur Ruhe kommt. Wer macht das noch?

Ich gehe zu Bett und ziehe die Decke über mich. Das Zimmer riecht leicht nach etwas Blumigem, vielleicht nach Rosen, und die Bettlaken fühlen sich kalt und frisch an. Eigentlich bin ich erschöpft, aber nur körperlich. Mein Verstand kann noch nicht schlafen. Ich liege auf dem Rücken und lausche den Geräuschen der Stadt, die bei Nacht so viel störender sind als tagsüber. Zu Hause hält mich eher eine Eule als eine Sirene wach, aber ich nehme an, dass Dinge, an die man sich gewöhnt, ziemlich schnell Normalität werden. Ich würde allerdings bei einem Leben in der Stadt die Dunkelheit vermissen. In London ist es nie dunkel, nicht richtig dunkel, wie in den Mooren. Ich erinnere mich daran, dass ich nach unserem Umzug nach Ilkley die Sterne entdeckt habe. Am Winterhimmel habe ich sie zuerst gesehen, denn alles, was ich bisher kannte, war der orange Lichtschein der Stadt. Plötzlich ergaben die Kinderlieder einen Sinn. *Funkel, funkel, kleiner Stern* und *Der Mann im Mond* gab es also wirklich. Ich erzählte Michael, was ich entdeckt hatte, und deutete mit einem Triumphgefühl in den Himmel, aber er zuckte bloß mit den Schultern, als hätte er schon immer von den Sternen gewusst, und ich fühlte mich um meine große Entdeckung betrogen.

Ich reiße die Augen auf. Irgendetwas ist mir gerade eingefallen. Ich weiß, dass es wichtig war, aber es ist wie eine Rauchschwade durch meinen Verstand gewabert und hat sich jetzt in der Dunkelheit aufgelöst. Plötzlich wird das Bedürfnis, diesen Gedanken zurückzuholen, überwältigend, doch je angestrengter ich suche, desto weiter entfernt er sich. Ich versuche, meine gedanklichen Schritte zurückzuverfolgen. Die Sirene, der Himmel, die Dunkelheit, die Sterne, Michael. Davon ist jedenfalls nichts von Bedeutung. Ich zwinge mich dazu, wieder die Augen zu schließen, und dann wird es mir klar. Wenn ich mich daran erinnere, dass ich in Yorkshire die Sterne entdeckt habe, dann bedeutet das wohl, dass ich mich erinnert haben muss, wie der Himmel in London ausgesehen hat. Das ist die Erinnerung an eine Zeit vor dem Tod meiner Mutter. Und wenn es diese eine Erinnerung gibt, dann muss es irgendwo noch mehr geben. Ich muss nur herausfinden, wo ich danach suchen muss. Ich liege da und atme den Rosenduft durch die Nase ein und aus, aber sonst erinnere ich mich an nichts. Vielleicht habe ich nur diese eine Erinnerung, die ausgelöst wurde, weil ich wieder in London bin. Dennoch glaube ich nicht, dass das stimmt. Das Gedächtnis ist kompliziert, oder? Es wird nicht nur diese eine beliebige Erinnerung abgespeichert haben. Mit der Zeit müssen auch noch andere auftauchen. Ich muss nur geduldig sein und warten, aber darin bin ich nicht besonders gut.

Ich glaube nicht, dass ich einschlafen werde, aber irgendwann tue ich es natürlich doch. Um sieben Uhr herum höre ich, wie im Haus herumgelaufen wird, und stehe auf. Ich ziehe mich an, ohne einen Gedanken ans Duschen zu verschwenden.

Ich will jetzt einfach nach Hause, nach Dad sehen und dann meine nächsten Schritte überdenken. Aber zuerst muss ich mit Michael reden. Will er wirklich nichts damit zu tun haben? Was, wenn ich sie finde? Was dann? Soll ich das ihm gegenüber einfach nicht erwähnen? Ich habe mich auf diese Reise begeben und er muss mit mir kommen. Dieses Mal hat er keine andere Wahl. Ich kann ihn nicht zur Arbeit gehen lassen, ohne zu prüfen, wohin ihn seine Gedanken getragen haben, und ohne mich zu vergewissern, dass es ihm gut geht und er milder geworden ist. Das wird mir ein bloßer Blick auf ihn sagen. So war das schon immer.

Aber ich bin zu spät dran. Als ich die Treppe herunterkomme, macht Marianne Sandwiches in der Küche.

»Guten Morgen«, begrüßt sie mich mit einem Lächeln, das so breit ist wie immer. »Du siehst müde aus, Cara. Hast du nicht gut geschlafen? Das ist immer schwierig in einem fremden Bett. Du hast Michael gerade verpasst. Er hat eine frühe Besprechung. Ich soll dir von ihm Grüße ausrichten und dass du dir keine Sorgen machen sollst. Ich kann mir vorstellen, dass es wirklich schwer für dich ist, ganz allein für deinen Dad verantwortlich zu sein. Aber wir sind immer für dich da. Du musst dich nur melden.« Sie schneidet die Sandwiches geschickt in Dreiecke. »Kaffee?«

»Ich glaube, ich breche gleich auf«, antworte ich. »Ich muss immer noch ein paar Kleinigkeiten besorgen.«

»Aber das geht doch nicht. Du kannst nicht ohne Frühstück im Bauch gehen. Und von den Mädchen hast du dich auch noch nicht verabschiedet. Setz dich und ich mache dir frischen Kaffee. Toast?«

Und so werde ich von meiner patenten Schwägerin umsorgt, die offensichtlich keine Ahnung hat, dass die von ihrem Mann so sorgsam errichtete Welt aus den Fugen geraten ist.

Als ich nach Hause komme, eile ich die Auffahrt hinauf und merke, dass mein Herz ein bisschen schneller schlägt. Leere Milchflaschen stehen zusammen mit einem Terrakottablumentopf vor der Tür, in den winterfeste Stiefmütterchen gepflanzt worden sind. Das muss Mrs P während meiner Abwesenheit gemacht haben. Ich schließe die Tür auf und rufe, bevor die Tür hinter mir ins Schloss fällt.

»Hallo! Ich bin's! Ich bin zurück.« Stille. Mir stellen sich die Nackenhaare auf. »Hallo!«, rufe ich wieder. »Dad! Mrs P! Ist jemand da?«

Ich lasse meine Taschen fallen und öffne Türen, um nach Lebenszeichen zu suchen, aber das Haus ist aufgeräumt und sehr, sehr leer. Gerade greife ich nach meinem Handy, als es mir einfällt: Weshalb bin ich davon ausgegangen, dass sie hier sind? Dad wird in der Tagespflege sein und Mrs P wird hier auch nicht rumhängen, wenn keiner da ist, um den sie sich kümmern muss. Ich schaue auf die Uhr im Flur, wie um mir meine Erkenntnis bestätigen zu lassen, und natürlich habe ich recht.

In der Küche finde ich auf dem Tisch eine Nachricht von Mrs P, die ordentlich in Großbuchstaben geschrieben ist.

> LIEBE CARA, ICH HOFFE, IHRE REISE WAR ERFOLGREICH. HIER IST ALLES IN ORDNUNG. IHREM VATER GEHT ES GUT. BIS HEUTE ABEND.
> GRÜSSE
> ANGELA PARTINGTON (MRS P)

Als ich den Wasserkocher anstelle, komme ich mir ein bisschen albern vor. Ich nehme an, mein schlechtes Gewissen hat damit zu tun, dass ich keine richtige Risikobewertung durchgeführt habe, bevor ich zu Michael gerannt bin. Wie sich herausgestellt hat, war es okay, aber was, wenn es das nicht gewesen wäre? Während mir dieser Gedanke noch durch den Kopf geht, verwerfe ich ihn wieder. Alles ist gut. Ich habe keinen Grund, mir über Was-wäre-wenn-Szenarien den Kopf zu zerbrechen, denn es gibt viel Wichtigeres, über das ich mir Sorgen machen muss.

Ich packe gerade meine Einkäufe aus und verstaue sie im Nähzimmer, als das Telefon läutet.

»Hi. Du wirst es nicht glauben«, sagt eine quirlige Stimme, die ich sofort als Beths identifiziere.

»Sie haben in der Fußgängerzone das Taj Mahal aus Würfelzucker aufgebaut.«

»Was? Nein! Wir haben einen Termin festgelegt.«

»Wie aufregend! Darf ich fragen, wann?«

»An Heiligabend! Ist das nicht das Romantischste, was du je gehört hast? Ich denke an Pelze und Kerzen und Ilexbeeren.«

Ich bin ein wenig verblüfft. »Was? Nächstes Jahr an Heiligabend?«

»Nein, du Dummerchen. Dieses Jahr.«

Im Geiste rechne ich schnell nach. »Wie viele Wochen sind es noch bis Heiligabend? Acht?« Noch während ich rechne, denke ich bereits darüber nach, welche Aufträge ich noch zu erledigen habe und wie ich es schaffen kann, Beths Hochzeitskleid in so kurzer Zeit zu entwerfen und zu nähen.

»Acht Wochen und fünf Tage, um genau zu sein«, klärt mich Beth auf und hört sich so begeistert an, dass sie mich damit ansteckt.

»Beth, das ist ja großartig! Gratuliere!«, rufe ich schließlich. »Aber das ist nicht mehr lange hin. Wie willst du denn in der kurzen Zeit noch ein Lokal finden? Besonders zu Weihnachten. Da ist doch alles ausgebucht.«

»Das ist der romantische Teil«, schwärmt sie. »Erinnerst du dich noch an das Hotel, in dem Greg mir den Heiratsantrag gemacht hat?«

Ich nicke ins Telefon.

»Dort wird die Feier stattfinden. Greg hat es heimlich gebucht. Ist das nicht einfach perfekt?«

»Aber er hat dir doch erst vor ein paar Wochen den Heiratsantrag gemacht«, wende ich ein. »Sicher …«

»Ah, aber er hatte den Termin für die Hochzeitsfeier bereits vormerken lassen, bevor er mir den Antrag gemacht hat. Als ich Ja gesagt habe, musste er ihn nur noch bestätigen.«

Ich bin dermaßen verblüfft, dass ich einen Moment lang nichts sagen kann.

»Cara?«, höre ich Beth. »Bist du noch da?«

»Ja.« Fieberhaft überlege ich, wie ich jetzt einfühlsam vorgehen kann, damit ich Beth nicht sämtliche Freude verderbe. Schließlich könnte sie nicht glücklicher darüber sein, wie sich die Dinge mit Greg entwickeln. »Findest du es nicht ein bisschen merkwürdig, dass er den Hochzeitsempfang bereits gebucht hat, bevor er um deine Hand angehalten hat?«, frage ich so behutsam wie möglich.

»Nein«, lacht sie. »Das ist typisch Greg. Er ist einfach so gut organisiert und er war sicher, dass mir eine Weihnachtshochzeit gefallen würde. Am ersten Weihnachtsfeiertag können wir dann in die Flitterwochen fliegen. Das ist doch perfekt! Und er wusste, dass ich Ja sagen würde. Ich meine, du hast doch auch gewusst, dass ich Ja sagen würde, und du bist nur meine beste Freundin. Da war es doch klar, dass es mein zukünftiger Ehemann auch wissen würde.«

Natürlich war das klar, denke ich.

»Also«, fährt Beth fort, »das bedeutet, dass wir uns mit dem Hochzeitskleid beeilen müssen. Ich weiß, dass die Zeit knapp ist. Meinst du, wir schaffen das, oder ist es unverschämt, dich darum zu bitten?«

An ihrer Stimme höre ich, wie sehr sie eine Zusage von mir hören möchte. Ich denke an meine noch bestehenden

Verpflichtungen, aber zugegebenermaßen sind es nicht so viele wie im Frühjahr. Ich überlege, was ich mit Dad zu tun habe und was er von mir braucht. Und dann denke ich an den Kasten mit den Postkarten und an Michael.

»Kein Problem«, höre ich mich sagen. »Wir müssen vielleicht etwas auswählen, das nicht zu kompliziert ist, aber dann bin ich sicher, dass wir es rechtzeitig fertig bekommen. Und ich bin gerade zurück aus London mit einem Seidenstoff im hübschesten Elfenbeinton, den du je gesehen hast. Ich habe bereits an dich gedacht, als ich ihn gekauft habe. Wenn er dir gefällt, dann wäre das perfekt.«

»Ich liebe dich, Cara Ferensby!«, ruft Beth und ich kann das Lächeln in ihrer Stimme hören.

»Ich weiß. Ich bin so wunderbar und du könntest wahrscheinlich nicht ohne mich leben«, scherze ich. »So! Du musst jetzt die Beine in die Hand nehmen und verdammt schnell mit ein paar Bildern und einem Kopf voller Ideen herkommen, damit wir mit den Entwürfen anfangen können.«

»Ich wusste, dass du mich nicht im Stich lässt!«, jubelt Beth. »Greg dachte, dass nicht genug Zeit bliebe und wir in London ein Kleid besorgen sollten, aber ich habe ihm versichert, dass du das hinbekommst.«

Und damit ist die Sache entschieden. Ich werde das Kleid rechtzeitig fertig haben und es wird das schönste sein, das ich je entworfen und genäht habe. Noch während ich das denke, geht mir durch den Kopf, dass Greg vielleicht deshalb damit gewartet hat, Beth den genauen Termin mitzuteilen, damit ich nicht mehr genügend Zeit habe und Beth nichts anderes übrig geblieben wäre, als das zu tun, was er wollte, aber ich behalte diesen Gedanken für mich.

Kapitel 19

Am nächsten Tag kommt Beth mit Armen voller Brautzeitschriften und einem Kopf voller Ideen zu mir. Ich kann mir ein Grinsen nicht verkneifen, als ich sie den Weg zum Haus hochkämpfen sehe und ihr die Zeitschriften fast aus den Armen rutschen. Als ich ihr die Tür öffne, steht sie tief gebeugt vor mir und versucht, sie alle festzuhalten.

»Schnell!«, kreischt sie. »Hilf mir!« Und dann drängt sie sich an mir vorbei ins Wohnzimmer, wo sie die Magazine schließlich zu Boden fallen lässt.

»Hast du eigentlich noch welche im Laden gelassen?«, frage ich sie amüsiert.

»Sie waren alle sortiert, als ich von zu Hause weg bin. Die mir am besten gefallen haben, lagen obenauf. Jetzt kann ich wieder von vorne anfangen.«

Als sie jedes Magazin durchblättert und auf den Seiten mit umgeknickten Ecken innehält, sieht es nicht so aus, als koste sie das viel Mühe. Ich bin ein wenig eifersüchtig. Ist nicht die Planung der eigenen Hochzeit der Traum jedes Mädchens? Ich war an so vielen beteiligt, aber nie an meiner eigenen. Wie geht noch mal der Spruch? Immer nur Brautjungfer, aber niemals Braut. Das bin ich.

»Es gibt so viele schöne«, schwärmt Beth und ich frage mich, ob es lange dauern wird, einen Entwurf aus ihr herauszukitzeln. »Aber ich bin mir ziemlich sicher, was ich will«, fügt sie hinzu.

»Super«, sage ich und verscheuche meine düsteren Gedanken. »Wenn wir erst mal den Basisentwurf haben, ergibt sich der Rest ohne große Schwierigkeiten wie von selbst. Ich schalte den Wasserkocher ein.«

Dad ist immer noch in der Küche, wo ich ihn zurückgelassen habe, und sitzt am Tisch. Er schaut sich einen Bildband über die Hebriden an und grübelt über den Bildern, als suche er nach Hinweisen für irgendein Rätsel, das nur er lösen kann. Er schaut hoffnungsvoll auf, als ich hereinkomme, aber als er sieht, dass es nur ich bin, widmet er sich wieder seinem Buch.

»Beth ist da«, informiere ich ihn. »Sie sitzt im Wohnzimmer. Sie heiratet bald und ich werde ihr Hochzeitskleid nähen.« Dad erweckt bei der Nennung ihres Namens nicht den Anschein, als würde er sie kennen. »Ich mache uns Tee. Möchtest du auch eine Tasse?«

Er nickt begeistert und dann strahlt er etwas hinter mir an. Als ich mich herumdrehe, steht Beth dort mit einer Zeitschrift in der Hand.

»Hallo Mr Ferensby«, begrüßt sie ihn. »Wie geht's Ihnen?«

Dad nickt. »Gut«, sagt er.

»Hat Cara Ihnen erzählt, dass sie mein Hochzeitskleid nähen wird? Das hier gefällt mir am besten«, fügt sie hinzu und reicht mir die Zeitschrift über Dads Kopf hinweg.

Er greift danach, ist aber nicht schnell genug. Ich zeige es Dad. Es ist ein wunderschönes Kleid, elegant und schlicht im Stil der Zwanzigerjahre, das gut in den Film *Der große Gatsby* gepasst hätte. Beth wird darin atemberaubend aussehen und es wird keine allzu große Herausforderung sein, es anzufertigen, was angesichts der knappen Zeit ein Vorteil wäre.

Dad nickt zustimmend. »Schön«, sagt er.

»Keine Mrs P heute?«, fragt Beth.

»Die hat frei«, erkläre ich. »Heute nur wir beide, nicht wahr, Dad?«

Dad nickt und ich frage mich nicht zum ersten Mal, wie viel er dieser Tage tatsächlich von dem versteht, was um ihn herum gesprochen wird. Vielleicht mehr, als ich ihm zutraue.

»Also«, sage ich zu Beth, »ist dieses Kleid die Grundlage oder ist es *das* Kleid?« Ich hoffe, es ist Ersteres. Es macht nämlich keinen Spaß, einfach nur den Entwurf von jemandem zu kopieren, ganz zu schweigen von den rechtlichen Problemen, die dadurch entstehen können.

»Na ja«, setzt Beth an, »ich mag den Entwurf, aber mir wäre eine tiefere Taille lieber und der Rock muss irgendwie bauschiger sein. Und dann bin ich nicht sicher, ob Greg ein ärmelloses Kleid mag. Er sagt immer, dass eine Hochzeit eine Hochzeit sein soll und keine Party.« Sie muss gesehen haben, dass sich mein Gesichtsausdruck geändert hat, denn sie fügt hinzu: »Aber es ist *mein* Kleid und ich mag die Eleganz. Schau mal, wie es hinten fällt.«

»Es ist umwerfend«, stimme ich zu. »Wir gehen ins Nähzimmer und dann mache ich ein paar Zeichnungen von Veränderungen, die meiner Meinung nach machbar sind. Und ich muss dir auch die Seide zeigen und wissen, ob sie dir gefällt. Ich denke, sie wäre perfekt, aber vielleicht ist es nicht das, was du willst.«

Wir lassen Dad mit seinem Buch allein und gehen in mein Nähzimmer. Beth benimmt sich wie ein Kind im Süßigkeitenladen und stürzt sich auf die Schachteln mit Perlen und Bordüren.

»Das hier ist er.« Ich reiche ihr den Stoff. Er schimmert im Licht und Beth schnappt tatsächlich nach Luft.

»Oh, Cara! Der hat die absolut perfekte Farbe«, jubelt sie und ich gestatte mir für einen kurzen Moment, mir gedanklich selbst dazu zu gratulieren, den Geschmack meiner Freundin so genau vorausgeahnt zu haben.

»Wenn wir ihn schräg zuschneiden und so drapieren …« Ich nehme ihr den Ballen aus der Hand, wickele ein paar Meter ab und halte ihr den Stoff an. »Dann fällt er wunderschön. An welche Art von Schleppe hast du gedacht?« Ich erkenne an ihrem Gesicht, dass sie sich darüber noch überhaupt keine Gedanken gemacht hat. »Kein Problem«, beruhige ich sie. »Ich zeichne dir ein paar Ideen auf.« Dann greife ich nach meinem Block und einem Bleistift und ziehe die Linien mit langen, sicheren Strichen. Ich liebe diesen Teil meiner Arbeit. Die Bräute sehen nach und nach, wie ich das, was ich mir vorstelle, zu Papier bringe. Ich schaffe direkt vor ihren Augen ihren Traum. Das klappt nicht immer auf Anhieb. Manchmal ist es für die Braut schwer, ihre Vorstellungen in Worte zu fassen, die ich interpretieren kann. Mit Beth ist es jedoch fast so, als würde ich meine eigenen Gedanken in Zeichnungen umsetzen. Ich weiß genau, was sie mag, und obwohl wir nie detailliert über Hochzeitskleider gesprochen haben, bin ich ziemlich zuversichtlich, dass ich nicht lange brauchen werde, um es hinzubekommen. Während ich zeichne, schaut sich Beth die Fotos an der Pinnwand an.

»Du bist so begabt, Cara.« Ihr Kompliment geht mir zu Herzen und lässt mich von innen heraus strahlen. Lob war in diesem Haus immer sehr dünn gesät.

»Ich bin einfach so begeistert, dass ich dein Kleid nähen darf. Trotz der Einwände.« Das ist ein bissiger Kommentar und ich meine es auch wirklich gar nicht so, aber Beth verzieht das Gesicht.

»Ich glaube, er wollte nur sichergehen, dass ich alles habe, was ich möchte – und um ehrlich zu sein, er hat nie deine

Arbeiten gesehen. Er denkt wahrscheinlich, dass du Säcke nähst.«

»Na gut. Dann hoffen wir mal, dass ich ihn nicht enttäusche.« Wieder höre ich die Schärfe in meiner Stimme. Beth ebenfalls.

»Du magst ihn doch, oder, Ca? Ich weiß, dass er ein bisschen wichtigtuerisch sein kann, aber er hat das Herz am rechten Fleck und ich weiß, dass er mich liebt.«

Auf seine Freundin aufzupassen oder ihre Seifenblase platzen zu lassen, sind zwei Dinge, bei denen es keine klar verlaufende Grenze gibt. Ich bin weiterhin nicht von Greg überzeugt, aber andererseits muss *ich* ihn nicht heiraten, und nur weil ich ihn nicht mag, heißt das nicht, dass er voller Fehler steckt.

»Das weiß ich doch.« Das ist eine Kompromissantwort, aber Beth scheint damit zufrieden zu sein.

»Und was hast du in London getrieben?«, fragt sie und wechselt geschickt das Thema, um potenzielle Konflikte zu vermeiden. »Außer, dass du meinen perfekten Seidenstoff gekauft hast.«

Auf diese Frage habe ich gewartet und überlegt, was ich darauf antworten soll. Die einfachste Antwort wäre, dass es schön war, Michael und Marianne wiedergesehen zu haben, und es dabei zu belassen. Vor der Reise hatte ich mir vorgestellt, dass das eine passende Antwort wäre. Obwohl ich Beth immer alles erzähle, erschienen mir die Neuigkeiten über meine Mutter zu kostbar, dass ich sie selbst mit ihr nicht teilen wollte. Es wäre dann fast so, als würde ich sie jedem erzählen und somit zerstören wie eine Seifenblase.

Aber Michaels Reaktion hat alles verändert. Wenn er von seiner Meinung nicht abgeht und nichts mit meiner Entdeckung zu tun haben will, dann wäre es toll, Beth zum Reden zu haben. Schließlich werde ich überhaupt niemanden haben, wenn ich Beth nicht einweihe.

Blitzschnell treffe ich eine Entscheidung und handele entsprechend, ohne mir Zeit zu geben, meine Meinung wieder zu ändern. Und so erzähle ich ihr alles: das Auffinden der Postkarten, die Entdeckung im Internet und schließlich mein Gespräch mit Michael und seine Reaktion.

Obwohl Beth offensichtlich schockiert ist, lässt sie mich ausreden. »Oh, Ca! Meine arme Kleine!«, ruft sie und legt ihre Hand behutsam auf meine vernarbte, die immer noch Linien auf den Block malt, als könne es mich irgendwie vor dem schützen, was ich erzähle. »Was wirst du tun? Ich nehme an, deinen Dad kannst du nicht fragen.«

Ich schüttele den Kopf. »Du hast ihn doch gesehen. Er weiß kaum, wer er selbst ist, und wird mit so etwas nicht umgehen können. Nein. Ich muss das allein schaffen, was auch immer *das* bedeutet.«

»Du glaubst also wirklich, dass sie noch lebt? Wirst du nach ihr suchen?« Beth achtet ganz genau auf mein Gesicht. Ihr entgeht nichts.

»Ich weiß nicht«, antworte ich. »Ich bin nicht sicher, wie ich vorgehen soll. Im Internet habe ich nichts gefunden. Und ich glaube, sie hätte mehr Hinweise hinterlassen als einen Kasten voller Postkarten, wenn sie gefunden werden wollte. Aber wenn sie noch lebt, will ich wirklich wissen, weshalb sie gegangen ist. Na ja … jedenfalls glaube ich das.«

Beth nickt. »Ich verstehe, weshalb du das wissen willst. Es ist schon seltsam, wenn eine Mutter ihre Kinder zurücklässt.«

Ich bin ihr dankbar, dass sie keine weiteren Spekulationen anstellt. Ich bin selbst noch nicht einmal an diesem Punkt angelangt.

»Gibt es jemanden, den du fragen könntest? Hat sie noch Familie?«

Mir ist in den letzten Tagen bewusst geworden, wie wenig ich eigentlich über die Familie meiner Mutter weiß. Ich war noch so klein, als sie aufhörte, Teil meines Lebens zu sein, dass ich mir nie wirklich Gedanken darüber gemacht habe, wen es da noch um sie herum gegeben haben mochte. »Ich weiß es nicht«, antworte ich. »Ich nehme an, ihre Eltern sind mittlerweile tot. Sie wären über achtzig.«

»Vielleicht weiß Michael ein bisschen mehr.« Beth wickelt ihre dunklen Haare um den Finger, während sie nachdenkt. »Du könntest ihn fragen. Ich weiß, dass er selbst nichts mit ihr zu tun haben will, aber er wird dich sicherlich nicht daran hindern, nach ihr zu suchen.«

Ich denke darüber nach. Beth hat wahrscheinlich recht, aber völlig sicher bin ich nicht.

Der Entwurf ist fertig. Ich drehe den Block und zeige ihn Beth. Die Robe auf dem Blatt Papier ist elegant, einfach geschnitten, mit Linien, die den Faltenwurf markieren, einem Neckholder-Top, einem tiefen Rückenausschnitt und ärmellos. Es ist Beth, wie sie leibt und lebt, auch wenn ich es bin, die das behauptet. Ihre Augen funkeln, als sie auf die Zeichnung schaut, und sie beißt sich auf die Unterlippe, wie sie es immer tut, wenn sie aufgeregt ist.

»Das ist absolut perfekt«, sagt sie. »Bist du sicher, dass du das rechtzeitig hinbekommst?«

Ich schaue auf den Entwurf, berechne die Arbeitszeit und addiere einen Spielraum für Fehler, Änderungen und Feinarbeit hinzu. »Ja, wenn du diesen Stoff magst und ich sofort anfangen kann, dann denke ich, dass es klappen wird. Du darfst es dir allerdings nicht mehr anders überlegen«, warne ich sie. »Sobald ich mit dem Zuschnitt beginne, war's das.«

»Es ist perfekt, Ca. Weshalb sollte ich meine Meinung ändern?«

»Nimm den Entwurf mit und überdenke ihn ein paar Tage. So viel Zeit haben wir zumindest. Ich will, dass du ganz sicher bist.«

»Okay«, stimmt sie zu. »Und dann wäre da noch etwas.«

»Du bist aber gar nicht unverschämt, oder?« Ich muss lachen.

»Ich glaube, es wird dir gefallen. Ich möchte dich bitten, meine Brautjungfer zu sein.«

Bei dem ganzen Trubel, das kann ich wirklich sagen, hatte ich keinen Augenblick an diesen Teil der Hochzeit gedacht. Und gerade jetzt suchen sich die Gefühle, die die ganze Zeit unter der Oberfläche gebrodelt haben, diesen Moment aus, um zu explodieren. Tränen laufen mir über die Wangen. »Es wäre mir eine Ehre«, bringe ich zustande. Und dann geht mir ein schrecklicher Gedanke durch den Kopf. »Du willst doch wohl nicht, dass ich mein Kleid auch noch anfertige, oder?«

Beth lacht. »Nein«, beruhigt sie mich. »Du konzentrierst all deine Bemühungen auf meins. Wenn du nichts dagegen hast, kaufen wir dir ein Kleid.«

Draußen höre ich Dad. »Ich muss nach Dad schauen«, sage ich.

»Und ich muss gehen. Greg kommt bald nach Hause.«

Ich versuche, nicht verärgert darüber zu sein, die zweite Geige zu spielen. »Okay, lass mich wissen, ob du noch Änderungen am Entwurf möchtest. Sagen wir bis übermorgen?«

»Ja, das ist prima.« Sie faltet die Zeichnung ordentlich einmal in der Mitte und steckt sie in die Tasche. »Du solltest Michael nach eurer Familie fragen. Du musst etwas darüber wissen, auch wenn es ihn nicht interessiert.« Und noch während sie das sagt, weiß ich, dass sie recht hat.

Später, am selben Abend, setze ich Dad vor den Fernseher und wähle Michaels Nummer. Marianne meldet sich. Ich höre aufmerksam zu, während sie plaudert, und versuche herauszuhören, ob ihre Stimme verändert klingt, ob sie etwas von meiner Unterhaltung mit Michael weiß, aber es gibt nichts, was darauf hindeutet. Als Michael ans Telefon kommt, klingt er reserviert. Ich komme direkt auf den Punkt.

»Ich weiß, was du letztens gesagt hast, aber ich muss mehr herausfinden. Ich kann das nicht einfach ad acta legen. Ich bin mir nicht unbedingt sicher, ob ich sie finden will – darüber denke ich noch nach –, aber das alles muss in meinem Kopf einen Sinn ergeben. Hat Mum noch andere Familie?« In Bezug auf meine Mutter die Gegenwartsform zu gebrauchen, fühlt sich merkwürdig, fast unnatürlich an, aber ich habe mich dazu entschlossen.

Am anderen Ende der Leitung wird es still. Sehr lange.

»Sie hatte eine Schwester«, sagt Michael schließlich. »Ursula. Ich glaube, sie ist so eine Art Künstlerin und lebt in den Staaten. Vielleicht in San Francisco. Wir haben sie nie kennengelernt, aber Mum hat von ihr gesprochen.« Er verwendet die Vergangenheitsform. Das ist seine Entscheidung. Ich kämpfe heftig gegen die Eifersucht an, die mich überkommt, denn Michael erinnert sich noch gut an unsere Mutter. Er kann sich Gespräche ins Gedächtnis zurückrufen, den Klang ihrer Stimme, ihren Geruch. Ich habe nichts.

»Kennst du Mums Mädchennamen?«, frage ich.

»Kemp«, kommt es wie aus der Pistole geschossen.

»Warum weiß ich das nicht?«, frage ich ihn.

»Es gibt vieles, was du nicht weißt, Ca.«

Ich frage mich, was er damit sagen will, aber dann fügt er hinzu: »Du warst erst zwei, als sie …« Er beendet den Satz nicht. Als sie gegangen ist? Wollte er das sagen? Nicht, als sie gestorben ist, sondern, als sie gegangen ist. Ich frage mich, ob das ein Fortschritt ist, beschließe aber, es auf sich beruhen zu lassen. Sachte, sachte ist hier die beste Vorgehensweise. Immerhin redet er mit mir über alles. Ich will ihn nicht verschrecken.

»Mum hatte auch eine Freundin«, fährt er fort und seine Stimme klingt jetzt unsicherer. »Sie war immer bei uns, wenn Dad bei der Arbeit war. Ich mochte sie nicht.«

Wenn Mum noch am Leben sein sollte, muss sie sicher jemandem erzählt haben, wohin sie gegangen ist. Eine beste Freundin könnte genau das sein, was ich brauche. Ich spüre, wie mein Herz schneller schlägt.

»Ich nehme nicht an, dass du dich an ihren Namen erinnerst.«

Wieder folgt eine Pause. »Nein«, sagt er zweifelnd. »Das ist alles schon so lange her.«

»Wie war sie?« Ich benötige dringend etwas, was mir weiterhilft.

»An viel erinnere ich mich nicht. Sie hatte lange schwarze Haare. Ich habe sie überall im Haus gefunden. Und sie hatte auf dem Arm die Tätowierung eines Einhorns. Damals hatte niemand Tätowierungen. Das war ungewöhnlich.«

Im Hintergrund höre ich Marianne rufen, die wissen will, wie lange Michael noch braucht. »Tut mir leid, Ca, aber ich muss Schluss machen. Zara hat ein Konzert in der Schule, und wenn wir jetzt nicht fahren, kommen wir zu spät.«

»Kein Problem. Wünsch Zara viel Glück von mir. Wir hören bald wieder voneinander.«

»Richte ich aus. Mach's gut.« Und dann legt Michael auf.

Ich stecke den Kopf durch die Tür, um nach Dad zu schauen, aber der schläft in seinem Sessel, und so gehe ich schnurstracks zu meinem Computer zurück und rufe die Suchmaschine auf. Jetzt, wo ich Mums Mädchennamen kenne, suche ich nach Anne Kemp und 1959, ihrem Geburtsjahr. Darüber müsste es eine Geburtsurkunde geben. Die bekannten roten Worte erscheinen erneut: *Es konnten leider keine Ihre Suchkriterien erfüllenden Ergebnisse gefunden werden.*

Was ist denn da los? Zuerst keine Sterbeurkunde und jetzt keine Geburtsurkunde.

Kapitel 20

Annie, 1984

Annie zieht den Stecker des Staubsaugers aus der Steckdose und wickelt das Kabel ordentlich um den Griff, während sie ein letztes Mal den Blick umherschweifen lässt. Sie versucht sich vorzustellen, welchen Eindruck der Raum auf einen Außenstehenden machen würde. Der Teppich ist abgenutzt, aber nicht fadenscheinig. Der Fleck, den Michael verursacht hat, indem er auf eine Tintenpatrone getreten ist, wird jetzt durch einen strategisch günstig positionierten Sofatisch verdeckt. Annie weiß, dass er da ist, und Joe ebenfalls, aber Babs wird ihn nur entdecken, wenn sie auf allen vieren auf dem Boden herumkriecht. Annie meint, es sei eine Schande, dass sie keine Zierkissen hat. Die sind offensichtlich gerade groß in Mode. Sie hat einen Artikel darüber in einer Zeitschrift im Wartezimmer eines Arztes gelesen. Die Zeitschrift war bereits über ein Jahr alt und deshalb nahm Annie an, dass mittlerweile jedes Zuhause im ganzen Land welche hatte. Sie hatte den Artikel Joe gegenüber in lockerem, ungezwungenem Plauderton erwähnt. Er hatte sie nur spöttisch gefragt, was an den Kissen falsch wäre, die bei der Lieferung des Sofas dabei gewesen wären, und machte dann eine

Bemerkung über unnötige Verschwendungssucht. Annie wollte vorschlagen, aus Stoffresten vom Markt selbst neue Bezüge zu nähen, aber dann sah sie Joes Gesicht und beschloss, die Kissen nicht mehr zu erwähnen. Trotzdem würden sie in einem sonnigen Gelb schön aussehen.

Zufrieden, dass alles an seinem Platz ist, eilt Annie in die Küche, wo ein Tablett mit allem steht, was zu einer netten Teestunde zu zweit dazugehört: Teekanne, Tassen, Milchkännchen, Zuckerdose und ein Teller mit vier Teekeksen. Sieht es merkwürdig aus, dass das Tablett bereits vorbereitet ist? Und vier Kekse? Könnte das einen geizigen Eindruck machen? Annie holt die Kekspackung aus der Gebäckdose und legt noch zwei dazu. Jetzt sieht der Teller überladen aus. Sie legt einen zurück in die Dose. Eine ungerade Zahl sieht nicht so abgezählt aus und natürlich ist es schön, das Tablett bereits fertig zu haben. Sie macht sich definitiv zu viele Gedanken.

Annie legt den Kopf zur Seite und horcht, ob oben alles ruhig ist. Sie hat Cara nach dem Mittagessen nicht sofort ins Bettchen gelegt, damit sie am Nachmittag länger schläft. Dadurch wird es zwar heute Abend schwerer, sie zum Schlafen zu bewegen, aber es ist der Tag, an dem Joe nach der Arbeit zum Billardspielen geht, also wird er es nicht mitbekommen. Vorausgesetzt, Babs kommt pünktlich, dann geht Annie davon aus, dass sie gut eineinhalb Stunden haben werden, bevor sie Michael aus der Spielgruppe abholen muss. Babs hat auch einen kleinen Jungen in der Spielgruppe, der jünger ist als Michael und wilder. Und dann hat sie noch Martin, der das zweite Jahr zur Schule geht. Die beiden sind ziemlich anstrengend, besonders verglichen mit Michael und Cara, aber wenn Babs' Kinder laut oder unbändig sind, verdreht sie die Augen und sagt: »Jungs sind nun mal Jungs.« Als ob das alles entschuldigen würde. Annie ist nicht sicher, ob es Voraussetzung für ihr Geschlecht ist, dass Jungs laut sein und sich schlecht benehmen müssen. Michael springt nie auf Sofas herum oder malt an Wände oder verteilt Matsch und Kekskrümel im ganzen Haus – Gott bewahre –, aber ein Teil von Annie bewundert die Einstellung ihrer Freundin. Sie zeigt eine trotzige Nach-mir-die-Sintflut-Haltung, die Annie einfach nicht hinbekommt. Sie stellt sich vor, wie es sein muss, wenn man durchs Leben schlendert und sich nicht um Flecke auf dem Teppich schert oder nicht ständig wahrnimmt, wie sich das Benehmen der Kinder auf die Leute um einen herum auswirkt. Es muss sich unglaublich befreiend anfühlen, glaubt Annie, obwohl das vielleicht nur bei ihr der Fall wäre. Für Babs muss es anders sein. Man kann sich nicht befreit fühlen, wenn man niemals eingeengt gewesen ist.

Ein lautes Pochen mit dem Türklopfer unterbricht Annies Gedankengang und lässt sie zusammenfahren. Sie steht einen Augenblick da und holt ein paarmal tief Luft, bevor sie ihren Rock glatt streicht und die Tür öffnet. Babs wartet auf der Schwelle, lächelt breit und hält einen gestreiften Karton in den Händen, der mit Kringelband zusammengeschnürt ist.

»Ich habe etwas Süßes mitgebracht«, verkündet sie, als sie sich an Annie vorbei in den Flur drängt. Annie denkt an die traurig aussehenden Teekekse auf dem Teller in der Küche. Sie überlegt, ob sie sie verschwinden lassen kann, bevor Babs sie sieht, aber Babs ist bereits weitergegangen und lässt schon Wasser in den Kessel. Annie folgt ihr in die Küche.

»Du setzt dich jetzt mal hin«, kommandiert Babs, als Annie die Küche betritt. »Du siehst geschafft aus, Annie, Schätzchen. Schläft Cara immer noch nicht durch? Du musst sie schreien lassen, weißt du? Sie wird nie lernen, selbst zur Ruhe zu kommen, wenn du immer hinrennst, um sie zu trösten.«

»Ich weiß«, gibt Annie zu und ist dankbar, dass Babs so spielerisch das Kommando übernommen hat. »Aber wenn sie schreit, wacht Joe auf, und du weißt, wie sehr er seinen Schlaf braucht. Er sagt, dass er die Wettchancen bei der Arbeit nicht ordentlich ausrechnen kann, wenn er nicht gut geschlafen hat, und das kostet uns Geld. Sie wird es schon irgendwann lernen.«

»Nicht, wenn du immer nachgibst«, kontert Babs. »Soll ich diese Tassen nehmen?« Babs bringt Annies sorgfältig hergerichtetes Tablett durcheinander. »Ich habe Puddingtörtchen mitgebracht. Ich hoffe, du magst sie.«

Annie zieht Donuts vor, aber alles ist besser als Teekekse, die Joe mag. »Perfekt.« Annie lächelt.

»Übrigens habe ich gerade letztens über dich geredet«, fährt Babs fort, während sie das Wasser vom Kessel direkt in die Tassen gießt und die Teekanne vollkommen ignoriert. »Eine Gruppe von Müttern aus Martins Klasse organisiert einen Frauenabend. Ich wusste nicht, ob du vielleicht Lust hast, mitzukommen. Mir ist klar, dass du dort außer mir niemanden kennen wirst, aber es ist wirklich ein netter Haufen. Und du kannst dir schon für Michaels Schulanfang im September ein paar Tipps holen.«

Babs wendet Annie den Rücken zu, während sie an den Bändern der Kuchenschachtel zieht, und gibt ihr somit ein wenig Zeit, durchzuatmen und über eine Antwort nachzudenken. Allerdings nicht genug. Noch während sich Annie den Kopf zerbricht, was sie sagen könnte, dreht sich Babs um und starrt sie an. »Also?«, fragt sie und stellt die Schachtel auf den Tisch. »Was meinst du?«

Annie schweigt noch immer. Das wirft zu viele Probleme auf. Kann sie Joe bitten, auf die Kinder aufzupassen? Und wie kommt sie an Geld für die Getränke? Was würde sie um Himmels willen anziehen? Diese Fragen schwirren ihr im Kopf herum und werden dann durch mögliche Ausreden ersetzt. »Ich weiß nicht, ob ich Zeit habe«, lautet ihre ausweichende Antwort.

»Aber ich habe dir doch noch gar nicht gesagt, wann das ist!« Babs lacht und Annie kommt sich sofort dumm vor.

»Nein, das nicht, aber ich bin mir nicht sicher, ob ich abends wegkann. Da sind die Kinder …« Sie lässt den Satz unvollendet in der Luft hängen und hofft, dass sie damit durchkommt.

»Wir haben alle Kinder«, sagt Babs. »Deshalb brauchen wir mal einen freien Abend. Und du hast einen Mann, und das ist immerhin mehr, als einige aus der Gruppe haben. Ich bin sicher, er hat nichts dagegen, ein paar Stunden das Babysitting zu übernehmen und dir eine Pause zu gönnen.«

»Ich weiß nicht.« Annie spürt, wie sie sich innerlich windet. Wird sie rot? Sie möchte Babs irgendwie ablenken, aber sie weiß, dass das aussichtslos ist. Wenn sie nur besser zugehört hätte, anstatt sofort in Panik zu verfallen, dann hätte sie sich eine plausible Ausrede einfallen lassen können. Jetzt denkt Babs sicher, dass sie ungesellig ist oder sie nicht mag oder vielleicht beides.

Es ist nicht das erste Mal, dass Babs sie eingeladen hat, mit ihr auszugehen. Beim letzten Mal hatte sie einen Kinobesuch vorgeschlagen, um einen Film anzuschauen, den Annie erwähnt hatte. Cara bekam bereits die Flasche und Annie war sicher gewesen, dass es kein Problem sein würde. Sie wäre ja nur für ein paar Stunden außer Haus, allerhöchstens drei. Wenn sie es richtig plante, würde Cara schon schlafen und Michael ohne große Umstände zu Bett gehen. Doch Joe hatte andere Vorstellungen gehabt. Sie hatte ihren Plan beiläufig erwähnt, während sie den Abwasch erledigte. Seit der Geburt der Kinder waren sie nicht oft ausgegangen, weil Joe es nicht mochte, wenn jemand zu ihnen nach Hause kam, um zu babysitten. Annie hatte irgendwann ihre eigene Mutter vorgeschlagen, aber Joe hatte die Stirn in Falten gelegt und langsam den Kopf geschüttelt, als würde er den Vorschlag überdenken und dann ablehnen. Annie hatte gedacht, dass man das Problem vielleicht umgehen konnte, indem jeder für sich allein ausging. Schließlich würde man dann keinen Babysitter brauchen und Joe war ja bereits mindestens einmal pro Woche nach der Arbeit unterwegs. Aber als sie den Vorschlag geäußert hatte, hatte er wieder die Stirn in Falten gelegt.

»Das wäre wirklich nicht schlecht«, sagte er mit einfühlsamer Stimme und voller Sorge. »Aber glaubst du nicht, dass Cara ein bisschen zu klein ist, um sie jetzt schon allein zu lassen? Du weißt doch, wie sehr sie an dir hängt. Wenn du vielleicht von Anfang an ein wenig strenger mit ihr gewesen wärst …, aber wie es aussieht, hält sie es ja kaum aus, von dir getrennt zu sein, auch wenn du nur zur Toilette gehst, ganz zu schweigen von einem kleinen Ausflug ins Kino.«

Und das war es dann gewesen. Er hatte den Kopf wieder in die »Racing Post« gesteckt und Annie hatte sich geschämt, das Thema überhaupt aufgebracht zu haben. Seitdem hatte sie nicht mehr darum gebeten, von ihren häuslichen Pflichten befreit zu werden.

Annie merkt, dass Babs sie immer noch erwartungsvoll anschaut. Sie muss sagen, dass sie keine Lust hat, oder schnell mit einer annehmbaren Ausrede aufwarten, sonst wird die ganze Situation noch peinlicher. »Ehrlich gesagt«, setzt sie an und dreht ihren Ehering am Finger, »ehrlich gesagt halte ich nicht so viel vom Trinken. Ich bin nicht sicher, ob das so das Richtige für mich ist.« Annie spürt, wie ihre Wangen brennen, als ihr diese Lüge über die Lippen kommt. Sie spürt, dass Babs merkt, welchen Blödsinn sie redet, und befürchtet, dass sie beleidigt sein wird, doch Babs sagt: »Das ist in Ordnung. Hättest du schon vorhin sagen können. Es war nur so ein Gedanke. Reich mir mal ein Puddingtörtchen. Ich verhungere schon.«

Während Babs das Törtchen vertilgt und über ihre Kinder redet, hört Annie nur halb zu. War sie zu vorschnell gewesen? Joe ist schließlich kein Ungeheuer. Wenn sie ihm erklärt, worum es bei dem Treffen geht, dann wird er sicher ein oder zwei Stunden auf die Kinder aufpassen.

»Vielleicht könnte ich Joe fragen«, fällt Annie Babs ins Wort.

Die sieht für einen Moment verwirrt aus. »Oh. Wegen des Ausgehens?«, fragt sie. »Du kannst natürlich jederzeit gern dazustoßen.«

»Ich könnte ja auch einfach nur eine Cola trinken oder so was«, schlägt Annie vor, obwohl sie sich gar nicht direkt an Babs wendet. Sie hat seit Jahren keinen Spaß mehr gehabt. Joe wird das einsehen. Er geht schließlich jede Woche aus und sie beschwert sich nie. Und dann muss sie ihn um ein bisschen Bargeld bitten, aber wenn sie nur ein paar Colas trinkt, wird das wohl nicht die Bank sprengen. Annie ist von ihrem Plan begeistert. Sie hat zwar keine Ahnung, was sie anziehen soll, aber kommt Zeit, kommt Rat. Babs plaudert weiter, aber Annie hört nicht mehr richtig zu. Als es Zeit wird, Cara zu wecken und Michael von der Spielgruppe abzuholen, hat sie den ganzen Abend bereits im Kopf geplant.

Kapitel 21

Cara, 2017

Und wie benimmt man sich, wenn man einen untoten Elternteil entdeckt? Dafür gibt es keine Hilfeseiten.

Ich muss den Kopf freibekommen, deshalb mache ich einen Spaziergang am Fluss entlang. Die letzten Blätter klammern sich bockig an den Bäumen fest. Der erste harte Frost wird dafür sorgen, dass sie herunterfallen, aber im Augenblick schaukeln sie noch in der Brise, die immer unten im Tal weht. Ein stolzer Fischreiher steht auf einem Bein im seichten Wasser, bereit, sein ahnungsloses Abendessen aufzuspießen.

Ich weiß nicht, wie es weitergehen soll. Alles, was ich zu wissen glaube, wirbelt mir im Kopf herum und weigert sich, stillzustehen. Ich weiß nicht, ob ich stark genug bin, noch mehr auf mich zu nehmen. Jedenfalls bin ich's jetzt noch nicht. Die Folgen sind zu gigantisch. Eine Mutter zu haben, die nicht tot ist, ist allein schon genug, mit dem man fertigwerden muss, aber was ist mit dem Rest? Sie schrieb auf den Postkarten, dass sie uns liebt, aber dann hat sie uns zurückgelassen wie ein ausgelesenes Taschenbuch. Hatte es etwas Neues in ihrem Leben gegeben, das so viel reizvoller für sie gewesen war als wir, etwas so

Verführerisches, dem sie nicht widerstehen konnte? Vielleicht hatte sich herausgestellt, dass sie überhaupt nicht der mütterliche Typ war. Ich meine, es gibt keine Garantie dafür, dass eine Frau Mutterpotenzial hat, nur weil sie es geschafft hat, schwanger zu werden. Sollte sie sich in der Mutterrolle nicht wohlgefühlt haben, hätte man allerdings erwartet, dass nach Michael Schluss gewesen wäre. Aber dann kam ich ja noch. Außerdem frage ich mich, ob wir beide vielleicht zu schwierig gewesen waren oder einfach nur eine Enttäuschung und nicht die Goldkinder, die sie sich erträumt hatte. Vielleicht war es eine Mischung aus beidem. Egal, aus welchem Blickwinkel ich darauf schaue, es scheint immer zwei Möglichkeiten zu geben. Entweder ist etwas geschehen, das sie weggelockt hat, oder, was wahrscheinlicher ist, sie wollte uns einfach nicht mehr. Das ist für mich der Kernpunkt. War sie geblendet oder nur enttäuscht? Weder das eine noch das andere ist besonders ermutigend.

Ein Hundeausführer mit Kopfhörern in den Ohren geht auf dem schmalen Weg Schulter an Schulter an mir vorbei. Ich lächele, bekomme aber keine Reaktion. Wann ist die Welt so unfreundlich geworden?

Aber nicht nur über die Beweggründe meiner Mutter mache ich mir Gedanken. Was ist mit Dad? Er hat mir mein ganzes Leben lang dieses groteske Lügenmärchen aufgetischt, hat mich hingehalten und immer wieder beschwindelt. Ich habe Mühe, mir darüber klar zu werden, was das über ihn aussagt. Hat er versucht, uns oder sich selbst zu schützen? Und wenn er bei etwas so Wichtigem gelogen hat, wie kann ich ihm dann bei allem anderen trauen, was er mir erzählt hat? Hatte ich wirklich Windpocken? Rührt die Narbe an meinem Kinn wirklich von einem Fahrradsturz her? Habe ich vielleicht noch andere Geschwister, die man vergessen hat zu erwähnen? Wenn ich daran denke, gerät mein ganzes Leben aus dem Gleichgewicht.

Wie ein Heliumballon, der sich losgerissen hat und davonschwebt, verliere ich die Bodenhaftung.

Von diesem Problem abgesehen, ist mein Leben jenseits der Frage, ob meine Mutter tot ist oder nicht, ziemlich konstant, weil ich jetzt die großartige Mrs P habe, die mir hilft. Ich kann mir gar nicht mehr vorstellen, wie ich ohne sie klargekommen bin. Ihre Gegenwart in unserem Leben hat einen äußerst beruhigenden Einfluss. Auch das Haus ist wie umgewandelt. Meine furchtbaren Versuche beim Fensterputzen gehören der Vergangenheit an. Die Simse beherbergen keine riesigen Spinnen mehr und der schachbrettartige Fliesenboden im Flur hat noch nie dermaßen geglänzt.

Eines Tages treffe ich sie im Bad an, wo sie auf Händen und Füßen den Schimmel aus den Fugen der Bodenfliesen kratzt.

»Das sollten Sie aber nicht tun«, sage ich.

Sie schaut mich mit großen Augen an.

»Es tut mir so leid, ich wollte mich nicht einmischen.« Mühsam rappelt sie sich auf und streift die Gummihandschuhe ab.

»Aber nein!«, rufe ich, bestrebt, das Missverständnis aufzuklären. »Ich meine doch nur, dass wir Sie nicht bezahlen, damit Sie hier putzen. Wenn Dad im *Limes* ist, haben Sie frei und können nach Hause gehen. Mein Chaos zu beseitigen, ist ganz sicher nicht Teil Ihres Jobs.«

Sie sieht erleichtert aus und schenkt mir ihr Zahnlückenlächeln. »Es macht mir wirklich nichts aus«, beteuert sie.

»Aber müssen Sie nicht andere Dinge erledigen?«, frage ich sie. »Arbeiten Sie nicht auch für andere Familien, wenn Sie nicht bei uns sind?«

Sie schüttelt den Kopf. »Ich habe der Agentur mitgeteilt, dass ich keine weiteren Stunden möchte. Es ist gut, flexibel zu sein, falls Sie mich brauchen. Und bei mir zu Hause ist nicht viel los.«

Kurz denke ich über ihre Familie nach. Ich hatte angenommen, dass es einen Mr Partington gibt, aber vielleicht täusche ich mich. Ich frage nicht nach, weil sie dann vielleicht denkt, ich sei neugierig, aber auf jeden Fall bin ich erfreut, dass sie ihre Zeit hier verbringen möchte, bei mir.

»Also tun Sie sich keinen Zwang an mit dem Putzen«, räume ich ein. »Natürlich nur, wenn es Ihnen nichts ausmacht.«

Sie lächelt erneut und widmet ihre Aufmerksamkeit wieder dem Boden. Mir ist aufgefallen, dass sie sich hier mehr und mehr zu Hause fühlt. Sie fragt nicht mehr um Erlaubnis, wenn sie sich etwas zu trinken nehmen möchte, und fühlt sich nicht mehr verpflichtet, zuerst zu klingeln, bevor sie die Haustür aufschließt. Ich könnte das als Eindringen in meine Privatsphäre ansehen, aber stattdessen fühlt sich das Haus bewohnter an und wie das einer richtigen Familie. Außerdem habe ich jetzt mehr Zeit, mich um meine Arbeit zu kümmern. Allen Widrigkeiten zum Trotz ist die wichtigste Aufgabe die Kreation von Beths perfektem Hochzeitskleid.

* * *

Beth ruft mich am nächsten Morgen an. Sobald ich mich gemeldet habe, merke ich, dass ihre Stimme reserviert klingt und ihre gewohnte Überschwänglichkeit fehlt.

»Hallo Beth«, begrüße ich sie und warte darauf, was sie zu sagen hat.

»Hallo.«

Es folgt eine Pause.

»Was ist los?«, frage ich, obwohl ich eine ziemlich genaue Vermutung habe. »Hast du es dir anders überlegt? Das ist okay. Ich bin nicht beleidigt, wenn du irgendwo anders hingehen willst.« Tief im Herzen weiß ich allerdings, dass ich am Boden zerstört wäre, wenn sie es täte. Aber um unserer Freundschaft willen kann ich immer vorgeben, es nicht zu sein.

»Nein, nein, nichts dergleichen«, sagt sie schnell. »Na ja, da wäre etwas. Ich habe mir ein paar Gedanken über den Entwurf gemacht …«

»Das hoffe ich doch wohl. Es ist das wichtigste Kleid deines Lebens. Da kann mein erstes Gekritzel nicht gleich ein Volltreffer sein, egal, wie künstlerisch brillant es ist.« Ich höre praktisch, wie ihre Anspannung nachlässt. »Ist es ein bestimmtes Detail, das du nicht magst, oder wollen wir die ganze Zeichnung verwerfen und noch einmal von vorne anfangen? Du wärst nicht die erste Braut, die das macht.« Ich hoffe, ich kann ihr damit signalisieren, dass es völlig in Ordnung ist, den Entwurf zu kritisieren, und dass ich es nicht persönlich nehmen werde.

»Nein, nicht alles«, sagt sie schnell. »Auf keinen Fall. Ich frage mich nur, ob der Rückenausschnitt nicht zu tief ist und ob man vielleicht Ärmel einsetzen sollte.«

»Okay.« Vor meinem inneren Auge stelle ich mir die Änderungen bereits vor. »Wir können den Faltenwurf lockern und dann ist der Rücken bedeckt. Und das erlaubt mir auch, Ärmel einzusetzen. Sprechen wir von Cap-Ärmeln, dreiviertellangen, oder dem vollen Programm?«

»Ich weiß nicht. Was würdest du vorschlagen?«

»Ich denke, du sollest genau das bekommen, was dir vorschwebt.« Ich beginne, den Braten zu riechen.

»Na ja, ich finde eigentlich Cap-Ärmel hübsch, aber Greg meint …« Gesagt ist gesagt und kann nicht mehr zurückgenommen werden.

»Du hast doch wohl Greg nicht den Entwurf deines Kleides gezeigt!«, entfährt es mir, ohne dass ich darüber nachgedacht habe. »Du weißt doch wohl, dass es Unglück bringt, wenn der Bräutigam das Kleid vor dem großen Tag sieht.«

»Ich hab's ihm nicht gezeigt!«, empört sie sich. »Er hat die Zeichnung zufällig gefunden.«

»Was heißt das, er hat sie zufällig gefunden? Hast du sie etwa auf dem Frühstückstisch liegen lassen?« Am anderen Ende der Leitung wird es still. Ich spüre, wie Beth hin- und hergerissen ist zwischen einem vollständigen Geständnis mir gegenüber und der Treue zu Greg. Ich freue mich, als ich offensichtlich gewinne.

»Er hat den Entwurf in meiner Tasche gefunden«, gibt sie leise zu.

»Was hat er denn in deiner Tasche gesucht? Schnüffelt er öfter darin herum?«

»Er hat nicht geschnüffelt, sondern meinen Autoschlüssel gesucht, und der war eben in meiner Tasche.«

»In deiner Tasche und in der Mitte gefaltet, wie jeder Autoschlüssel«, entgegne ich.

Jetzt wird ihr Ton schärfer. »Er hat ihn eben gefunden und jetzt offensichtlich eine Meinung dazu.«

»Aber auf eine Meinung hat er kein Anrecht«, gebe ich zurück und habe Mühe, meine Stimme nicht verärgert klingen zu lassen. »Bei dem Kleid geht es um dich allein. Er sollte es atemberaubend finden, weil du es atemberaubend findest und es dich glücklich macht.«

»Und das tut er eben nicht.«

Ich höre, wie ihr die Stimme langsam versagt, und werde sanftmütiger. »Okay …«

»Und wenn ich weiß, dass es ihm nicht gefällt, dann verdirbt es mir die Freude. Das verstehst du doch, Ca, oder?«

»Natürlich tue ich das. Aber du sollst bekommen, was du dir wünschst. Es ist dein Kleid und du bist es, die er liebt.«

Beth holt am anderen Ende der Leitung tief Luft. »Es ist eine Hochzeit und keine Party«, sagt sie und ihre Stimme gewinnt wieder an Stärke. »Ich weiß, wir heiraten nicht kirchlich, aber ich muss trotzdem wie eine Braut aussehen. Und der Rücken ist sehr tief ausgeschnitten.«

Es ist, als hätte es gestern nicht gegeben. Ich möchte sie daran erinnern, wie hingerissen sie von dem Entwurf war, als sie ihn das erste Mal sah, wie perfekt er zur Krümmung ihrer Wirbelsäule passen würde, aber was wäre damit erreicht? Die Magie ist dahin. Wir müssen mit dem arbeiten, was wir jetzt haben, und uns ranhalten. »Ich sehe das so. Wir haben zwei Optionen. Entweder wir ändern dieses Kleid so, dass es Ärmel hat und keinen tief ausgeschnittenen Rücken, aber das wäre bei diesem Entwurf eher ein Kompromiss und könnte eventuell nicht so gut funktionieren.« Ich mache eine Pause, um ihr die Gelegenheit zu geben, nachzudenken. »Oder«, fahre ich fort, »wir fangen einfach noch einmal von vorne an und entwerfen von Anfang an etwas mit Ärmeln und einem gemäßigten Rückenausschnitt. Ich glaube, das ist die bessere Lösung«, füge ich hinzu und erlaube mir eine eigene Meinung.

Das Kleid, wie ich es mir vorgestellt habe, ist unwiderruflich passé. Egal, wie viele Änderungen ich auch vornehmen würde, ich wäre damit nicht glücklich. Aber es ist Beths Hochzeit. Sie muss das entscheiden.

»Haben wir denn noch Zeit, von vorne anzufangen?«, fragt sie.

»Natürlich«, antworte ich, denke aber das Gegenteil. »Allerdings müssen wir einen Zahn zulegen. Welche Schicht arbeitest du heute? Kannst du vorbeikommen, damit wir Nägel mit Köpfen machen? Deine Zeitschriften sind alle noch hier und ich habe viele Ideen, die gut passen würden.«

Wir einigen uns auf den späten Nachmittag und werden von Neuem beginnen.

»Und diesmal«, bemerke ich vorsichtig, »lassen wir die Entwürfe lieber hier. Sicherheitshalber.«

Ich lache, aber es ist nicht lustig. Überhaupt nicht.

Kapitel 22

Ich entwerfe Beths Kleid neu und behalte meine Bedenken, dass Greg alles und jeden kontrollieren muss, für mich. Beth ist nicht dumm. Sie weiß, was sie erwartet. Wieder ist sie begeistert vom Ergebnis meines Entwurfs und dieses Mal legen wir los, schneiden ein Modell aus Nesselstoff zur Anprobe zu, und dann kann ich anfangen, ohne zu viel wertvolle Zeit zu verlieren.

Ich hatte eigentlich gedacht, dass es bei der Hochzeit meiner besten Freundin endlose Gespräche darüber geben würde, welcher Florist genommen wird und welche Horsd'œuvres am besten zum Champagner passen, doch wir kommen fast gar nicht dazu. Gregs haarsträubend kurzer Zeitplan macht jede zaghafte gemeinsame Überlegung in diese Richtung zunichte. Stattdessen scheinen wir beide jede für sich ein Rennen zu unseren jeweiligen Zielen zu absolvieren. Mehr als einmal bedauere ich, dass die ganze Hochzeitsvorbereitung nicht so läuft, wie ich es mir vorgestellt habe, aber da kann man nichts machen. Zum Plaudern bleibt einfach keine Zeit.

Abgesehen vom Fertigen des Hochzeitskleides ist das wichtigste Ereignis, soweit es mich angeht, der Kauf der Kleider für die Brautjungfern. Es wird drei davon geben: zwei Nichten von Greg, die Blumen streuen, und mich. Beth weist mich per SMS an, wann ich wo sein muss, und ich bin da und bereit, alles anzuziehen, was sie will. Mir ist es wirklich egal, wie mein Kleid aussieht. Ich würde einen Kartoffelsack tragen, wenn das Beths Wunsch wäre. Aber natürlich ist das Kleid, das sie für mich aussucht, modisch und elegant, aus zartem graugrünen Satin mit einem Herzausschnitt und einer eng anliegenden Taille. Die Ärmel enden kurz unterhalb des Ellbogens und der Rock fällt bis zur Wade. Ich stehe in dem kleinen Laden mit Beth, ihrer Mutter und der Verkäuferin vor dem Spiegel und alle sind voll des Lobes, wie wunderschön das Kleid ist und wie hervorragend die Farbe zu meinen Haaren und zum Hautton passt. Sie haben recht. Sogar ich sehe, dass das Kleid perfekt aussieht. Bis auf eine Sache.

Ich denke gar nicht mehr daran und ich glaube, Beth auch nicht, aber ich bemerke, wie Beths Mutter auf meine Hand schaut. Sie starrt nicht unverblümt darauf, aber ich sehe, wie ihr Blick von der silbrig runzligen Haut angezogen wird. Am liebsten würde ich meine Hand verstecken, aber wo? Beth sieht, dass ihre Mutter den Blick darauf gerichtet hat, und im Spiegel beobachte ich hinter mir, wie sie sich still verständigen. Beths Mutter hebt die Augenbrauen und Beth legt die Stirn in Falten und schüttelt den Kopf.

Ich habe über die Jahre gelernt, dass es am einfachsten ist, der Betretenheit der Leute direkt zu begegnen. »Und wie sieht's mit Handschuhen aus? Ich meine, es ist Dezember. So lange Satinhandschuhe wären perfekt.«

Ich sehe, wie sich Beths Mutter entspannt, weil dieser möglicherweise peinliche Moment so geschickt umschifft wurde, aber Beth schüttelt den Kopf.

»Ich finde, dass das bei der Ärmellänge nicht gut aussieht«, wendet sie ein. »Ich mag es so, wie es ist.«

Beths Mutter will gerade widersprechen, wird aber durch die wachsende Peinlichkeit der Situation davon abgehalten. Sie kann unmöglich laut sagen, dass die grässlich entstellte Hand der ersten Brautjungfer die Fotos verderben wird.

»Mir ist es egal«, sage ich, darauf bedacht, die Sache nicht noch schlimmer zu machen. »Ich mache, was du willst, Beth.«

»Und ich möchte keine Handschuhe.« Damit ist klar, dass die Diskussion beendet ist. »Du siehst wunderhübsch aus«, fügt sie hinzu. »Wirklich wunderhübsch.«

Sie schenkt mir ein breites, aufrichtiges Lächeln, das ich tief in meinem Herzen tragen werde. Danke, Beth. Ich versuche zurückzulächeln.

Gregs Nichten sind nicht so leicht zufriedenzustellen – oder genauer gesagt ihre Mutter, Gregs Schwester Xanthe. Die Mädchen, Evangeline und Phoebe, sind hübsche kleine Dinger mit großen blauen Augen und blonden Haaren, die kerzengerade über den Rücken herunterhängen. Als sie gebeten werden, die Kleider anzuprobieren, machen sie das klaglos und drehen sich dann endlos vor dem Spiegel, darauf bedacht, sich nicht nur von vorne, sondern auch von hinten zu sehen.

»Bekommen wir hohe Absätze, Tante Beth?«, zwitschern sie. »Ja? Bitteee!« Sie ziehen den Vokal endlos in die Länge. Beth zwinkert ihnen zu, was die beiden wieder in einen hüpfenden, auf der Stelle herumwirbelnden Taumel verfallen lässt. Ihre Kleidchen sind genauso hübsch wie meins. Beth hat elfenbeinfarbenen Organza mit um die Taille gebundenen Satinschärpen ausgewählt, die das Graugrün meines Kleides aufgreifen. Die Kleider stehen den Mädchen perfekt, aber Xanthe schüttelt den Kopf. Als weder Beth noch ich sie frage, was ihr missfällt, seufzt sie laut.

»Sie sehen fantastisch aus, natürlich«, sagt sie und macht ein Gesicht, das genau das Gegenteil ausdrückt. »Sie sind umwerfend, meine Mädchen.« Dann macht sie eine Pause, damit wir bestätigen, wie hübsch ihre Töchter sind. Beth nickt begeistert.

Ich reagiere nicht. »Aber ich muss sagen«, fährt Xanthe fort, »dass ich ein bisschen enttäuscht bin von den Kleidern.«

Ich kann kaum glauben, was ich höre, und will gerade an Beths Stelle widersprechen, aber da wendet sich Beth mit dem betroffensten Gesichtsausdruck an Xanthe, den sie zustande bringt.

»Warum, Xanthe? Was ist los? Die Mädchen sehen absolut entzückend aus, nicht wahr, Mum?«

Beths Mutter strafft die Schultern und beißt die Zähne zusammen. Ihre aufeinandergepressten Lippen bilden eine schmale, blutleere Linie. Sie nickt, aber Xanthe schenkt ihr keine Beachtung.

»Natürlich tun sie das«, stimmt Xanthe ohne eine Spur von Bescheidenheit zu. »Aber Grüüün?« Sie zieht den Umlaut in die Länge wie vor einigen Augenblicken ihre Töchter den Vokal. »Das ist doch keine Farbe für kleine Mädchen.«

Mir fehlen die Worte, und das ist auch gut, denn mich geht das nun wirklich nichts an.

»Aber Grün ist so eine Art Thema der Feier«, erklärt Beth. »Der Blumenschmuck ist durchweg elfenbeinfarben und grün und das alles passt zu Gregs Weste und den Knopflöchern.«

Mir gefällt nicht, dass Beth redet, als müsse sie ihre Wahl rechtfertigen. Es geht Xanthe überhaupt nichts an, welche Farbe Beth für ihre eigene Hochzeit wählt. Allerdings hat Xanthe andere Vorstellungen.

»Als du sagtest, es würde eine weihnachtliche Hochzeit werden«, setzt sie erneut an, »da dachte ich, du würdest dich für Rot entscheiden oder zumindest für Gold. Aber Grün? Das ist nicht sehr feierlich.«

Zur Ehrenrettung von Xanthe muss ich gestehen, dass ich auch gedacht hatte, wir würden dieses Weihnachtsthema mehr in den Vordergrund stellen.

»Na ja, ich habe tatsächlich an Rot gedacht …«, sagt Beth vorsichtig. »Aber das ist nicht wirklich meine Farbe.«

Das stimmt nicht. Beth sieht in Rot fantastisch aus … eigentlich in den meisten Farben. Und dann geht mir plötzlich auf, was hier los ist. Das ist wieder Gregs Handschrift. Beth schaut Xanthe trotzig an, doch ich sehe, wie sie ihren Verlobungsring so schnell um den Finger dreht, dass ich Angst um die Haut darunter habe.

»Aber du siehst in Rot fantastisch aus«, widerspricht Xanthe. »Und die Mädchen mit roten Schärpen und kleinen roten Schuhen wären so hübsch.«

»Ich glaube, es ist ein bisschen spät, das alles noch zu ändern«, mische ich mich ein und helfe Beth wie sie mir bei den Handschuhen. »Und das Grün steht ihnen ausgezeichnet.«

»Hmmm«, macht Xanthe und ich würde ihr am liebsten eine Ohrfeige geben.

Beth steht ein bisschen aufrechter da und holt tief Luft. »Greg und ich haben das Grün zusammen ausgesucht. Er meint, dass Rot ein bisschen kitschig aussieht, besonders zu Weihnachten, und dass das Grün viel edler wirkt, und ich bin auch der Meinung.« Beth hat die Hände in die Hüften gestemmt und bietet Xanthe Paroli. Die legt den Kopf zur Seite, während sie überlegt, ob sie nun beleidigt sein soll oder nicht. Kurz habe ich den Eindruck, dass sie Beth die Stirn bieten wird, doch dann sagt sie: »Na ja, vielleicht … Rot ist vielleicht ein bisschen abgedroschen für eine Weihnachtshochzeit.« Sie macht eine Pause. »Greg und du, ihr müsst natürlich das bekommen, was euch gefällt. Und die Kleider sind wirklich ganz entzückend.«

Beth nickt. »Die Mädchen sehen zauberhaft aus. Und du auch, Cara«, sagt sie, als wolle sie das Ende der Diskussion andeuten. »Und jetzt lasst uns nach diesen Schuhen schauen«, wendet sie sich an die Mädchen, die wieder vor Begeisterung kreischen.

Ich versuche, ihren Blick aufzufangen, aber sie widmet ihre ganze Aufmerksamkeit den kleinen Brautjungfern. Sie sieht etwas mitgenommen aus von dem vorangegangenen Wortwechsel.

Später, als die Kleider bezahlt und Xanthe und die Mädchen aus dem Laden gewirbelt sind, schlage ich Beth vor, auf dem Weg nach Hause noch irgendwo etwas trinken zu gehen. Sie schaut auf die Uhr und beißt sich auf die Lippe, doch dann sagt sie: »Okay. Aber nur kurz, dann muss ich zurück.« Sie fummelt an ihrem Handy herum und schickt Greg eine schnelle Nachricht, nehme ich an, obwohl sie es nicht sagt. Ich frage mich, ob das zu einem sensiblen Thema zwischen uns werden wird.

Wir machen uns auf den Weg zu einer Weinbar ein bisschen die Straße entlang. Wenn man bedenkt, dass wir erst frühen Nachmittag haben, ist außergewöhnlich viel los.

»Du suchst uns einen Tisch und ich gehe an die Bar«, schlage ich vor. »Was möchtest du trinken? Wenn du Diät-Cola sagst, kannst du unsere Freundschaft als beendet betrachten.«

Beth lächelt schwach. »Ein Glas Weißwein? Irgendwas Trockenes?«

Ich hole uns eine Flasche und trage sie in einem Kühler zum Tisch. Die beiden Gläser halte ich in der anderen Hand.

»Cara!«, ruft Beth, als sie mich sieht. »Ich sagte ein Glas, nicht eine Flasche.«

»Ich weiß, aber ich habe dich schon ewig nicht mehr auf einen Plausch getroffen. Ein Glas oder drei? Was macht den Unterschied?«

Beth sieht aus, als wolle sie widersprechen, aber dann tut sie es doch nicht, und als ich ihr den Wein eingeschenkt habe, nimmt sie einen großen Schluck.

»Der ist lecker«, lobt sie und lehnt sich zurück.

»Das ist doch gut gelaufen«, sage ich. »Die Kleider sind hübsch. Besonders meins. Danke dafür.«

»Meinst du das wirklich?«, will sie wissen und knabbert an ihren bereits angeknabberten Nägeln. »Das dachte ich auch, aber … na ja, nachdem, was Xanthe gesagt hat …«

»Beachte sie gar nicht«, rate ich ihr. »Die Mädchen werden bezaubernd aussehen. Die Farbe ist perfekt, und wessen Hochzeit ist das überhaupt?«

»Genau!«, bekräftigt Beth und nimmt einen weiteren Schluck. »Xanthe kann von Glück sagen, dass sie überhaupt zur Hochzeit eingeladen ist«, fügt sie boshaft hinzu.

»Wie kommt's?«

»Sie und Greg hatten ein Zerwürfnis wegen ihres Hundes.«

Ich kann mir ein Grinsen nicht verkneifen.

»Oh, lach nicht!«, ruft Beth und lacht selbst. »Es stand wirklich ein bisschen auf Messers Schneide. Xanthe hat einen Hund. Greg nennt ihn die Ratte mit Halsband.«

Ich unterdrücke ein Kichern.

»Es ist ein Shih Tzu«, fährt sie fort und lacht laut auf. »Coco. Er ist eigentlich ganz süß, aber du weißt ja, wie sehr Greg Hunde hasst …«

Das tue ich nicht, aber ich nicke trotzdem.

»Greg hasst Coco jedenfalls wie die Pest. Der Hund hat ihn ins Bein gezwickt, als er noch ein Welpe war, und er kläfft wirklich nervtötend. Wie auch immer, Xanthe nimmt ihn fast überallhin mit und deshalb hat sie einfach angenommen, der Hund könne auch zur Hochzeit mitkommen. Sie hat sogar schon von einer passenden Schleife im Fell, einer Leine mit Schleifchen und so einem Mist geredet. Greg ist in die Luft gegangen und hat gesagt, dass der Hund auf keinen Fall zu seiner Hochzeit kommen dürfe und dass Xanthe dafür sorgen müsse, dass er zu Hause bleibt. Daraufhin hatte Xanthe einen primadonnenhaften Wutanfall und sagte, dass sie der Hochzeit fernbleibe, wenn Coco nicht mitkommen dürfe. Ehrlich gesagt war das total albern.«

»Aber sie haben sich wieder vertragen, oder? Immerhin sind die Mädchen noch Brautjungfern.«

»Oh ja. Letztendlich war Xanthe damit einverstanden, den Hund bei geöffneten Fenstern und mit viel Wasser versorgt im Auto zu lassen und ab und zu kurz rauszugehen, um ihn auszuführen.«

»Und für Greg ist das in Ordnung?«

»Er war kompromissbereit«, sagt sie und an ihrem Gesichtsausdruck sehe ich, dass das nicht oft der Fall ist.

»Beth?«, frage ich vorsichtig. »Dir geht's doch gut, oder? Ich meine, du bist doch glücklich?«

Sie schaut mich irritiert an.

»Was willst du damit sagen? Natürlich bin ich glücklich. Ich stehe kurz davor, meinen Traummann zu heiraten. Weshalb sollte ich da nicht glücklich sein?«

Ich mache eine Pause, aber nur für eine Nanosekunde. Das ist meine Chance, und wenn ich sie jetzt nicht ergreife, kommt sie vielleicht nie mehr. Als ihre beste Freundin ist es meine Aufgabe, einfach noch einmal nachzuhaken. »Und ist er das?«, frage ich sie und schaue ihr direkt in die Augen. »Ist er wirklich dein Traummann?«

Sie denkt darüber nach, scheint aber nicht böse auf mich zu sein. Ich bin erleichtert. »Ich weiß, dass er nicht jedermanns Sache ist«, beginnt sie. »Er hat seinen eigenen Kopf und eine Meinung zu allem. Wenn ich ihn ließe, würde er sogar meine Socken aussuchen, aber ich liebe ihn. Ich weiß, dass er einen kleinen Kontrollfimmel hat, aber das ist Teil dessen, was ich an ihm liebe. Und er würde mir niemals wehtun, Ca. Wenn wir allein sind, behandelt er mich wirklich wie eine Prinzessin.«

Ich beschließe, ihr zu glauben.

Als ich nach Hause komme, trinke ich noch ein Glas Wein zum Abendessen und noch eines danach. Er läuft so mühelos in mich hinein und ich mag das Gefühl des leichten Kontrollverlusts. Es lässt die anderen Dinge in meinem Leben gefestigter erscheinen. Anstatt meine unerwünschten Gedanken beiseitezuschieben, gibt mir der Alkohol die Erlaubnis, über einiges nachzudenken, wenn auch benebelt.

Nachdem Mrs P gegangen ist und Dad sicher im Bett liegt, gehe ich in mein Nähzimmer. Ich habe keinen bestimmten Plan, nur irgendwie so eine Idee, die Lagerbestände zu kontrollieren. Doch dann sitze ich plötzlich vor meinem Laptop und logge mich ins Internet ein. Ohne wirklich nachzudenken, gebe ich ins Google-Suchfeld ein: *Wie finde ich meine Mutter?* Und dann klicke ich die erste Seite auf der Liste an.

Die Homepage ist übersät mit lächelnden Gesichtern. Der kurze YouTube-Clip zeigt eine Frau, die ihren kurz nach der Geburt zur Adoption freigegebenen Sohn wiedergefunden hat. Ich scrolle nach unten, um herauszufinden, was ich tun muss. Der Service ist kostenlos. Man muss nur die einzelnen Felder ausfüllen, eine persönliche Nachricht schreiben und auf SENDEN klicken. Wenn meine Mutter auf diese Seite schaut, sieht sie die Nachricht und antwortet. In meinem leicht benebelten Kopf sieht das alles sehr unkompliziert aus. Draußen ruft ein Waldkauz in den hohen dunklen Bäumen nach seinem Partner. Oder seinen Kindern?

Das ist doch verrückt. Als ob eine willkürliche Internetrecherche zu später Stunde eine Frau zutage fördern wird, die seit dreißig Jahren weg/tot ist. Ich klammere mich an einen Strohhalm. Und was will ich überhaupt damit erreichen? Dieses Rätsel hat zwei Seiten, die sich aber in meinem Kopf ineinander verschlungen haben wie die Ranken einer alten

Weinrebe. Ich zwinge meinen Verstand, sich zu konzentrieren. Zuerst muss ich herausfinden, ob meine Mutter wirklich noch lebt. Obwohl mich jede Zelle meines Körpers anschreit, dass dem so ist, zählt das kaum als empirischer Beweis. Aber angenommen, ich kann nachweisen, dass sie nicht tot ist, was dann? Will ich sie finden, treffen und sogar irgendeine Beziehung zu ihr aufbauen? Darauf weiß ich keine Antwort.

Kapitel 23

Annie, 1984

Annies Herz schlägt so laut in der Brust, dass sie nicht klar denken kann. Sie darf nicht in Panik geraten und hat nur diese eine Chance. Die darf sie nicht vermasseln wie alles andere. Sie muss ruhig bleiben und den Plan umsetzen, wie sie ihn im Kopf durchgespielt hat.

Sie schaut auf die Uhr. Halb drei. Noch eine halbe Stunde, bis sie Michael aus der Schule abholen muss. Wenn sie Cara wie immer um Viertel vor weckt, dann sollte sie ihre schlechte Laune überwunden haben und nicht schreien. Das Letzte, was sie jetzt noch braucht, ist eine schwierige Cara.

Sie versucht, ruhiger zu atmen, aber die Luft entweicht stoßweise ihrem Mund. Ihr Körper ist angespannt wie ein Flitzebogen und triebe vorwärts, wenn sich diese Spannung entladen würde. Was sie tut, ist richtig. Es ist nicht so, dass sie es nicht versucht hätte … Gott weiß, wie sehr sie es mit aller Macht versucht hat, aber es funktioniert nicht und wird nie gut werden.

Im Schrank unter der Spüle hinter dem Bleichmittel, wo Joe niemals nachschauen würde, befindet sich ihr

Rettungsanker. Es ist nicht viel, nur was sie vom kaum ausreichenden Haushaltsgeld abzwacken konnte, aber es verschafft ihr eine Chance. Schnell und leise nimmt sie die Dose und kippt sich den Inhalt in die Hand. Das Geld stopft sie in ihr Portemonnaie, das sie dann ganz tief in ihrer Handtasche vergräbt. Die ist bereits voll, aber nicht mit den üblichen Dingen einer Frau, sondern mit Unterwäsche und Lieblingsspielzeug, Windeln und Zahnbürsten. Zu viel befindet sich nicht darin, damit die Tasche nicht die Blicke auf sich zieht.

Der Kinderwagen steht im Flur und sie überprüft zum hundertsten Mal, ob sie auch alles hat. Sie kann nur mitnehmen, was sie auch tragen kann, und darf selbst dann nicht die Aufmerksamkeit auf sich ziehen. Sie muss mit all diesen Tratschtanten auf dem Schulhof stehen. Wenn es nur den kleinsten Anlass für Gerede gibt, ist es aus, bevor Michael aus seinem Klassenzimmer gerannt kommt.

Es wird aber funktionieren, sagt sie sich, als sie die Treppe zu Caras Zimmer hinaufgeht. Sie hat einen Plan und alles wird gut, sobald sich die Aufregung wieder gelegt hat. Ein bisschen Gehässigkeit und dann wird jeder merken, dass es das Beste war.

Cara liegt im Halbdunkel des Kinderzimmers auf dem Bauch, hat den Po in die Höhe gestreckt und den Kopf auf die Seite gelegt. Ihr feines blondes Haar klebt verschwitzt vom Schlafen am Kopf und ihre Wangen sind stark gerötet. Der nächste Zahn wird bald durchkommen. Annie berührt Caras Kopf, versucht, das feuchte Haar zu glätten, und Cara bewegt sich, verzieht wütend das kleine Gesicht, weil sie sogar im Schlaf gestört wird. Annie hebt sie aus dem Bettchen, dreht sie schnell und drückt den Kopf ihrer Tochter an die Brust. Dabei gibt sie beruhigende Laute von sich, damit Cara nicht explodiert. Es funktioniert. Cara kuschelt sich an sie und Annie seufzt. Alles wird gut.

Unten legt sie Cara vorsichtig in den Kinderwagen und zieht am Bändchen der Spieluhr, die über ihrem Kopf hängt. Cara öffnet die Augen nicht.

Es ist nicht leicht, den Kinderwagen über die Stufen des Hauseingangs zu manövrieren, wenn der Korb so voll ist, aber Annie schafft es, ohne etwas zu verlieren, und macht sich wie gewöhnlich auf den Weg zur Schule. Sie schaut nicht zurück.

Der Pausenhof ist bereits voller Mütter, die in Gruppen zusammenstehen. Annie würde normalerweise direkt zu Babs, ihrer einzigen Freundin, gehen, aber heute hält sie sich zurück. Sie will nicht in ein Gespräch verwickelt werden, sondern nur Michael abholen und gehen. Sie hält den Kopf gesenkt, um niemanden anzuschauen, und tut so, als würde sie mit der schlafenden Cara reden, indem sie sich über den Kinderwagen beugt und sich vollkommen auf ihre Tochter konzentriert.

»Warst du einkaufen?«, ertönt eine Stimme hinter ihr.

Es ist Babs. Annie erkennt ihre Stimme, bevor sie sich zu ihr umdreht. »Flohmarktsachen«, sagt sie schnell. »Werde ich auf dem Nachhauseweg abgeben.«

Diese Antwort hat sie sich im Voraus zurechtgelegt, denn sie weiß, dass Babs nicht über die genauen Einzelheiten eines anstehenden Flohmarktverkaufs informiert ist. Annie hätte gern ihren Plan mit Babs besprochen, aber sie hatte sich dagegen entschieden. Darüber konnte man hinterher bei einer Tasse Tee reden, aber jetzt war es das Beste, dass niemand etwas wusste.

Babs nickt, und wie vorhergesehen, fragt sie nicht nach. Annie schweigt, um sie nicht zu einem Gespräch zu animieren. Kurz darauf wendet sich Babs jemand anderem zu und dann läutet die Schulglocke und Michael erscheint. Er ist fast immer der Erste, der die Schule verlässt, hat seine Jacke angezogen und den Schulranzen ordentlich auf dem Rücken. Annie lächelt ihn stolz an, küsst ihn aber, wie abgemacht, nicht. Er hat ihr gesagt, dass er zu alt sei für Küsse – na ja, jedenfalls vor den anderen.

»Zack, zack«, sagt Annie, »auf geht's.«

Michael schaut auf den Kinderwagen, der ungewöhnlich beladen ist, und scheint nachfragen zu wollen, aber dann erzählt er Annie von seinem Tag und unterbricht sich nur, als sie am Fußgängerüberweg nicht links, sondern rechts abbiegen.

»Wir gehen zum Essen zur Oma«, sagt Annie in einem Ton, der keine weiteren Kommentare zulässt.

Im Bus wird es schwierig. Zu viele Taschen hängen am Kinderwagen, sodass er sich nicht zusammenklappen lässt und mehr Platz einnimmt, als vorhanden ist. Der Fahrer sieht aus, als würde er sich gleich beschweren, aber ein Blick auf Annie genügt, und er überlegt es sich anders. Sie lächelt ihn dankbar an, steht im Gang und hält den Kinderwagen fest, damit er nicht wegrollt.

Cara, die sich von dem Geruckel gestört fühlt, beginnt zu heulen. Annie presst die Augen fest zusammen und versucht, ihr Kind allein durch mentale Kraft zu beruhigen. Was tut sie hier eigentlich? Das ist doch lächerlich. Weshalb hat sie je gedacht, dass das ein guter Plan sei? Dann hört Cara plötzlich auf zu schreien, und als Annie die Augen öffnet, sieht sie, wie sich Michael seitlich über den Kinderwagen beugt und seiner Schwester mit den Lippen auf die Wange prustet. Cara kichert.

Das Haus ihrer Mutter ist nicht weit von der Bushaltestelle entfernt. In weniger als fünf Minuten sind sie dort. Annie drückt den Knopf für die nächste Bushaltestelle und als der Bus hält, lässt sie den Kinderwagen rückwärts die Stufen hinunterhüpfen. Einen Beutel, der herunterzufallen droht, befördert sie mit einem Fußtritt zurück ins Netz.

Der Bus fährt weiter und die drei stehen allein auf dem Bürgersteig. Es ist zehn Minuten vor vier. Der tiefe Atemzug, den Annie nimmt, befördert die Luft bis zum Grund ihrer

Lunge. Und dann geht sie los. Sie hat nicht das Gefühl, nach Hause zu kommen, als sie das Haus ihrer Mutter erreicht, mit dem sie keine liebevollen Erinnerungen und keine Wärme verbindet. Obwohl ihr Vater schon seit einem Jahr tot ist – ein kräftiger Herzinfarkt hatte ihn auf seinem einsamen, taumelnden Weg vom Pub nach Hause erwischt –, wirft seine Gegenwart für Annie immer noch einen Schatten über das Haus. Sie spürt, wie ihr Herz schneller schlägt, als sie näher kommt, obwohl hinter der abblätternden Eingangstür keine Gefahr mehr droht. Ursula ist natürlich auch schon lange nicht mehr da, aber sonst hat sich nichts verändert. Dieselben ausgeleierten Fliegengitter vor den Fenstern, und der alte Drahtkorb für die Milchflaschen steht noch immer auf der Stufe. Er ist etwas aus der Form geraten, seitdem Ursula dagegengetreten hat.

Annie klingelt.

Ihre Mutter öffnet die Tür. Sie trägt eine Schürze mit Flecken, vielleicht Bratensoße, und sieht dünner aus als beim letzten Besuch. Wann war der überhaupt? Kurz nach Caras Geburt, also vielleicht vor sechs Monaten. Ihre Augen sind dunkel mit Schatten drum herum, die aussehen wie blaue Flecke. Aber sie sind immer noch scharf. Annie sieht, dass ihre Mutter die Szene in sich aufnimmt und sofort die Auswirkungen erfasst. Sie lächelt nicht.

»Ich habe ihn verlassen, Mum«, sagt Annie, obwohl Michael neben ihr steht, zuhört und alles mitbekommt. »Es war ein Fehler, ihn zu heiraten. Ursula hat das immer gesagt und sie hatte recht. Ich habe es aus den falschen Gründen getan. Ich glaube, mir geht es besser, wenn ich mit den Kindern allein bin. Können wir ein bisschen hierbleiben? Ich habe etwas Geld gespart, kann also unseren Lebensunterhalt bestreiten, und es wäre auch nicht für lange, nur bis ich eine andere Lösung gefunden habe.«

Ihre Mutter bewegt sich nicht, tritt nicht beiseite, um sie eintreten zu lassen, und spricht nicht einmal. Sie schüttelt nur den Kopf.

Annie gerät in Panik. Nie war es ihr bei allen Versionen des Plans, die sie im Geiste durchgespielt hatte, in den Sinn gekommen, dass ihre Mutter sie nicht aufnehmen könnte. Kurz glaubt sie, ihre Mutter mache Spaß, gibt nur vor, sie abzuweisen, und wird gleich die Arme öffnen und sie in Sicherheit oder relative Sicherheit bringen, aber ihre Mutter steht mit versteinertem Gesichtsausdruck da und schüttelt erneut den Kopf.

Dann sagt sie: »Nein.«

Annie schaut sie verwirrt an. Hat sie sie gerade abgewiesen? Sie versucht, den Kinderwagen an ihrer Mutter vorbei in den Flur zu schieben, aber ihre Mutter versperrt mit dem Fuß den Weg.

»Nein«, sagt sie wieder.

»Aber Mum, verstehst du nicht? Ich habe ihn verlassen. Wir müssen reinkommen.« Annie fleht sie jetzt an.

Michael macht einen Schritt von der Türschwelle zurück und greift trotz seiner neuesten Abneigung nach Annies Hand.

»Du bist verheiratet, Anneliese«, sagt ihre Mutter. »Du hast ein Eheversprechen gegeben. In guten wie in schlechten Tagen, das hast du gesagt. Du hast die Pflicht, dafür zu sorgen, dass es funktioniert, und kannst nicht gleich alles hinschmeißen, wenn es schwierig wird. Verheiratet zu sein, ist harte Arbeit. Das Leben ist nicht immer rosarot. Männer können eine Herausforderung sein. Dein Vater war das auf alle Fälle. Und habe ich aufgegeben? Nein. Ich habe meine Pflicht gegenüber meinem Mann und meinen Kindern gekannt und das Beste daraus gemacht. Joseph hat mit deinem Vater nicht die geringste Ähnlichkeit. Er ist ein reizender Mann, und wenn du es nicht schaffst, dass eure Ehe funktioniert, dann arbeitest du einfach nicht hart genug daran. Dreh dich jetzt um, geh nach Hause zurück und bereite

Joes Abendessen vor. Wenn du Glück hast, wird er niemals etwas von dieser Dummheit erfahren.«

Annie spürt, wie ihr die Tränen, die sie bis jetzt zurückgehalten hat, die Kehle zuschnüren. »Aber Mum«, versucht sie erneut, weiß aber, dass es hoffnungslos ist.

Sie holt tief Luft und dreht den Kinderwagen um.

»Na gut«, sagt sie. »Wenn du es so willst. Sag Auf Wiedersehen, Michael.«

Michael drückt ihre Hand so fest, dass Annies Finger wehtun.

»Auf Wiedersehen, Oma«, sagt er, hebt das Kinn und spricht laut, als würde er mit seinen gerade einmal fünf Jahren alles verstehen, was hier vor sich geht.

Dann verlässt Annie das Haus und ihre Mutter und geht den Weg zurück, den sie gekommen ist.

Kapitel 24

Cara, 2017

Beths Hochzeitskleid ist fertig. Es hängt in meinem Nähzimmer und es sind noch drei Wochen bis zur Hochzeit. Ich komme nicht umhin, mir darauf etwas einzubilden. Als Beth zur letzten Anprobe kam, in den Spiegel starrte und kaum begreifen konnte, was sie sah, da erfasste mich ein Gefühl von Stolz, dass ich das Kleid trotz der Steine, die Greg mir in den Weg gelegt hatte, rechtzeitig fertigbekommen habe.

Wenn also die Hochzeit kurz bevorsteht, dann kann Weihnachten auch nicht weit sein. Die Weihnachtsfeiertage waren im Ferensby-Haushalt nie eine große Sache. Als wir klein waren, hatte das Fehlen von Onkeln, Tanten oder Freunden der Familie bedeutet, dass es nie säckeweise Geschenke für Michael und mich gab. Dad hatte auch nie das Bedürfnis gehabt, die magere Ausbeute an Geschenken auszugleichen; er kaufte ein Präsent für jeden von uns und jeweils einen Beutel Schokoladentaler, den wir am Fußende unserer Betten vorfanden. Dann kochte er immer die Abwandlung eines Sonntagsessens und zog sich in sein Büro zurück, während wir fernsahen. Ich wusste aus den endlosen Sitcoms und Seifenopern, die ich sah, wie eine Familien-Weihnacht eigentlich auszusehen hatte, aber Besucher, Lärm und Partyspiele kamen in unserer Wirklichkeit nie vor.

Allerdings waren Dad und ich manchmal zu Weihnachten bei Michael eingeladen, obwohl ich annehme, dass Marianne dahintersteckte. Dad lehnte es immer ab, sie zu besuchen, und deshalb fuhr ich allein hin und bekam einen Eindruck von einem Weihnachtsfest, wie es bei anderen gefeiert wurde. Der unglaublichen Menge an Geschenken und Essen nach zu urteilen, die es dort immer gab, musste Marianne einen Großteil des Dezembers mit Kochen und Verpacken verbringen. Ich erwischte Michael einmal dabei, wie er den Kopf schüttelte und das Gesicht in meine Richtung verzog. Ganz deutlich konnte ich darin vorgetäuschte Fassungslosigkeit über die Extravaganz seiner Familie ablesen. Trotzdem konnte er weder den Stolz verbergen, dass Marianne wieder so ein schönes Weihnachtsfest ausgerichtet hatte, noch die Freude, dass er so gut für seine Kinder sorgte. Der Unterschied zu dem, was wir gehabt hatten, konnte nicht krasser sein.

Ich verbringe einige Zeit damit, darüber nachzudenken, was ich im Hinblick auf Mrs P und Weihnachtsgeschenke tun soll. Ich bin nicht sicher, ob wir in unserer Beziehung bereits die Phase der persönlichen Geschenke erreicht haben, aber ich möchte ihr etwas kaufen, um ihr zu zeigen, wie dankbar ich ihr bin. Sie wird immer mehr zu einem großen Teil meines Lebens und ich hoffe, dass sie das Gleiche empfindet, bin mir aber nicht sicher. Ich treffe sie in der Küche mit Dad an. Sie wischt ihm gerade mit einem Waschlappen den Mund ab und er hält ihr das Gesicht hin wie ein Welpe, der darauf wartet, gestreichelt zu werden.

»Da kommt ja Cara«, sagt sie zu Dad, als ich die Küche betrete. »Haben Sie das wunderschöne Kleid gesehen, das sie für Beth geschneidert hat? Das ist ein richtiges Kunstwerk.«

»So weit würde ich nicht gehen«, weise ich das Lob zurück. »Aber ich bin sehr erleichtert, dass es fertig ist. Die Hochzeit ist an Heiligabend, Dad.«

Dad hört nicht zu, aber Mrs P redet weiter.

»Das ist so romantisch«, schwärmt sie. »Und Cara ist eine der Brautjungfern. Haben Sie gehört, Joe? Ihr kleines Mädchen wird eine Brautjungfer sein.«

Ich mag es, wenn sie so mit Dad redet. Zwischen ihnen gibt es immer ein lockeres, wenn auch einseitiges Wortgeplänkel. Gelegentlich legt Dad den Kopf zur Seite und schaut sie an, als wolle er etwas sagen, aber die Worte, die er dazu braucht, sind für ihn nicht mehr greifbar.

»Was machen Sie Weihnachten, Mrs P?«, frage ich.

»Oh, nichts Besonderes«, antwortet sie. »Ich besorge mir zum Essen einen kleinen Vogel und ein paar Mince Pies und dann mache ich es mir vor dem Fernseher gemütlich, schaue die Weihnachtsansprache der Queen und einen guten Film.«

»Nur Sie allein in diesem Jahr?«, frage ich feinfühlig.

»Ja. Nur ich.«

Ich lade sie ein, bevor ich Zeit habe, darüber nachzudenken. Aber es erscheint mir einfach richtig. Doch sobald mir die Worte über die Lippen gekommen sind, befürchte ich, sie könnte denken, ich versuche, Hilfe für Dad zu bekommen, aber tatsächlich geht es mir mehr darum, Gesellschaft zu haben. Falls sie misstrauisch im Hinblick auf meine Motive ist, dann zeigt sie es nicht. Sie strahlt mich an. Es ist ein richtiges breites Lächeln, das ihre haselnussbraunen Augen funkeln lässt und die Lücke zwischen ihren Schneidezähnen zeigt.

»Sind Sie sicher, dass ich nicht störe?«

Ich deute mit dem Kopf auf Dad und zwinkere ihr zu. »Stören bei was? Ich weiß, dass wir zu zweit sind, aber Dad ist derzeit nicht sehr gesprächig. Michael hat Mariannes Sippe zu Gast und Beth und Greg werden auf Hochzeitsreise sein. Sie täten mir einen Gefallen, wenn Sie kämen. Ansonsten würde ich den ganzen Tag mit mir selbst reden und zu viel Schokolade essen. Sie sollen natürlich nicht arbeiten«, füge ich schnell für den Fall hinzu, dass sie so etwas vermutet. »Sie kommen als unser Gast. Und bringen Sie jemanden mit, wenn Sie möchten.«

»Das ist sehr nett von Ihnen«, sagt sie immer noch strahlend, »aber ich komme allein.«

»Gut, dann ist das abgemacht. Ich bestelle einen Truthahn.«

Gäste zu Weihnachten. Oder vielmehr einen Gast. Ich bin überrascht, wie sehr mich diese Aussicht begeistert, bis mir klar wird, dass ich keine Ahnung habe, wo ich anfangen soll. Weihnachten war in diesem Haus nie etwas Weltbewegendes. Ich kaufe mir ein Hochglanzmagazin darüber, wie man *das perfekte Weihnachtsfest* ausrichtet, und verschwende Zeit, indem ich über Gedecke und Stechpalmengirlanden nachdenke. Ich hoffe, Mrs P erwartet nicht zu viel.

Kapitel 25

Michael, 1986

Das ist ihm die liebste Zeit des Tages. Während die Überbleibsel ihres Mittagessens noch immer auf dem Boden liegen, bindet seine Mutter Cara das Lätzchen ab, öffnet fachmännisch mit einer Hand die Gurte des Hochstuhls und zieht seine Schwester vorsichtig vom Sitz auf ihre Hüfte. Michael beobachtet, wie seine Mutter einen Waschlappen aus der Schublade holt, ihn einen Moment unter den Wasserhahn hält und dann das überschüssige Wasser herausdrückt, während sie die ganze Zeit auf Cara einredet, welche Schweinerei sie angerichtet habe. Vorsichtig tupft sie Caras Gesicht ab, um die Reste des Erdbeerjoghurts zu entfernen, der es nicht ganz in ihren Mund geschafft hat. Cara rümpft die Nase und schüttelt den Kopf, versucht, die Aufgabe zu erschweren, aber seine Mutter ist beharrlich und schon bald ist Cara wieder sauber.

»Also dann, mein kleiner Kobold«, sagt seine Mutter. »Es ist Zeit für deinen Mittagsschlaf.«

Cara macht sich steif. Ruckartig streckt sie Arme und Beine von sich wie Lutscherstiele und wirft den Kopf zurück, bereit zu protestieren. Doch bevor sie schreien kann, drückt seine

Mutter ihre Nase unter Caras Kinn, reibt vor und zurück. Cara kichert. Michael schaut zu, wie seine Mutter Cara behutsam die Hand hinter den Kopf legt und ihn dicht an ihre Schulter drückt. Das war Michaels Lieblingsstelle, die Vertiefung über dem Schlüsselbein seiner Mutter, und für einen Moment verspürt er einen eifersüchtigen Stich, dass seine Schwester immer noch klein genug ist, sich dort anzuschmiegen, aber er hat jetzt mit sieben Jahren und als Schulkind gelernt, dass er für solchen Babykram zu groß ist.

Er fragt sich, was sie heute machen werden, während seine kleine Schwester ihren Mittagsschlaf hält. Er freut sich immer auf diese besonderen Zeiten, wenn Cara schläft und er seine Mutter nur für sich hat. Michael hofft, dass sie die Play-Doh-Knete hervorholen und Spinnen, Marienkäfer, Cupcakes und Würmer formen. Es ist wichtig, das weiß er, dass jede Kreatur nur aus einer einzigen Farbe geknetet wird. Sein Vater ist sehr eigen, wenn es um Play-Doh geht. Michael weiß das, weil er gesehen hat, wie sein Vater die Beherrschung verlor, als ein kleines Stück Gelb versehentlich mit Grün gemischt wurde. Danach durften er und Cara nur noch eine Farbe für jedes ihrer Werke benutzen, damit nicht die Gefahr einer Kreuzkontamination bestand. Michael erinnert sich, wie überrascht und enttäuscht er war, als er anfing, in die Spielgruppe zu gehen, und sah, dass nicht jeder die verschiedenen Play-Doh-Farben separat in ihre jeweiligen Becher tat. Das Play-Doh in der Spielgruppe hatte durchweg eine triste orangebraune Farbe wie das Laub in der Gosse auf dem Weg zur Schule. Michael denkt mit ein wenig Bedauern, dass er wahrscheinlich jetzt zu groß ist für Play-Doh.

Schrill und sirenenartig dringt Caras Heulen vom oberen Stock herunter und er weiß, dass seine Mutter sie offensichtlich in ihr Kinderbett gelegt hat. Das Jammern wird ein oder zwei Minuten anhalten, bis Cara ihren Widerstand aufgibt und sich damit abfindet, dass sie schlafen soll. Dann wird Michael in den Genuss von zwei köstlichen Stunden kommen, in denen er seine Mutter für sich allein hat. Eines der Probleme, die er hat, weil er zur Schule geht, ist, dass er während der wertvollen Zeit, in der Cara jeden Nachmittag schläft, nicht zu Hause ist. Das ist eine solche Zeitverschwendung. Michael ist nicht sicher, was seine Mutter mit dieser Zeit anfängt, wenn er nicht da ist, aber natürlich ist nichts besser, als sie mit ihm zu verbringen.

Er hört seine Mutter auf Zehenspitzen den Flur entlangschleichen und dann erscheint sie in der Tür. Oder besser, ihre Hände tun das. Der Rest von ihr bleibt verborgen. Sie hält etwas hoch, rund, in einem blassen Orangeton, irgendein Gemüse. Er ist verwirrt.

»Schau mal, was ich hier habe!«, ruft sie und erscheint nun in der Tür.

Michael versucht angestrengt, sich an den Namen des Gemüses zu erinnern, das seine Mutter ihm hinhält. »Eine Rübe?«, wagt er einen Versuch, aber er merkt, dass es die falsche Antwort ist.

»Fast«, sagt seine Mutter. »Es ist eine Steckrübe.«

Er ist zu alt für Spielchen wie »Rate das Gemüse«.

»Und weißt du, welcher Tag morgen ist?«, fragt sie.

»Freitag«, antwortet er ungeduldig.

»Nein!«, ruft sie und dann: »Na ja, doch, aber das ist nicht alles. Es ist Halloween! Und deshalb dachte ich, wir könnten eine kleine Halloween-Party veranstalten. Wir drei und Daddy. Mit Äpfeltauchen und kandierten Äpfeln und …« Sie hält die Rübe über ihren Kopf, als wäre sie ein Silberbecher, den sie bei einem Rennen gewonnen hat. »Und einer geschnitzten Rübenlaterne. Wir schneiden den oberen Teil ab, höhlen sie aus und schnitzen ihr ein Gesicht. Dann können wir eine Kerze hineinstellen.«

Michael muss zugeben, dass die Idee Potenzial hat. Er hat diese Laternen bereits in Schaufenstern gesehen und mag es, wie die ausgehöhlten Köpfe ihn in der Dunkelheit anzüglich angrinsen, wenn er vorbeigeht. Er nickt begeistert und setzt sich an den Tisch, während seine Mutter geschäftig hin und her eilt und ein Schneidebrett, ein Messer und zwei Löffel aus diversen Schubladen holt.

»Also, zuerst schneiden wir den oberen Teil ab«, sagt sie und hält ihm den Griff des Messers hin. Es ist ein langes Messer mit einem hölzernen Griff, und heute ist es das erste Mal, dass es ihm erlaubt ist, es zu berühren. Er nimmt es vorsichtig entgegen, als könne es jederzeit in seinen Händen explodieren. Seine Mutter steht dicht hinter ihm. Er spürt die Wärme, die sie ausstrahlt, durch seinen Pullover. Mit einer Hand hält sie immer noch die Steckrübe, während sie mit der anderen das Messer führt.

»Ich glaube, wir müssen sie hier ungefähr durchschneiden.« Sie bewegt das Messer über die Steckrübe bis zu einer Stelle, von der sie annimmt, dass das Verhältnis von Laterne zu Deckel ungefähr richtig ist.

Er drückt das Messer in die Steckrübe, doch es sinkt nicht ein, sondern rutscht nach rechts.

»Vorsichtig«, sagt seine Mutter schnell. »Versuch es noch einmal.«

Das tut er, aber die Steckrübe ist viel härter als die Äpfel, die er bisher schneiden durfte.

»Soll ich dir helfen?«, fragt sie und legt ihre Hand auf seine, damit sie beide gemeinsam zudrücken können. Die Kraft, die sie dabei aufwendet, tut seinen Fingern weh, aber das darf er nicht zeigen, damit er sie nicht beunruhigt, also beißt er sich auf die Lippe und lässt sie noch stärker drücken. Das Messer arbeitet sich ruckartig bis zum ersten Drittel der Steckrübe vor und stoppt in der Mitte.

»Oh«, sagt seine Mutter. »Das ist aber nicht gut. Lass mich mal …« Sie übernimmt das noch in der Rübe steckende

Messer und drückt es nach unten. Wieder geht es ein paar wenige Zentimeter voran. Dann stützt sie sich mit ihrem ganzen Gewicht auf das Messer, das schließlich die Steckrübe durchschneidet, aber in einem merkwürdigen Winkel auf dem Holzbrett aufkommt. Seine Mutter hebt den späteren Deckel ab und schaut ihn prüfend an. Die eine Seite ist viel dicker als die andere. »Das passt schon.« Sie lacht. »Jetzt müssen wir sie noch aushöhlen, damit wir Platz für eine Kerze haben.« Sie reicht ihm die Steckrübe und einen Löffel. Da er gesehen hat, wie viel Schwierigkeiten das Messer hatte, hat Michael nicht viel Hoffnung, dass der Löffel mehr ausrichten wird, aber er sticht mit aller Kraft, die er aufbringen kann, in das gelbliche Fleisch. Ein pfenniggroßes Stück fliegt heraus und seine Mutter klatscht in die Hände. »Gut so!«, ruft sie, und Michael hofft, dass er dieses winzige Stück herausbefördert hat, wird dem Rest irgendwie auf magische Weise den Befehl signalisieren, sich leichter entfernen zu lassen. Aber so ist es nicht.

Als Michael fünf oder sechs kleine Splitter abgehackt hat und die Schnittfläche kaum eine Delle aufweist, gibt er auf. Er legt den Löffel auf das Holzbrett und reibt sich die Finger, wo der Druck des Metalls einen Abdruck hinterlassen hat.

»Kannst du jetzt weitermachen?«, fragt er. Er will sie nicht enttäuschen, aber gleichzeitig ist er auch nicht begeistert von der Aussicht, noch weiter auf die Rübe einzuhacken.

Seine Mutter lächelt ihn an. »Ich hatte vergessen, wie hart sie ist. Als ich ein kleines Mädchen war, hat Tante Ursula immer die Laterne geschnitzt. Sie war wirklich gut im Zeichnen. Ihre Laternengesichter waren fantastisch. Meine waren immer irgendwie zittrig.«

Michael hört ihr zu und genießt es, seine Mutter reden zu hören. Er hat Tante Ursula nie kennengelernt, weil sie ganz weit weg wohnt. In Amerika, glaubt er. Oder war es Australien? Oder Afrika? Das hört sich alles gleich an für Michael, der noch nie weit über London hinausgekommen ist. Seine Mutter sticht auf die Steckrübe ein, während sie redet, und kleine Stücke fliegen überall auf den Boden. »Wir müssen aufräumen, bevor Daddy heimkommt. Es wird ihm nicht gefallen, wenn er diese ganze Schweinerei sieht.« Sie lacht und beißt sich wegen ihrer eigenen Ungezogenheit auf die Lippe.

Michael ist hin- und hergerissen. Einerseits möchte er Zeit mit seiner Mutter in der Küche verbringen, andererseits sie wegschleppen, um zusammen mit ihr mit seinen Legosteinen zu spielen. Die Laterne macht nur sehr langsam Fortschritte und es dauert nicht mehr lange, bis Cara aufwachen und wie eine Bombe auf zwei Beinen über die empfindlichen Modelle hinwegtrampeln wird. »Kann ich spielen gehen, während du das zu Ende machst?«, riskiert er zu fragen und hofft, dass sie nicht zu enttäuscht sein wird.

Sie konzentriert sich auf die Steckrübe. Michael fällt auf, dass sie die Zunge aus dem Mundwinkel streckt, wie er es tut, wenn er in der Schule über Rechenaufgaben brütet. Sie scheint ihn nicht zu hören, deshalb rutscht Michael vom Stuhl und entfernt sich leise. Er verlässt gerade die Küche, als ein wütender Schrei von oben ertönt. Er hält die Luft an, aber dann herrscht wieder Ruhe.

Er holt gerade die Legosteine aus dem Regal, wo sie außerhalb der Reichweite von Cara untergebracht sind, als es an der Tür klopft. Für den Postboten ist es zu spät und deshalb gibt es nur eine Person, die es sein kann. Michael merkt, wie sich seine Stimmungslage ändert, als würden alle Lichter um ihn herum erlöschen. Er stellt die Kiste mit den Legos ab und schaut in den Flur. Seine Mutter ist bereits dort und rennt fast, den Löffel noch in der Hand, zur Eingangstür. Dann sieht er, wie sie den Riegel zurückschiebt. Die Frau, Tilly, steht vor der Haustür. Michael findet, dass sie nur aus Haaren besteht. Er ist verärgert. Weiß sie nicht, dass das gerade *seine* Zeit mit seiner Mutter ist?

»Oh, hallo«, sagt seine Mutter. »Wie schön, dich zu sehen. Ich habe dich heute nicht erwartet.« Sie sagt das auf eine Weise, die Michael vermuten lässt, dass sie genau das Gegenteil meint.

»Oh, ich bin gerade zufällig vorbeigekommen.« Tilly zwinkert seiner Mutter zu.

Wenn sie zwinkert, streckt sie den Kopf vor, der lange Hals ist angespannt und eine Seite des Gesichts so faltig, dass sie aussieht wie eine Schildkröte, denkt Michael.

»Ach, komm doch rein. Ich mache nichts Besonderes«, sagt seine Mutter zu der Frau, Tilly. Michael hasst es, sie bei ihrem Namen zu nennen, und es ist noch schlimmer, wenn seine Mutter ihn zwingt, sie Tante Tilly zu nennen. Er hat nur eine Tante und die heißt Ursula. Am liebsten würde er rufen: »Doch, du machst etwas Besonderes! Du verbringst Zeit mit mir, während Cara schläft, und wir basteln eine Laterne für Halloween.« Er wünscht sich jetzt, er hätte die Küche nicht verlassen, um mit den Legos zu spielen. Es wäre viel einfacher gewesen, sein Anrecht auf die Aufmerksamkeit seiner Mutter geltend zu machen, wenn sie beim Klingeln an der Haustür zusammen gewesen wären.

»Hast du Zeit für eine Tasse Tee?«, fragt seine Mutter.

Die Frau, Tilly, antwortet nicht. Sie folgt seiner Mutter einfach in die Küche.

»Du bist ja mit deinen Legos beschäftigt, oder, Michael?«, fragt seine Mutter.

Er spürt, wie sie ihm entgleitet. Sie wird mit dieser Frau in der Küche sitzen und Tee trinken und laut über Sachen lachen, die nicht lustig sind. Voller Panik entgegnet er: »Aber ich komme gerade nicht weiter, Mummy, und brauche deine Hilfe. Und dann basteln wir ja auch noch die Laterne.«

»Das können wir auch noch später fertig machen«, sagt sie, ohne ihm in die Augen zu schauen, und verschwindet in der Küche.

Die Frau, Tilly, dreht sich zu ihm um, als sie seiner Mutter folgt. Sie verzieht ihr Gesicht zu etwas, das andere als ein Lächeln bezeichnen würde, aber Michael weiß, dass es nicht echt ist. Es breitet sich nicht bis zu den Augen aus. Netter Versuch, Kind, scheint sie zu sagen, aber gegen mich und meine Geschichten von der Welt außerhalb dieses Hauses kommst du nicht an.

»Spiel mal schön, Mikey«, sagt sie und dann zieht sie die Küchentür hinter sich zu.

Michael geht zurück ins Wohnzimmer. Die Burg, an der er die ganzen Ferien gebaut hat, steht auf dem Teppich. Er hat nur gelbe und rote Steine verwendet und herausgefunden, wie man die Wände an den Ecken miteinander verbindet, damit sie sich gegenseitig stützen. Darauf ist er sehr stolz. Sogar sein Vater hat gesagt, wie ausgezeichnet er das hinbekommen hat. Michael hebt die Burg hoch und lässt sie zu Boden fallen. Die kleinen Steine springen in alle Richtungen.

Kapitel 26

Cara, 2017

Jetzt, da wir einen Gast zu Weihnachten haben, habe ich das Bedürfnis, alles festlicher herzurichten als sonst. Ich kaufe einen richtigen Weihnachtsbaum. Das ist etwas, was ich noch nie zuvor gemacht habe. Der reinigende Duft von Kiefer erfüllt das Haus, aber der Baum beginnt zu nadeln, kaum dass ich ihn hereingeholt habe. Ich kaufe auch neue Lichter und einige schreiend pinkfarbene Kugeln aus dem Supermarkt. Sie sehen in unserem schäbigen Wohnzimmer deplatziert aus wie eine Diskokugel in der Bibliothek, aber mir gefallen sie und ich beobachte immer, wie sie sich an den Zweigen drehen und Lichtrechtecke an die Wände werfen. Ich kaufe sogar einen Adventskalender, der im Preis reduziert ist, weil der halbe Dezember bereits vorüber ist. Ich öffne die kleinen Papptüren bis zum heutigen Tag in einem Rutsch. Die Bilder sind wenig überraschend. Spielzeug und Pakete und Schneeflocken und eine kleine Elfe. Hinter der Tür für den vierzehnten entdecke ich das winzige Bild eines Engels. Er hat blonde Locken und trägt ein Kleid in Immergrün. Zwei kleine Halbkreise deuten an, dass er die Augen geschlossen hat, und ein weiterer, dass er lächelt. Das Bild kommt mir vertraut vor und ich starre eine Weile darauf, versuche herauszufinden, was ich wiedererkenne, aber ich komme nicht darauf.

Die Geschenke für Michael und seine Familie liegen unverpackt und anklagend auf dem Tisch. Ich bin ziemlich sicher, dass ich den letzten Tag, an dem sie bei der Post aufgegeben werden müssen, um rechtzeitig anzukommen, noch nicht verpasst habe, aber ich muss mich wirklich beeilen. Außer meiner schlechten Organisation gibt es dafür keine Entschuldigung. Es ist nicht so, dass ich in zu verschickenden Weihnachtsgeschenken ersticken würde. Ich habe sogar eines dieser schicken Geschenkpapiersets gekauft: rotes, mit Weihnachtsbäumen bedrucktes Papier, goldenes Kringelband, geschmackvolle Geschenkanhänger. Ich fange mit Mariannes Geschenk an, denn es ist angenehm rechteckig. Gerade schneide ich das Papier passend zu, als mir aus heiterem Himmel einfällt, weshalb mir der Engel aus dem Adventskalender so bekannt vorkommt. Genauso einer saß bei uns immer auf der Spitze des Weihnachtsbaums. Er bestand aus einer Wäscheklammer und hatte einen winzigen Porzellankopf, der von einer Seite zur anderen wackelte, wenn man den Engel schüttelte, aber das durften wir eigentlich nicht. Irgendwo in mir höre ich eine Stimme.

»Sei vorsichtig, Cara. Er ist sehr wertvoll. Wenn du seinen Kopf schüttelst, wird er zerbrechen, und dann ist Mummy sehr traurig.«

Mummy?

Ich versuche mich zu konzentrieren, aber die Erinnerung treibt davon wie der Duft von Fliederblüten in einer Brise. Wessen Stimme war das? Ich klammere mich an meine Erinnerung, versuche verzweifelt, den Klang zurückzuholen, aber je mehr ich mich bemühe, desto weiter entschwindet er. Es muss ganz sicher meine Mutter gewesen sein. Wer sonst würde sich um das Schicksal eines Weihnachtsbaumengels Sorgen machen? Dad ganz sicher nicht und Michael auch nicht und weitere Personen gab es nicht. Sie muss es gewesen sein.

Aber das ist alles. Nur das Bild vom Engel in seinem blassblauen Kleid schwirrt mir im Kopf herum. Es ist kein Film, sondern nur der Soundtrack, aber immerhin etwas. Eine Erinnerung.

Es fühlt sich an, als würde ich auf Geröll laufen. Kleine Steine der Erinnerung lösen sich und rollen weg von mir, einen unsichtbaren Hügel hinunter. Jetzt gibt es zwei Erinnerungen: den Engel und die Sterne (oder ihr Fehlen) in London. In den Tiefen meines Unterbewusstseins müssen noch mehr verborgen sein. Wer weiß, was mir noch einfällt?

Ich kann es gar nicht abwarten, dass noch mehr zutage tritt. Das Bedürfnis, tiefer zu graben, packt mich und lässt mich nicht mehr los. Was machen sie in Fernsehdramen, um Erinnerungen abzurufen? Hypnotherapie vielleicht oder eine andere Art von Therapie? In meinem Kopf jagen sich die Ideen und ich muss mich zügeln, um wieder logisch zu denken. Also widme ich mich erneut dem Auslöser. Dem Engel. Haben wir den noch? Könnte er sich in einem der Millionen von Kartons auf dem Dachboden versteckt halten? Vielleicht ist der Engel der Schlüssel zu mehr Details, die stets vor mir geheim gehalten wurden.

Ich lasse Mariannes Geschenk halb verpackt zurück und renne die Treppen hinauf zum Dachboden, vorbei an Mrs P und Dad auf dem Treppenabsatz. Sie kommen nur stockend voran. Dad lehnt sich schwerfällig an sie und ihre geschulten Arme müssen fast sein ganzes Gewicht halten. Bald werden wir einen Treppenlift brauchen, denke ich, als ich an ihnen vorbeilaufe.

»Alles in Ordnung?«, fragt Mrs P.

»Ja!«, rufe ich, als ich die knarrenden Stufen hinaufspringe. »Ich hatte nur gerade so eine Idee, das ist alles.«

»In Eile«, sagt Dad.

»Sie ist in Eile«, verbessert ihn Mrs P.

Ich lasse sie zurück, erreiche das Zimmer mit den Kartons und schalte das Licht an. Dann halte ich inne. Der bloße Umfang der vor mir liegenden Aufgabe nimmt mir den Wind aus den Segeln. Wo soll ich anfangen? Hier stehen so viele Kartons!

Es ergibt einen Sinn, dass sich der Engel, wenn er wirklich hier ist, im hinteren Teil des Dachbodens befindet. Ich bin mir fast sicher, dass ich ihn nicht gesehen habe, seitdem wir in dieses Haus eingezogen sind. Wenn er also aus unserem Haus in London stammt, dann ist er bei den Sachen, die zuerst verstaut wurden. Vorsichtig bahne ich mir einen Weg durch die Stapel bis zur hinteren Wand. Wieder kneife ich die Augen zusammen und schaue auf die Aufkleber, aber ich entdecke keinen mit der Aufschrift WEIHNACHTSDEKORATION. BANKAUSZÜGE 1983–88, TONBANDKASSETTEN (KLASSIK) … Ich hebe ein paar Deckel hoch, aber der Inhalt entspricht den Aufklebern. Kein blauer Engel in Sicht.

Dann sehe ich einen Karton mit der Aufschrift KORRESPONDENZ. Fast hätte ich ihn ignoriert, da er offensichtlich nichts mit Weihnachten zu tun hat, aber dann siegt meine Neugier. Der Aufkleber ist eigentlich untypisch, weil er keine näheren Angaben macht. Korrespondenz mit wem und in welchem Zeitraum? Ich erwarte gelbbraune, großformatige Umschläge, aber der Stoß von Briefen, der zwar ordentlich hochkant in den Karton sortiert worden ist, hat unterschiedliche Größen und Farben.

Ich ziehe einen Umschlag heraus und öffne ihn. Er enthält ein einziges Blatt Papier, das am Rand mit handgemalten Herzen verziert ist. Es ist sofort klar, dass es ein Liebesbrief sein muss, der von einer Frau geschrieben wurde. Ich schmunzele. Das hier müssen Briefe sein, die Mum an Dad geschickt hat, bevor sie geheiratet haben. Ich hätte meinen Vater niemals für romantisch gehalten, aber damals muss er es gewesen sein. Und die Tatsache, dass er sie alle über so viele Jahre aufgehoben hat, sagt auch einiges. Ich überfliege den oberen Teil der Seite und habe eigentlich vor, ihn bis zum Schluss zu lesen, doch dann hält mich etwas zurück.

Soll ich sie wirklich lesen? Ich debattiere nur ganz kurz mit mir selbst über die Verletzung von Dads Privatsphäre, aber die Tatsache, dass er mich wahrscheinlich mein ganzes Leben lang belogen hat, wischt sämtliche Einwände gegen das Herumschnüffeln vom Tisch. Ich beginne zu lesen.

Baby
Du hast keine Ahnung, wie schwer es ist, dich zu sehen und nicht berühren zu dürfen. Ich schwöre dir, das bringt mich um. Dachte schon, wir wären heute gesehen worden. War ein bisschen risikoreich, deinen Po zu tätscheln, aber ich konnte nicht widerstehen. Der ist einfach so einladend. xxxxx Glaube, wir sind noch mal davongekommen. Aber mein Herz hat wie verrückt geschlagen. Das wird nicht für immer so sein. Eines Tages, sehr bald, werden wir zusammen sein.
Kann es nicht erwarten.
xxxxxxx

Ich lese den Brief zweimal und versuche mir daraus die Geschichte zusammenzureimen. Sie kann nichts mit Mum und Dad zu tun haben, denn sie waren zusammen. Diese ganze Geheimniskrämerei wäre nicht nötig gewesen, es sei denn, sie hätten sich einem Rollenspiel hingegeben, was äußerst unwahrscheinlich ist. Erpicht darauf, herauszufinden, worum es da ging, ziehe ich einen weiteren Brief heraus. Dieser ist auf einem linierten DIN-A4-Blatt geschrieben. Einen Umschlag gibt es nicht dazu. Es ist nur eine Nachricht, die dreimal ordentlich gefaltet ist. Als ich sie auseinandergefaltet habe, erschweren die tiefen Kniffe das Lesen, aber ich sehe, dass das ganze Blatt mit gezeichneten Herzen übersät ist. Pfeile durchstechen die Mitte dieser Herzen.

Das Kino ist ein guter Plan. Wir können uns in die letzte Reihe verziehen. Wer will schon den Film sehen!!!!! Wir treffen uns um 19.30 Uhr am Odeon. Hast du hinterher noch Zeit für etwas Herzhaftes? Und dann könnten wir uns noch etwas zu essen besorgen (Haha!).
Alles Liebe T x

T? Mir wird plötzlich klar, dass die Briefe nicht von Mum sein können. Und dann trifft es mich wie ein Blitz aus heiterem Himmel. Jemand anderes hat diese Briefe geschrieben. Dad hat sie aufgehoben. Ich ziehe nur einen einzigen Schluss daraus. Dad hatte eine Affäre. Er hat Mum betrogen und deshalb hat sie uns verlassen. Er hat sie vertrieben. Es war alles seine Schuld.

Wieder zieht es mir den Boden unter den Füßen weg und ich muss mich an den Kartons festhalten. Gibt es überhaupt noch irgendeinen intakten Teil in meiner Kindheit, nachdem dieser Sattelschlepper hindurchgerast ist? In der Filmversion meines Lebens würde der Schauspieler, der mit dieser Erkenntnis konfrontiert wird, gegen die nächste Wand schlagen und seiner Wut dramatisch Luft machen, aber ich bin mir nicht sicher, ob ich überhaupt wütend bin. Es ist mehr ein Gefühl von Verrat.

Dad hat uns all die Jahre erzählt, unsere Mutter sei tot, obwohl die Wahrheit ist, dass seine untreue Liebelei sie gezwungen hat zu gehen. Seitdem ich herausgefunden hatte, dass sie nicht gestorben ist, befürchtete ich, es sei unsere Schuld gewesen, dass sie uns verlassen hat – dass Michael und ich etwas getan haben könnten, was sie verjagt hat. Und jetzt stellt sich heraus, dass uns überhaupt keine Schuld trifft. Sie ist wegen Dads Verhalten gegangen, nicht unseretwegen.

Plötzlich scheint alles einen Sinn zu ergeben und dennoch … Ich schlage mich mit den mir bekannten Fakten herum. In den Achtzigerjahren gab es doch Familiengerichte. Das war nicht mehr das tiefste Mittelalter. Warum hat Mum nicht um uns gekämpft, wenn Dad eine Affäre hatte? Als unsere Mutter und Geschädigte hätte sie doch sicher ohne große Probleme das Sorgerecht bekommen. Dann wäre Dad ausgezogen und hätte mit seiner Mätresse zusammenleben können und wir wären mit Mum in London geblieben. Dann hätten wir nicht einmal quer durchs Land ziehen müssen, um ein neues Leben zu beginnen. Jetzt, wo ich näher darüber nachdenke, ergibt eigentlich gar nichts mehr einen Sinn.

Kapitel 27

Es ist Heiligabend. Meine zeitlebens beste Freundin heiratet heute. Ich weiß, dass ich mich für sie freuen sollte. Beste Freundinnen tun das doch schließlich, oder? Ich sollte genauso begeistert sein wie sie und ihre Träume von einer vielversprechenden neuen Zukunft mit Greg teilen. Aber als ich mich nach dem Duschen abtrockne, überkommt mich nur ein trübes Gefühl des Verlustes. Im Moment kann ich noch nicht einmal vorgeben, glücklich zu sein. Noch nie habe ich mich so allein gefühlt.

Eine einzelne Träne läuft mir über die Wange und ich wische sie mit dem Handrücken fort. Ich bin nie jemand gewesen, der ungeniert weint. Für diese Art der Zurschaustellung braucht es wirklich tiefgründige Gefühle, und die zu entwickeln fällt mir nicht leicht. Liebe ist ein erlerntes Verhalten, das ich verstehe. Wenn man sie nicht gezeigt bekommt, dann hat man Probleme, sie anderen gegenüber zu bekunden. Ich nehme an, dass Dad, Michael und vielleicht sogar Mum mich auf ihre eigene Art lieben, aber ich bin mir nicht sicher, ob ich genug davon aufgesogen habe, um zu Empathie fähig zu sein. Ihre Liebe fühlt sich an wie eine Feder am Strand, die dort, wo sie den Sand berührt, keine Abdrücke hinterlässt.

Beth war immer da, egal, was passierte. Sie passte in der Schule auf mich auf, als mich Dads ungewöhnlicher Erziehungsstil als ein bisschen sonderbar brandmarkte. Sie stellt mir die wichtigen, aber schwierigen Fragen, die ich mir nicht selbst stellen mag, und sorgt dafür, dass ich immer eine Antwort habe. Sie versteht meine Denkweise und kann Sätze für mich beenden. Sie ahnt, was ich als Nächstes brauche, bevor ich es selbst weiß. Wenn es in meinem beschränkten, kleinen Leben Liebe gibt, dann kommt sie komplett von Beth.

Und jetzt verlässt auch sie mich.

Ich rubbele heftig mit dem Handtuch über die blasse Haut meiner Schulter. So heftig, dass meine Nervenenden laut protestieren. Ich weiß, ich sollte damit aufhören. Es wird Flecken hinterlassen, die vielleicht in meinem Brautjungfernkleid zu sehen sein werden, aber der durch das Handtuch verursachte Schmerz auf der Haut lenkt mich ab vom Schmerz in meinem Herzen. Das Gefühl verschafft mir Genuss, obwohl der, wie bei einem Insektenstich, den man kratzt, nicht von Dauer sein kann. Ich denke an Beth und daran, was sie heute von mir braucht, und zwinge mich, damit aufzuhören. Als ich das Handtuch wegziehe, fehlt ein kleines Stück Haut und das Fleisch darunter ist pinkfarben. Während ich darauf schaue, erscheinen nadelstichgroße Blutstropfen auf der geschädigten Oberfläche. Ich beobachte, wie sie größer werden, und bin fasziniert von der Perfektion der winzigen Kreise. Ich habe viel Schaden angerichtet, habe aber schon Schlimmeres gemacht.

Die Blutung hört fast genauso schnell auf, wie sie begonnen hat. Ich tupfe mit Toilettenpapier über die Schürfwunde und schon bald ist nicht mehr zu sehen als eine fleckig rote Stelle, die eigentlich vom Kleid verdeckt sein sollte. Angesichts des Zustandes meiner verbrannten Hand bezweifele ich, dass irgendjemand wegen einer geringfügig verfärbten Schulter verwirrt sein wird.

Ich hole tief Luft und stelle mich aufrecht hin. Dann starre ich mich im beschlagenen Spiegel an, dankbar, dass die scharfen Kanten der Frau, die zurückstarrt, verschwommen sind.

»Genug«, sage ich eindringlich zu der Frau. »Reiß dich zusammen, Cara. Heute geht es nicht um dich.«

Ich treffe Beth beim Friseur und werde dort in Form geföhnt und schon bald sind wir zurück in ihrem Häuschen, wo wir mit einem Teller filigran geschnittener Räucherlachs-Sandwiches auf dem Sofa hocken. Wie Mäuse knabbern wir daran, als würden wir unsere Frisuren ruinieren, wenn wir kräftig hineinbissen. In der Ecke des Zimmers funkelt der Weihnachtsbaum.

»Ich kann nicht glauben, dass du dir auch noch die Mühe gemacht hast, einen Weihnachtsbaum aufzustellen«, staune ich. »Du wirst doch an Weihnachten gar nicht hier sein und dann steht er immer noch da, wenn du aus den Flitterwochen zurückkommst.«

»Hierher komme ich sowieso nicht mehr zurück«, sagt Beth würdevoll. »Die letzte Nacht war meine allerletzte hier.«

»Klar«, gebe ich ihr recht und hole tief Luft, als mir wieder bewusst wird, wie viel sich ändern wird. Nie wieder werden wir uns auf diesem alten Sofa zusammenrollen und die Welt verbessern. Ich werde mehr verlieren, als ich aushalten kann. »Ich hatte noch nicht wirklich über den heutigen Tag hinausgedacht«, lüge ich. »Was wirst du mit dem Häuschen machen?«

»Greg meint, wir sollten es verkaufen, aber das will ich nicht. Ich werde standhaft bleiben und daran festhalten. Vielleicht vermiete ich es an Schwesternschülerinnen oder so.«

»Ist das klug?« Ich lache. »Erinnere dich mal daran, als du Schwesternschülerin warst.«

»Ich werde nette, verantwortungsbewusste aussuchen ...« Sie bricht ab und schaut sich im vertrauten Zimmer um. »Ich kann es kaum glauben, Ca. Ich verlasse das hier und werde heiraten. Alles wird so anders sein.«

Ich streiche ihr über die Wange. »Nicht unbedingt alles«, sage ich und weiß, dass sie mich versteht.

Der Tag läuft ab wie ein Uhrwerk. Beth sieht bezaubernd aus in ihrem Kleid. Ich höre das anerkennende Gemurmel, als ich ihr den Gang hinunter folge, und bin insgeheim stolz. Nach der Zeremonie nimmt mich Greg beiseite. »Danke für alles, was du getan hast, Cara«, sagt er feierlich. »Du weißt, dass ich am Anfang Zweifel hatte, aber das muss ich dir lassen, du hast es durchgezogen. Beth sieht atemberaubend in deinem Kleid aus. Ich hatte keine Ahnung, wie talentiert du bist. Tut mir leid, dass ich dir nicht so ganz getraut habe.«

Ich glaube ihm nicht. Da stimmt etwas nicht mit seinem Lächeln. Irgendwie sieht es schief aus. Vielleicht ist es der Druck des großen Tages, der es falsch aussehen lässt, oder der Champagner, aber fast aus Gewohnheit begegne ich seinen Belobigungen mit Argwohn. Ich frage mich, ob er weiß, wie sehr ich einen Groll auf ihn habe, und bin sicher, dass er denkt, ich hätte einen unerwünschten Einfluss auf seine Ehefrau. Und um ehrlich zu sein, hat er wahrscheinlich recht, sich vor mir in Acht zu nehmen.

»Ich bin einfach froh, dass ich helfen konnte«, gebe ich herzallerliebst zurück und passe mich seinem falschen Lächeln an. Mir liegt es auf der Zunge, einen Kommentar darüber abzugeben, dass meine Leistung angesichts seiner lächerlich kurzen Frist doppelt bemerkenswert sei, aber ich entscheide mich dagegen. Er weiß, dass er versucht hat, meine Arbeit zu sabotieren, und gescheitert ist. Wenn das hier ein Krieg wäre, ginge der Sieg in dieser Schlacht an mich. Aber natürlich ist es kein Krieg und ich erinnere mich daran, als er über die Herkunft eines der Trauzeugen weiterplappert, der offensichtlich ein Mitglied des niederen Adels ist. Greg ist jetzt mit meiner besten Freundin verheiratet. Ich muss mich daran gewöhnen. Allerdings erinnere ich mich auch daran, dass es mir nicht gefallen muss.

Als wir beim ersten Tanz angelangt sind, herrscht eine deutlich aufgelockerte Stimmung und jedem ist klar, dass der Weihnachtsmann in ein paar Stunden ihre Kamine hinabrutschen wird. Einer nach dem anderen macht sich aus dem Staub. Im Hotel gibt es natürlich auch Zimmer, aber nur sehr wenige der Hochzeitsgäste nehmen sie in Anspruch. Um Mitternacht sind wir nur noch eine Handvoll Gäste in der Bar.

Beth, deren Haare nun wieder im gewohnten chaotischen Zustand sind und die ihr Hochzeitskleid hochgerafft hat, damit sie auf dem Barhocker sitzen kann, gähnt sehr ausgiebig.

»Ich bin fix und fertig. Ist besser, ich gehe ins Bett.«

»Nicht zu fertig, hoffe ich, Liebling«, schnurrt Greg, leckt sich über die Lippen und zwinkert seinem Trauzeugen zu.

Ich verdrehe die Augen, was Beth bemerkt. Sie zwinkert mir zu.

»Oh, für all das gibt es noch genügend Zeit auf der Hochzeitsreise«, erwidert Beth, schiebt sich vom Barhocker und zieht Greg am Arm.

»Gute Nacht«, verabschiedet sie sich von allen. »Danke, dass ihr gekommen seid. Und an Cara ein besonderer Dank, denn sie ist die beste Freundin, die ein Mädchen nur haben kann.«

Sie wirft mir eine Kusshand zu und geht mit Greg im Schlepptau auf den Fahrstuhl zu.

»Und so wird es von jetzt an sein. Ich stehe unter der Fuchtel«, scherzt Greg und folgt seiner frisch angetrauten Frau aus der Bar.

Das hoffe ich, denke ich.

Kapitel 28

Michael, 1987

Michael schreckt aus dem Schlaf hoch. Er ist verwirrt. Welcher Tag ist heute? Muss er seine Schuluniform anziehen? Ist er heute mit dem Baden dran? Als sich seine Augen an das Licht gewöhnt haben, merkt er, dass etwas nicht stimmt. Es ist viel zu dunkel, als dass es morgens sein kann. Und wenn doch, dann muss es noch sehr früh sein.

Er greift nach dem Wecker, den ihm sein Vater vor zweieinhalb Jahren gekauft hat, als er in die Schule kam. Er hat ein kleines rundes Zifferblatt und kann auf Reisen in eine Lederschachtel geklappt werden. Michael hatte noch keine Gelegenheit, diese Funktion zu nutzen. Sein Vater hatte ihm erklärt, dass Michael jetzt, da er zur Schule ginge, dafür verantwortlich sei, rechtzeitig aufzustehen und nie zu verschlafen. Seine Mutter könne nicht alles für ihn machen und Michael müsse anfangen, selbst Verantwortung zu übernehmen. Seine Mutter hatte den Wecker in die Hand genommen und mit den Fingern über das körnige Leder gestrichen.

»Er ist doch noch viel zu klein für einen Wecker, Joe. Und er kann die Uhr kaum lesen«, gab sie zu bedenken. Sie streckte die Hand nach Michael aus und strich ihm die verstrubbelten Haare aus der Stirn.

»Dann wird es Zeit, dass er es lernt«, erwiderte der Vater verärgert, als wäre die Tatsache, dass er die Uhrzeit noch nicht kannte, irgendwie Michaels Schuld.

Michael wollte einwerfen, dass sie die Uhr in der Spielgruppe noch nicht gelernt hatten, aber dass er die vollen und halben Stunden kannte und wusste, welcher Zeiger was anzeigte. Seine Mutter lächelte ihn an und es war dieses spezielle, heimliche Lächeln, das sie immer aufsetzte, wenn sie nicht wirklich mit dem einverstanden war, was sein Vater sagte, ihm aber nicht widersprechen wollte.

»Wir werden die Uhrzeit schon noch lernen, nicht wahr, Michael?«, sagte sie sanft. »Und bis dahin wecke ich dich.« Sie zwinkerte ihm zu. »Für alle Fälle.«

Die Zahlen auf dem Zifferblatt und die Zeiger leuchten im Dunkeln, aber nur, wenn man die Uhr vor dem Schlafengehen ins Licht gehalten hat. Michael schaut jetzt angestrengt darauf, kann jedoch nicht mit Sicherheit sagen, wie spät es ist. Er schaltet die Nachttischlampe an. Seine Fähigkeiten in Sachen Uhrzeit sind zwar immer noch ein bisschen wackelig, aber er ist sicher, dass es halb elf ist. Das ist vor Mitternacht. Es ist noch nicht einmal morgens. Weshalb ist er aufgewacht?

Dann hört er wieder das Geräusch und er weiß, was ihn geweckt hat. Sein Vater schreit und achtet nicht auf die Lautstärke. Manchmal sind seine Eltern so verantwortungslos. Michael muss dafür sorgen, dass sein Vater aufhört, sonst weckt er Cara und dann bricht die Hölle los.

Michael steigt aus dem Bett und ist verärgert. Seine Eltern sollten sich eigentlich wie Erwachsene benehmen. Wissen sie nicht, dass andere zu schlafen versuchen? Er stampft durchs Zimmer, wird jetzt zu ihnen gehen und ihnen sagen, sie sollen leise sein, aufhören zu streiten und ins Bett gehen. Mittlerweile muss es sicher auch für sie an der Zeit sein.

Gerade will er nach unten gehen, als ihn etwas zurückhält. Die Stimmen klingen anders. Sein Vater brüllt, aber das ist nichts Neues. Sein Vater brüllt seine Mutter immer an, kritisiert sie, beschwert sich darüber, was sie falsch gemacht hat und wie sie es besser machen kann. Manchmal möchte Michael einschreiten und sie verteidigen. Am liebsten würde er dann tief Luft holen, um sich auf all die Wörter vorzubereiten, die er verwenden will, aber es ist so, als könne seine Mutter seine Gedanken lesen, denn sie legt immer den Finger auf die Lippen, um ihn zum Schweigen zu bringen, bevor er loslegt. Wenn sein Vater schreit, sagt sie einfach, dass es ihr leidtut, dass sie sich mehr anstrengen und besser werden wird. So funktioniert das normalerweise.

Heute Abend hört sich der Streit anders an. Sein Vater schreit wie immer, aber seine Mutter schreit zurück. Nein. Schreien kann man das eigentlich nicht nennen. Ihre Stimme ist leise und ruhig, aber ihre Wut ist nicht zu überhören. Michael bleibt auf der obersten Treppenstufe stehen. Er ist hin- und hergerissen. Einerseits möchte er näher heranschleichen, um zu hören, worum es geht, andererseits aber außer Sicherweite bleiben, um keinen Ärger zu bekommen. Wieder schreit sein Vater, aber der Tonfall ist vertraut.

»Ich weiß nicht, woher du diese albernen Ideen hast«, brüllt er. »Ach, was sage ich denn? Natürlich weiß ich das. Von dieser verdammten Frau. Aber nicht mit mir! Nicht in meinem Haus! Nicht unter meinem Dach!«

Wieder hört Michael die grollende Stimme seiner Mutter. Die Worte versteht er nicht, aber ihre Wut hört er laut und deutlich heraus.

»Ich habe Nein gesagt!«, brüllt sein Vater. »Meine Frau geht nicht arbeiten. Hier bestimme ich und ich sage Nein. Deshalb kannst du deiner neuen Freundin …« Dieses Wort stößt er hervor, dass es alles andere als freundlich klingt. »Du kannst ihr sagen, dass sie sich ihre lächerlichen Ideen dorthin stecken kann, wo die Sonne niemals scheint.«

Sie verlassen die Küche und treten in den Flur. Michael weicht zurück und drückt sich an die Wand, damit ihn die Schatten verschlucken.

»Ich weiß nicht, weshalb du so uneinsichtig bist«, sagt seine Mutter. »Es ist doch nur Teilzeit. Michael ist in der Schule und Cara kommt für ein paar Stunden pro Woche zu einer Tagesmutter.«

»Auf gar keinen Fall schiebst du mein Kind zu irgendeiner Fremden ab, während du deine belanglosen kleinen Fantasien auslebst.«

Michael weiß nicht, was belanglos bedeutet, aber es klingt nett, liebenswürdig und verspielt.

Die Eingangstür wird geöffnet. Michael erkennt es am Quietschen der Scharniere.

»Ich gehe!«, blafft sein Vater. »Und wenn ich zurückkomme, will ich kein einziges Wort mehr darüber hören.«

Dann wird die Tür zugeknallt.

Michael zuckt zusammen und hält die Luft an. Das hat sicher Cara aufgeweckt. Er hat recht. Wie eine Fliegeralarmsirene beginnt sie zu heulen. Gleich wird seine Mutter zu ihr eilen, um sie zu beruhigen. Einen Augenblick überlegt Michael, ob er bleiben soll, wo er ist, um seiner Mutter zu zeigen, dass er auf ihrer Seite ist, aber dann erinnert er sich an ihren bedrohlichen Tonfall und überlegt es sich anders. Bevor sie ihn sieht, macht er auf dem Absatz kehrt und flitzt in sein Zimmer zurück. Das Licht brennt noch. Wenn er es jetzt ausschaltet, wird sie mitbekommen, dass er wach ist. Er beschließt, es brennen zu lassen, dann wird sie denken, dass er irgendwann in der Nacht aufgewacht ist, es eingeschaltet hat und dann wieder eingeschlafen ist.

Er schlüpft ins Bett und zieht die Decke über sich. Dann schließt er die Augen und tut so, als schliefe er. Sekunden später schiebt sich die Tür behutsam über den Teppich und er spürt die Gegenwart seiner Mutter mehr, als dass er sie hört. Er liegt so ruhig da, wie er kann. Sie bleibt an der Tür stehen und kommt nicht zu ihm. Caras Schreie werden noch lauter, deshalb verlässt seine Mutter das Zimmer und geht zu ihr. Michael hört das beruhigende *Schsch* und ihre Schritte, als sie in Caras Zimmer auf und ab geht. Nach und nach wird das Schreien weniger, dann von gelegentlichen Schluchzern abgelöst und schließlich herrscht Ruhe. Cara ist wieder eingeschlafen.

Michael hört, wie seine Mutter über den Flur zurück zu seinem Zimmer kommt, um das Licht auszuschalten. Er versucht, so gleichmäßig wie möglich zu atmen. Dann spürt er, wie sie vor seinem Bett steht, und er drückt die Augen fest zu.

»Hat sie dich aufgeweckt?«, fragt seine Mutter leise.

Kurz überlegt Michael, ob er weiterhin vorgeben soll zu schlafen, aber das hat keinen Sinn. Sie weiß immer, wann er nicht schläft. Also schlägt er die Augen auf. Sie kauert neben dem Bett und ihr Kopf befindet sich auf gleicher Höhe wie seiner.

»Es war Daddy«, sagt er. »Das Schreien.«

Seine Mutter nickt. Sie versteht und fährt mit der Kuppe des Zeigefingers die Konturen seines Gesichts nach.

»Schlaf jetzt wieder«, sagt sie. »Es ist vorbei und du brauchst dir keine Sorgen zu machen.«

Michael ist nicht sicher, ob sie die Wahrheit sagt. Es stimmt, dass oft geschrien wird, aber als er sich an die ruhige, kontrollierte Wut in der Stimme seiner Mutter erinnert, sagt ihm seine kindliche Intuition, dass es dieses Mal anders war. Er spürt, dass es sich um einen wichtigen Moment handeln könnte, einen, der seine Mutter und ihn durch das, was geschehen ist, noch enger zusammenschweißt. Aber er kann die Augen nicht mehr offen halten. Er lächelt seine Mutter an, obwohl er schon fast wieder schläft.

»Gute Nacht, Mummy«, bringt er noch zustande, bevor die Nacht ihn wieder einhüllt.

Kapitel 29

Cara, 2017

Obwohl Weihnachten in unserer Familie stets eine unauffällige Angelegenheit gewesen ist, wache ich am Weihnachtsmorgen immer noch früh und voller Erwartung auf. Jahre sozialer Konditionierung durch Werbung und Fernsehen sind in meiner Erwartung tief verwurzelt, obwohl ich keine persönlichen Erfahrungswerte vorzuweisen habe. Diese anfängliche Aufregung nimmt nie nennenswerte Formen an, aber weshalb sollte ich nicht auch an der Weihnachtsbegeisterung teilhaben wie jedermann?

Ich spüre, dass ich Kopfschmerzen bekomme. Das ist das Resultat von zu viel Hochzeitschampagner und zu wenig Schlaf, aber es ist noch nicht schlimm und sicher mit ein paar Paracetamol-Tabletten und einer Tasse Tee in den Griff zu bekommen. Ich liege reglos im Bett und lausche auf Geräusche von Dad, der herumläuft, aber im Haus ist alles ruhig. Draußen sind auch keine Autos zu hören. Die Welt ist still, während der Weihnachtsmorgen anbricht.

Unaufgefordert schnellt mein Verstand zum komplizierten Zeitplan, den ich für heute mithilfe der Zeitschrift »Best

Christmas ever« aufgestellt habe. Die Aufregung von vorhin verwandelt sich in ein Gefühl des Grauens, das mir den Magen umdreht. Was zum Teufel habe ich mir dabei gedacht, als ich beschloss, aus dem Nichts heraus Weihnachten zu feiern? Wie konnte ich annehmen, im Verlauf eines Tages etwas nachmachen zu können, wofür andere Frauen Generationen gebraucht haben, indem das Wissen liebevoll von der Mutter an die Tochter weitergegeben wurde und Weihnachten innerhalb von Jahrzehnten perfektioniert wurde? Es wäre viel entspannter, wenn ich das ganze Essen fertig zubereitet gekauft hätte und es nur noch aufwärmen müsste. Wenn ich es vermassele, was ich bestimmt tun werde, stehe ich dumm da und werde mich noch schlechter fühlen.

Jetzt ist es allerdings zu spät. Die Zutaten liegen im Kühlschrank und die Läden haben geschlossen. Ich muss einfach die Zähne zusammenbeißen und es angehen. An was ich mich noch erinnere, ist, dass es wichtig ist, um Viertel vor neun als Erstes den Backofen einzuschalten. Ich drehe mich auf die Seite und schaue auf den Wecker. Es ist drei Minuten vor neun.

»Cara! Cara!«

Ich höre Dads verwirrtes Rufen über den Flur. Kurz mit der Bettdecke kämpfend, springe ich aus dem Bett. Ich muss zu ihm, bevor er ein wenig zu spät bemerkt, dass er auf die Toilette muss. Als ich in sein Zimmer platze, hat er Mühe aufzustehen. Sogar sich in eine sitzende Position hochzudrücken, scheint ihn bereits zu überfordern. Ich frage mich, ob das Level, auf dem wir schon eine Weile herumtaumeln, sich am Rand eines tiefen Abgrunds befindet.

»Komm schon, Dad«, sage ich. »Lass uns ins Badezimmer gehen.«

Er lächelt mich an und ich sehe, dass er mich erkennt, dass ich heute seine Tochter bin und nicht irgendeine Fremde, die sich ins Haus geschlichen hat, um ihn erbarmungslos auszurauben.

»Rate mal, welchen Tag wir heute haben«, fordere ich ihn auf, während ich ihn über den Flur zum Badezimmer führe. Ich gebe ihm keine Zeit für einen Rateversuch. Seine Unfähigkeit, Worte zu finden, regt uns beide auf. »Heute ist Weihnachten!« Ich kann nicht erkennen, ob ihm das irgendetwas sagt oder nicht, gebe ihm aber trotzdem einen Kuss auf die Wange. »Frohe Weihnachten, Dad, und rate mal, wer zum Essen kommt. Mrs P! Das wird bestimmt lustig mit uns dreien. Ich wage mich sogar an ein Weihnachtsessen mit allem Drum und Dran. Ist das nicht toll? Ich bin nicht sicher, wie gut es wird, aber probieren kann ich es mal, oder?«

Ich strenge mich sehr an, meine Stimme fröhlich und die Kommentare positiv klingen zu lassen. Es wäre so einfach, in Anschuldigungen und Wut zu verfallen. Ich erinnere mich daran, einmal einen Bericht über Hundeerziehung im Fernsehen angeschaut zu haben. Offensichtlich sind die verwendeten Worte unwichtig. Es ist der Tonfall, auf den die Hunde reagieren. Das könnte ich mal versuchen.

»Hallo Dad. Frohe Weihnachten. Und da wir schon im Geist des guten Willens baden, könntest du mir bitte genauestens erklären, weshalb du mir erzählt hast, meine Mutter sei tot, wenn du sie in Wirklichkeit mit deiner außerehelichen Affäre aus dem Haus getrieben hast?«

Natürlich spreche ich das nicht laut aus. Es besteht immer noch die Möglichkeit, dass Dad versteht, was ich sage, aber er könnte nicht mehr antworten. Nicht zum jetzigen Zeitpunkt. Und ganz sicher könnte er keine begründeten Argumente vorbringen. Dieser gebrechliche und verletzliche Mann, der so viel Pflege und Liebe braucht, ist nicht mein Vater. Es hat keinen Sinn, ihn mit Vorwürfen zu bombardieren. Was auch immer er vor all diesen Jahren getan hat, hat nichts mit dem Mann zu tun, der meine Hilfe braucht, um ins Badezimmer zu kommen.

Zu Ehren des besonderen Tages ziehe ich ihm ein Sakko an und binde ihm eine Krawatte um. Als er unten ist und verzaubert von den Weihnachtszeichentrickfilmen im Fernsehen, konzentriere ich mich auf meinen Zeitplan. Ich bin bereits eine Stunde in Verzug, also streiche ich die ganzen Uhrzeiten durch und schreibe neue, um eine Stunde geänderte dahinter. Mit neuem, wenn auch leicht schwankendem Selbstvertrauen stelle ich den Backofen an.

* * *

Ich habe das Gefühl, in der Küche alles unter Kontrolle zu haben, als es an der Haustür klingelt. Es ist genau ein Uhr. Als ich die Tür öffne, sehe ich sofort, dass sich Mrs P mit ihrem Aussehen Mühe gegeben hat. Sie trägt eine kastenförmige Jacke im Chanel-Stil in korallfarbenem Pink, eine schicke schwarze Hose und schwarze hochhackige Pumps. Ein Hauch von Farbe ist auf ihren Augenlidern zu sehen und sie hat einen apricotfarbenen Lippenstift gewählt. Ich bin mir der extrem kurzen Pause bewusst, als ich ihren neuen Anblick auf mich wirken lasse, und sie fühlt sich sofort unbehaglich, zieht am Saum ihrer Jacke und schlägt die Augen nieder. Bestrebt, wiedergutzumachen, dass ich sie unbeabsichtigt aus dem Gleichgewicht gebracht habe, übertreibe ich es.

»Kommen Sie rein! Kommen Sie rein!«, sprudelt es aus mir heraus. »Sie sehen fantastisch aus. Ihre Jacke ist sehr schick.«

Ich reiße mir die Schürze vom Leib, um ihr zu zeigen, dass auch ich mich in Schale geworfen habe, wenn auch nicht so förmlich. Sie schenkt mir ein knappes, kleines Lächeln und nickt mir dankend zu.

»Tut mir leid, aber ich bin mit dem Essen ein wenig im Rückstand«, bekenne ich, als ich sie ins Wohnzimmer führe.

Ich möchte nicht, dass sie mich in die Küche begleitet und mir dabei zuschaut, wie ich mich abmühe.

»Aber allzu spät wird es trotzdem nicht werden. Kann ich Ihnen etwas zu trinken anbieten?« Ich sehe, wie sie mit einer Entscheidung ringt. »Keine Sorge«, füge ich hinzu, als mir dämmert, was ihre Zurückhaltung hervorruft. »Sie sind definitiv nicht da, um nach Dad zu schauen. Das ist heute meine Aufgabe. Sie haben frei. Bitte trinken Sie ein Glas Sekt mit mir. Ich habe extra welchen kalt gestellt.«

Das hört sich an wie ein Flehen. Ich werde einen oder zwei Drinks brauchen, um diesen Tag durchzustehen, und ich möchte nicht allein trinken.

»Das wäre reizend«, sagt sie.

Im Wohnzimmer schaut Dad immer noch auf den Fernsehbildschirm, aber sein Blick scheint auf etwas darüber gerichtet zu sein. Die Weihnachtsbaumlichter funkeln hübsch. Ich versuche, die wenigen Geschenke darunter zu ignorieren. Auch Mrs P schaut darauf, sagt jedoch nichts. Was kann man denn auch in einem Haus ohne Kinder und mit nur einem funktionierenden Erwachsenen erwarten?

»Darf ich?«, fragt sie und deutet unter den Weihnachtsbaum. Dann öffnet sie ihre Handtasche und holt zwei Geschenke heraus. Jedes ist edel in goldenem Papier mit weißem Kräuselband verpackt. Vorsichtig legt sie die Päckchen auf die anderen.

»Oh, das war doch nicht nötig …«, beginne ich, aber sie bringt mich mit einer Handbewegung zum Schweigen.

»Kann ich Ihnen behilflich sein?«, fragt sie.

»Nein. Sie setzen sich und entspannen und ich hole Ihnen den Sekt. Dad, Mrs P ist hier, um mit uns Weihnachten zu feiern. Das ist doch reizend, oder?«

Beim Klang meiner Stimme dreht Dad den Kopf. Er sieht Mrs P und sein Gesichtsausdruck lässt vermuten, dass er sie wiedererkennt, aber dann ist dieser Ausdruck wieder verschwunden und er wendet sich wieder dem Fernsehapparat zu.

Ich weiß, dass ich Mrs P eigentlich mit in die Küche bitten sollte, aber ich bringe es einfach nicht fertig. »Ich bin gleich mit Ihrem Sekt zurück.« Dann verschwinde ich.

Ich stehe vor dem Backofen und hole ein paarmal tief Luft. Es gibt so vieles, was mit diesem Essen schiefgehen kann, so viele Komponenten, die misslingen und den Rest ruinieren können. Das klitzekleine bisschen Kontrolle, das ich vorhin noch geglaubt hatte zu haben, verfliegt. Ich hole die Sektflasche aus dem Kühlschrank, mühe mich mit der Folie und dem Korken ab und gieße die schäumende Flüssigkeit in drei Sektgläser. Sie passen nicht zusammen. Zwei gehören zu dem, was noch von Dads Bleikristallgläsern übrig ist, die wir als Kinder nie berühren durften. Das dritte Glas war irgendwann in den Achtzigerjahren eine Zugabe beim Tanken und hatte sich über die Jahre als unkaputtbar erwiesen. In dieses Glas gieße ich ein bisschen weniger und sehe es für Dad vor. Ich habe ein wenig Gewissensbisse, dass er mit diesem billigen Glas vorliebnehmen muss, während Mrs P und ich den Sekt aus Kristallgläsern trinken, aber ich beruhige mich damit, dass er es sowieso nicht merken wird.

Meine Hände zittern, als ich die Gläser zum Tablett trage. Das ist doch albern! Ich bin eine erwachsene Frau und es handelt sich hier um ein einziges Essen, aber ich möchte zeigen, dass ich der Aufgabe gewachsen bin, obwohl es nie jemanden gegeben hat, der es mir hätte beibringen können. Dieses Essen ist ein aufwendiger, selbst auferlegter Test. Was mich aber noch nervöser macht, ist das fast sichere Wissen, dass Mrs P ein köstliches Weihnachtsessen für zehn herbeizaubern könnte, ohne mit der Wimper zu zucken.

Mit klammen Fingern überprüfe ich meinen Zeitplan. Der Truthahn liegt in einer Höhle aus Alufolie im Backofen. Nach meiner Planung müsste er in weniger als einer Stunde fertig sein, aus dem Ofen genommen werden und ruhen. Das Gemüse ist geputzt und startklar. Würstchen im Schlafrock warten gemütlich im Kühlschrank. Alles scheint unter Kontrolle zu sein.

Ich stelle noch eine Schale Pistazien und Chips zu den Gläsern auf dem Tablett und trage es ins Wohnzimmer. Dad hat sich nicht bewegt, sitzt immer noch da und starrt mit offenem Mund auf den Bildschirm. Mrs Ps Aufmerksamkeit konzentriert sich auf den Weihnachtsbaum.

»So, da bin ich wieder. Mit Sekt und ein bisschen Knabberzeug, damit wir durchhalten.«

Ich reiche Mrs P ein Sektglas. »Danke«, sagt sie. Sie hält das Glas vorsichtig am Stiel. »Worauf trinken wir?«

Ich denke einen Augenblick darüber nach. »Dass das Weihnachtsessen vor dem zweiten Feiertag auf den Tisch kommt«, schlage ich vor.

Sie schenkt mir ein breites, offenes Lächeln, das ihre Augen fast in den Falten verschwinden lässt.

»Auf rechtzeitig fertige Mahlzeiten«, sagt sie und hebt ihr Glas. »Und der Baum sieht auch schön aus«, fügt sie hinzu.

»Danke.«

Ich bin drauf und dran, ihr vom verschwundenen kleinen blauen Engel zu erzählen, aber das könnte zu den Briefen führen und auf dieses Minenfeld möchte ich mich nicht begeben. Mein Leben verwandelt sich in ein einziges großes Geheimnis. Also nehme ich einen weiteren Schluck und bald ist mein Glas leer, während Mrs P kaum an ihrem genippt hat. Dads Glas bleibt unberührt. Eigentlich war es sinnlos, ihm eines einzuschenken. Ich nehme es und trinke es ebenfalls aus und sofort spüre ich, wie der Alkohol in meine Blutbahn strömt. Mein Kopf fühlt sich herrlich leicht an und plötzlich scheint die immer größer werdende Verzögerung in meinem Zeitplan gar nicht mehr so schlimm zu sein.

»Ich schaue lieber mal nach dem Truthahn«, sage ich.

»Brauchen Sie Hilfe?«, will Mrs P wieder wissen.

»Nein danke«, erwidere ich fröhlich und fliehe in die Küche.

In der Abteilung Essenszubereitung läuft es nicht ganz so gut, wie ich gehofft hatte. Als ich die Backofentür öffne, brutzelt der Vogel schön vor sich hin. Ich spähe unter seinen silbernen Alumantel und sehe, dass das Kreuz aus Schinkenspeck, das ich heute Morgen so vorsichtig darauf platziert hatte, in einen verwegenen Winkel gerutscht ist und schwarz wird. Ich greife den Speck mit Daumen und Zeigefinger und ziehe ihn heraus. Das heiße Fett verbrennt mir die Haut und ich lasse den verbrannten Speck zu Boden fallen. Fluchend befördere ich ihn blitzschnell auf die Arbeitsplatte (Fünf-Sekunden-Regel).

Natürlich macht ein Truthahn noch kein Weihnachtsessen. Ich beginne den getrunkenen Sekt zu bereuen und spüre, wie die Reste des hochzeitlichen Katers zurückgekrochen kommen. Das Gemüse habe ich bereits vorbereitet, aber die Bratkartoffeln vergessen. Sie weichen noch immer in einer Pfanne mit Salzwasser. Außerdem muss ich noch die Würstchen im Schlafrock backen und die Pastinaken kochen, ganz zu schweigen von der Bratensoße und den anderen Soßen, von denen ich dachte, sie gäben dem Essen den letzten Schliff.

Mein Herz nimmt Fahrt auf, aber ich sage mir, dass man wegen einer Pfanne ungebratener Kartoffeln nicht in Panik geraten muss. Ich werde sie einfach gekocht servieren. Und die Pastinaken waren sowieso eine Zugabe. Einen Augenblick fühle ich mich besser, aber als mir mein sorgfältig geschriebener Zeitplan ins Auge fällt, der jetzt mit Fett bespritzt ist und von dem ich hoffnungslos abgewichen bin, spüre ich, wie mir heiße, wütende Tränen in den Augen brennen. Ich wollte so gern alles perfekt machen und jetzt geht es schief. Was wollte ich überhaupt damit bezwecken? Dachte ich etwa, ich könnte ein Weihnachtsfest wie jeder andere haben?

»Sind Sie sicher, dass Sie keinen *Sous-Chef* gebrauchen können?«

Die Stimme an meiner Schulter lässt mich zusammenfahren. Mrs P steht in der Tür und hält ein leeres Sektglas in der Hand. Sie geht zur Spüle, um es abzuwaschen, und erinnert mich daran – wie konnte ich das vergessen –, dass sie mehr ist als nur ein Gast.

»Nein danke, ich habe alles im Griff«, lüge ich und blinzele die Tränen fort. Ich hoffe, sie sieht sie nicht. Doch dann legt sich in mir ein Schalter um und ich gebe die Heuchelei auf. »Eigentlich doch«, gebe ich zu. »Mein Zeitplan stimmt hinten und vorne nicht mehr. Der Truthahn ist bald fertig, aber alles andere nicht. Ich glaube, ich muss die Bratkartoffeln verwerfen. Sie sind noch nicht einmal angekocht und mit den Pastinaken habe ich noch gar nicht angefangen.«

Mrs P zieht die kurze Jacke aus, hängt sie über eine Stuhllehne und krempelt die Ärmel der Bluse hoch.

»Keine Hektik«, sagt sie ruhig. »Ihr Vater schläft und ich bin sicher, dass wir etwas zum Knabbern finden, falls wir hungrig werden. Wenn der Truthahn fertig ist, können wir ihn unter Geschirrtüchern warm halten, während wir alles andere fertig machen.« Ihre Stimme klingt so entspannt und beruhigend. Es ist, als würde mich eine warme Decke einhüllen. Sie nimmt eine Schürze vom Haken an der Tür und macht sich an das Gänsefett, das ich unter Druck gekauft hatte. Sie schneidet kleine Scheiben ab und ordnet sie am Rand einer Bratenform an. Ich bin erleichtert.

»Ein Glas Wein?«, frage ich und bin froh, mich wieder auf gewohntem Terrain zu bewegen.

Sie nickt und lächelt und plötzlich sind wir in der Küche ein Team. Zwei Frauen, die ein Weihnachtsessen für ihre Männer auf die Beine stellen wie Millionen andere auf diesem Erdball.

Das Essen ist ein Erfolg, als ich es schließlich auf dem längst vergessenen guten Porzellan serviere. Natürlich ist es viel zu viel für uns drei.

»Ich werde bis in den Januar Reste essen müssen«, scherze ich und Dad lächelt, als wäre pürierter Truthahn sein absolutes Lieblingsessen.

Mrs P und ich plaudern über die zahlreichen Filme am diesjährigen Weihnachtstag und erzählen uns gegenseitig liebenswürdige und unbedeutende Anekdoten. Wir scheinen beide einen Bogen um vergangene Weihnachten zu machen, als wären sie Geister und für jede von uns gleichermaßen beängstigend. Dad, der zumindest versucht hat, der Unterhaltung zu folgen, schläft am Tisch ein und wir haken ihn unter und bringen ihn zu seinem Sessel im Wohnzimmer. Er wiegt kaum mehr etwas, als wären seine Knochen ausgehöhlt. Sein dünner Hals erscheint durch den Hemdkragen noch dünner, weil er wie aus einem hohen Zaun und in einigem Abstand dazu herausragt.

»Er hat seine Geschenke noch nicht ausgepackt«, bemerke ich, als wir in die Küche zurückgehen, um aufzuräumen. »Ich weiß nicht, weshalb ich mir die Mühe gemacht habe, ihm etwas zu kaufen. Sie hätten das definitiv nicht zu tun brauchen«, füge ich hinzu.

»Oh, es ist doch nur ein kleines Andenken«, sagt sie.

»Also, Sie hätten sich seinetwegen keine Gedanken machen müssen«, entgegne ich, während ich heißes Wasser in die Spüle laufen lasse.

Meine Stimme klingt schärfer, als ich es beabsichtigt habe. Mrs P holt ein sauberes Geschirrhandtuch aus der Schublade und wartet darauf, dass ich die Teller im Ablaufgestell stapele.

»Sagen Sie es, wenn ich eine unpassende Bemerkung gemacht habe«, fordert sie mich vorsichtig auf. »Haben Sie sich mit Ihrem Vater verkracht?«

»Nein«, antworte ich. »Was veranlasst Sie zu dieser Annahme?«

Doch ich weiß, weshalb sie das fragt. Etwas hat sich verändert. Ich habe versucht, es zu ignorieren, aber zuerst die Postkarten und jetzt die Liebesbriefe haben die Beziehung zwischen meinem Vater und mir ins Wanken gebracht. Ich habe Mühe, meine Wut auf ihn davon abzuhalten, in meine Gefühle für den gebrochenen alten Mann zu sickern, der sich seines Platzes bemächtigt hat. Teilweise ist es reiner Frust darüber, dass ich ihm nicht mehr all die Fragen stellen kann, die meinen Verstand fluten. Da gibt es allerdings noch mehr.

»Ich habe ein paar Sachen herausgefunden«, bekenne ich mit vom Wein gelöster Zunge. »Kürzlich. Über Dad. Das hat zu einer Menge Fragen geführt, auf die ich keine Antworten finde.«

»Sind Sie deshalb nach London zu Michael gefahren?«, fragt sie.

Wir schauen uns nicht an. Jede konzentriert sich auf ihre momentane Aufgabe. Mrs Ps Gesichtsausdruck nicht zu sehen, macht es leichter, freier zu sprechen.

»Teilweise. Ich nehme an, ich bin nur deshalb sauer auf Dad, weil ich nie Antworten auf meine Fragen bekommen werde. Und außerdem …«

Ich halte inne. Vielleicht sollte ich es für mich behalten, aber ich habe es satt, damit allein klarzukommen.

»Dad war kein Heiliger«, fahre ich fort. »Ich meine, bevor …« Ich beende den Satz nicht, aber das brauche ich auch nicht. »Irgendwie hat er uns geliebt, aber es war schwierig, mit ihm zusammenzuleben. Er hatte sehr festgefahrene

Vorstellungen darüber, wie alles sein sollte. Und als ich das dann herausgefunden habe …«

Wieder mache ich eine Pause. Ich balanciere die Bratenform, die ich im Spülwasser geschrubbt habe, zum Ablaufgestell. Wasser tropft in einem regelmäßigen Rhythmus wie ein Herzschlag auf die Edelstahlfläche unter dem Gestell.

»… dass er nicht immer den hohen Ansprüchen gerecht geworden ist, die er uns auferlegt hat, da wurde es ein bisschen schwierig, das zu akzeptieren. Die Tatsache, dass ich ihn dazu nicht mehr befragen kann, macht mir ein bisschen Probleme.«

Mrs P nimmt die Bratenform und trocknet sie ab. Ich bemerke, dass ich sie nicht besonders gründlich abgewaschen habe. Dunkles Fett hinterlässt Flecken im Tuch, aber Mrs P ignoriert sie und wischt das Fett einfach weg.

»Was auch immer er getan hat«, beginnt sie ruhig, »oder was auch immer Sie denken, das er getan hat, es wird nicht besser, indem Sie sich darüber ärgern. Das bewirkt nur Groll und Bitterkeit. Und wofür? Sie können daran nichts ändern und Sie werden niemals mit ihm darüber reden können.«

Ich stelle die letzte Servierplatte aufs Ablaufgestell und kippe das Abwaschwasser aus. Dabei bekommt mein Kleid einige Spritzer ab.

»Für Ihren eigenen Seelenfrieden müssen Sie es dabei bewenden lassen«, rät sie mir.

»Aber es geht da um eine große Sache«, halte ich dagegen. »Ich meine, richtig groß. Sie hat mein ganzes Leben beeinflusst.«

»Das kann gut sein, aber es ändert nichts an der Tatsache, dass es den Vater, von dem Sie denken, dass er das getan hat, nicht mehr gibt. Wenn Sie zulassen, sich davon zerfressen zu lassen, dann kommen Sie nie mehr vorwärts. Was hat Ihr Bruder dazu gesagt?«

»Er will nichts damit zu tun haben. Er meint, ich solle es ignorieren.«

»Na ja, zu ignorieren brauchen Sie es vielleicht nicht«, entgegnet Mrs P. »Meiner Meinung nach ist es für Ihren eigenen Seelenfrieden wichtig, mehr herauszufinden.«

Ich nicke. Sie hat recht und Michael hat unrecht.

»Aber soweit es Ihren Vater betrifft, können Sie nichts tun. Er wird nie wieder in der Lage sein, Ihnen irgendetwas zu erzählen, und das müssen Sie akzeptieren.«

»Und das ist das Problem«, gebe ich zu. »Ich weiß nicht, ob ich das kann.«

»Ich bin mir nicht sicher, ob Sie eine andere Wahl haben. Auf lange Sicht gesehen ist es weniger schmerzhaft, wenn Sie einen Weg finden, mit dem umzugehen, was Sie glauben, das er getan hat, und einen Schritt nach vorn machen.«

»Sie meinen, ich soll ihm vergeben?«

»Nicht unbedingt. Aber Sie müssen einen Weg finden, mit der Ungewissheit zu leben. Wir können nicht alle wie Ihr Vater einfach unsere Vergangenheit vergessen.«

Sie zieht die Schleife auf und dann die Schürze über den Kopf.

»Möchten Sie, dass ich Ihnen helfe, ihn ins Bett zu bringen?«, fragt sie.

So, wie ich mich im Moment fühle, würde ich ihn gut und gerne die ganze Nacht im Sessel schlafen lassen, aber ich weiß, dass das keine wirkliche Option ist und ich ihn dann nur später allein ins Bett bringen müsste.

»Ja, bitte.«

Behutsam wecken wir Dad und führen ihn die Treppe hinauf, während er immer noch schläfrig ist. Dann ziehen wir ihm seine beste Kleidung aus und den Schlafanzug an. Wir arbeiten schweigend. Im Badezimmer geht es weiter mit der Teamarbeit, bis er zugedeckt im Bett liegt. Ich beuge mich vor, um sein Nachtlicht einzuschalten, und er schlägt die Augen auf. Als er mich sieht, lächelt er, aber ich lächele nicht zurück.

Als wir wieder unten sind, schlage ich eine Tasse Tee vor, aber Mrs P schüttelt den Kopf.

»Es war ein schöner Tag«, sagt sie. »Danke, dass Sie mich eingeladen haben, aber jetzt sollte ich wirklich gehen.«

Sie holt ihre Sachen und ich begleite sie hinaus. Erst als sie gegangen ist, fällt mir auf, dass wir die Geschenke nicht ausgepackt haben. Ich bin ein wenig aufgeregt, als ich neben dem Weihnachtsbaum auf dem Boden knie und mein Geschenk darunter hervorziehe. Ich nehme die kleine goldene Schachtel in beide Hände. Auf dem Geschenkanhänger steht in ordentlichen Druckbuchstaben geschrieben: FROHE WEIHNACHTEN, CARA. Ich ziehe das Band auf und entferne das goldene Papier. Zum Vorschein kommt eine quadratische schwarze Schachtel, in der sich eine zierliche, silberne Kette mit einem Schmetterlingsanhänger befindet. Sie sieht umwerfend aus und ich schäme mich ein wenig wegen des völlig unzureichenden Tiegels Handcreme, den ich ihr gekauft habe. Ich lege die Kette um. Der Schmetterling liegt flach und perfekt auf der Haut. Dann packe ich das Geschenk für Dad aus. Dieses Mal mit etwas weniger Vorsicht, obwohl es genauso hübsch eingepackt ist. Es ist eine gerahmte Fotografie von der Eiche im Garten, die ihre Blätter überall auf dem Rasen verteilt.

Kapitel 30

Die Zeit zwischen Weihnachten und Neujahr ist im Allgemeinen eine Zeit der Einkehr und Stärkung und in diesem Jahr ist das nicht anders, besonders weil Beth auf Hochzeitsreise ist. Der zweite Weihnachtstag vergeht in einem Dunst aus alten Filmen und Mahlzeiten vom Tablett, zubereitet mit wenig Aufwand von den enormen Restemengen, die der erste Weihnachtstag hervorgebracht hat. Falls Dad noch weiß, dass Weihnachten ist, dann zeigt er es wenig. Er sitzt still da und starrt auf die funkelnden Lichter am Baum.

»Ich liebe die Lichter am Weihnachtsbaum, und du?«, frage ich ihn, knie mich neben seinen Sessel und deute auf die Tanne.

Dad reagiert nicht. Es ist, als hätte er nicht einmal gehört, dass ich etwas gesagt habe. Er befasst sich nicht mehr mit der Welt um ihn herum. Ich weiß nicht, ob es mit meiner veränderten Einstellung ihm gegenüber zu tun hat oder ob er einfach vor meinen Augen abbaut, aber ich befürchte, es ist Letzteres. Ich würde ihn nicht mehr allein im Haus lassen, nicht einmal mehr für ein paar Minuten. Als ich ihn hier sitzen und vor sich hinstarren sehe, diese Hülle, die einmal mein Vater war, trifft mich die Erkenntnis wie ein Blitz aus heiterem Himmel, dass die Zeit für Vollzeitpflege gekommen ist. Das ist eine neue

Phase, eine, von der ich gewusst habe, dass sie irgendwann eintreten würde. Aber weil meine Gedanken in letzter Zeit mit der Hochzeit und Weihnachten beschäftigt waren, ist mir nicht aufgefallen, dass sie sich schon so nah angeschlichen hat. Es ist völlig offensichtlich, dass Mrs P das nicht mehr allein schafft. Ich brauche einen neuen Plan.

Ich rufe die Agentur an und gehe davon aus, dass ich auf einen Anrufbeantworter sprechen muss, aber schon beim zweiten Klingeln geht jemand ans Telefon. Als ich den Hörer auflege, haben wir eine Rund-um-die-Uhr-Betreuung vereinbart, bei der Mrs P einen Großteil der Pflege übernimmt, aber wechselndes Personal einspringen wird, wenn sie frei hat. Das wird ein Vermögen kosten, aber Dad hat Geld auf der Bank, das lediglich darauf wartet, von Michael und mir geerbt zu werden. Wir brauchen aber sein Geld nicht. Wir sind trotz allem beide unseren eigenen Weg im Leben gegangen. Ich brauche Dads Geld nicht und ich will es auch nicht.

Später miste ich in einem Anfall von Das-will-ich-noch-im-alten-Jahr-erledigen mein Nähzimmer aus und mache Inventur, damit ich weiß, was ich noch habe und was aufgefüllt werden muss. Ich beginne mit Elan, ziehe Stoffe und Aktenordner mit Schnittmustern aus dem Regal, um dahinter Staub zu wischen, aber ziemlich schnell beginnt meine Motivation zu schwinden. Ich bin bei so etwas hoffnungslos und versucht, alles einfach wieder zurückzustellen, aber wem mache ich etwas vor? Jetzt liegt schon alles herum, also kann ich es auch ordentlich aufräumen.

Während ich Stoffflusen von den Regalböden schnipse, schweifen meine Gedanken zu meiner Mutter. Die Hochzeit und dann Weihnachten hatten mir die Ausreden verschafft, die ich brauchte, um nicht ständig daran zu denken, und als ich Zeit zum Nachdenken hatte, war es Dads Brief gewesen, der mich aufgeregt hatte. Mrs P hat tatsächlich recht mit dem, was sie am ersten Weihnachtsfeiertag gesagt hat. Ich werde über Dads Vergangenheit nichts herausfinden, bis ich weiß, wer mit T gemeint ist oder war. Aber wie gehe ich vor, um eine Frau zu finden, die vor mehr als dreißig Jahren Briefe geschrieben hat? Ohne Dad fragen zu können, gibt es keine Lösung für dieses besondere Problem. Um in dieser Sache weiter voranzukommen, muss ich so bald wie möglich meine Mutter finden und sie fragen. Und da das Land gerade stillsteht, es sei denn, man hat Lust auf Shopping oder Pantomime, gibt es sehr wenig, was mich zurzeit ablenkt.

Ich treffe zwei Entscheidungen, als ich in der Küche stehe und die Tür zum Chaos in meinem Nähzimmer geschlossen habe. Erstens kann ich heute Mittag nicht schon wieder kalten Truthahn essen und zweitens macht eine Internetrecherche zum Auffinden meiner Mutter keinen Sinn. Während ich vor dem Kühlschrank stehe, systematisch Sachen herausziehe, die Klarsichtfolie anhebe und am Inhalt der Schüsseln rieche, denke ich darüber nach, wie ich am besten vorgehe. Anfangen muss ich mit dem, was ich sicher weiß. Und das ist, wenn ich es mir genau überlege, ausgesprochen wenig. Ich weiß, dass ich irgendwann einmal eine Mutter hatte, auch wenn es weder eine Geburts- noch eine Sterbeurkunde von ihr zu geben scheint. Schließlich reden wir hier nicht von unbefleckter Empfängnis. Jemand hat mich geboren. Danach wird es sehr dubios. Das Einzige, was in Bezug auf meine Mutter sicher zu sein scheint, ist, dass sie eine Schwester hatte.

Und da muss ich ansetzen.

Der Name meiner Tante ist oder war – ich lerne, diese Dinge nicht als schwarz und weiß zu behandeln – Ursula Kemp. Sie ist oder war Künstlerin. Sie lebt oder lebte vielleicht nicht in San Francisco. Und das ist es dann auch schon. Die Summe dessen, was ich über meine Tante und zugegebenermaßen auch über meine gesamte Familie mütterlicherseits weiß. Das ist nicht viel, aber alles, was ich habe.

Ich gehe in mein Nähzimmer, ignoriere standhaft die Umstrukturierungsverwüstung, setze mich an den Computer und tippe ihren Namen in Google ein. *Ursula Kemp* … und schon springen sie alle auf. Es erscheint eine ganze Seite voller Ergebnisse für eine Künstlerin namens Ursula Kemp. Es ist so überraschend, dass ich lösche, was ich getippt habe, und es noch einmal eingebe, obwohl ich sehe, dass meine Recherche keine Schreibfehler aufweist. Ist das meine Tante? Wirklich? Ihr gebührt sogar die Ehre einer Seite in Wikipedia. Als ich dasitze und auf die Worte auf dem Bildschirm schaue, überkommt mich die mittlerweile bekannte Mischung aus Aufregung und Übelkeit. Wenn sie das wirklich ist, dann scheint sie bekannt, sogar berühmt zu sein. Ich sollte in der Lage sein, sie ausfindig zu machen, und plötzlich fühlt sich alles sehr real an.

Ich beginne mit der Wiki-Seite, die mir sagt, dass sie 1956 in London, England, geboren wurde. Schnell stelle ich eine Berechnung an. Es stimmt mit dem wenigen überein, was ich über Mums Herkunft weiß. Überzeugter, die richtige Ursula Kemp gefunden zu haben, lese ich weiter.

Nach ihrem Schulabschluss wurde sie am Goldsmiths College angenommen und studierte Bildende Kunst. Nach ihrem Studium ging sie nach San Francisco, Kalifornien, wo sie immer noch lebt.

Mein Blick schnellt nach oben auf die Seite, um zu überprüfen, wann der Artikel gepostet wurde. Der ursprüngliche Eintrag wurde vor ein paar Jahren verfasst, jedoch kürzlich aktualisiert. Es besteht eine ziemlich gute Chance, dass die Informationen korrekt sind und Ursula erst einundsechzig ist. Es ist ziemlich unwahrscheinlich, dass sie in der kurzen Zeit seit Aktualisierung der Seite gestorben ist.

Auf der Seite gibt es einige Links. Einer führt zum Goldsmiths College und ein anderer zu einer einfachen Website, die ein paar ihrer Werke zeigt, aber nicht viel Informationen über die Frau selbst preisgibt. Ich kehre wieder zur Wiki-Seite zurück und meine Augen scannen die Worte, versuchen auch das kleinste Bruchstück an Information herauszufinden. Unten auf der Seite steht ein einziger Satz.

Über Ursula Kemps Privatleben ist nur sehr wenig bekannt.

Ich lache fast laut auf. Langsam habe ich den Eindruck, es handele sich um eine Verschwörung. Ich verlasse die Wiki-Seite und kehre zu meiner Google-Suche zurück, wo ich auf BILDER klicke. Hauptsächlich erscheinen Fotos, die aus Ausstellungskatalogen stammen, aber gegen Ende der Seite sehe ich ein Foto mit Personen darauf. Ich klicke es an. Es handelt sich um eine Frau mit kurz geschnittenen Haaren, die frech in die Kamera starrt. Sie steht vor einer weißen Wand, an der eine einzige Leinwand hängt: dunkle Petrolfarben mit einer roten Masse, die in der Mitte pulsiert. Eine weitere Frau steht mit verschränkten Armen ein bisschen weiter hinten. Die Bildunterschrift lautet: *Ursula Kemp mit einer Frau, vermutlich ihre Schwester, San Francisco, 1990.*

Ihre Schwester? Ich zoome das Foto heran und suche nach etwas Vertrautem, aber je mehr ich das Bild vergrößere, desto unschärfer wird es. Ich greife nach dem einzigen Foto, das ich von Mum besitze, und mein Blick wandert von einem Gesicht zum anderen. Ist das dieselbe Frau? Ich suche die Gesichtszüge nach etwas Eindeutigem ab. Es sieht in der Tat so aus, als könnte sie es sein, und sie ist bei ihrer Schwester, was absolut Sinn ergibt. Wenn sie Dad davongelaufen ist, dann ist sie doch sicherlich zu jemandem gegangen, den sie kennt und dem sie vertraut. Ich suche ihr Gesicht nach Ähnlichkeiten mit meinem ab und glaube, welche zu entdecken, aber es ist schwierig, weil das Foto so klein ist. Dann fällt mir etwas auf, das aus ihrer Jackentasche hängt. Ich zoome mich näher heran. Es ist ein gelb-blauer Schal – derselbe, der ihr auf meinem Foto die Haare aus dem Gesicht hält. Sie ist es. Muss es sein. Ich glaubte es wirklich nur vom Blick auf sie zu wissen, aber das hier bestätigt es. Es bedeutet, dass diese Ursula Kemp definitiv meine Tante ist. Und meine Mutter war im Jahr 1990 tatsächlich am Leben. Ich schnappe nach Luft.

Eilig klicke ich auf die Website, von der das Bild stammt, aber es ist eine alte Word-Press-Seite über die Kunstszene in San Francisco, die seit Jahren nicht aktualisiert wurde. Es gibt keine weiteren Fotos von Ursula. Ich gehe zurück zum Foto der beiden und starre es an. Mit Sicherheit ist das der Beweis dafür, dass unsere Mutter nicht zu der Zeit gestorben ist, von der unser Dad es immer behauptet hat. Mir wird schlecht.

Als ich mich wieder ein wenig gefangen habe, kehre ich zu meiner Recherche zurück und folge einem anderen Link, der mich zu einer Galerie in San Francisco führt, die Ursulas Werke ausstellt und verkauft. Es ist schwierig, einen tatsächlichen Eindruck von den Bildern auf einem kleinen Bildschirm zu bekommen, aber auch ohne die Abmessungen kann ich sehen, dass sie großformatig malt. Von dem, was ich noch aus dem Kunstunterricht in der Schule weiß, würde man ihren Stil Lyrische Abstraktion nennen. Dabei geht es um Intuition und Spontaneität. Sollte es figürliche Elemente in ihren Werken geben, dann entgehen sie mir. Es handelt sich durchweg um dunkle, matschige Farben mit dem gelegentlichen Aufblitzen von grellem Rot. Überhaupt nicht mein Ding, aber wenn man nach den Suchergebnissen gehen kann, dann haben sie ihr einigen Ruhm gebracht.

Ich schaue an den Rändern der Seite nach, ob man die Künstlerin direkt kontaktieren kann, bin aber nicht überrascht, dass die einzigen Links die der Galerie selbst sind. Ich klicke auf KONTAKTIEREN SIE UNS und fange an, eine Nachricht in meinem Kopf zusammenzustellen, komme jedoch nicht sehr weit. Was will ich eigentlich sagen?

Ich bin die lange verschollene Nichte der Künstlerin aus England, die gerade entdeckt hat, dass ihre Mutter, die Schwester der von Ihnen vertretenen Künstlerin, nicht wie bisher geglaubt verstorben, sondern am Leben ist und es ihr gut geht und sie Gott weiß wo lebt. Können Sie mir bitte die E-Mail-Adresse der Künstlerin geben?

So wird das nichts. Wenn die Künstlerin so zurückgezogen lebt, wie es heißt, dann werden die Leute in der Galerie kaum ihre E-Mail-Adresse an eine völlig Fremde herausgeben. Sie werden mir ein paar Informationen geben können, aber wahrscheinlich nicht die, die ich brauche. Aber vielleicht können sie eine E-Mail an Mrs Kemp weiterleiten.

Oder ich könnte einfach nach San Francisco fliegen und sie selbst ausfindig machen.

Das ist eine haarsträubende Idee. Sogar als ich darüber nachdenke, höre ich, wie Michael mich auslacht.

»Du willst um die halbe Welt reisen, um eine Frau zu finden, die vielleicht gar nicht dort ist und höchstwahrscheinlich sowieso nicht mit dir reden will? Bist du verrückt geworden?«

Obwohl ich in der Vergangenheit immer auf Michaels Stimme in meinem Kopf gehört habe, seine Meinung für mich von Wert war und sie einen Großteil meiner Entscheidungsfindung bestimmt hat, hat er dieses Mal merkwürdigerweise keinen Einfluss. Er war von Anfang an überhaupt nicht für das Thema zu begeistern und hat somit kein Recht darauf, involviert zu werden. Von den Liebesbriefen habe ich ihm nichts erzählt und über das Ergebnis meiner Recherche werde ich auch nichts verlauten lassen, bis ich etwas Konkretes zu berichten habe. Ich könnte ein paar Tage Urlaub in Kalifornien machen. Eine Arbeitspause steht mir auf jeden Fall zu. Ich könnte den Zweck meiner Mission geheim halten, und wenn es keine Spur von Ursula gibt, gäbe es schlimmere Reiseziele.

Schon als ich mich mit der Maus durch die Billigflugseiten klicke, überlege ich, was ich Mrs P sagen werde. Doch ich weiß, dass das kein Problem werden wird. Sie selbst und das andere Pflegepersonal werden sich mehr als angemessen um Dad kümmern, ihn vielleicht sogar verwöhnen, und es ist auch nicht so, als würde er mich vermissen. Ich schüttele den Kopf und rudere gedanklich zurück. Das ist nicht gerecht. Er wird mich vielleicht vermissen, aber das werde ich nie herausfinden.

Doch dann werde ich ein wenig wankelmütig. Obwohl es ärgerlich ist, dass Michaels Stimme in meinem Kopf recht haben könnte, wäre es verrückt, einfach auf Verdacht um die halbe Welt zu fliegen. Aber jetzt habe ich das Foto. Es ist nicht einfach nur ein Verdacht. Es ist mehr als das. Ich klicke auf die Galerieseite und formuliere eine kurze E-Mail, in der ich erkläre, dass ich aus England anreisen werde, um in den nächsten sieben Tagen einen Kauf zu tätigen, und es begrüßen würde, wenn ich bei dieser Gelegenheit die Künstlerin kennenlernen könnte, falls das überhaupt möglich sei.

Es wird gerade dunkel draußen, als ich das Nähzimmer verlasse und beschlossen habe, dass das Aufräumen auch noch bis morgen warten kann. Gerade als ich das Licht ausschalte, pingt mein Laptop – eine E-Mail. Ich springe zurück an meinen Schreibtisch und öffne sie mit einem Klick. Sie ist von der Galerie.

> *Sehr geehrte Ms Ferensby,*
> *vielen Dank für Ihre Anfrage. Wir freuen uns, dass Sie sich für Ursula Kemps Werke interessieren, und würden gern mit Ihnen darüber sprechen. Obwohl Ms Kemp das Geschäftliche im Allgemeinen über uns abwickelt, können wir Ihnen bestätigen, dass sie in der kommenden Woche in der Stadt sein wird und es vielleicht*

eine Möglichkeit gibt, sie persönlich zu treffen.
Bitte setzen Sie sich mit uns in Verbindung, wenn
Sie in San Francisco eingetroffen sind, damit wir
die notwendigen Vorkehrungen treffen können.
Wir freuen uns auf Ihr Kommen.
Mit freundlichen Grüßen
Skyler T. Murphy
Galeriedirektorin

Es ist also entschieden. Ich werde nach San Francisco fliegen, die Golden Gate Bridge sehen, mit dem Cable Car fahren und den Schlüssel zur mysteriösen Geschichte meiner Familie finden. Einfach so.

Kapitel 31

Es geht nicht mehr. Ich kann kein Essen mehr sehen, dessen Bestandteil Reste des Weihnachtstruthahns sind. Ich muss mich endlich hinauswagen und frische Lebensmittel einkaufen. Obwohl es noch nicht einmal fünf Uhr nachmittags ist, ist der Himmel über dem Moor tintenblau und der Bürgersteig mit gelben Pfützen gesprenkelt, die vom Licht der Straßenlaternen stammen. Ich mache mich auf den Weg und überlege, auf was ich Appetit hätte. Ganz sicher nicht auf Fleisch oder Käse. Vielleicht Obst? Oder Fisch? Ich bin in Gedanken versunken, als ich irgendwo in der Nähe das Klopfen gegen Glas höre.

»Cara! Cara!«, ertönt eine gedämpfte Stimme. »Hier bin ich.«

Als ich aufschaue, sehe ich Laura Cross hinter dem Fenster einer Bar sitzen. Laura ist eine frühere Kundin. Für sie habe ich vor zwei Jahren ein wunderschönes, extravagantes Kleid aus goldenem Organza für ihre Hochzeit im Winter genäht. Das Kleid war überragend, was man von der Ehe nicht behaupten konnte, denn sie war bereits vor dem ersten Hochzeitstag beendet. Ich bleibe stehen und rede mit ihr durchs Fenster.

»Hallo! Frohe Weihnachten«, wünsche ich ihr und forme die Worte deutlich mit dem Mund, ohne zu laut zu sprechen, sodass man mich weder durch die Glasscheibe noch auf der Straße hört.

»Komm rein!«, ruft sie. »Ich habe dich ewig nicht gesehen. Trink was mit uns.«

Sie sitzt mit einer gemischten Gruppe von sieben oder acht Leuten am Tisch. Ich kenne keinen von ihnen und schüttele deshalb den Kopf. Dann sehe ich, wie sie aufsteht und sich seitwärts zum Ausgang vorarbeitet. Ihr Kopf erscheint aus der geöffneten Tür der Bar.

»Ach, komm schon«, drängt sie. »Nur auf einen Drink. Was hast du denn sonst zu tun?« Sie schaut auf meine Jutetasche. »O mein Gott! Du gehst doch wohl nicht zum Supermarkt? Wie furchtbar öde ist das denn? Komm rein und erzähl mir Neuigkeiten. Ich habe gehört, deine Freundin Beth ist unter der Haube. Ich nehme an, du hast das Kleid genäht.«

Jetzt kommt sie aus der Bar, hakt mich unter und zieht mich behutsam zur Tür. Zuerst protestiere ich ein wenig, aber dann gebe ich nach. Dad ist versorgt. Ich muss nirgendwohin, also gehe ich rein.

Drinnen sieht es aus, als befände man sich in einer Bar in einem Dorf im ländlichen Frankreich und nicht in Yorkshire. Der Boden, die Theke und Tische sind alle aus aufgearbeitetem Holz und glänzen, als hätten Generationen von Bauern das Holz glatt gerieben. Offene Regale an den Wänden vermitteln das Gefühl, zufällig in eine Speisekammer geraten zu sein.

»Hier ist Wein«, sagt Laura, als sie über zahlreiche Schöße hinweg zurück zu ihrem Platz geklettert ist, aber als sie die Flasche aus dem Kühler zieht, ist sie leer. Sicherheitshalber stellt sie sie auf den Kopf. »Schuldigung.« Sie zuckt mit den Schultern.

Ich hole mir einen Gin Tonic, der in einem Glas serviert wird, in dem problemlos ein Goldfisch Platz hätte, und gehe zurück zu Laura und ihren Freunden.

»Das ist Cara«, stellt mich Laura der Gruppe vor, als ich näher komme. »Designerin wunderschöner Hochzeitskleider, einschließlich meines, das ich trotz des frühen Dahinscheidens meiner Ehe immer noch habe. Wenn also jemand von euch darüber nachdenkt zu heiraten, was ich wirklich nicht empfehlen kann, und das allerschönste Kleid haben möchte, das es gibt, dann sucht nicht weiter. Cara ist ein Genie.«

Sie schauen kurz zu mir und ich lächele und versuche, nicht so unbehaglich auszusehen, wie ich mich fühle. Ich kenne keinen von ihnen außer einem Mädchen, das Lauras erste Brautjungfer war. Ich ziehe einen freien Stuhl von einem anderen Tisch herüber, aber es gibt nicht genug Platz, um mich zur Gruppe zu quetschen, und keiner der anderen rückt auf, also bin ich gezwungen, ein wenig vom Tisch entfernt zu sitzen. Ich frage mich, wie lange ich durchhalten muss, bis ich mich höflich verabschieden kann, und nehme einen Schluck Gin.

Die Unterhaltung wird in einem rasenden Tempo geführt und mit dem Gemurmel der anderen Gäste hinter mir ist es schwierig, alles mitzubekommen. Ich rutsche auf meinem Stuhl etwas nach vorn und lächele, versuche aus dem, was ich aufschnappe, schlau zu werden. Schließlich gebe ich auf und lehne mich wieder zurück, nippe schnell an meinem Drink und lächele dümmlich, während ich die Minuten zähle. Im Gin schwimmt ein kleiner Zweig Rosmarin, der mir beim Trinken ständig ins Nasenloch gerät.

»Hast du wirklich ihr Hochzeitskleid geschneidert?«, höre ich eine Stimme zu meiner Linken.

Ich drehe mich und sehe einen Mann in einem grob gestrickten Seemannspullover auf dem Stuhl neben mir, der auch ein wenig außerhalb der Gruppe sitzt. Er hat buschige dunkle Haare, die ein bisschen länger sind, um nicht mehr ordentlich auszusehen, und einen dichten Bart. Er erinnert mich an Kapitän Haddock aus den Tim-und-Struppi-Büchern, die Michael geliebt hat, als wir Kinder waren. Seine Augen sind erstaunlich blau.

Ich trinke meinen Gin mit einem einzigen Schluck aus und nicke.

»Es war schön«, sagt er. »Das Beste an dieser furchtbaren Hochzeit. Wusstest du, dass Lauras Mutter und Nicks Oma direkt nach den Reden einen aufsehenerregenden Streit hatten? Kein gutes Vorzeichen für eine glückliche Ehe. Aber das Hochzeitskleid war etwas ganz Besonderes. Sogar ich erinnere mich noch daran.«

Mir fällt auf, wie er *sogar ich* betont, als wäre er völlig unbedeutend.

»Danke«, sage ich.

Mir wird bewusst, dass ich etwas sagen muss, wenn ich die Unterhaltung mit der einzigen Person aufrechterhalten will, die sich bemüht, mit mir zu reden, aber mein Kopf ist leer. Deshalb greife ich auf Altbewährtes zurück.

»Und woher kennst du Laura?«, frage ich und zucke innerlich wegen meines Mangels an Originalität zusammen.

»Ich kenne sie gar nicht«, antwortet er. »Ich wollte eigentlich in Ruhe ein Bier trinken gehen, aber sie hat meine Knöchel an diesen Stuhl gefesselt und will mich nicht gehen lassen, bis …« Er schüttelt den Kopf und stößt niedergeschlagen durch geschürzte Lippen die Luft aus. »Ich tue gern so, als sei ich einer der Männer, die immer in null Komma nichts einen leicht surrealen Witz zur Hand haben«, gibt er zu. »Aber eigentlich bin ich dafür nicht schlau genug. Ich fange ganz gut an und dann habe ich einen Hänger und stehe schließlich wie ein Idiot da. Die Wahrheit ist, dass Laura mit meiner Exfreundin zusammenarbeitet. Die Freundin kam und ging und irgendwie sind Laura und ich Freunde geblieben. Nur Freunde«, fügt er schnell hinzu, als meine Augenbrauen nach oben wandern.

»Und hast du auch einen Namen, o du in Ruhe ein Bier trinken wollender und nun gefangener Freund von Laura?«

Ich versuche, die gleiche flirtende Ausdrucksweise zu übernehmen wie er, klinge aber leider ein wenig hochtrabend.

»Simeon«, stellt er sich vor. »Ich weiß. Lach nicht.« Das sagt er bereits, bevor ich überhaupt Gelegenheit habe zu grinsen. »Meine Mutter war ein großer Fan von französischen Detektivromanen.«

Ich habe Mühe, eine Verbindung herzustellen, aber schließlich taucht aus dem Dunst ein Name auf.

»Oh! Maigret!«, entfährt es mir. »Aber hieß der nicht …?«

»Simenon? Ja. Ich wurde nach dem falsch buchstabierten Namen eines französischen Autors von Detektivromanen benannt. Was gibt es Demütigenderes? Mum gefiel der Name einfach. Als sie herausfand, dass sie ihn falsch buchstabiert hatte, war es zu spät. Ich war Simeon und keiner konnte etwas dagegen tun. Mein Opa muss einen Anfall gekriegt haben.«

»Simeon ist doch ein schöner Name.« Ich rolle ihn im Mund herum. »Simenon gefällt mir zwar noch besser, aber dagegen kannst du nicht viel tun.«

»Du bist aber keine große Hilfe«, beschwert er sich und ich bemerke erneut, wie extrem blau seine Augen sind.

Er greift nach einer Weinflasche auf dem Boden neben seinem Stuhl und gießt mir ohne zu fragen ein, nachdem er den Rosmarinzweig aus dem leeren Glas gefischt hat. Ich hätte protestieren können, bin jedoch zu überrascht.

»Cara«, sagt er. »Das ist aber ein schöner Name. Italienisch, oder?«

»Ich glaube schon«, antworte ich. »Woher weißt du das?«

»Italienische Exfreundin.«

»Du hast aber eine ganz schöne Spur hinterlassen.«

Er zuckt mit den Schultern.

»Was soll ich sagen? Ich bin schwer zu lieben. Das bedeutet liebenswert, oder?«

»Offensichtlich. Wirklich ironisch.« Er schaut mich an und wartet darauf, dass ich ihn ins Bild setze, aber ich bin nicht bereit, einem Fremden in einer Bar meine Lebensgeschichte zu erzählen, egal, wie blau seine Augen sind. »Ich sollte jetzt wirklich gehen«, sage ich und stehe auf. »Ich war auf dem Weg zum Supermarkt, als Laura mich angesprochen hat.«

Ich lasse den nicht gewollten Wein unberührt.

»Willst du Begleitung?«, fragt er. »Ich bin sicher, dass ich auch irgendwas brauche.«

»Ich dachte, du bist an den Stuhl gefesselt.«

Mit einem Tusch steht er auf.

»Mein zweiter Name ist Houdini«, verkündet er.

»Wie du willst.« Ich verabschiede mich von Laura. Sie versucht mich mit ein bisschen Show zum Bleiben zu überreden. »Aber wir hatten doch noch gar keine Gelegenheit zum Quatschen …« Dann sieht sie, dass der Mann, Simeon, mit mir geht, und zwinkert mir auffällig und sehr plump zu. Vor Demütigung dreht sich mir der Magen um und ich schaue ich ihn nicht an, um zu prüfen, ob er das mitbekommen hat.

Seite an Seite gehen wir die dunklen Straßen entlang. Seine Schuhe klicken auf dem Bürgersteig. Nicht weit entfernt bellt ein Hund, erhält aber einen scharfen Verweis von seinem Besitzer.

»Und was ist nun an deinem Namen ironisch?«, fragt er, als wäre überhaupt keine Zeit vergangen, seitdem ich den Kommentar abgegeben habe.

Ich spiele mit dem Gedanken, die Frage zu ignorieren und mit einem unbeschwerten Witz abzutun. Doch dann bin ich selbst überrascht, als ich sage: »Ich glaube, meine Mutter hat mich im Stich gelassen, als ich zwei war. Ich bin mir nicht sicher, ob ich da so liebenswert gewesen sein kann.«

»Was meinst du damit?«, fragt er. »Du musst doch wissen, ob sie gegangen ist oder nicht.«

»Das sollte man meinen.« Ich weiß, dass das keine Antwort auf seine Frage ist, und spüre, wie er sich beim Weitergehen zu mir dreht, aber er bedrängt mich nicht, als keine Erklärung von mir folgt. Ich konzentriere mich weiter auf den Bürgersteig vor mir. »Ich dachte, sie sei tot«, sage ich, ohne den Blick zu heben. »Das hat mir mein Vater erzählt. Jetzt hat sich herausgestellt, dass sie es wahrscheinlich nicht ist. Deshalb die Verlassenstheorie.«

»Das ist hart«, sagt er. »Was wirst du tun?« Der Klang seiner Stimme ist eine Mischung aus Neugier und etwas, was wie aufrichtige Besorgnis klingt. Das verwirrt mich ein wenig. Das ist das Letzte, was ich erwartet habe, als ich losgegangen bin, um Obst zu kaufen.

»Ich werde ihre Schwester finden«, antworte ich. »Und sie fragen.«

»Das ist verständlich.« Er bohrt nicht weiter.

Mir gefällt, dass er das Thema fallen lässt. Ich bin mir noch nicht einmal sicher, weshalb ich ihm das alles erzählt habe, aber ich schätze es, dass er mir erlaubt, das Tempo zu bestimmen, in dem die Informationen fließen. Ich erwähne nichts mehr davon.

Im Supermarkt ist es ruhig. Ich nehme mir ein paar unreife Bananen und einen Beutel glänzender Satsumas und verliere dann das Interesse. Simeon ist verschwunden und ich erwische mich dabei, dass ich enttäuscht bin. Ich nehme an, es macht ihm keinen Spaß mehr zu versuchen, Informationen aus mir herauszubekommen, oder er ist zufällig jemand anderem begegnet und hat beschlossen, sich einfach heimlich davonzumachen. Als er wieder auftaucht, in jeder Hand eine Flasche, bin ich außerordentlich erfreut. In meinen Kopf beginnen Alarmglocken zu läuten, doch ich werfe ein metaphorisches Tuch darüber, damit ich sie nicht höre.

»Rot oder weiß?«, fragt er und hält mir abwechselnd die Flaschen hin. »Nenn mich anmaßend, aber ich bin der Meinung, diese Unterhaltung muss bei einem Glas Wein fortgesetzt werden. Meine Wohnung ist nicht weit von hier entfernt. Oder wir könnten uns draußen hinsetzen, wenn dir das lieber ist. Oder du könntest einfach ...«, er schaut in meinen Korb, »deine offen gestanden klägliche Auswahl an Lebensmitteln bezahlen und allein nach Hause gehen.«

Daran denke ich nicht im Geringsten. »Egal ob rot oder weiß«, entscheide ich. »Und deine Wohnung hört sich gut an.«

»Du hast sie noch nicht gesehen«, warnt er mich und schenkt mir ein breites, offenes Lächeln, das mich veranlasst, in gleicher Weise zurückzulächeln. »Dann nehme ich sicherheitshalber beide«, sagt er.

Als wir den Hügel hinauf zu seiner Wohnung gehen, hole ich mein Handy hervor und rufe zu Hause an.

»Hallo«, sage ich, als sich die diensthabende Pflegerin meldet. »Ich bin's, Cara. Ich werde ein bisschen später nach Hause kommen. Dachte nur, ich lasse es Sie wissen.«

Er fragt nicht, aber ich habe das Gefühl, ich sollte es erklären.

»Mein Vater«, sage ich, als ich das Gespräch beendet habe. »Es geht ihm nicht gut.«

Er nickt nur.

Seine Wohnung befindet sich am Ende der Straße, wo der Ort endet und das Moor beginnt und sich die dunklen Hügel hinter uns wie ein Schatten abzeichnen. Das Haus sieht quadratisch und hoch aus, mit vielen Fenstern, obwohl es schwer ist, in der Dunkelheit Einzelheiten zu erkennen. An der Wand befindet sich ein blaues Schild für Touristen.

»Das war mal ein Entbindungsheim«, erklärt mir Simeon, als er sieht, dass ich versuche, das Schild im Dunkeln zu lesen. »Und Charles Darwin hat hier übernachtet, als es noch ein Hotel war. Er hat hier offensichtlich auf die Veröffentlichung von ›Über die Entstehung der Arten‹ gewartet. In meiner Bleibe wird er aber nicht geschlafen haben. Ich bin oben unterm Dach, wo die Angestellten rumgehangen haben.« Er zwinkert mir zu. Auf eine etwas gammelige Art und Weise ist er ziemlich gut aussehend.

Er schließt die Haustür auf, die sich zu einer geräumigen Eingangshalle hin öffnet, und führt mich zum Fahrstuhl. Mir kommt in den Sinn, dass ich Schindluder mit meiner persönlichen Sicherheit treibe, aber meine Instinkte sagen mir, dass es hier nichts gibt, über das ich mir Sorgen machen müsste.

Als wir aus dem Fahrstuhl steigen, bleibt er abrupt stehen. »Verdammt!«, ruft er und schlägt sich mit der Hand auf die Stirn.

»Was?«

»Mir ist gerade eingefallen, in welchem Zustand ich die Wohnung verlassen habe, als ich zum Pub gegangen bin, um mich mit den anderen zu treffen. Wenn du nicht den unverheirateten Mann in seiner natürlichen Umgebung sehen willst, dann schlage ich vor, dass du jetzt umkehrst.«

»Ich bin sicher, dass ich das schaffe«, verspreche ich. Jetzt, wo ich schon einmal hier bin, will ich tatsächlich Zeit mit ihm verbringen, egal, in welchem Zustand seine Wohnung ist.

»Aber sag nicht, ich hätte dich nicht gewarnt.« Dann öffnet er die Tür.

Die Wohnung befindet sich direkt unter dem Dach. Die Decke neigt sich zu beiden Seiten und Stehhöhe gibt es nur in der Mitte des Raumes. An einem Ende des Zimmers befinden sich eine Küche und ein kleiner Esstisch, am anderen ein abgewetztes Ledersofa und ein Fernseher. Außerdem sieht es aufgeräumt aus. In der Spüle steht kein schmutziges Geschirr und auf dem Sofa liegt keine Kleidung. Ich denke gerade, dass er vielleicht ein Ordnungsfanatiker ist, als ich den Boden bemerke. Auf diversen Zeitungsseiten, die über den Teppich verteilt sind, liegt ein Fahrrad, das in seine Einzelteile zerlegt ist, die ordentlich um den Rahmen angeordnet sind. Das Zimmer riecht leicht nach WD-40.

Mit gerümpfter Nase schaut er auf das Fahrrad und dann zurück zu mir.

»Tut mir leid. Ich war gerade dabei, es zu putzen, als Laura anrief. Und ich habe keine Besucher erwartet.«

Eine Radlerhose aus Lycra hängt zusammen mit einem grellen, fluoreszierend grünen Trikot und Knöchelsocken über dem Heizkörper. Er folgt meinem Blick.

»Die sind sauber«, versichert er mir. »Aber ich kann sie nicht in den Trockner werfen, weil sie dann vielleicht einlaufen. Tu einfach so, als wären sie nicht da. Jetzt mach es dir aber gemütlich. Rot oder weiß?«

Ich steige vorsichtig über die Radteile hinweg und setze mich ans äußerste Ende des Sofas.

»Weiß, bitte. Schöne Wohnung.«

Und es ist wirklich eine schöne Wohnung. Obwohl sie klein ist, herrscht kein Durcheinander, und alles sieht aus, als sei es sorgfältig ausgesucht und nicht einfach zusammengewürfelt worden. Schnell suche ich den Raum nach Anzeichen einer Freundin ab. Er sagte, er sei Single, aber sagen das Männer nicht immer, wenn es ihnen in den Kram passt? Nicht, dass ich gerade viel über männliches Verhalten weiß, aber ich schaue oft fern. Es gibt tatsächlich keine Fotos oder irgendetwas anderes, das auf eine Freundin hindeuten könnte. Ich nehme an, er hat die Wahrheit gesagt, und stelle überraschenderweise fest, dass mir das gefällt.

»Danke«, sagt er, als er den Wein in stillose Gläser gießt. »Ich bin manchmal ein bisschen ungeschickt«, fügt er hinzu, als er meinen eigenartigen Blick sieht. »Diese sind nicht so leicht umzustoßen.«

Er bringt die Gläser herüber und setzt sich neben mich, aber nicht so nah, dass ich mich unbehaglich fühle. Ich ertappe mich sogar dabei, dass ich wegen des Abstands ein wenig enttäuscht bin. Wenn mich jetzt nur Beth sehen könnte.

»So«, sage ich, nachdem ich einen mutsteigernden Schluck Wein getrunken habe. »Was machst du noch, außer Fahrräder in ihre Einzelteile zu zerlegen?«

Er erzählt mir, dass er Grundschullehrer ist, seit zwei Jahren hier wohnt, ursprünglich aus Grantham kommt und wegen eines Jobs nach Yorkshire gezogen ist. Er gestikuliert viel mit den Händen, wenn er begeistert über etwas redet, und fährt sich mit den Fingern durch die Haare, wenn er über etwas nachdenkt. Jeder Teil seines Körpers schwirrt vor Energie, als könne er sie nirgends speichern und der Überschuss stünde kurz davor, knisternd aus seinen Fingerspitzen zu treten. Er spricht schnell und selbstsicher über Filme und Fahrräder und seine Arbeit und ich höre ihm gern zu. Gelegentlich stellt er mir eine Frage, die ich kurz und bündig beantworte. Er fragt mich nichts mehr über meine Mutter und ich bin ihm dankbar dafür. Als ich auf die Uhr an der Wand schaue, ist es fast Mitternacht.

»Ich sollte jetzt gehen«, sage ich. »Sie werden sich zu Hause fragen, wo ich bleibe.« Aber ich weiß, dass das nicht stimmt.

»Das ist schade«, bedauert er. »Ich habe mich gut unterhalten. Soll ich dich nach Hause bringen?«

Ich nicke und stehe auf, aber da ich auf meinem Fuß gesessen habe, versagt mir dieser den Dienst. Ich stolpere und bevor ich es richtig mitbekomme, hat er mich aufgefangen. Er hält mich an den Schultern fest und es fühlt sich ein bisschen wie eine Filmszene an. Es ist einer dieser Momente, in denen man denkt, dass ein Kuss jetzt genau das Richtige wäre, aber dann lässt er mich los und ich richte mich auf. Was auch immer hier geschehen könnte, es geschieht nicht heute Nacht.

Kapitel 32

Es ist Silvester und ich habe keine Pläne. Wieder einmal. In den vergangenen Jahren hatte mir das Fehlen einer sozialen Bindung und von Freunden in einer Nacht, die als die wichtigste des Jahres bezeichnet wird, ernsthaft Sorgen gemacht. Ich war überzeugt gewesen, dass jeder außer mir ein viel besseres Leben hatte. Heute weiß ich allerdings, dass das alles nur ein großes Tamtam ist. So viele Leben, die von außen betrachtet fabelhaft erscheinen, sind vorgetäuscht. Die Leute reden nur über das Gute und verdrängen das Schlechte. Perfekte, die Augen strahlen lassende, schneebepuderte, zu Herzen gehende, romantische Silvester gibt es nur in Filmen.

Unaufgefordert wandern meine Gedanken zum Abend mit Simeon und ich frage mich beiläufig, wie er wohl den Silvesterabend verbringen wird. Zweifellos kann er unter einer Menge Partys wählen, zu denen haufenweise interessante und gut aussehende Leute eingeladen sind. Ich bin ziemlich sicher, dass er keinen zweiten Gedanken an mich verschwendet hat, seitdem wir uns vor meiner Haustür voneinander verabschiedet haben. Zu meiner Überraschung bin ich darüber etwas enttäuscht. Die meiste Zeit macht mir mein Single-Status nichts aus. Ich habe angesichts meiner Arbeit und der Pflege von Dad auch nicht wirklich Zeit für eine Beziehung und ich treffe auch fast nie jemanden, der der Richtige sein könnte. Aber mit Simeon ist es ein bisschen anders. Ich habe die Zeit, die wir miteinander verbracht haben, wirklich genossen, und glaube, dass es ihm auch gefallen hat, auch wenn mein eingerostetes Radar vielleicht nicht mehr so ganz funktioniert. Aber die Tatsache, dass wir, ohne ein weiteres Treffen zu planen, auseinandergegangen sind und es noch nicht einmal zu einem Gutenachtkuss gekommen ist, gibt mir irgendwie das Gefühl, im Stich gelassen worden zu sein. Ich quäle mich damit, gedanklich verschiedene Was-wäre-wenn-Szenarien durchzuspielen, komme aber zu dem Schluss, dass er offensichtlich nicht so sehr an mir interessiert ist.

Mrs P trifft früh und strahlend ein. Dad und ich versuchen, den Eiffelturm zu puzzeln. Dads Beitrag ist minimal. Seine nachlassenden feinmotorischen Fähigkeiten verhindern, dass er gezielt ein Teil in die Hand nehmen kann, und das schmiedeeiserne Gittermuster der Stützpfeiler des Turms ist schon für mich eine ziemliche Herausforderung, von Dad ganz zu schweigen. Dafür beriesele ich ihn ununterbrochen mit Kommentaren zu meinen Fortschritten und es scheint ihm zu genügen, eingesperrt in seiner eigenen fast stillen Welt, einfach nur zuzuschauen.

»Wäre es okay für Sie«, frage ich Mrs P, als sie das Zimmer betritt, »wenn ich nächste Woche ein paar Tage weg bin? Ich werde bei der Agentur Bescheid geben und für Vertretung sorgen, aber ich wollte Sie fragen, ob Sie vielleicht während der Zeit meiner Abwesenheit hier einziehen könnten. Dann hätte Dad ein bisschen Kontinuität.«

Ihre Antwort kommt schnell. »Ja. Kein Problem. Fahren Sie irgendwohin, wo es schön ist?«

»Nach San Francisco«, sage ich leichthin, als wäre es Blackpool oder irgendwo anders und nicht halb um den Erdball herum.

Ihr Gesichtsausdruck verändert sich leicht. Ich erkenne jedoch nicht, ob sie die Machbarkeit dieser Reise durchgeht oder besorgt ist, doch dann nickt sie langsam.

»Gut. Wie lange werden Sie weg sein?«

»Vier Tage«, sage ich und versuche es wie eine Frage klingen zu lassen.

»Das ist aber eine weite Reise für so einen kurzen Urlaub.«

Als sie das sagt, versuche ich herauszufinden, ob sie sich nur sträubt, hier zurückgelassen zu werden, oder ob sie lediglich auf das Offensichtliche hinweist. Ich habe keine Ahnung.

»Ja, aber mehr Zeit brauche ich nicht. Ich versuche jemanden ausfindig zu machen. Eine Tante«, füge ich hinzu. »Die Schwester meiner Mutter.«

»Sie haben bisher keine Verwandten erwähnt – also außer Ihrem Bruder«, sagt sie. Ihr Tonfall klingt fast anklagend, aber sie korrigiert sich, bevor ich die Möglichkeit habe, mich angegriffen zu fühlen. »Aber das geht mich natürlich nichts an.«

Für einen Augenblick denke ich darüber nach, ihr alles über Mum und Ursula und Dads Affäre zu erzählen. Ich sehne mich immer noch danach, jemanden zu finden, mit dem ich über das alles sprechen kann, und ich weiß nach unserem Gespräch am ersten Weihnachtsfeiertag, dass sie verständnisvoll sein wird. Doch dann sehe ich Dad dort sitzen. Ich bin mir fast sicher, dass er von dem, was um ihn herum passiert, nichts mehr mitbekommt, aber was, wenn ein Teil seines Verstandes immer noch funktioniert? Wie würde er sich fühlen, wenn er das Gespräch mit anhören müsste und nicht in der Lage wäre, seine Sicht der Dinge zu erzählen? Um Mrs P die ganze Geschichte zu erzählen, muss ich einen besseren Zeitpunkt abpassen.

»Ich habe gerade erst von ihrer Existenz erfahren. Na ja, eigentlich wusste ich immer, dass ich eine Tante habe, aber ich hatte es vergessen. Durch etwas, was Michael gesagt hat, ist es mir wieder eingefallen. Jedenfalls lebt sie in San Francisco und dort muss ich sie finden.«

»Schön«, sagt sie und entfernt sich. »Lassen Sie mich wissen, wann Sie abreisen, und dann bringe ich ein paar meiner Sachen mit hierher. Ich nehme das ungenutzte Zimmer neben dem Bad, wenn es recht ist.«

Wenn nur alles so einfach wäre.

Während ich später über die Wetterverhältnisse in San Francisco im Januar recherchiere, klopft es an der Haustür. Ich öffne sie und davor steht Simeon. Er trägt eine Wachsjacke, Lederboots und eine Sherlock-Holmes-Mütze. Ich verkneife mir ein Kichern.

»Ich mache einen Spaziergang durchs Moor«, sagt er. »Hast du Lust mitzukommen?« Er schaut mich erwartungsvoll an. Wie ein Hund, der auf ein Leckerli hofft. Eigentlich muss ich noch tausend Dinge erledigen, aber ohne einen Gedanken daran zu verschwenden, nicke ich begeistert.

»Gute Idee. Ich hole nur schnell meine Jacke.«

»Und anderes Schuhwerk«, rät er und schaut auf meine pinkfarbenen Puschelhausschuhe, die mir Beth einmal geschenkt hat und die sehr warm sind, aber meine Füße aussehen lassen wie kleine Inseln.

Ich besitze gar keine Wanderschuhe und meine Gummistiefel scheuern an den Fersen, wenn ich länger in ihnen laufen muss. Ich nehme mit den Bikerboots aus Leder vorlieb. Soweit ich mich erinnere, sind die nicht allzu undicht. In Sachen Jacke kann ich mich auch nicht mit Simeon messen, aber immerhin ist meine Daunenjacke warm. Ich schnappe mir eine Mütze und Fausthandschuhe und rufe Mrs P zu, dass ich mal kurz weg bin.

»Du siehst aus wie ein Gutsherr.« Wir machen uns auf den Weg den Hügel hinauf zum Moor.

Es sollte ein Witz sein, aber er sieht etwas beleidigt aus, und ich muss mich ein wenig zurücknehmen.

»Ich habe mir nie Wanderausrüstung angeschafft«, gebe ich zu, um darauf hinzuweisen, dass ich versagt habe und nicht er, obwohl mir der Spruch ›Up to date, weiß nicht, wie's geht‹ auf der Zunge liegt.

»Wenn du über die richtige Kleidung verfügst, kann dir das Wetter nie etwas anhaben«, belehrt er mich. »Das habe ich auf meinem Fahrrad gelernt. Das hier muss der graueste, nasseste Ort sein, an dem ich je gelebt habe.«

»Regnet es nicht in Lincolnshire?«, frage ich.

»Nicht wie hier tagelang. Und dieser graue Himmel …« Er schüttelt den Kopf. »Der macht mich fertig.«

»Ich mag das Grau. Da fühle ich mich sicher und behaglich. Du kannst deinen blauen Bilderbuchhimmel behalten. Gib mir Wolken an sieben Tagen der Woche.«

Er schaut mich beim Gehen von der Seite an.

»Du bist ein eigenartiges und kompliziertes Geschöpf, Cara Ferensby.«

Ich bin nicht sicher, ob das ein Kompliment oder eine Beleidigung sein soll.

Wir gehen ungefähr eine halbe Stunde bergan und gelangen schließlich zum höchsten Punkt des Moores, wo wir einem Weg folgen, der parallel zur Talsohle verläuft. Hier oben ist sonst niemand. Touristen, die auf andere Gedanken kommen wollen, wandern nie auf Wegen, auf denen sie die kultigen Kuh- und Kalbfelsen aus den Augen verlieren. Ab und zu erhebt sich lautstark ein Raufußhuhn aus dem Farnkraut zu unseren Seiten und sein kehliger Schrei hört sich eher nach einer Trompete als nach einem Vogel an. Stellenweise laufen wir auf federndem, stellenweise auf morastigem Grund. Ich spüre, wie das kalte Wasser durch die Nähte meiner Boots dringt, aber ich verliere kein Wort darüber. Vor uns schmiegt sich Ilkley in das Tal und die Lichter flackern gerade auf, denn in den Häusern werden die abendlichen Feiern vorbereitet. Wir laufen weiter und die Stille wird unterstrichen vom Wind, der durch das Farnkraut peitscht, und von Simeons Stiefel, die auf dem Steinweg stampfen.

»Gehst du heute Abend zu einer Party?«, fragt er mich.

Kurz überlege ich, ob ich lügen und mir eine extravagante Einladung ausdenken sollte. Er missdeutet mein Zögern.

»Das soll keine Aufforderung sein, mich einzuladen. Ich bin nicht erpicht auf Silvester, um ehrlich zu sein. Ich bleibe lieber mit Jools Holland und einer guten Flasche Wein zu Hause.«

Jetzt habe ich ein komisches Gefühl. Wenn ich sage, dass ich auch keine Pläne habe, wird er dann denken, dass ich in seinen Abend platzen will? Ich hole tief Luft. Wer A sagt …

»Du kannst ja zu mir kommen und Jools bei uns schauen. Ich meine, wenn du Lust auf Gesellschaft hast. Oder auch nicht. Ich habe nichts Besonderes vor. Meine Freunde sind noch weg und ich selbst bin auch nicht dazu gekommen, etwas zu organisieren. Aber wenn du lieber mit Jools allein sein willst, dann ist das auch okay. Ich weiß, dass es einige Leute vorziehen …«

Er dreht sich zu mir, legt mir die Hände auf die Schultern und küsst mich leidenschaftlich, zwingt mich, das Reden einzustellen. Zunächst bin ich so verblüfft, dass ich nicht reagiere, aber denn lehne ich mich an ihn und wir küssen uns wie Cathy und Heathcliff in *Stürmische Leidenschaft* hoch oben im Moor über der Stadt.

»Das wollte ich schon seit gestern Abend tun«, sagt er wie jemand aus einem Liebesfilm. Es ist schon so lange her, dass mich jemand geküsst hat, dass ich mich in einem leichten

Schockzustand befinde. Aber es ist natürlich auch nicht so, als hätte ich die Möglichkeit nicht in Betracht gezogen. Nur habe ich nicht erwartet, dass es so bald passieren würde. »Und Jools bei dir wäre toll«, fügt er hinzu.

Noch während er das sagt, denke ich bereits darüber nach, was wir zu essen im Haus haben, welche Pflegekraft für den Abend eingeteilt ist, um Dad zu helfen, ob wir Wein haben …

»Ich habe nichts zu essen«, entfährt es mir.

»Immer noch nicht?«

»Na ja, gestern wurde ich abgelenkt, erinnerst du dich?«

»Ich werde kochen«, schlägt er vor. »Und ich bringe alles mit. Du musst nur die Küche zur Verfügung stellen.«

Ich beneide ihn um seine entspannte Art. Ich würde genauso wenig anbieten, in seiner Wohnung zu kochen, wie auf den Mond zu fliegen, aber die Vorstellung, in einer fremden Küche zu kochen, scheint für ihn nichts Abschreckendes zu haben.

»Perfekt«, lobe ich, und plötzlich bin ich aufgeregt wie ein Teenager. Ich habe einen Plan für Silvester und in den ist ein Mann involviert. Ich kann es gar nicht abwarten, Beth davon zu erzählen.

»Ich muss aber zuerst etwas erklären«, beginne ich, als wir zurück zur Stadt gehen. Und dann erzähle ich ihm ein bisschen von Dad und den Absprachen mit Mrs P, aber das scheint ihn nicht abzuschrecken. Wir verabreden, dass er abends um acht Uhr vorbeikommt. Allein der Gedanke daran lässt meinen Magen Purzelbäume schlagen. In der Zeit zwischen unserem Spaziergang und unserem Rendezvous, wenn es so etwas ist, finde ich mich im Supermarkt wieder, wo ich Croissants angucke und überlege, ob ich die Bettwäsche wechseln sollte.

Ich wünschte, Beth wäre hier.

»Heute Abend kommt ein Freund vorbei«, informiere ich Mrs P, während ich die Einkäufe auspacke und endlich die Überbleibsel der Reste von Weihnachten aus dem Kühlschrank entferne. »Ein Mann.«

Ich hebe am Ende die Stimme, um anzudeuten, dass das ungewöhnlich ist, aber Mrs P ist schon seit ein paar Monaten hier und weiß das sicherlich bereits. Sie schneidet Dad die Haare. Er sitzt auf einem Küchenstuhl in einem See aus Zeitungsseiten und hat ein Handtuch über den Schultern. Wenn ich versuche, ihm die Haare zu schneiden, zappelt er herum wie ein Kleinkind, und ich muss mittendrin aufhören, aber bei Mrs P ist er lammfromm.

»Kümmern Sie sich nicht um mich«, sagt sie mit erhobener Schere. »Ich bringe Ihren Vater ins Bett und mache mich dann rar.«

Sie stellt keine Fragen, aber ich möchte reden.

»Ich habe ihn erst gestern kennengelernt. Er ist ein Freund einer Freundin und scheint sehr nett zu sein. Er ist Lehrer an einer Grundschule in der Nähe von Leeds.«

»War er das, der vorhin vorbeigekommen ist?«, will sie wissen und schneidet vorsichtig um Dads große Ohren herum. »Der ist aber ein richtiger Hingucker.« Sie zwinkert mir über Dads Kopf zu.

Normalerweise würde mich nur Beth so necken und ich will gerade gereizt auf ihre Übervertrautheit reagieren, doch dann bemerke ich, dass ich das eigentlich mag. Was ist so schlimm daran, wenn ich ab und zu meinen Schutzpanzer ablege? Diese Frau lebt praktisch in meinem Haus und übernimmt zahllose intime Aufgaben für meinen Vater. Es wäre albern von mir, beleidigt zu sein, wenn sie Interesse an meinem Leben zeigt.

»Nicht wahr?«, stimme ich ihr zu und verziehe das Gesicht, als wäre ich schockiert. »Er heißt Simeon und wohnt in der

Nähe des Moors. Ich glaube, er könnte mir gefallen, obwohl es noch viel zu früh ist, so etwas zu sagen.«

Sie wischt die abgeschnittenen Haare von Dads Schultern aufs Zeitungspapier.

»Es wird aber auch mal Zeit, dass Sie sich ein bisschen amüsieren«, sagt sie. »Wenn Sie mich fragen, nehmen Sie das Leben viel zu ernst für jemanden, der so jung ist wie Sie. Leben Sie ein bisschen, Cara. Das Leben ist kurz. Sie sollten mit beiden Händen danach greifen und es tüchtig schütteln.«

Natürlich hat sie recht. Ich nehme an, dass das mit Simeon nirgends hinführen wird, aber es ist gut, jemand Neues zu haben, mit dem man reden kann.

Die Türglocke schellt kurz nach acht Uhr und da steht er mit Haaren, die sich immer noch weigern, flach am Kopf zu liegen. Er hat seine Wanderkleidung aus dem Moor gegen Jeans und eine kastenförmige Lederjacke sowie Chelsea Boots aus Wildleder eingetauscht. Ich schaue ihn an und fühle mich auf einmal schäbig gekleidet. Ich hätte ihn nicht einladen sollen. Das war eine bescheuerte Idee und jetzt, wo er hier ist und wir nicht in seiner Wohnung sind, kann ich nicht flüchten. Er wird aus reiner Höflichkeit hereinkommen und die Uhr im Auge behalten, bis er gehen kann, ohne mich zu beleidigen. Ich sollte ihm einfach sagen, dass ich einen Fehler gemacht und es mir anders überlegt habe. Und dann gehe ich früh ins Bett und lese noch.

»Bittest du mich jetzt herein oder was?« Er macht einen Schritt auf die Tür zu.

»Tut mir leid.« Ich trete zur Seite.

Er zögert nicht. Im Flur geht Mrs P gerade mit Dad auf die Treppe zu. Sie kommen nur langsam voran. Dad schlurft mehr, als dass er geht.

»Hallo«, sagt Simeon mit einem breiten Lächeln und ich bin absurderweise stolz, dass er mich besuchen gekommen ist. »Ich bin Simeon.«

»Oh, hallo«, begrüßt Mrs P ihn. »Ich habe schon viel von Ihnen gehört.«

Ich erstarre. O mein Gott, wie peinlich, wenn er jetzt denkt, dass ich mit Mrs P über ihn getratscht habe, aber er gar nicht an mir interessiert ist. Mrs P muss es auch aufgefallen sein, denn sie wirft mir einen Blick zu, um sich zu vergewissern, dass sie nichts Falsches gesagt hat, aber was kann sie jetzt noch tun? Gesagt ist gesagt.

»Nur Gutes, hoffe ich.« Simeon scheint die Peinlichkeit nicht wahrzunehmen, die mich erfasst hat. »Und das muss dein Vater sein, oder? Guten Abend, Mr Ferensby.« Er streckt Dad die Hand hin, aber der starrt sie nur an. Das ist eine soziale Gepflogenheit, die er ganz klar nicht mehr beherrscht.

»Das ist er in der Tat«, sagt Mrs P. »Und wir sind gerade auf dem Weg nach oben, nicht wahr, Joe?«

Dad scheint nicht mitbekommen zu haben, dass Simeon überhaupt hier ist. Sein Blick ist auf einen Punkt an der Wand vor ihm gerichtet.

»Schön, Sie beide kennenzulernen«, sagt Simeon.

Seine Art ist offen und authentisch und Dads Desinteresse an ihm scheint ihn überhaupt nicht zu verwirren.

»Schönen Abend«, wünscht uns Mrs P, als sie langsam die Treppe hochgehen, Stufe für Stufe. Ich führe Simeon ins Wohnzimmer.

»Ich wusste nicht, was du magst, deshalb habe ich mich für Pasta mit Hühnchen in einer Estragonsahnesoße entschieden. O Gott, oder bist du Vegetarierin?«, fragt er mit plötzlich weit aufgerissenen blauen Augen. Sein besorgter Gesichtsausdruck bringt mich zum Lachen und das erinnert mich daran, weshalb ich ihn überhaupt eingeladen habe.

»Nein. Bekennende Fleischesserin. Sollen wir erst mal etwas trinken?«

Ein paar Stunden später sind wir bei der zweiten Flasche Wein angekommen und von der Pasta keine Spur. Wir sitzen auf dem Sofa, ich mit gekreuzten Beinen, er nach hinten gefläzt und die langen Beine von sich gestreckt. Um uns zu berühren, sitzen wir zu weit auseinander.

»Darf ich dich etwas Persönliches fragen?«, setzt er an.

Ich nicke und frage mich krampfhaft, was es sein kann. Weshalb lebst du noch bei deinem Vater? Wie kommt es, dass du noch nicht verheiratet bist? Ist dein Leben wirklich so öde, wie du behauptest?

»Was ist mit deiner Hand passiert?«, lautet seine Frage.

Instinktiv ziehe ich in einem Versuch, die schlimmsten Narben zu verbergen, den Ärmel herunter, aber er hält mich davon ab, indem er meine Hand zwischen seine nimmt und mit dem Daumen über die runzlige Haut streicht. Der Drang, die Hand zurückzuziehen, ist fast überwältigend, aber dann lasse ich sie doch, wo sie ist.

»Das war ein Unfall, als ich noch sehr klein war. Ich erinnere mich nicht mehr an allzu viel. Dad hatte im Garten ein Feuer gemacht und ich habe die Hand reingesteckt, um etwas herauszuziehen. Ich war zu klein, um zu wissen, wie heiß das sein würde. Die Ärzte haben ihr Bestes gegeben, aber so richtig gut ist es nie mehr geworden. Ich hatte wirklich Glück, denn es hätte noch viel schlimmer ausgehen können.«

»Tut es weh?«, fragt er, hebt meine Hand an die Lippen und küsst leicht die schwielige Oberfläche.

Innerlich zucke ich zusammen, versuche jedoch, ruhig zu bleiben.

»Nein. Nicht wirklich. Es ist jetzt ein Teil von mir. Ich denke nicht viel darüber nach.« Das ist eine Lüge, aber er braucht es nicht zu wissen. Ich versuche verzweifelt, das Thema zu wechseln und ihn davon abzubringen, sich auf meine Schwachstellen zu konzentrieren. »Ich fliege übermorgen nach San Francisco«, verkünde ich deshalb ohne viel nachzudenken.

»Kommst du wieder zurück?«, will er wissen und bringt mich für einen Augenblick aus dem Konzept.

Ich schlage ihn leicht auf den Arm und stelle fest, dass ich ein bisschen näher an ihn herangerutscht sein muss.

»Ich bin nur ein paar Tage dort, um ein Geheimnis aufzuklären.«

»Hört sich faszinierend an.«

»Es geht um meine Mutter.«

»Die, die vermisst oder nicht vermisst wird?«, fragt er und ich bin gerührt, dass er sich daran erinnert.

»Ja. Sie hat eine Schwester, eine Künstlerin, die dort lebt. Ich habe beschlossen, sie ausfindig zu machen, damit ich sie von Angesicht zu Angesicht fragen kann, was mit meiner Mutter geschehen ist.«

»Wow!«, ruft er, und für einen Moment weiß ich nicht, ob er es ernst oder sarkastisch meint, aber dann schaut er mir direkt in die Augen und hält meinem Blick stand. »Du hast Mut, Cara Ferensby.«

Habe ich den? Ich bin mir nicht sicher, ob er recht hat. Diese Reise zu unternehmen ist mehr ein Zwang als eine mutige Tat. Während sich die Zeiger der Uhr Mitternacht nähern, erzähle ich ihm alles, was ich bisher herausgefunden habe. Als ich damit fertig bin, fällt mir auf, dass ich zum ersten Mal jemandem all die einzelnen Puzzleteile gezeigt habe. Es sind immer noch nicht genug, um ein komplettes Bild daraus zusammenzubasteln, aber zumindest habe ich jetzt einen Überblick.

Ich weiß nicht, ob es die Tatsache ist, dass ich dieses Wissen mit jemandem geteilt habe, oder ob es der Wein ist, aber ich spüre, wie ich zu zittern beginne. Ein winziger Schauer durchläuft meinen Körper. Simeon sieht es und ohne etwas zu sagen, rutscht er näher an mich heran und legt die Arme um mich. Ich lasse es geschehen. Sein Aftershave duftet nach Nelken und Zitronen. Ich konzentriere mich darauf, um nicht zu weinen, bin fest entschlossen, nicht zu heulen.

Behutsam hebt er meinen an seiner Schulter liegenden Kopf und dann küssen wir uns wieder.

Kapitel 33

Michael, 1998

Michael schaut auf die Uhr neben seinem Bett. In drei Stunden wird er frei sein. Draußen ist es hell und die Vögel strengen sich an, ein ordentliches Orchester zusammenzubekommen, aber Michael erkennt am Schatten der Gardinen, dass sich die Sonne noch nicht hat blicken lassen. Der Himmel ist in dieser gottverdammten Stadt immer grau. Das hat offensichtlich etwas mit dem Moor zu tun. Die Hügel vermasseln das Wetter, werfen ein bleiernes Licht auf die Stadt, wenn nur ein paar Meilen weiter der Himmel blau ist. Das macht ihm nichts mehr aus, denn morgen wird er Yorkshire verlassen. Er wird gehen und nicht mehr zurückschauen. Der bloße Gedanke daran lässt sein Herz höherschlagen. Er liegt in seinem Bett, starrt auf die Uhr und guckt zu, wie die digitalen Zahlen umschalten: 6.10 … 6.11 … 6.12 …

Der einzige Makel bei all seiner Freude, der einzige dunkle Fleck in seinem Herzen ist Cara. Er denkt jetzt an sie mit ihrer eigentümlichen, selbst genähten Kleidung und diesem Obdachlosen-Look, den sie pflegt und der sie noch verletzlicher erscheinen lässt. Schuldgefühle nagen an ihm, aber er befreit sich davon. Cara ist nicht sein Problem. Es klingt hart, ist aber die Wahrheit. Was sie macht, wenn sie mit der Schule fertig ist, ist ihre Sache. Sie kann auch gehen, wenn sie will. Hier gibt es praktisch nichts, was sie festhält.

Und außerdem, denkt er, lässt er Cara ja nicht völlig allein zurück. Sie hat Beth. Wenn er an Beth denkt, begeben sich Michaels Gedanken dahin, wo sie nicht hingehören. Er kann nicht mehr genau sagen, wann Beth aufhörte, die kleine Freundin seiner Schwester zu sein, die immer so breit grinste, und zum Gegenstand seiner Teenagerträume wurde, aber das Ganze ist wirklich albern. Natürlich hat er nie etwas gesagt oder gar getan. Sie ist erst vierzehn, Herrgott noch mal, und sie ist Caras beste Freundin. Er lehnt sich zurück und hängt für ein paar Minuten seinen Fantasien nach. So vergeht die Zeit schneller.

6.37 …

Jetzt sind es nur noch weniger als drei Stunden. Er wird zur Schule gehen, da sein, wenn sich die große Holztür öffnet, um ihn einzulassen. Die Ergebnisse werden in der Aula in braunen Umschlägen ordentlich nach dem Alphabet geordnet warten, um abgeholt zu werden. Michael hat nicht den geringsten Zweifel, dass er bekommen wird, was er braucht. Mit seinen hervorragenden Abschlussnoten werden sich die Eliteuniversitäten um ihn reißen. Er weiß, dass er genau die Art Student ist, die sie fördern möchten. Intelligent, pflichtbewusst, strebsam. Das Empfehlungsschreiben seines Fachtutors ist unmissverständlich:

> *Sie werden lange suchen müssen, um einen so fokussierten und ehrgeizigen Schüler wie Michael Ferensby zu finden. Rechtsanwalt zu werden, war schon von Kindesbeinen an Michaels Ziel, und er hat mit Entschlossenheit darauf hingearbeitet.*

Niemand hat je seine Beweggründe hinterfragt, wollte wissen, was ihn mit solch zuversichtlicher Bestimmtheit auf dieses Ziel zugetrieben hat. Vielleicht dachten sie, es wäre nur etwas, das er im Fernsehen gesehen und an dem er mangels einer besseren Idee festgehalten hatte. Michael ist zurückhaltend. Er hatte nie das Bedürfnis, anderen genauestens mitzuteilen, weshalb er Rechtsanwalt werden wollte. Sein Beweggrund ist persönlicher Natur, sozusagen sein Geheimnis. Seitdem er bei seinem Vater die juristischen Schriftstücke gefunden hatte und wusste, dass er sie verstehen musste, um über alles Bescheid zu wissen, hatte er an seinem Entschluss unwiderruflich festgehalten. Ein Studienplatz am Juristischen Institut des King's College in London ist ihm so gut wie sicher. Er weiß, dass die Ergebnisse, die er heute abholen wird, nur eine notwendige Formalität sind.

Sein Vater hat fast kein Interesse am Bewerbungsprozedere um einen Studienplatz gezeigt, aber Michael hat ihn auch kaum dazu animiert. Die Einladung zum Informationsabend für Eltern hat es nicht über den Papierkorb im Oberstufenzentrum hinaus geschafft. Sein Vater, der selbst niemals an einer Universität war, sieht keinen Sinn darin.

»Was du brauchst, ist ein guter, ehrlicher Job«, hatte er gesagt. »Davon hast du mehr als von drei Jahren Schulden und einem Titel, der dir nichts einbringt. Du solltest dich an die Spitze des Rudels setzen, Michael. Sieh zu, dass du einen Fuß in die Tür einer anständigen Firma kriegst, während deine Kumpels damit beschäftigt sind, ihre Stipendien zu versaufen. Das ist nur Zeitverschwendung, wenn du da draußen Geld verdienen kannst.«

Michael hätte erklären können, dass er Rechtsanwalt werden wollte und dass er dafür einen Studienabschluss in Rechtswissenschaften und eine Berufsbefähigung brauchte, aber was hätte das für einen Sinn gehabt? Stattdessen hatte er in der Schule das Formular ausgefüllt, sorgfältig die Unterschrift seines Vaters gefälscht und es abgeschickt, ohne zu Hause etwas davon zu erwähnen. Und jetzt, in zwei Stunden, wird er die Ergebnisse abholen und endlich mit den Vorbereitungen für seinen Auszug beginnen.

Unfähig, noch länger stillzuliegen, steht er auf und geht ins Badezimmer, um zu duschen. Wie oft wird er noch in diesem Badezimmer duschen, fragt er sich, als der Wasserstrahl auf ihn herabregnet und ihm die dunklen Haare wie Seegras an den Kopf klebt. Vielleicht zwanzig Mal. Fünfundzwanzig allerhöchstens. Kaum zählenswert. Er schiebt den Temperaturregler ganz nach oben, damit ihm das heiße Wasser die Haut verbrennt, und dann, als er die Hitze nicht mehr aushält, schiebt er ihn zurück auf kalt, woraufhin sein Körper schockiert aufschreit.

»Was treibst du da unter der Dusche? Ich habe keinen Dukatenesel!«

Michael hört seinen Vater schreien und ignoriert ihn. Er stellt das Wasser wieder auf eine normale Temperatur und steht reglos unter dem Strahl. Er schaut zu, wie das vergeudete Wasser in den Abfluss rinnt. Wasserdampf hüllt ihn ein, dass er bald die Hand kaum mehr vor Augen sehen kann.

»Wenn du die Dusche nicht abstellst«, ertönt die Stimme jenseits der Tür, »dann gnade dir Gott …«

Gemächlich stellt Michael das Wasser ab und tritt aus der Dusche. Er wickelt sich in ein Handtuch und öffnet die Tür. Sein Vater steht so dicht davor, dass er fast ins Badezimmer fällt.

»Wobei brauche ich Gottes Gnade?«, fragt Michael, drängt sich an seinem Vater vorbei und schlendert über den Flur zu seinem Zimmer.

»Du bist noch nicht zu groß, um dich übers Knie zu legen«, warnt ihn sein Vater.

»Oh, das bin ich sehr wohl«, gibt Michael zurück. »Wenn du mich anfasst, alter Mann, dann breche ich dir das Genick. Ich zerbreche dich wie einen Zweig.«

Michael amüsiert sich. Seine Freiheit ist so nah, dass er sie fast schmecken kann. Das macht ihn verwegen.

Eine Tür geht auf und Cara erscheint auf dem Flur. Man kann sehen, dass sie gerade erst aufgewacht ist. Ihre blonden Haare stehen vom Kopf ab wie ein Heiligenschein. Sie scheint sich über den Lärm beklagen zu wollen, spürt dann aber die Spannung und schlägt einen anderen Kurs ein.

»Hör auf, Michael«, sagt sie und ihr Blick fleht ihn an, sich zu beherrschen, aber heute ist Michael unschlagbar. Auch nur mit einem Handtuch bekleidet weiß er, dass ihm nichts etwas anhaben kann.

»Pass auf, was du sagst«, blafft sein Vater.

»Oder was?«

»Oder du stehst im Handumdrehen auf der Straße.«

»Das wäre mir gerade recht«, gibt Michael zurück. »Wenn du glaubst, ich werde auch nur eine Sekunde länger unter diesem Dach zubringen, als ich muss, dann bist du auf dem Holzweg.«

Und dann schlendert er in sein Zimmer und schlägt mit einem befriedigenden Knall die Tür zu.

»Das hier ist mein Haus!«, schreit sein Vater durch die Tür. »Und du wirst dich an meine Regeln halten.«

Michael zieht Unterhose, Trainingshose und ein T-Shirt an. Draußen kann er hören, dass Cara ihr Bestes gibt, um ihren Vater zu besänftigen. Er öffnet die Tür und geht mit großen Schritten zu seinem immer noch herumschreienden Vater. Michael ist größer als er – nicht viel, aber es reicht. Er steht näher vor ihm, als ihm lieb ist, aber er muss sicherstellen, dass sein Standpunkt klar ist.

»Die Tage, an denen du mir vorschreibst, was ich tun soll, sind vorbei«, versichert er seinem Vater und sein Atem trifft auf dessen Gesicht und wird zu seinen eigenen Nasenlöchern zurückgeworfen.

Er schreit nicht wie sein Vater, sondern spricht ruhig, gelassen und jedes Wort deutlich artikulierend, damit es keine Missverständnisse gibt.

»Ich habe dein Schreien und deine Schikanen zwölf lange Jahre ertragen und verstehe nicht, weshalb du glaubst, du hättest das Recht, so mit mir zu sprechen. Besonders nach dem, was du getan hast. Jegliche Macht, die du über mich zu haben glaubtest, hast du vor Jahren verloren. Du magst theoretisch mein Vater sein, aber das ist nur ein Titel. Du bist dafür nicht geeignet. Seitdem jedenfalls nicht mehr. Vielleicht warst du das aber noch nie.«

Wenn sich Michael diesen Moment vorgestellt hatte, hatte er sich gefragt, ob er deutlicher werden müsse, aber es scheint nicht so. Das Gesicht seines Vaters, das noch vor einem Augenblick puterrot war, verliert jegliche Farbe. Plötzlich sieht er geschwächt aus.

»Ach, was hast du denn, Daddy?«, fährt Michael fort. »Dachtest du vielleicht, ich wüsste das nicht? Ich bin nicht blöd und habe schon vor langer Zeit die Puzzleteile zusammengesetzt. Ich habe nur den rechten Zeitpunkt abgewartet, bis ich bereit war zu gehen.«

Für einen Augenblick überlegt er, ob er nicht hier und jetzt alle Karten auf den Tisch legen sollte. Die Zeit ist sicher reif, die Wahrheit ans Licht zu bringen. Er hat die Last lange genug mit sich herumgeschleppt. Aber dann schaut er Cara an. Sie steht da, auf dem Flur, in ihrem karierten Schlafanzug, mit schmalen, nackten Füßen auf dem abgewetzten Teppich, und hat die Stirn in Falten gezogen, weil sie es hasst, dass sie wieder streiten. Sie legt ihm die Hand auf den Arm und bringt ihn zum Schweigen, versucht, wie immer, Frieden zu stiften.

Er darf es nicht tun, darf nichts mehr sagen. Sobald es ausgesprochen ist, kann es nicht mehr zurückgenommen werden, und Cara soll die Last nicht auch noch tragen müssen. Er weiß, was passiert ist. Sein Vater weiß jetzt, dass Michael es weiß, aber Cara darf es nicht erfahren.

Sie schaut ihn fragend an.

»Wovon redest du, Michael?«, fragt sie. »Was weißt du?«

»Ich weiß, dass ich nicht hierbleibe«, antwortet Michael und weicht der Frage aus. »Ich werde in London zur Universität gehen und du kannst nichts tun, um mich aufzuhalten.«

Cara hat ihren Blick auf seinen gerichtet und ihre haselnussbraunen Augen füllen sich mit Tränen. Sie sieht ihrer Mutter so ähnlich. Je älter sie wird, umso mehr, denkt er. Ihr Vater muss es auch sehen, obwohl er nie etwas darüber sagt.

»Was? Was meinst du damit? Du gehst? Du kannst nicht gehen.«

Michael legt seiner nicht mehr so kleinen Schwester den Arm um die Schulter. Sie lehnt sich an ihn und er spürt, dass sie zittert.

»Tut mir leid, Ca, aber ich kann nicht bleiben. Du hast nicht damit gerechnet, oder? Du hättest wissen müssen, dass ich gehe, sobald ich meine Ergebnisse habe.«

»Aber wie …«, flüstert Cara.

»Ich hole heute mein Zeugnis ab und dann fange ich in drei Wochen in London an. Es ist alles geregelt.«

»Du kannst nicht gehen«, sagt sie noch einmal. Und dann: »Nimm mich mit.«

Langsam schüttelt er den Kopf.

»Das würde ich, wenn ich könnte. Du weißt, dass ich das tun würde.«

Sein Vater, der seine Stimme wiedergefunden hat, fängt erneut an.

»Also, wenn du glaubst, dass ich für so einen überheblichen Studiumsmist zahle, dann …«

Michael lässt Cara los und dreht sich zu seinem Vater um. Er sieht einen Mann, der unwiederbringlich zerstört ist, hart geworden durch jahrelanges Lügen und Verletztsein, gefangen in einem Loch, aus dem er nicht mehr herauskommt. Michael ist das egal. Er dreht sich um, geht die Treppe hinunter, aus der Haustür und in den grauen Tag hinaus.

Als der Haupteingang der Schule um neun Uhr öffnet, ist Michael der Erste in der Schlange. Mit großen Schritten geht er zur Aula und ignoriert den Direktor, der im Foyer mit einem Klemmbrett steht. Michael sucht den Tisch nach dem Umschlag mit seinem Namen ab. Er nimmt ihn an sich und steckt ihn in die Tasche seines Trainingsanzugs.

»Machst du ihn nicht auf, Ferensby?«, fragt Mrs Glaser, die stellvertretende Leiterin.

»Nicht nötig. Ich weiß, was drinsteht.«

Er dreht sich um und verlässt die Aula, geht über den Flur und aus der Tür. Am Himmel ist eine Wolkenlücke zu sehen. Ein kleines Stückchen blauer Himmel schaut hervor. Michael biegt links ab und geht zum Moor. Der Papierstreifen im Umschlag schmiegt sich in seine Tasche. Darauf stehen vier Bestnoten.

Kapitel 34

Cara, 2018

Als ich aufwache, brauche ich einen Moment, um Simeons gleichmäßigen Atem neben mir zuordnen zu können. Die Bettdecke hebt und senkt sich behutsam auf meinen Schultern, während seine Brust das Gleiche tut. Ich ändere meine Lage, so behutsam ich kann, will ihn nicht aufwecken, noch nicht, und bin glücklich, hier eine Weile zu liegen und den Abend in meinen Gedanken Revue passieren zu lassen. Dankbar stelle ich fest, dass ich nichts vergessen habe. Das hier war kein Fehler, den ich im betrunkenen Zustand begangen habe. Unser Wechsel vom Sofa ins Bett verlief schnell, aber nicht überstürzt, und wir sind nicht versehentlich hier gelandet.

Ich schaue auf meinen Wecker. Viertel nach sieben. Unter der Bettdecke knurrt mein Magen. Die Pasta und das Hühnchen haben es nicht bis in die Pfanne geschafft. Ich spanne die Bauchmuskeln an, versuche, das Knurren zu stoppen, und hoffe, dass er es nicht hört.

Und dann geschieht, was immer geschieht. Meine Gedanken entführen mich vom Hier und Jetzt im Bett mit einem Mann, den ich mag, zu einem dunkleren Ort mit Zweifeln und

Pessimismus. Das Selbstvertrauen, mit dem ich ihn letzte Nacht noch in mein Zimmer geführt habe, schwindet, bis ich nur noch eine nervöse Dreiunddreißigjährige bin, die neben einem völlig Fremden liegt, der Körperteile von ihr zu sehen bekommt, auf die sie weniger stolz ist, und ihren Morgenatem riechen wird.

Und als wäre das noch nicht genug, bewegt er sich genau in diesem Moment und schlägt die Augen auf. Ich werde rot, denn er hat mich dabei erwischt, wie ich ihn im Schlaf angestarrt habe.

»Frohes neues Jahr«, sagt er, reibt sich mit dem Handrücken über ein Auge und streckt sich wohlig. Er berührt mich nicht, als fühle er trotz der eindeutigen Situation, dass ich Abstand brauche.

»Frohes neues Jahr«, wünsche auch ich ihm. »Bist du okay?« Meine Stimme klingt distanziert, unnahbar sogar. Er hebt die Bettdecke und schaut auf seinen nackten Körper.

»Scheint noch alles funktionsfähig zu sein«, sagt er, lässt jedoch die Bettdecke wieder fallen, damit ich meine Würde wahre.

Ich glaube, ich könnte mich tatsächlich in diesen Mann verlieben, aber ich spüre bereits, wie ich mich zurückziehe. Schütze dich, Cara. Lass niemanden den Stahlpanzer durchdringen, sagt mir die Stimme in meinem Kopf. Dafür ist es allerdings ein bisschen spät, sage ich mir, aber dennoch spüre ich, wie mein natürlicher Schutzmechanismus aktiviert wird.

»Ich muss aufstehen.« Meine Stimme klingt schroff und mir ist bewusst, dass er denken muss, ich will, dass er geht. Doch das will ich nicht. »Mein Vater«, füge ich hinzu. Das ist zwar der wahre Grund, hört sich aber an wie eine Ausrede. »Er ist immer ein bisschen verwirrt, wenn er aufwacht. Ich bin gern dabei und helfe Mrs P.«

Simeon setzt sich auf. Ich greife nach meinem Morgenmantel und schlüpfe aus dem Bett.

»Das verstehe ich vollkommen«, sagt er. »Ich will dir nicht im Weg stehen. Gib mir nur zwei Minuten zum Anziehen.«

Das entwickelt sich nicht so, wie es sollte. Ich möchte ihm sagen, dass er bleiben soll, wo er ist, dass ich nur schaue, ob mit Dad alles in Ordnung ist, und dann zurückkomme. Ich habe Croissants gekauft, verdammt noch mal! Aber ich sage: »Okay.«

Einfach so. Ich schaue ihn nicht einmal an, um zu sehen, ob er enttäuscht ist.

»Reich mir mal meine Hose«, bittet er mich. Seine Kleidung liegt ordentlich übereinandergestapelt auf einem Stuhl. Ich reiche sie ihm.

»Ich …«, setze ich an, aber er unterbricht mich.

»Keine Angst«, sagt er und hebt eine Hand, um mich zum Schweigen zu bringen. »Ich verstehe das.« Aber das tut er nicht. Kann er auch nicht. Ich verstehe es ja selbst nicht.

Er schlüpft unter der Bettdecke in seine Unterhose mit einer gespielten Schamhaftigkeit, die unsere Intimität von letzter Nacht Lügen straft. Dann steht er auf und zieht den Rest seiner Kleidung an. Ich senke den Blick, aber nicht, bevor ich einen flüchtigen Blick auf seinen Oberkörper und die Spur dunkler Haare geworfen habe, die von seiner Brust nach unten verläuft. Ich weiß, dass ich etwas tun muss, bevor er mir entwischt, um es nicht zu vermasseln.

»Ich hatte einen schönen Abend«, bringe ich zustande. Bilde ich mir das ein oder lächelt er traurig?

»Ich auch.« Er knöpft sein Hemd zu. »Ich habe es wirklich genossen, Cara Liebenswert. Sehen wir uns wieder oder ist das hier ein Korb?«

Ich zucke zusammen, denn ich will nicht, dass er denkt, ich würde ihn abservieren, aber durch mein Zögern entsteht sehr wohl der Eindruck, als wäre genau das meine Absicht. Als ich ihm endlich widerspreche, klingen meine Worte sogar für mich unaufrichtig.

»Nein. Überhaupt nicht. Das wäre schön. Aber du weißt ja, dass ich wegfliege, und dann ist da Dad und …«

Weshalb kann ich ihm nicht sagen, was ich fühle und dass er seit Langem das Beste ist, was mir passiert ist? Aber irgendwie bringe ich die Worte nicht heraus. Er zuckt mit den Schultern.

»Ich lasse dir meine Telefonnummer da«, schlägt er vor. »Für alle Fälle.« Er zieht eine alte Quittung aus seinem Portemonnaie, sucht nach einem Stift und schreibt sie auf. Dann legt er den Zettel behutsam auf mein Kissen.

»Cara! Cara!« Dad ruft nach mir aus seinem Zimmer. Ich schaue zur Tür und dann zurück zu Simeon.

»Ich muss gehen. Tut mir wirklich leid.«

Er nickt. »Geh nur«, sagt er. »Das ist okay, Cara. Ich verstehe schon.« Aber das tut er nicht. Er versteht überhaupt nichts.

Als ich über den Flur zu Dads Zimmer gehe, folgt er mir. Ich drehe mich um und will mich von ihm verabschieden, aber da geht er schon die Treppe hinunter. Kurz darauf höre ich, wie die Haustür geöffnet wird und dann leise hinter ihm ins Schloss fällt.

Dad liegt im Bett. Er starrt an die Decke. Als ich mich seinem Bett nähere, schaut er mich nicht an.

»Dann wollen wir mal aufstehen«, begrüße ich ihn.

Meiner Stimme fehlt die Sanftheit, mit der ich sonst zu ihm spreche. Im Augenblick empfinde ich keine Zuneigung für diesen Mann, meinen Vater, der mein Leben auf den Kopf gestellt hat und dem es sogar jetzt noch gelingt, mir Dinge zu verderben.

»Frohes neues Jahr, Dad.« Ein Lächeln bringe ich nicht zustande.

Ich lege die Arme um ihn und ziehe ihn hoch. Die durchnässte Schlafanzughose klebt an seinen spindeldürren Beinen.

Nachdem wir das Frühstück hinter uns gebracht haben und sich Dads Bettwäsche in der Waschmaschine befindet, gehe ich mich anziehen. Simeons Nummer liegt noch immer auf dem Kissen. Ich nehme den Zettel und sollte ihn eigentlich anrufen, ihm sagen, dass ich eine Idiotin bin und dass ich überhaupt nicht daran denke, ihn zu vertreiben, dass ich jedoch nicht gut mit Leuten umgehen kann, die nett zu mir sind, weil mir die Praxis fehlt. Das sollte ich eigentlich tun, aber ich weiß, dass ich es nicht tun werde. Allerdings stecke ich den Zettel vorsichtig zwischen die Seiten meines Buches.

Kapitel 35

Ich fliege am zweiten Januar nach Amerika. Als der Zug in Richtung Flughafen aus dem Bahnhof fährt, vermeide ich es, daran zu denken, dass ich Dad zurücklasse oder Mrs P in meinem Haus wohnt oder was Michael sagen wird, wenn er herausfindet, wohin ich geflogen bin. Oder Simeon. Ich vermeide besonders, an Simeon zu denken.

Während ich am Flughafen warte, google ich zufällig Kapitän Haddock, nur um zu sehen, ob er mit seinen widerspenstigen schwarzen Haaren und stechenden blauen Augen so aussieht wie in meiner Erinnerung. Traurigerweise haben Hergés Zeichnungen überhaupt keine Augen, sondern nur fleischfarbene Kreise, wo eigentlich Augen sein sollten. Mein Vergleich von Mann und Comic scheint unangebracht gewesen zu sein. Ich beschließe, mich nicht mehr mit blauen Augen zu beschäftigen.

Der Flug verläuft ohne Zwischenfälle und die Schlange am Einreiseschalter ist lang. Doch schließlich sitze ich in einem Taxi, und als wir kriechend in die Stadt fahren, lehne ich mich zurück und genieße den ersten Anblick von San Francisco. Aus dem Wasser zu meiner Linken steigen wie Dampf dünne Nebelschwaden auf und der obere Teil der Hochhäuser ist in den Wolken verborgen. Durch den Nebel erkenne ich die kultige Golden Gate Bridge. Sie ist kleiner, als ich erwartet habe, und während ich diese Erkenntnis verarbeite, fällt mir auf, dass sie gar nicht rot, sondern weiß ist. Falsche Brücke! Ich bin mir eine schöne Touristin. Meine Wangen brennen und ich bin froh, dass ich nichts darüber zum Taxifahrer gesagt habe. Ein paar Straßen weiter taucht die rote Brücke auf, deren Turmspitzen im Dunst verborgen sind. Als wir an den ordentlich nummerierten Pieren vorbeifahren, fällt mir auf, dass mein weniges Wissen über San Francisco hauptsächlich aus *Tales of the City* stammt. Gibt es nicht irgendwo einen Supermarkt mit einer Single-Nacht?

Dieser Gedanke lässt meinen Verstand wieder abdriften und nach Simeon suchen. Ich sage mir, dass ich im Moment in meinem Leben keinen Platz für noch mehr Komplikationen habe, obwohl ich nicht wirklich sicher bin, weshalb ich glaube, dass er sich als eine herausstellen wird. Bisher macht er einen ziemlich unkomplizierten Eindruck.

Nur für einen Augenblick erlaube ich seinem prompten Lächeln, in meinen Schutzpanzer einzudringen. Doch dann ziehe ich die Zugbrücke wieder hoch und schließe ihn aus. Ich habe wahrscheinlich sowieso jede Chance vertan, die ich je bei ihm hatte. Aber anstatt den Zettel mit seiner Telefonnummer in kleine Stücke zu zerreißen und sie in den Abfalleimer in der Küche zu werfen, wo feuchte Teebeutel die Nummer unlesbar gemacht hätten, bevor ich es mir anders überlege, habe ich den Zettel behalten. Im Augenblick befindet er sich in meinem Portemonnaie zwischen einem Heftchen Briefmarken und einem Rabattcoupon, den ich wahrscheinlich niemals einlösen werde. Natürlich wird er nicht mehr an mir interessiert sein, aber ich hole den Zettel heraus und füge seine Nummer zu den Kontakten in meinem Handy hinzu. Für alle Fälle.

Als ich wieder aufschaue, fahren wir an Pier 33 vorbei, und ich sehe die Schilder für die Fähre nach Alcatraz. Ich versuche, einen Blick auf die Insel zu erhaschen, aber es stehen Gebäude im Weg. Das macht nichts. Es wird noch genügend Zeit für die Besichtigung von Sehenswürdigkeiten bleiben. Besonders, wenn ich Ursula nicht ausfindig machen kann.

Das Taxi fährt von der Straße ab, die an der Bucht entlangführt, und biegt links in die Stadt ab. Schon bald halten wir vor dem Hotel. Ich gebe dem Fahrer ein Trinkgeld und rolle meinen kleinen Koffer die Rampe hinauf zur Rezeption, wo ich mit einer Begeisterung begrüßt werde, die nur bei Amerikanern echt klingt.

Mein Zimmer ist eine anonyme Gemeinschaftszelle. Als ich es betrete, läuft bereits der Fernseher und zeigt Fotos der Bucht. Das Englische in mir sperrt sich gegen die Stromverschwendung. Ich versuche, den Fernsehapparat auszuschalten, finde aber nur eine Stand-by-Funktion. Ich lasse meinen Koffer auf eines der riesigen Betten fallen. Leider zeigt der Blick aus dem Fenster durch den Vorhang aus Nesselstoff nur die Straße. Deshalb wahrscheinlich die Bilder auf dem Fernsehbildschirm. Mir fällt ein, dass mir ein Zimmer ohne Aussicht zugewiesen wurde, weil ich eine junge, allein reisende Frau bin und es unwahrscheinlich ist, dass ich Ärger mache. Ich nehme an, ich könnte protestieren, aber wozu?

Ich räume die Überbleibsel eines Langstreckenfluges aus meiner Handtasche, reiße den Kofferanhänger ab und werfe einen schnellen Blick auf den Stadtplan, den ich aus der Rezeption mitgenommen habe, um mich zu orientieren. Ursulas Galerie ist in unmittelbarer Nähe und so mache ich mich, mein Bedürfnis nach Kaffee ignorierend, auf die Suche danach.

Wie vermutet, finde ich die Galerie gleich um die Ecke vom Hotel. Sie ist klein und unauffällig, die Beschilderung dezent, eine klassische Schriftart auf tiefblauem Grund. Die

Schaufenstergestaltung ist einfach und zeigt lediglich drei Staffeleien mit jeweils einer kleinen, abstrakten Leinwand. Keine davon sieht nach Ursulas Werk aus.

Von der Straße aus gibt es wenige Hinweise darauf, was sich drinnen befindet. Der Eingang, der einer Höhle gleicht, ist dunkel, lang gestreckt und ein wenig bedrohlich.

Ich entdecke ein Café gegenüber, Coffee Bean and Tea Leaf. Es sieht ganz nett aus und die Aushängeschilder sind mit weißer Kreide geschrieben. Ich könnte einfach hineingehen und mir eine Tasse Kaffee bestellen, während ich die Lage sondiere. Oder ich könnte mich zusammennehmen, die Galerie betreten und nach meiner Tante fragen. Innerlich spreche ich mir Mut zu. Schließlich bin ich nicht um die halbe Welt geflogen, um einen Kaffee trinken zu gehen. Jetzt bin ich hier, also was hält mich auf? Was auch immer ich hier entdecke, wird mir dabei helfen herauszufinden, was mit meiner Mutter geschehen ist. Widerwillig und mit klopfendem Herzen trete ich über die Schwelle.

In der Galerie ist es dunkel. Es riecht leicht nach Vanille und das erinnert mich daran, dass ich seit dem Flug nichts mehr gegessen habe. Die Bilder hängen an Drähten und werden mit scharf abgegrenzten Lichtkreisen durch Scheinwerfer beleuchtet, allerdings nur teilweise. Das ist eine merkwürdige Art, Kunst zu präsentieren. Der Drang, einen Schalter zu betätigen, um Licht in den Raum zu bringen, überkommt mich. Diese Dunkelheit ist erdrückend, klaustrophobisch sogar.

Die Galerie erstreckt sich weit nach hinten, wobei die Tiefe durch die Enge noch verstärkt wird. Durch die seltsamen Lichteffekte kann ich nicht bis zur rückwärtigen Wand sehen und fühle mich ungeschützt und angreifbar, während ich ins Halbdunkel spähe.

Um meine Nerven zu beruhigen, werfe ich einen Blick auf die Bilder, die im vorderen Bereich hängen, und gehe dann ein wenig mehr nach hinten, hoffe, einen Stil zu finden, den ich als Ursulas erkenne. Ungefähr in der Mitte des Raumes fällt mir eine große Leinwand mit Flecken schlammfarbiger Ölfarbe auf, die durch eine Narbe in lebendigem Rot aufgeschlitzt sind. Lange kann ich nicht darauf schauen. Es ist zu aufwühlend und gibt mir ein unangenehmes und unruhiges Gefühl.

»Toll, nicht wahr?«, sagt eine Stimme an meinem Ellbogen.

Ich drehe mich um und sehe eine Frau mit fuchsrotem Haarschopf. Es ist die Art von Farbe, die zu knallig ist, um natürlich auszusehen. Eine Frau, die das Werk der Natur verfälscht. Sie hat die Haare zu einem gedrehten Dutt hochgebunden, der aussieht, als würde er sich jede Sekunde auflösen, damit die feurigen Ringellocken ihre Schultern verbrennen. Ihre Haare sind das Auffälligste an ihr. Sie ist gut fünfzehn Zentimeter kleiner als ich und von winziger Gestalt. Ihr zierliches Schlüsselbein sieht mehr aus wie ein Bleistift als ein struktureller Bestandteil ihres Körpers. Wenn sie spricht, wedelt sie mit den Händen herum, dass sie aussehen wie kleine Vögel, und ihre vielen Ringe fangen die Scheinwerferbeleuchtung ein und lassen das wenige Licht um sie herumtanzen.

»Das ist eines ihrer frühen Werke. Wir sind froh, dass wir es haben. Es steht aber nicht zum Verkauf. Ist nur für eine Weile ausgeliehen.«

»Von der Künstlerin ausgeliehen?«, frage ich.

»Um Gottes willen, nein!«, ruft sie und macht unbeabsichtigt meine aufkeimende Hoffnung zunichte. »Ms Kemp behält nie ihre eigenen Arbeiten. Sie erschafft die Werke und schickt sie dann zum Verkauf direkt an uns. Sie möchte sie nach Fertigstellung nicht noch einmal sehen. Ich habe gehört, wie sie einmal darüber gesprochen hat. Sie sagte, das Malen sei für sie wie das Herausschneiden einer Krebsgeschwulst.«

Der Ekel, der mich bei dieser Vorstellung überkommt, muss sich in meinem Gesicht abzeichnen, denn sie fügt hinzu:

»Ich weiß. Widerlich. Sind Sie an einem Gemälde von ihr interessiert?«

Sie taxiert mich mit ihrem Blick, der über meine vom langen Flug zerknitterte Kleidung und die gammligen Turnschuhe wandert. Ich fühle mich ziemlich hinterwäldlerisch.

»Gewissermaßen«, antworte ich ausweichend. »Ich habe Ihnen vor ein paar Tagen eine E-Mail geschickt …?«

Meine Stimme hebt sich fragend, während der Satz ausklingt. Ich sollte sie einfach fragen, aber etwas hält mich davon ab. Ich habe hier so viel zu verlieren, dass ich es kaum wage, mit der Sprache herauszurücken. Sie schaut mich erwartungsvoll an und fuchtelt nicht wie sonst mit den Händen herum. Es sieht aus, als wären sie in diesem Augenblick erstarrt.

»Eigentlich«, setze ich wieder an, »hatte ich gehofft, Ms Kemp ausfindig zu machen. Sie lebt doch hier in San Francisco, nicht wahr?«

Der Frau vergeht das Lächeln und sie macht einen winzigen Schritt zurück.

»Sind Sie Journalistin? Sie lebt sehr zurückgezogen und spricht nie mit der Presse. Wir achten sehr darauf, ihre Privatsphäre zu schützen.«

Sie schnaubt ein wenig und verschränkt die Arme vor der Brust.

»Oh nein!«, rufe ich. »Nichts dergleichen. Ich bin keine Journalistin. Ich entwerfe Hochzeitskleider von Beruf. Deshalb will ich sie allerdings nicht treffen.«

Die Worte purzeln mir aus dem Mund und die Frau schaut mich an, als wäre ich leicht verwirrt.

»Ich versuche Ms Kemp zu finden, weil ich glaube, dass wir miteinander verwandt sind.«

Eine Augenbraue schießt in die Höhe auf den fuchsroten Haarknoten zu und dann verzieht sie den Mund. Das hat sie offensichtlich schon einmal gehört. Ich spüre, dass mir ein einziger Schuss bleibt und sich das Ziel immer weiter entfernt. Wenn ich ihr jetzt nicht reinen Wein einschenke, wird sie denken, dass ich die Zeit genutzt habe, um die Geschichte zu erfinden.

»Ich habe gerade herausgefunden, dass meine Mutter, über die mir immer erzählt worden ist, sie sei tot, vielleicht noch am Leben ist«, beginne ich. »Sie hat mich und meinen Bruder verlassen, als wir noch klein waren, und ich versuche herauszufinden, weshalb sie das getan hat. Den einzigen Hinweis, den ich habe, ist, dass die Schwester meiner Mutter eine Künstlerin mit Namen Ursula Kemp ist. Ich bin ziemlich sicher, dass Ihre Ursula Kemp die gleiche Person ist, und soweit ich weiß, ist sie meine einzige lebende Blutsverwandte – das heißt, abgesehen von meinem Bruder.«

Dad erwähne ich nicht. Das Ganze ist kompliziert genug.

»Ich möchte mit ihr sprechen, um herauszufinden, was sie mir über meine Mutter sagen kann. Ich bin gerade von Großbritannien eingetroffen ...« Ich schaue auf meine Uhr. »Vor ungefähr dreißig Minuten. Können Sie mir bitte helfen?«

Die Frau sieht skeptisch aus, aber sie verschränkt die Arme nicht mehr.

»Sind Sie Cara Ferensby? Diejenige, die wegen eines potenziellen Kaufs eine E-Mail geschrieben hat?«

Ich nicke kleinlaut.

»Das war ein wenig geflunkert«, gebe ich zu und versuche, beschämt auszusehen. »Ich habe eigentlich gedacht, Sie könnten diesen Brief an Ms Kemp weiterleiten. Ich bin nur bis Freitag hier und dann fliege ich wieder zurück nach Hause.«

Ich wühle in meiner Tasche nach dem Brief, den ich noch in England an meinem Schreibtisch geschrieben habe, und gebe ihn ihr. Meine Hand zittert. Sie schaut auf den Brief und dann zu mir. Mit winzigen perlenartigen Zähnen beißt sie sich auf die Unterlippe.

»Ich weiß nicht«, sagt sie. »Ms Kemp ist sehr streng bei der Auswahl derer, die wir mit ihr in Kontakt bringen dürfen.«

Ich halte ihr immer noch den Brief hin und stupse sie damit behutsam gegen den Arm.

»Bitte«, bettele ich.

Sie schaut wieder darauf und nimmt ihn dann entgegen.

»Ich könnte ihn ihr heute Abend übermitteln, aber ich kann nicht garantieren, dass sie ihn annimmt, geschweige denn liest.«

Ich bin so erleichtert und könnte sie küssen, halte mich aber zurück.

»Das wäre furchtbar nett von Ihnen. Der Name meines Hotels steht im Brief. Ihre Adresse kann ich nicht ausfindig machen. Ich habe es versucht, aber …«

»Das würde Ihnen nie gelingen«, sagt die Frau. »Wie bereits gesagt, lebt sie sehr zurückgezogen. Sie traut nur mir.«

Sie strahlt mich stolz an.

»Sie sind also meine letzte Hoffnung«, gestehe ich und schenke ihr mein breitestes Lächeln. Dann strecke ich ihr die Hand entgegen.

»Ich bin Skyler«, sagt sie und ergreift meine Hand mit beiden Händen.

Das ist wahrscheinlich nicht mehr als übertriebene amerikanische Vertraulichkeit, aber ich bin trotzdem dankbar.

»Ich tue mein Bestes, Cara«, verspricht mir Skyler. »Kommen Sie doch morgen Mittag wieder vorbei und dann werde ich Sie wissen lassen, ob es Neuigkeiten gibt.«

»Danke«, hauche ich mit atemlos klingender Stimme. »Dann sehen wir uns morgen hier.«

Ich überlasse ihr den Brief und breche auf in die Stadt, um die Wartezeit herumzubekommen. Mein jetzt nicht mehr zu ignorierender Hunger treibt mich über die Straße in den Coffeeshop, wo ich mir einen Espresso und ein Sauerteigsandwich gönne, das besser aussieht, als es schmeckt. Meine innere Uhr sagt mir, dass es jetzt früher Abend ist, obwohl die Sonne in Kalifornien noch immer hoch am Himmel steht. Ich muss mindestens bis zum Abendessen wach bleiben, ansonsten werde ich in den frühen Morgenstunden Schafe zählen.

Der Espresso und das Sandwich haben mich ein bisschen belebt und deshalb breche ich auf, um zu sehen, was San Francisco dem Touristen zu bieten hat. Ich folge der Menschenmenge in die Lombard Street und bewundere die Denkweise desjenigen, der glaubt, dass sich schlängelnde Straßen wie diese die Zukunft der Verkehrsberuhigung seien. Allerdings funktioniert es. Die Autos kriechen Stoßstange an Stoßstange die sich windende Straße den Hügel hinunter. Als Nächstes nehme ich ein klappriges hölzernes Cable Car zum Union Square und stehe darin Nase an Achselhöhle mit einigen Touristen aus Frankreich.

Während ich die sich unterhaltenden Gruppen anschaue, überlege ich, was sie wohl von mir denken, doch wer kümmert sich andererseits schon um eine einzelne ungeliebte Frau ohne Begleitung? Ich bin im Grunde für die übrige Welt unsichtbar. Wenn das Kabel reißen und uns der Wagen am Fuße des Hügels in den Tod befördern würde, würde sich dann überhaupt irgendeiner auf der Liste der Passagiere an die blonde Engländerin erinnern, die hinten im Wagen stand? Wohl kaum.

Dennoch macht mir das nichts aus. Wenn man wie ich als Single durchs Leben geht, lernt man allein zu reisen oder man lässt es ganz und gar. Natürlich hat es im Laufe der Jahre zahlreiche Reisen mit Beth gegeben, bei denen wir uns lachend an Europas Hauptreisezielen getummelt und an verschiedenen Stränden gesonnt haben. Diese wertvollen Zeiten werden von nun an weniger werden und die Abstände dazwischen größer, nehme ich an. Sie und Greg kommen in den nächsten Tagen aus den Flitterwochen zurück und ich muss lächeln, als ich mir vorstelle, wie sie herauszufinden versucht, was mich bewogen hat, um die halbe Welt zu jetten, ohne sie kaum darüber benachrichtigt zu haben.

Der Gedanke an Flitterwochen lässt mich auf wenig erwachsene Weise an Simeon denken. Trotz meiner Entschlossenheit, ihn völlig zu vergessen, scheine ich den Gedanken an ihn nicht aus dem Kopf zu bekommen. Ich frage mich, was er wohl gerade macht, ob er an mich gedacht hat, seitdem er praktisch aus meinem Bett davongerannt ist, aber es hat keinen Sinn. Ich habe ihn mehr oder weniger verscheucht und er hat deutlich zu verstehen gegeben, dass er nicht mehr bleiben wollte.

Zu meiner Rechten steht ein Pärchen. Er ist größer als sie und hat von hinten die Arme um sie geschlungen, damit sie in dem schwankenden Cable Car nicht umfällt. Sie lacht, wirbelt auf der Stelle herum und dann küssen sie sich. Ich wende mich ab, denn ich ertrage es nicht, zuzuschauen und zu wissen, dass ich wahrscheinlich die beste Chance vertan habe, an die ich mich je erinnern kann. Die Romanzen anderer Leute sind im Moment zu schmerzhaft für mich.

Als wir den Union Square erreichen, springe ich aus dem Cable Car und schaue mich um. Zweifellos werden diese breiten Stufen im Sommer von Leuten bevölkert sein, die ein Sonnenbad nehmen. Heute ist es jedoch kalt und ein beißender Wind wirbelt um die hohen Gebäude herum. Keiner hält sich lange auf. Als ich dastehe und auf die vorbeihetzenden Leute starre, frage ich mich, was wohl als Nächstes geschehen wird. Skyler macht einen empathischen Eindruck. Ich bin sicher, dass sie tut, was sie versprochen hat, und meinen Brief nicht in den nächsten Mülleimer wirft. Vielleicht wird sie sogar für mich eintreten, Ursula erzählen, dass ich die Wahrheit sage und keine auf Skandale versessene Journalistin mit hintergründigen Absichten bin. Allerdings muss ich unwillkürlich daran denken, dass es wahrscheinlich keinen Unterschied macht, auch wenn sich Skyler für mich einsetzt. Falls Ursula beschlossen hat, sich von ihrer Familie und gewiss auch von vielem anderen loszusagen, dann gibt es keinen Grund, weshalb sie mit mir reden sollte, denn ich bin eine Fremde aus einer Zeit, die sie hinter sich gelassen hat. Obwohl sie sicher ein kleines bisschen neugierig sein wird. Immerhin bin ich eine neue Nichte.

Schon bald kann ich mir das Gähnen nicht mehr verkneifen. Ich brauche Schlaf. Obwohl es hier erst sechs Uhr abends ist, lasse ich das Abendessen ausfallen, krieche in mein Bett und kuschele mich in die frische weiße Bettwäsche. Ich träume noch nicht einmal.

Kapitel 36

Als Strafe für das Zubettgehen vor dem Abendessen wache ich haarsträubend früh auf. Die Straße unterhalb meines Fensters ist ruhig und der kleine Fleck Himmel, den ich sehen kann, erscheint durch die Lichter der Stadt schokoladenbraun.

Ich gehe noch einmal für eine Weile ins Bett, aber ich bin zu unruhig, um es dort lange auszuhalten. Also stehe ich auf, dusche und ziehe saubere und etwas elegantere Kleidung an. Ich gehe in die Lobby, wo die Nachtschicht nicht überrascht ist, eine Jetlag-geplagte Touristin herumwandern zu sehen. Sie erklären mir den Weg zu einem Diner, das vierundzwanzig Stunden geöffnet hat, und akzeptieren stillschweigend, dass ich nicht den Preis zahlen will, den das Hotel für ein Frühstück verlangt.

Ich finde das Diner und stelle fest, dass es offensichtlich zu einer Kette gehört. Ein wenig bin ich enttäuscht, nicht diese authentische amerikanische Erfahrung machen zu können, die man immer in Filmen sieht, aber die Beleuchtung ist einladend und es sitzen auch schon ein paar Leute darin, die Kaffee trinken und etwas essen. Drinnen werde ich zu einem Tisch geführt. Ich bestelle Pancakes mit knusprigem Speck und Ahornsirup und die Portion, die ich bekomme, würde mich gut und gerne eine ganze Woche ernähren. Mein Kaffeebecher wird immer wieder nachgefüllt, obwohl ich nicht darum bitte. Ich liebe Amerika.

»Machen Sie Urlaub in der Stadt?«, fragt mich Charlize, meine Kellnerin. Ich nicke. »Dachte ich mir. Wir haben hier früh am Morgen viele Touristen. Das ist der Jetlag, oder?« Ich nicke wieder. »Also«, fährt sie fort, während sie mit einer Hand meinen Kaffeebecher nachfüllt und mit der anderen den Teller mit den Resten meiner Pancakes schnappt, »Sie müssen nach Alcatraz fahren. Egal, was Sie sonst noch machen, während Sie in der Stadt sind, aber dahin müssen sie. Ich sage das zu allen meinen Gästen«, fährt sie fort mit vor Stolz geschwellter Brust über ihren selbst gegebenen Zweitjob als Fremdenführerin.

»Danke«, sage ich. »Werde ich versuchen.«

»Seien Sie früh genug da. Es wird schnell voll. Aber früh ist es kein Problem.« Sie lächelt mich an und ich sehe, dass einer ihrer Schneidezähne aus Gold ist.

»Kann ich bitte zahlen?«

»Komme sofort.« Und dann ist sie auch schon weg.

Sieben Stunden sind noch zu überbrücken, bis ich wieder in der Galerie vorbeischauen kann, und deshalb beschließe ich, zumindest die Abfahrtzeiten der Alcatraz-Fähre herauszufinden. Die erste Fahrt ist um acht Uhr fünfundvierzig. Als ich um ein Ticket bitte, schüttelt der Mann in der Verkaufsbude den Kopf und saugt zischend die Luft durch die Zähne, setzt mich aber auf die Stand-by-Liste und letztendlich lande ich auf dem Boot. Als wir vom Pier ablegen und in die Bucht hinausfahren, peitscht der Wind das Wasser zu Wellen mit Schaumkronen auf und ich ziehe den Schal fester um den Hals. Es sieht aus, als wäre ich die Einzige, die den Ausflug allein macht. Kurz stelle ich mir vor, wie es wäre, mit Simeon zu verreisen, doch dann schiebe ich den Gedanken wieder beiseite. Ich muss diesen Mann aus dem Kopf bekommen. Es tut mir nicht gut, die ganze Zeit an ihn zu denken, aber ich kann einfach nicht anders. Schnatternde

Schulkinder und ein paar Familien füllen die Sitze im Inneren der Fähre, während wir Härteren tapfer hier draußen stehen und über die Wellen spähen, um das erste klare Foto von der Insel zu schießen.

Steile Klippenwände begrüßen uns, als wir in den Hafen einlaufen, und das buttermilchfarbene Gefängnisgebäude steht hoch oben auf der Felskuppe. Möwen kreisen darüber. Ihr klagender Schrei klingt fast so, als wären auch sie auf diesem verbotenen Felsbrocken gefangen. Vom Festland aus hatte es ausgesehen, als sei die Insel nur einen Katzensprung entfernt, aber wir sind eine gute Viertelstunde mit der Fähre gefahren, bevor wir am Kai anlegen. Die Strecke zu schwimmen, um von der Insel zu fliehen, war sicher nicht leicht gewesen.

Die Führung beinhaltet auch eine Tonaufnahme von früheren Insassen, die stellenweise bewegend und ziemlich rührend ist. Ich schaue in die engen Zellen, kann mir aber nicht vorstellen, wie das Leben hier gewesen sein muss. Einige Türen stehen offen, damit die Besucher hineingehen und ein besseres Gefühl für die Größe der Zellen bekommen können, aber für mich fühlt es sich irgendwie an, als würde ich in private Räume eindringen. Als ich am Freizeitbereich mit den hohen Mauern und Wachtürmen ankomme, die unheilvoll darüber aufragen, beginne ich zu verstehen, wie beengt die Insel wirklich ist. Ich schaue über die bewegte See nach San Francisco, das so nah und doch so quälend weit entfernt ist. Bei der Führung wurde uns erzählt, dass die Gefangenen die Musik und das Gelächter von Partygängern über das Wasser hören konnten. Die einzigen Laute, die man jetzt vernimmt, sind das leise Gemurmel der plaudernden Touristen und die Schreie der über uns herumwirbelnden Möwen.

Als die Fähre wieder in dem kleinen Hafen anlegt, um mich zurück zum Festland zu bringen, will ich unbedingt weg von hier. Erst als wir wieder ans Pier 33 stoßen und ich auf meine

Uhr schaue, wird meine durch Klaustrophobie hervorgerufene Übelkeit durch eine ersetzt, die auf Angst und gespannte Erwartung zurückzuführen ist. Skyler hatte gesagt, ich solle um zwölf Uhr in der Galerie vorbeikommen. Jetzt ist es halb zwölf. Ich beschließe, zu Fuß zur Galerie zu gehen. Obwohl es immer noch kalt ist, hat sich der frühe Morgendunst verzogen und der Himmel über der Stadt erstrahlt in einem klaren, frischen Blau. Ich werfe einen letzten Blick zurück auf Alcatraz. Es funkelt fast im Sonnenlicht. Wie trügerisch doch der Augenschein sein kann.

Die Galerie sieht dunkel aus, als ich mich nähere, und für einen irrwitzigen Moment rede ich mir ein, Skyler hätte den Laden dichtgemacht, nur um mir aus dem Weg zu gehen. Ich stelle mir vor, wie sie sich hinter der Tür versteckt, bis ich gegangen bin, doch dann erscheint sie in der Tür und ihr feuerrotes Haar zieht mich an wie ein Leuchtfeuer. Als sie mich sieht, hüpft sie wie ein kleines Mädchen, das auf ihre beste Freundin wartet. Ich bin ziemlich gerührt.

»Juhu! Cara!«, ruft sie mir zu, obwohl ich immer noch nicht nah genug bin, um mit ihr zu reden.

Die Leute drehen sich um und schauen, was los ist, aber sie verlieren das Interesse, als sich kein Drama abspielt.

»Beeilen Sie sich!«, drängt sie, als ich näher komme. »Ich habe eine Nachricht für Sie.« Sie klingt wirklich aufgeregt und lächelt offen und breit. Ich widerstehe dem Drang zu rennen. Mein Herz schlägt mittlerweile so heftig, dass mir sogar das Atmen schwerfällt. Mir ist sehr schlecht und die Angst muss mir ins Gesicht geschrieben stehen.

»Keine Sorge«, beruhigt sie mich, als ich die Tür erreiche. »Ich habe gute Neuigkeiten!«

Ich starre sie nur an und warte darauf, dass sie mehr erzählt. Meine Sprechfähigkeit scheint mich verlassen zu haben. Mir steht der Mund offen und ich schnappe nach Luft.

»Also«, setzt Skyler an, hakt mich unter und führt mich in die Galerie. »Ich habe Ms Kemp gestern Ihren Brief zukommen lassen und hatte ihr zuvor eine E-Mail geschrieben, um sie vorzuwarnen. Hab irgendwie befürchtet, dass sie ihn ansonsten vielleicht ignoriert, und wollte ihr nicht nachlaufen, weil ich es dann vielleicht noch schlimmer gemacht hätte. Aber als ich heute Morgen herkam, war eine Antwort da. Sie schreibt, sie wolle Sie heute Abend treffen. Ich habe die Adresse. Warten Sie. Ach was! Hier. Lesen Sie selbst.«

Sie zieht mich zu einem Schreibtisch im hinteren Bereich der Galerie, erweckt den Laptop zum Leben und klickt eine E-Mail an, in der steht:

Habe Brief erhalten. Okay. 18.30 Uhr Capo's. U. Kemp.

Das ist sie also. Die allererste Mitteilung meiner Tante an mich. Bestehend aus sieben Wörtern. Ich schaue Skyler fragend an.

»Ihre E-Mails sehen immer so aus«, erklärt sie und rümpft ein wenig die kleine Nase. »Aber ist das nicht fabelhaft? Sie will sich mit Ihnen treffen. Ich freue mich so für Sie.«

Was hatte ich erwartet? Etwas Überschwänglicheres? Einen Hauch von Neugier vielleicht? Eine gänzliche Weigerung? Was auch immer es war, es ist nicht diese pauschale Anweisung, die sie auch gut einem widerspenstigen Angestellten hätte hinschmeißen können. Ich versuche, nicht beleidigt zu sein. Immerhin habe ich, was ich wollte – ein Treffen mit meiner Tante. Ich sollte eigentlich überglücklich sein, aber irgendwie bin ich es nicht. Meine Verwirrung muss man mir ansehen, denn Skyler legt mir den Arm um die Schultern. Instinktiv zucke ich bei diesem unerwarteten Vorstoß in meine Intimsphäre zusammen, aber dann bin ich froh, dass sie da ist und ich mit ihr reden kann. Plötzlich fühle ich mich sehr allein in dieser fremden Stadt.

»Keine Sorge, Schätzchen«, tröstet sie mich und reibt mir behutsam über den Oberarm. »Soziale Kompetenz ist nicht ihr Ding. Sie ist aus der Übung. Aber sie bellt nur laut und beißt nicht.«

»Sie sind ihr schon begegnet?« Ich greife nach jeder Information, die ich bekommen kann.

Eine hübsche Röte breitet sich auf Skylers Wangen aus.

»Ja. Sie kann ziemlich gesprächig sein, wenn sie in der richtigen Stimmung ist.«

Ich frage mich, was geschieht, wenn sie es nicht ist, aber im Moment gibt es keinen Grund, sich darüber Sorgen zu machen.

»Und was ist Capo's? Ein Club?«

Skyler lächelt mich nachsichtig an.

»Es ist ein Restaurant, ein italienisches. Eigentlich sehr beliebt. Ich bin überrascht, dass sie Sie dort treffen will. Immerhin wird sie da gesehen.«

»Vielleicht ist das der Plan«, grübele ich. »Sie trifft mich in der Öffentlichkeit, und wenn ich nicht alle Tassen im Schrank habe, kann sie mich ohne Probleme abschütteln.« Und ich nehme an, sage es aber nicht, dass es dort eine Menge Zeugen geben wird, falls ich versuchen sollte, eine ausgeschmückte Story an die Presse zu verkaufen. Schlaue Lady.

»Ist das einfach zu finden?« Skyler nickt. Sie fördert aus einer Schreibtischschublade einen Stadtplan zutage, sucht das Restaurant und zeigt es mir. Es ist nicht weit vom Hotel entfernt. Wahrscheinlich kann ich hinlaufen.

»Das ist nur eine kurze Taxifahrt«, erklärt Skyler. »Der Fahrer wird es kennen.« Dann legt sie den Kopf zur Seite und schaut mich durch ihren zerzausten Pony an.

»Kommen Sie morgen wieder vorbei und erzählen mir, wie Sie vorangekommen sind?«

Kurz denke ich darüber nach.

»Ja«, sage ich mit Bestimmtheit. »Das werde ich. Haben Sie vielen Dank für all Ihre Hilfe, Skyler. Und wenn ich morgen nicht vorbeikomme, dann wissen Sie, dass sie mich bei lebendigem Leibe verspeist hat.« Das war ein Witz, aber Skylers Gesichtsausdruck deutet an, dass das durchaus möglich wäre.

Jetzt muss ich noch sechs Stunden totschlagen. Es gibt Sehenswürdigkeiten, die ich mir anschauen könnte, aber ich beschließe, ins Hotel zurückzugehen und mich auszuruhen. Da ich nur sehr kurz hier bin, scheint es wenig Sinn zu machen, meine innere Uhr an die Ortszeit anzupassen. Doch als ich in mein Zimmer komme, ist das Summen in meinem Kopf zu laut, um einzuschlafen. Ich liege auf dem Bett und starre an die Decke. Im Nachbarzimmer gibt es eine Meinungsverschiedenheit und jemand spricht in gepresster, gedämpfter Tonlage, die sich aber genauso fortpflanzt, als würde er schreien. Ich wünschte, Beth wäre hier. Ich sehne mich nach jemandem, mit dem ich reden kann.

Meine Tasche liegt neben mir auf dem Bett. Ich greife hinein und ziehe mein Handy heraus. Dann suche ich Simeons Nummer, und noch bevor ich mich davon abbringen kann, tippe ich eine Nachricht.

Wegen letztens. Wir haben aneinander vorbeigeredet. Bin in San Fran. Tante wird mich später treffen. Scheine meine Nerven beim Transit verloren zu haben. x

Doch dann fällt mir ein, dass er meine Handynummer nicht hat und deshalb nicht wissen wird, von wem die Nachricht stammt. Also sende ich eine weitere.

Ich bin's. Cara x

Als mit einem Ping eine Antwort eintrifft, was sehr schnell geschieht, zucke ich zusammen.

Cara Liebenswert!! Du triffst Ursula? Glaubst du, sie ist ein furchteinflößender Gestaltwandler wie in »Die kleine Meerjungfrau«? S x

Er bringt mich zum Lachen. Er ist Tausende von Meilen entfernt und ich war regelrecht unverschämt zu ihm und hätte es verdient, wenn er niemals mehr etwas von mir hören wollte, und doch hat er sich gemeldet und bringt mich immer noch zum Lachen. Ich stelle mir Ursula, die Meereshexe, mit ihrer aufreizenden Grimasse und blauen Haut vor, aber dadurch habe ich auch nicht weniger Angst vor dem bevorstehenden Treffen. Ich erinnere mich an etwas, das ein Lehrer einmal vor einer Debattier-Stunde in der Schule zu mir sagte: »Wenn du nervös bist, stell dir das Publikum splitterfasernackt vor.« Ich bin nicht sicher, ob das wirklich hilft, aber dann fällt mir ein, dass ich Ursula gedanklich in die Disney-Meereshexe verwandeln kann, und das lässt mich wieder lächeln.

Schnell tippe ich eine Antwort.

Ich sollte für alle Fälle meinen Dreizack mitnehmen!

Anstatt mich auszuruhen, verbringe ich die nächsten Stunden damit, Nachrichten quer über den Atlantik zu senden und zu empfangen, und wundere mich die ganze Zeit, weshalb ich dieses alberne Chatspiel mitspiele, kann aber andererseits auch nicht damit aufhören.

Kapitel 37

Es ist sechs Uhr abends und ich bin bereit, das Hotel zu verlassen. Ich betrachte mich im Spiegel neben der Zimmertür. Die Beleuchtung im Hotel ist so schummrig, dass es schwer ist, eine richtige Vorstellung davon zu bekommen, wie ich aussehe, aber der vage Eindruck genügt. Zwischen zunehmend albernen Nachrichten an Simeon habe ich es geschafft zu duschen, meine Haare zu waschen und zu föhnen und mich ein wenig zu schminken. Im Kleiderschrank habe ich auf der Suche nach einem Föhn ein Reisebügeleisen gefunden und probiere, einige der tiefen Knitterfalten aus meiner Bluse zu entfernen. Ich bin nicht sicher, ob es einen großen Unterschied macht, aber damit überbrücke ich weitere fünfzehn Minuten endloser Wartezeit.

Zum wiederholten Male überprüfe ich den Weg zum Restaurant, obwohl ich die Strecke bereits im Kopf habe.

Ich brauche ungefähr zwanzig Minuten bis dorthin. Die Bürgersteige sind noch immer voller Menschen, aber ich muss nicht mehr um lästige Touristen herummanövrieren, die ein paar Schritte gehen und dann wieder stehen bleiben und etwas anstarren, sondern werde jetzt von Büroangestellten herumgeschubst, die nach Hause wollen. Gegen die Flut schwimmend, setze ich meinen Weg durch das Netz der Straßen zum

Restaurant fort. Als ich gut fünf Minuten davon entfernt bin, ertönt ein gigantischer Donnerschlag, und dann öffnet der Himmel seine Schleusen und riesige Regentropfen fallen so schnell, dass es schwer ist, durch den Wasservorhang etwas zu sehen. Ich trage eine Jacke, habe aber keinen Regenschirm und bin innerhalb von Minuten völlig durchnässt. Ich spüre, wie meine sorgsam geföhnten Haare am Kopf kleben, als hätte ich gerade geduscht.

Ich frage mich gerade, wie gut mein Make-up diesem Gewitter standhält, als ein Lastwagen zu nah an mir vorbeifährt, eine gerade gebildete Pfütze vom Straßenrand hochspritzt und mich mit eiskaltem Wasser übergießt. Zuerst bin ich so geschockt, dass mir die Worte fehlen und ich wie ein Fisch mit offenem Mund dastehe, aber als ich an mir herunterschaue und sehe, in welchem Zustand ich bin, gewinnt die Empörung die Oberhand und ich schreie dem Fahrer hinterher, der sich rasch entfernt und die Verwüstung gar nicht mitbekommt, die er hinterlassen hat. Ich schaue mich um und erwarte Mitleid von den anderen Fußgängern, aber es interessiert niemanden. Sie sind einfach nur froh, dass der Tsunami nicht sie getroffen hat. Ich versuche, den Schaden zu beheben, und das meiste Wasser lässt sich abwischen. Immerhin ist es auf meiner Jacke und nicht auf der Bluse gelandet, aber ich entdecke verräterische schwarze Spritzer auf der Hose. Dagegen kann ich nichts machen. Es ist zu spät, um ins Hotel zurückzugehen und mich umzuziehen. Ich kann das Risiko nicht eingehen, dass Ursula ungeduldig wird und das Restaurant verlässt, bevor ich zurück bin. Ich muss einfach dreist sein, direkt zur Damentoilette gehen, wenn ich ankomme, versuchen, das Beste für meine Haare unter dem Handtrockner herauszuholen und mein Make-up zu retten. So hatte ich mir das zwar nicht vorgestellt, aber es ist kein Weltuntergang.

Das Restaurant sehe ich vor mir, als ich um die nächste Ecke biege. Die Fassade ist in das Licht des roten Neonschildes getaucht und das Lokal sieht warm und einladend aus. Ich versuche hineinzuspähen, aber die Beleuchtung ist zu schummrig. Es bleibt mir nichts anderes übrig, als hineinzugehen. Mein Herz klopft so heftig, dass ich Mühe habe durchzuatmen. Ich wische ein letztes sinnloses Mal über meine verschmierte Wimperntusche und trete über die Türschwelle.

Sofort kommt ein Mann auf mich zu, der mich begrüßt. So viel zum Thema Schadensbegrenzung auf der Damentoilette.

»Hallo. Kann ich Ihnen helfen?«, fragt er.

»Ich treffe mich hier mit Ursula Kemp.«

Ich weiß nicht, ob sie bekannt ist oder ob es bei ihrem Namen klingelt, aber offensichtlich tut es das.

»Ah, Signora Kemp«, sagt er und hebt eine Augenbraue. »Sie ist bereits da. Bitte folgen Sie mir.«

Ohne Zeit zu haben, mein Aussehen zu überprüfen, schleppe ich mich hinter ihm her und versuche dabei, mein schlaffes Haar wiederzubeleben. Das Restaurant macht einen entspannten und einladenden Eindruck. Die Wände bestehen aus frei liegendem Mauerwerk und die Decke ist übersät mit Lichterketten. Obwohl es noch früh am Abend ist, sind die Tische bereits belegt mit Pärchen und plaudernden und lachenden Gruppen. Riesige Pizzas stehen bedenklich wackelnd auf Terracottaständern. Hier teilen die Gäste offensichtlich das Essen, was mich überrascht. Ich hätte Ursula nicht in diese Kategorie eingeordnet.

Auf der anderen Seite des Tresens gibt es zwei Nischen mit Bänken, die mit rot geknöpftem Leder gepolstert sind. Zu einer dieser Nischen werde ich gebracht.

»Da wären wir, Signorina«, sagt er.

Unter normalen Umständen hätte ich über dieses Gewäsch gespottet, aber ich habe andere Dinge im Kopf. Den Arm lässig auf den Tisch gelegt, sitzt meine Tante hinten in der Nische. Vor ihr stehen eine Weinflasche und ein halb leeres Glas.

Sie sieht älter aus, als ich sie mir vorgestellt habe. Ihre Haare sind weiß und raspelkurz geschnitten. So einen Haarschnitt könnte ich nicht tragen, aber er steht ihr. Sie hat ein hageres Gesicht mit tiefen Falten kreuz und quer. Eine verläuft gerade vom Haaransatz über die Stirn und sieht aus wie eine Narbe, die sie sich im Kampf zugezogen hat. Sie hat die runzeligen Lippen und faltigen Augen einer starken Raucherin und mustert mich von oben bis unten. Ohne nachzudenken, verschränke ich die Arme vor der Brust.

»Es regnet«, sage ich, denn ihr Starren bringt mich aus dem Konzept und ich habe das Gefühl, mein Erscheinungsbild erklären zu müssen.

»Das sehe ich.« Sie hat einen deutlichen East Londoner Akzent und fast nichts deutet darauf hin, dass sie hier schon seit dreißig Jahren lebt.

»Bring uns noch eine, Enzo«, weist sie mit einer Kopfbewegung zur Flasche den Kellner an und ich frage mich wirklich, wie lange sie schon hier ist. Der Kellner nickt und eilt davon. Ich stehe in meinem zerzausten Zustand da und starre meine neue Tante an. »Gaff mich nicht so an«, poltert sie in fast aggressivem Tonfall. »Und setz dich Herrgott noch mal hin. Du ziehst die Aufmerksamkeit auf mich.«

Ich komme aus einem tranceähnlichen Zustand zu mir und schiebe mich auf die Bank ihr gegenüber. Der aggressive Tonfall ist verschwunden, als sie wieder das Wort an mich richtet, aber es ist keine Wärme in ihrer Stimme.

»Da schau an«, sagt sie und trinkt einen Schluck Wein. »Annies kleines Baby ganz erwachsen.«

Ich habe das Gefühl, als hätte ich einen Knebel im Mund, aber auch, wenn ich sprechen könnte, fiele mir nichts Vernünftiges ein. Deshalb schweige ich. Ich wünschte, der

Kellner würde sich mit einem Getränk für mich beeilen, damit meine Hände etwas haben, an dem sie sich festhalten können.

»Warum bist du hier, Cara? Was willst du von mir?« Ihre Unverblümtheit ist für meinen Zustand der Erstarrung nicht gerade hilfreich, aber ich weiß, dass ich bald etwas sagen muss, sonst hält sie mich für einen Trottel.

»Hallo Tante Ursula«, bringe ich schließlich zustande.

»Das lassen wir mal schön«, sagt sie. »Ich mag zwar durch Geburt deine Tante sein, aber ich beanspruche diesen Titel nicht. Nenn mich einfach Ursula.«

Enzo bringt die Flasche, die er vor uns öffnet, und dann gießt er ein, ohne darauf zu warten, dass wir den Wein probieren. Für mich ist das okay. Mir ist egal, was ich trinke. Hauptsache irgendetwas. Ich hebe das Glas und führe es an die Lippen.

»Was denn? Kein Trinkspruch?«, fragt Ursula. »Wie wäre es mit: Auf nicht anwesende Freunde?« Sie schwenkt ihr Glas in meine Richtung, aber ich reagiere nicht. Ich glaube, ich werde Ursula Kemp nicht mögen.

»Also«, beginne ich, »wie ich schon in meinem Brief geschrieben habe, möchte ich dich einiges über meine Mutter, Anne, fragen.«

»Die süße kleine Annie«, sagt sie mit einem kalten Unterton, den ich nicht ganz einzuordnen weiß. Es ist nicht direkt Bosheit, aber von Innigkeit auch weit entfernt.

Das verläuft überhaupt nicht nach Plan. Ich hatte gehofft, dass sie sich freuen würde, mich, ihre lange verschollene Nichte, zu sehen, aber solche warmen Gefühle gibt es hier nicht. Ihre Feindseligkeit steht zwischen uns wie Gitterstäbe in einem Gefängnis. Es bleibt mir nichts anderes übrig, als genauso unverblümt und direkt zu sein wie sie, wenn ich haben will, wofür ich hergekommen bin. Ich beginne, mich mutiger zu fühlen, und habe das Gefühl, es hinzubekommen. Wenn sie Kälte und Distanziertheit will, dann bekommt sie sie.

Ich will gerade loslegen, da bringt Enzo die Speisekarten. Ursula scheucht ihn wie eine lästige Fliege mit einer Handbewegung davon. Sie ist nur erpicht darauf zu trinken, aber ich habe Hunger und nehme die Karte dankend entgegen. Dann bestelle ich einen Krug Wasser und die kleinste Margherita, die sie anbieten, die aber für zwei bis drei Personen reicht. Ich glaube, Ursula beobachtet mich, aber ihre Augen sind so zusammengekniffen, dass es schwer zu sagen ist, ob sie überhaupt etwas sieht.

»Also«, setzt sie an, als Enzo erneut den Rückzug angetreten hat. Ihre Stimme trieft vor Gleichgültigkeit. »Ich frage dich jetzt noch einmal. Was genau willst du wissen?« Sie verweilt bei dem Wort *genau* und verleiht ihm Wichtigkeit, indem sie jede einzelne Silbe deutlich ausspricht. Ich hebe mein Glas, allerdings mehr, um mir eine Atempause zu verschaffen. Das Zittern meiner Hand verursacht auf der Oberfläche des Weins kleine rote Kräuselwellen, aber falls es Ursula auffällt, zieht sie es vor, keinen Kommentar darüber abzugeben.

»Bis vor ganz Kurzem dachte ich, meine Mutter sei gestorben, als ich zwei war, aber jetzt denke ich, dass sie vielleicht noch lebt. Ich habe mich gefragt, ob du etwas Licht in dieses Dunkel bringen kannst.« Mein Tonfall ist ruhig und sachlich, als hätte ich nichts in das investiert, was sie mir vielleicht erzählen kann.

»Hat er endlich Gewissensbisse bekommen?«, fragt sie.

»Wer?«

»Dieser arrogante, dermaßen von sich überzeugte Idiot, der sich dein Vater nennt.«

Das haut mich um. Ich möchte dazwischengehen und Dad verteidigen, aber mir ist klar, dass Ursula noch höhere Barrieren zwischen uns errichtet, wenn ich das tue.

»Du meinst, dass Dad mir etwas erzählt hat?« Ich lasse meine Stimme so tonlos wie möglich klingen. »Nein, hat er nicht. Ich habe etwas gefunden, das Fragen aufwirft.«

»Und er wollte sie nicht beantworten, also bist du den ganzen Weg hierhergeflogen, um mich damit wie ein verzogenes Kind zu belästigen?«

»Nein«, entgegne ich und bin von ihrer Anschuldigung getroffen. »Ich habe mit Dad überhaupt nicht darüber gesprochen.«

»Du hättest dir das Flugticket und mir die Mühe ersparen können. Oder spielt er immer noch den selbstgerechten Trottel und erzählt seine kleinen Lügen?«

»Ich kann ihn nicht fragen. Es geht ihm nicht gut. Er hat Alzheimer. Er weiß kaum, wer er selbst ist, ganz zu schweigen davon, dass er Fragen zu etwas beantworten könnte, das vor dreißig Jahren geschehen ist.«

Ursula nimmt ihr Glas und lässt den Wein darin kreisen, bevor sie den gesamten Inhalt in einem Zug in sich hineinschüttet.

»Oh, tut mir leid, das zu hören«, sagt sie, obwohl sie keineswegs danach klingt. »Hätte keinen Besseren treffen können. Er ist also völlig verblödet?«

Das bringt mich dermaßen in Rage, dass ich nicht anders kann.

»Sprich nicht so über ihn!«, blaffe ich sie an. »Es geht ihm wirklich nicht gut.«

»Ooh«, kontert sie. »Du ergreifst aber schnell seine Partei. Mich überrascht das. Wirklich. Unter den gegebenen Umständen.« Sie genießt offensichtlich dieses Katz-und-Maus-Spiel, aber mich macht es zunehmend wütend.

»Hör mal«, presse ich zwischen zusammengebissenen Zähnen hervor, um nicht aufzubrausen. »Ich bin den langen Weg hergekommen, um mich mit dir zu treffen, und du warst einverstanden. Niemand hat dich gezwungen zu kommen. Wenn du mir nichts Konstruktives zu erzählen hast, dann kann ich auch gehen und das abhaken. Aber ich habe nicht vor, hier zu sitzen und Gegenstand deiner traurigen, kleinen Psychospiele zu sein.«

Noch bevor ich die Worte ausgesprochen habe, weiß ich, dass ich es vermasselt habe. Ursula sammelt ihre Sachen zusammen und steht leicht schwankend auf.

»Dann haben wir uns nichts weiter zu sagen«, blafft sie mich an. Sie öffnet ihre Tasche, wirft einen Fünfzig-Dollar-Schein auf den Tisch und stürmt auf die Tür zu. Die Köpfe, die sich alle in ihre Richtung drehen, nimmt sie gar nicht wahr.

Ich sitze einfach da und bin unfähig zu begreifen, was sich gerade abgespielt hat. Und dann kommt die zum Teilen gedachte Pizza. Enzo schaut auf den leeren Platz.

»Sie musste gehen«, sage ich.

Er zuckt mit den Schultern, als müsse man immer mit Kunden rechnen, die aus dem Lokal stürmen, bevor das Essen serviert wird.

»Guten Appetit«, wünscht er mir und lässt mich allein.

Ich habe überhaupt keinen Hunger mehr. Der bloße Geruch der Pizza verursacht mir Übelkeit. Ich schiebe sie weg und greife stattdessen nach meinem Glas.

Kapitel 38

Um zwanzig Uhr bin ich zurück im Hotel und nichts hat sich geändert. In der Lobby wimmelt es noch immer von ankommenden und abreisenden Gästen. Kofferrollen holpern über den gefliesten Boden und der Portier ruft vorbeifahrenden Taxis hinterher. Gäste drängen sich in den Ecken und nutzen das freie WLAN. Ihre Gesichter werden vom gespenstisch blauen Licht ihrer Bildschirme beschienen. Für sie ist es nur irgendein Abend auf ihrer Reise. Für mich ist gerade eine Welt zusammengebrochen.

Ich überlege, ob ich nicht direkt in die Bar gehen und ein paar schnelle Gin Tonics hinunterkippen sollte, um meine Gefühle zu betäuben. Aber ich will nicht unter Leuten sein und das Risiko eingehen, dass jemand ein Gespräch mit mir anfangen will.

Also biege ich links ab und gehe zu den Fahrstühlen. Einer kommt gerade an und ich springe hinein und drücke die Tür-schließen-Taste so schnell ich kann, damit niemand mehr einsteigt. Als sich der Fahrstuhl in Bewegung setzt, tut das auch der Knoten in meinem Hals. Tränen brennen mir in den Augen. Ich beiße mir auf die Zunge, bis es wehtut, um mich vom Schmerz in meinem Herzen abzulenken. Als ich auf meiner Etage ankomme, habe ich den scharfen, metallischen Geschmack von Blut im Mund.

Ich wühle nach meiner Schlüsselkarte, als ich den Flur entlanggehe, um wertvolle Sekunden zu sparen, wenn ich vor meiner Tür ankomme. Ich schließe auf, gehe hinein und stoße die Tür zu, als wäre jemand hinter mir her. Doch dann geben meine Beine nach und ich sacke auf den überall im Hotel verlegten Teppichboden. Ich versuche nicht einmal, die Tränen zurückzuhalten, und weine, bis sich der Rotz mit den Tränen mischt und sich wie eine schleimige Schneckenspur über mein Kinn zieht.

Nach einer Weile versiegen die Tränen und trocknen auf den Wangen. Mit dem Rücken an der Tür sitze ich eine Weile da und umklammere meine Tasche wie einen Teddybär. Ich sehe keinen Sinn darin, aufzustehen und mich zum Bett zu schleppen. Ich bin völlig erschöpft.

In den nächsten ein oder zwei Stunden bin ich von meinen wirren Gefühlen hin- und hergerissen. Zuerst überkommt mich Verlegenheit und Beschämung, dass ich es fertiggebracht habe, mit meiner nahezu einzigen lebenden Verwandten einen Streit vom Zaun zu brechen, und dann auch noch auf solch eine zerstörerische Art und Weise. Musste ich so unverschämt zu ihr sein? Ich rufe mir die Unterhaltung noch einmal ins Gedächtnis, um zu prüfen, ob es andere Wege gegeben hätte, mit ihrer Feindseligkeit umzugehen. Normalerweise bin ich ruhig und nicht schnell verärgert und meine emotionale Reaktion auf Situationen ist in sicheren Tiefen vergraben, wo sie niemanden verletzen kann. Was mich provoziert hatte, waren die gemeinen Dinge, die sie über Dad gesagt hat. Auch nach allem, was er getan hat, ist meine gefühlsmäßige Reaktion immer noch, mich auf seine Seite zu stellen, wenn es darauf ankommt. Ursula weiß garantiert etwas. Nicht, dass das noch etwas ausmachen würde, denn sie wird es mir jetzt sowieso nicht mehr erzählen.

Dann überkommt mich Wut auf sie. Wer zum Teufel glaubt sie zu sein? Erst ist sie damit einverstanden, ihre lang verschollene Nichte zu treffen, taucht dann halb betrunken auf, schreit in der Öffentlichkeit herum und ist unverzeihlich wüst. Es ist egal, wie abgeschieden man lebt, aber für Unhöflichkeit, besonders einer Fremden gegenüber, die ich ja tatsächlich für sie bin, gibt es keine Entschuldigung.

Diese Wut reicht aus, um mich aus meiner Krise zu reißen. Ich gehe zum Fenster und schaue auf die Lichter in den Straßen unter mir. In dieser Phase meiner Gefühlsreise falle ich beinahe über die Minibar her, doch dann sehe ich ein, dass mir ein oder zwei weitere Drinks bei meinem Denkprozess nicht helfen werden. Und nachdenken muss ich sehr sorgfältig über das Geschehene.

Als die Wut verflogen ist, bin ich nur noch traurig. Unglaublich und unbeschreiblich traurig. Ich trauere um eine verpasste Chance. Ich hätte nicht nur etwas über meine Mutter herausfinden können, sondern auch meine Tante kennengelernt, mit der ich vielleicht trotz all ihrer unberechenbaren Persönlichkeit ausgekommen wäre. Ein unkluger Wortwechsel und alles ist verloren. Bei diesem Gedanken breche ich erneut in Tränen aus.

Ich rolle mich im Bett zusammen und ziehe nicht einmal die Vorhänge zu, um den neonartigen Schein des Himmels auszusperren. Eigentlich sollte ich mich ausziehen und versuchen zu schlafen, doch ich liege hier, vergrabe die Fingernägel in der Haut meiner lädierten Hand und ziehe kleine rote Furchen zwischen die silbrig weißen.

Dann summt mein Handy. Ohne großes Interesse werfe ich einen flüchtigen Blick darauf. In England ist es früh am Morgen und wer würde mich schon um diese Uhrzeit kontaktieren? Wenn es ein Problem mit Dad gäbe, würde mich Mrs P anrufen und mir keine Textnachricht schicken. Es wird garantiert irgendeine ärgerliche Werbenachricht sein.

Es ist Simeon.

Ich rolle mich schnell herum und lese die Nachricht. Sie ist kurz und süß.

Wie war's?

Der Gute. Weshalb ist er um diese Uhrzeit schon wach? Es muss zu Hause ungefähr fünf Uhr sein. Plötzlich wünsche ich mir von ganzem Herzen, er wäre hier bei mir und könnte mir sagen, dass alles okay ist, dass es egal ist, dass meine Tante eine fiese, verbitterte, übergeschnappte, trinkende alte Hexe ist, und mich dann festhalten, während ich immer wieder alles aus mir herausweine. Dann könnte er mit mir zur Golden Gate Bridge fahren, um den Sonnenaufgang zu erleben, und danach gingen wir in ein nettes kleines Café, um zu frühstücken. Wenn er hier wäre, könnte er mich in seinen Armen beschützen und gegen alles Unheil abschirmen, und ich würde mich in einem Land, in dem ich niemanden kenne, nicht mehr so isoliert und eingeschüchtert fühlen. Er würde meinem Weinen und meinen Wutausbrüchen über die ganze Ungerechtigkeit zuhören und dann könnten wir lange und zärtlich miteinander schlafen, bis wir beide sicher und beschützt in den Armen des anderen einschlafen würden.

Aber ein solches Szenario kommt in meinem Leben nicht vor. Ich schreibe eine ähnlich kurze Nachricht an ihn zurück.

Danke. Gut.

Kapitel 39

Annie, 1986

»Hast du diese Woche schon das Kindergeld abgeholt?«, fragt Joe und Annie spürt, wie ihr bang ums Herz wird. Das wollte sie eigentlich gestern auf dem Rückweg vom Supermarkt erledigen, aber dann hatte es in Strömen gegossen und sie konnte das Regenverdeck nicht über den Buggy bekommen. Innerhalb von Minuten war sie bis auf die Haut durchgeweicht und mit Cara zurückgerannt. Sie hatte vorgehabt, das Geld zu holen, wenn das Wetter aufklarte.

»Nein, tut mir leid«, sagt sie. »Ich hab's vergessen. Ich werde es am Montag holen.«

Joe schaut von seiner Zeitung auf.

»Das ist aber nicht gut.« Er lächelt sie an.

Es ist das Lächeln, das er sich für die Gelegenheiten aufhebt, in denen er sie für besonders hoffnungslos hält, das, bei dem sie sich wie ein dummes Kind fühlt.

»Ich brauche das Geld heute. Kannst du nicht schnell hinrennen und es holen?«

Annie schaut auf die Uhr. Es ist Viertel vor zwölf. Das Postamt schließt um zwölf Uhr. Bis sie den Kindern Jacke und

Schuhe angezogen und Cara überredet hat, in den Buggy zu steigen, ist die Post geschlossen.

»Na ja«, sagt sie und kaut dabei auf dem Daumen. »Wenn du ein paar Minuten auf die Kinder aufpasst, könnte ich hinrennen und es gerade noch schaffen, bevor sie schließen.«

Die Kinder sind glücklich. Michael schaut einen Zeichentrickfilm im Fernsehen und Cara sitzt in ihrem Laufstall und steckt Formen in einen hölzernen Würfel.

»Gut«, sagt Joe. »Du holst das Geld und wenn du zurück bist, kannst du mit dem Mittagessen weitermachen.«

Annie nimmt ihre Tasche, schlüpft in den Mantel, gibt jedem Kind einen Kuss auf den Kopf und verlässt das Haus.

Draußen ist herrliches Wetter. Die Sonne steht hoch am Himmel und das Licht schimmert golden und voller Versprechungen. Kinder fahren mit Fahrrädern umher oder spielen Fußball auf der Straße. Eine Gruppe von Teenagern hängt an der Straßenecke herum und hört Grace Jones zu, die aus einem riesigen Kassettenrekorder dröhnt. Annie senkt den Kopf, als sie sich vorbeizwängt, und eilt weiter zum Postamt. Ihre Uhr zeigt elf Uhr fünfundfünfzig, als sie dort ankommt und sich erleichtert in die kurze Schlange einreiht.

Augenblicke später kommt hinter ihr noch jemand herein. Annie riecht diejenige, bevor sie sie sieht. Es ist der berauschende blumige Duft von Giorgio Beverly Hills. Annie erkennt ihn, weil Babs eine Flasche zu Weihnachten bekommen hatte und das Parfüm jeden Tag benutzte, bis es aufgebraucht war. Die Schlange bewegt sich um eine Person nach vorne.

»Annie, bist du das?«, fragt die Person mit dem Parfüm.

Annie dreht sich um.

»Dachte ich es mir doch. Annie Kemp. Wie zum Teufel geht es dir? Du siehst gut aus. Was hast du denn die ganze Zeit getrieben?«

Die Frau ergreift Annies linke Hand, bewundert den Ring und lässt die Hand wieder los.

»Bist also in den Hafen der Ehe eingelaufen, wie ich sehe. Schade. Die Besten werden zu früh weggeschnappt.«

Annie würde diese Frau überall wiedererkennen, obwohl sie noch ein junges Mädchen war, als sie sich das letzte Mal trafen. Sie war eine Freundin von Katrina, Annies ehemaliger Arbeitskollegin bei Selfridges, und sie waren abends oft zusammen weggegangen, bevor Annie Joe geheiratet hatte. Schon damals war sie faszinierend gewesen und hatte sich von den anderen abgehoben. Annie erinnert sich an Plateaustiefel, die höher, Schlaghosen, die weiter, und Make-ups, die gewagter waren als bei all den anderen um sie herum.

»Tilly!«, ruft Annie und lächelt die Frau breit an, die ihr ebenfalls ein Lächeln schenkt.

»Du sagst es!«

»Hallo. Ist schon so lange her. Du hast dich nicht verändert.«

Und das stimmt. Langes dunkles Haar, das in scharfem Kontrast zu ihrer hellen Haut steht, dunkles Make-up und viel Schmuck.

»Was machst du hier?«, fragt Annie.

»Ich war gerade mit einem Taxi auf dem Rückweg von der Ablieferung eines Vertrags. Da habe ich das Postamt gesehen und mich erinnert, dass ich die Geburtstagskarte an meine Mutter noch nicht abgeschickt habe. Böses Mädchen!« Sie schlägt sich selbst spielerisch aufs Handgelenk. Dort hat sie eine Tätowierung. Als Annie sie entdeckt, ist sie zuerst schockiert, doch dann begeistert, weil Tilly sich so etwas traut. Es ist ein Einhorn, das kunstvoll auf ihren Unterarm tätowiert ist. Nach Annies beschränktem Erfahrungsschatz haben nur Matrosen und Prostituierte Tätowierungen. Und Tilly. »Sie wird jetzt wahrscheinlich sowieso nicht mehr rechtzeitig ankommen, aber immerhin sieht sie den Poststempel und weiß, dass ich es versucht habe. Lass uns doch zusammen etwas trinken gehen«, schlägt sie vor. »Es gibt doch sicher viel zu erzählen.«

Annie wird es schwer ums Herz. »Oh, ich kann nicht. Ich bin nur ganz kurz von zu Hause weg. Joe hat die Kinder und ich muss noch Essen kochen.«

»Wer sagt das? Joe kann sich doch bestimmt sein eigenes Mittagessen kochen und die Kinder sind auch seine. Sind sie doch, oder?«, fügt sie hinzu und in ihren Augen funkelt der Schalk. »Er kann auf sie aufpassen, während du schnell mit einer alten Freundin etwas trinken gehst. Komm schon.«

»Der Nächste.«

Der Mann am Schalter ruft sie auf und Annie wühlt in ihrer Tasche nach dem Kindergeldheft.

»Na ja … ich weiß nicht«, sagt sie.

»Der Nächste!«, ruft der Mann erneut.

Annie wartet vor der Post und hat das Kindergeld außer Sicht sorgsam in ihr Portemonnaie gesteckt. Sekunden später springt Tilly auf die Straße, greift nach Annies Arm und zieht sie auf dem Bürgersteig mit sich.

»Komm schon. Nur ganz kurz. Ein Nein akzeptiere ich nicht.«

Und das wird sie auch nicht. Annie sieht das und was macht es schon aus? Sie kann schnell mit Tilly etwas trinken gehen und dann nach Hause laufen. Sie könnte Joe erzählen, dass sie noch ein paar Sachen fürs Essen einkaufen musste. Er wird vielleicht noch nicht einmal merken, wie lange sie weg war. Ihr rutscht das Herz in die Hose, als sie zu entscheiden versucht, was sie tun soll, aber gleichzeitig spürt sie auch einen winzigen Funken Rebellion in sich.

»Was ist das Schlimmste, das passieren kann?«, fragt Tilly. Sie lacht und Annie erinnert sich, weshalb sie sie so gern mochte, als Katrina sie miteinander bekannt machte. Also entschließt sie sich, mitzugehen, und fühlt sich sofort durch ihre Entscheidung befreit.

»Arbeitest du immer noch bei Selfridges?«, fragt sie und lässt sich statt nach Hause in die entgegengesetzte Richtung treiben.

»Um Gottes willen, nein! Da habe ich nur als Studentin gearbeitet, um die Eltern glücklich zu machen. Ich arbeite jetzt bei der BBC im Rechercheteam von *Wogan.*«

Annie schnappt nach Luft.

»Wirklich? Triffst du da alle Stars? Kennst du Terry Wogan?«

Tilly winkt ab. »Ja, aber die meisten von ihnen will man eigentlich gar nicht kennen. Außer Terry. Der ist ein wahrer Gentleman.«

Sie kommen zu einem Pub, *The Coach and Horses.* Tilly stößt die Tür auf. Annie zögert einen Moment, folgt ihr dann jedoch.

Drinnen ist es nach dem grellen Sonnenschein draußen sehr dunkel und Annies Augen haben Mühe, sich an die Dunkelheit zu gewöhnen.

»Was möchtest du?«, fragt Tilly. »Das geht auf meine Rechnung.«

Annie zögert. Etwas mit Alkohol kann sie nicht nehmen. Das würde Joe riechen. Sie fragt sich bereits, wie sie den Zigarettenrauch in ihrer Kleidung erklären kann.

»Ich nehme nur eine Limonade«, sagt sie.

Tilly verzieht das Gesicht und spottet: »Das ist doch nicht dein Ernst!«

»Doch. Ich habe noch einiges zu tun und kann nicht lange bleiben.«

»Na gut.« Tilly kommt wenige Augenblicke später mit einem Glas Limonade und etwas in einem hohen Longdrinkglas zurück. »So«, sagt sie, stellt die Gläser ab und rutscht auf den Hocker. »Jetzt erzähl mir alles.«

Von Tilly geht noch immer eine Energie aus wie damals, als Annie sie durch Katrina kennenlernte. Es ähnelt statischer Elektrizität und Annie stellt sich vor, wie Funken sprühen werden, wenn sie Tilly berührt.

»Da gibt es nicht viel zu erzählen. Ich habe Joe geheiratet. Erinnerst du dich an ihn?«

Tilly nickt anerkennend. »Schön.«

»Und wir haben zwei Kinder. Michael ist sechs und Cara zwei.«

Tilly gähnt theatralisch. »You've done too much much too young«, singt sie den Song der Gruppe The Specials an. »Kinder. Wirklich? Tut mir leid, aber ich bin in absehbarer Zeit nicht bereit, solide zu werden. Zuerst muss ich das Leben genießen, will noch mehr reisen und werde durch die Arbeit zu tollen Partys eingeladen, weißt du?«

Annie nickt zwar, kann sich aber nicht vorstellen, wie Tillys Leben aussieht. Während Tilly weiterplaudert, Filmstars und Musiker erwähnt, als seien es Leute, die sie aus der Schule kennt, hört Annie zu und versucht zu vermeiden, dass ihr vor Staunen der Mund weit offen steht. Allerdings gibt Tilly mit den ganzen Berühmtheiten nicht an. Es sieht eher so aus, als seien die Reichen und Berühmten so sehr Teil ihres Lebensstils geworden, dass sie vergessen hat, dass das nicht bei jedem so ist. Annie versucht alles in sich aufzunehmen, als sei es nichts Ungewöhnliches, dass der Name Tina Turner in einer Unterhaltung fällt, aber innerlich sprüht sie vor nachempfundener Begeisterung.

»Und was ist mit dir?«, fragt Tilly nach einer Weile. »Triffst du dich noch mit Katrina und der alten Truppe?«

Annie schüttelt den Kopf. Wie kann sie erklären, dass sie sich mit niemandem mehr trifft, ohne dass ihr Leben dann neben Tillys glamourösem einen furchtbar langweiligen Eindruck macht? »Nein. Wir haben nach meiner Hochzeit irgendwie den Kontakt verloren. Ich habe eigentlich nicht mehr viel Zeit, mich mit Leuten zu treffen, nicht mit den Kindern und allem.«

Sie ist so stolz auf ihre hübschen Kinder, aber jetzt, beim Gespräch mit Tilly, kann sie bereits sehen, dass ihre alte Freundin die von ihr getroffene Wahl nicht versteht, denkt, dass sie ihre Möglichkeiten vertan hat und zu schnell erwachsen geworden ist. Als sie an ihre Kinder denkt, wird Annie mit einem Ruck bewusst, dass sie schon viel länger fort ist, als sie gesagt hat, und sie wirft sogleich einen Blick auf ihre Uhr. Es ist fast ein Uhr. Sie muss gehen. Und zwar jetzt sofort.

Sie steht so schnell auf, dass der Hocker hinter ihr klappernd umfällt und jeder sie anstarrt. Als sie sich verlegen bückt, um ihn wieder aufzustellen, salutiert Tilly, um die Aufmerksamkeit der anderen zu würdigen.

»Ich muss gehen.« Annie drückt ihre Tasche an sich. »Joe wird sich fragen, wo ich bleibe. Danke für die Einladung.«

»Kein Problem«, sagt Tilly und Annie fällt auf, dass sie nicht versucht, sie zum Bleiben zu überreden. Doch dann fügt sie an: »Lass uns das noch mal irgendwann wiederholen.«

Annie nimmt an, dass sie nur höflich ist, aber Tilly wühlt in ihrer Tasche herum und zieht eine Visitenkarte heraus, die sie Annie reicht. »Ruf mich an«, sagt sie und tut so, als hielte sie sich einen Telefonhörer ans Ohr. »Es ist mir ernst damit.« Sie fixiert Annie mit ihren dunklen Augen. »Ruf mich an.«

Annie verabschiedet sich und eilt auf die Straße hinaus, wo sich ihre Augen wieder umgewöhnen müssen, als sie still von einer Welt in die andere schlüpft. Doch dann überkommt sie Angst und sie rennt fast zurück nach Hause und überlegt sich auf dem Weg Entschuldigungen für ihr Zuspätkommen.

Vor der Tür streicht sie die Haare glatt und versucht, wieder zu Atem zu kommen. Dann steckt sie den Schlüssel ins Schloss und geht hinein.

»Ich bin zurück!«, ruft sie mit gekünstelt heiterer Stimme.

Niemand erwidert etwas. Joe muss wütend auf sie sein. Er wartet nur darauf, dass sie auftaucht, und dann wird sie wegen ihrer Verspätung etwas zu hören bekommen. Sie macht sich darauf gefasst und stößt die Tür zum Wohnzimmer auf.

Michael sitzt noch immer am selben Platz vor dem Fernseher.

»Hallo Mummy«, sagt er, ohne seinen Blick vom Bildschirm abzuwenden.

Annie schaut zu Caras Laufstall, aber der ist leer. Panik erfasst sie und sie sucht das Zimmer ab. Ihr kleines Mädchen liegt an Joes Brust gekuschelt mit ihm auf dem Sofa. Sie schlafen beide tief und fest.

Kapitel 40

Cara, 2018

Meine innere Uhr muss sich angepasst haben oder ich war einfach nur erschöpft, denn als ich meinen Kopf zu den Neonzahlen auf dem Radiowecker drehe, ist es schon deutlich nach neun Uhr. Noch bevor ich in den Spiegel schaue, weiß ich, dass meine Augen furchtbar aussehen. Die sie umgebende Haut fühlt sich anders an als sonst, so stramm von der Schwellung, die die Tränen hinterlassen haben. Heute Morgen brauche ich eine Sonnenbrille, denke ich. Nicht, dass das etwas ausmachen würde, denn keiner, den ich kenne, wird mich in diesem Zustand sehen. Keiner hier kennt mich oder interessiert sich dafür, weshalb ich mit geschwollenen Augen eingeschlafen bin.

Keiner außer Skyler. Als ich an sie denke, überkommt mich ein Schuldgefühl. Ich stelle mir vor, wie sie im Schneidersitz in der dunklen Galerie an ihrem aufgeräumten Schreibtisch sitzt und auf Neuigkeiten vom großen Wiedersehenstreffen mit der introvertierten Ursula Kemp wartet. Tolles Wiedersehenstreffen! Kurz kämpfe ich mit meinem Gewissen. Ich sollte ihr wirklich Bericht erstatten und sie wissen lassen, dass das Treffen kein durchschlagender Erfolg gewesen ist. Das ist angesichts der Rolle, die sie eigentlich bei der Planung gespielt hat, das Mindeste, was ich tun kann. Im Augenblick kann ich mich aber noch nicht mit der Idee anfreunden, ihr alles zu erzählen und meine eigene Rolle in der schäbigen kleinen Geschichte zu erklären. Also verdränge ich Skyler aus meinem Kopf.

Gedanken an sie werden durch quälenden Hunger ersetzt, als ich mich daran erinnere, aus Gründen, mit denen ich mich nicht näher befassen möchte, gestern Abend nichts gegessen zu haben. Die Vorstellung von Frühstück reicht aus, um mich aus dem Bett zu treiben und unter die Dusche, wo ich in einem Versuch, meine Augen mit dem Dampf zu beruhigen, länger zubringe als zu Hause, wo Dad das Wasser bezahlt. Fast hätte ich das Klingeln des Telefons nicht gehört, und auch als der ungewohnte Ton durch den wogenden Dampf zu mir dringt, brauche ich eine Weile, bis mir klar wird, was es ist. Ich greife nach einem Handtuch und nehme auf den Teppich tropfend den Hörer ab.

»Hallo?«, melde ich mich.

»Miss Ferensby?«

»Ja.«

»Hier an der Rezeption wartet eine Dame auf Sie. Sie sagt, sie sei Ihre Tante. Soll ich sie bitten, Platz zu nehmen?«

Ich sage nichts, als ich zu verarbeiten versuche, was ich da gerade gehört habe. Ich frage mich, wie Ursula mich gefunden hat, bis ich mich erinnere, dass ich das Hotel in meinem Brief genannt habe. Dann frage ich mich, was sie will. Da ich eine lange Pause einlege, fragt der Rezeptionist am anderen Ende der Leitung, ob ich noch da bin.

»Tut mir leid. Ja. Könnten Sie sie bitten zu warten, und ich komme so schnell wie möglich runter«, bringe ich schließlich zustande.

Ich beende das Gespräch und starre auf das Mobilteil. Meine Füße hinterlassen feuchte Abdrücke auf dem Teppichboden. Was ist das? Ist sie zur zweiten Runde zurückgekommen? Zunächst lässt mich meine immer noch ungezügelte Wut denken, dass sie pfeifen kann, so viel sie will. Es würde ihr wahrscheinlich recht geschehen, wenn ich durch den Hintereingang verschwände und sie hier vor Wut kochend sitzen ließe, aber ich weiß, dass ich mit ihr reden muss, wenn ich je herausfinden will, was mit meiner Mutter passiert ist. Mit klopfendem Herzen trotte ich ins Badezimmer zurück und mache mich fertig.

Zehn Minuten später bin ich im Fahrstuhl auf dem Weg zur Rezeption. Meine Haare sind wie gestern Abend nass, aber dieses Mal ist es mir egal, wie ich aussehe. Ursula ist nicht mehr der Mühe wert.

Als ich die Lobby erreiche, zögere ich ein wenig und schaue mich nach ihr um. Zunächst kann ich sie nirgends sehen, doch dann entdecke ich sie halb verdeckt hinter einer eingetopften Palme. Sie zerrt mit den Zähnen an der Haut um ihren Daumennagel und beißt die Niednägel ab. Ich beobachte sie einen Moment und genieße die Tatsache, dass sie meine Anwesenheit nicht bemerkt. Während ich sie anschaue, frage ich mich, ob ich etwas von mir an ihr entdecke; vielleicht die Neigung der Schultern oder die Form des Kinns. Wir sind uns offensichtlich nicht ähnlich. Ich bilde mir eine Ähnlichkeit wahrscheinlich nur ein, weil ich halb hoffe, etwas Vertrautes zu erkennen, wenn ich sie anschaue. Vielleicht sieht sie aus wie ihre Schwester? Könnte ich das Gesicht meiner Mutter sehen, das mich aus den schroffen Gesichtszügen meiner Tante anstarrt, wenn ich wüsste, wonach ich suchen muss?

Sie muss spüren, dass ich sie anstarre, denn sie hebt den Blick in meine Richtung und entdeckt mich. Für einen Augenblick bewegt sich keine von uns. Wir starren uns bloß an. Ich bin mir meiner geschwollenen Augen mehr als bewusst, aber als ich in ihre schaue, sehe ich, dass sie wahrscheinlich ebenfalls mindestens einen Teil der vorherigen Nacht damit verbracht hat zu weinen. Ist ihr unangekündigtes Auftauchen also eine Art Wiedergutmachung?

Dann hebt sie die Hand. Nicht hoch, aber es ist eine kleine Bewegung, die einen Grad von Reue andeutet. Ich reagiere nicht sofort. Ihr vergeht ein wenig das halbe Lächeln und sie hebt fragend, flehend eine Augenbraue. Ich bewege mich immer noch nicht und komme mir vor, als stünde ich auf einem Bahnhof. Ich habe zwei Möglichkeiten. Entweder ich bleibe hier stehen und lasse den Zug ohne mich weiterfahren oder ich steige ein und schaue, wohin mich die Reise bringt. Ursula lässt die Hand in den Schoß fallen und senkt den Blick. Ich mache einen Schritt auf sie zu.

Sie ist nicht mehr die Frau vom Abend zuvor. Keine Spur mehr von gelangweilter Selbstsicherheit, und sie nimmt auch viel weniger Raum ein. Sogar ihr raspelkurzer Haarschnitt sieht nicht mehr wie ein Modestatement aus, sondern vielmehr, als habe sie gerade eine ernsthafte Erkrankung durchgemacht. Trotz der qualvollen Nacht, die ich hinter mir habe, des Schmerzes, den sie mir zugefügt hat, und meines lädierten Selbstwertgefühls stelle ich fest, dass ich mich immer noch zu ihr hingezogen fühle.

Ich vergebe ihr in null Komma nichts und weiß, dass das gefährlich ist. Wer garantiert mir, dass sie nicht genau dasselbe noch einmal mit mir macht? Aber wie sie dort sitzt, halb verdeckt von der Palme, ist da trotzdem in ihr eine Verletzlichkeit, die irgendetwas, das tief in mir vergraben ist, erkennt. Sie schützt sich dagegen, verletzt zu werden, und darüber weiß ich alles.

Als ich mich nähere, steht sie auf. Ich bleibe vor ihr mit einem Abstand stehen, der keinen peinlichen Körperkontakt zulässt. Wir befinden uns definitiv nicht in der Küsschen- und Versöhnungsphase. Es gibt nicht den Hauch eines Luftkusses und Ursula fühlt sich offensichtlich genauso unwohl bei dieser Art von zwanglosem Kontakt wie ich.

Keine von uns sagt ein Wort. Wir schauen uns in die Augen. Ihre sind vielleicht sogar noch geschwollener als meine, aber es kann sein, dass sie früh am Morgen immer so aussieht. Und dann entdecke ich in ihrem Mundwinkel das flüchtige Anzeichen eines schiefen Lächelns. Ich reagiere nicht. Noch nicht.

»Ich glaube, wir haben uns gestern auf dem falschen Fuß erwischt«, sagt sie. Ich halte ihrem Blick stand. »Sollen wir noch einmal von vorne anfangen?«

Leicht verärgert bemerke ich, dass es nicht einmal die Andeutung einer Entschuldigung gibt, aber das ist in Ordnung. Wir geben einander eine zweite Chance und ich kann über Umgangsformen hinwegsehen. Es muss ihr leidtun, sonst wäre sie nicht hier. Es laut auszusprechen ist vielleicht mehr, als sie fertigbringt.

Ich lächele. Es ist ein richtiges Bobby-Dazzler-Lächeln. Einfach nur, um ihr zu zeigen, dass ich ihr sogar ohne Entschuldigung vergeben kann. »Ja«, stimme ich zu. »Lass uns noch einmal von vorne anfangen.«

Sie nickt, aber es ist ganz klar, dass es keine Entschuldigungen und keine Manöverkritik geben wird, und die Schuld wird auch nicht auf den Rotwein geschoben. Nichts dergleichen. »Unten in Fisherman's Wharf gibt es eine Bäckerei«, sagt sie. »Die haben prima Sauerteigbrot und der Kaffee ist auch nicht schlecht. Sollen wir frühstücken gehen?«

Ich bin einverstanden.

Wir verlassen das Hotel. Draußen ist die Luft kalt und klar mit einem tiefblauen Himmel und heute keinen Anzeichen der gewohnten Morgenwolken San Franciscos. Ein wunderbarer Tag für neue Anfänge. Wir gehen nebeneinander, aber die Bürgersteige sind schon voller Touristen und jedes

Gespräch wäre zu gestelzt, also versuchen wir es erst gar nicht. Die Bäckerei befindet sich direkt am Wasser. Ihre riesengroßen Glasfenster sind gefüllt mit Stapeln von Broten in verschiedenen Formen und Farben. Eine Frau in weißer Latzhose und mit einem Haarnetz steht im Fenster und formt winzige Igel aus Teig. Sie stehen in Reihen wie eine kleine Armee.

Ursula führt mich hinein und deutet auf eine Zwischenetage.

»Du suchst einen Tisch für uns und ich hole das Frühstück. Was möchtest du?«

Sie redet, als erteile sie Befehle, aber ich glaube mittlerweile, dass das einfach ihre Art ist. Deshalb lasse ich mich davon nicht provozieren.

»Einen Cappuccino, und das Essen kannst du aussuchen. Bring einfach, was gut aussieht.«

Alles sieht herrlich aus und sie schaut mich an, als wäre ich ein Trottel. Die gehobene Augenbraue gibt einen Hinweis auf die aufbrausende Frau von gestern Abend, aber sie sagt nichts und geht, um sich in die Schlange einzureihen.

Das Café ist voll mit cincr Mischung aus Touristen und Leuten in Bürokleidung, die vermutlich auf dem Weg zur Arbeit sind. Eine Wand ist komplett aus Glas und dahinter läuft die Bäckerei auf vollen Touren. Leute in weißen Schürzen leeren Öfen und schieben Rollwagen, auf denen sich Brote stapeln. Sie erinnern mich an Oompa Loompas aus *Charlie und die Schokoladenfabrik*, obwohl sie weder winzig noch orange sind. An der Decke verlaufen Schienen mit Hängekörben, die das Brot von der Bäckerei in den Laden transportieren. Als ich jedoch einem Korb auf seiner langsamen Reise durch die Bäckerei folge, stelle ich fest, dass er nirgends angehalten wird, um entleert oder befüllt zu werden. Vielleicht ist das nur eine Touristenattraktion.

Ich gehe die paar Stufen zur Zwischenetage hinauf und finde einen leeren Tisch, der einen Ausblick auf einen Betriebshof und dann auf die Bucht bietet. Flüchtig bekomme ich die Golden Gate Bridge zu sehen.

Ursula nähert sich mit einem Tablett mit zwei weißen Tassen und zwei Gebäckstücken darauf. Beides stellt sie vor mich, ohne ein Wort zu sagen.

»Danke.« Ich greife nach der Tasse. Das Gebäck sieht nicht im Entferntesten so aus, als könne es meinen Hunger auch nur annähernd stillen, aber erst einmal reicht es. »Schönes Café«, lobe ich und bin mir nicht sicher, wie ich anfangen soll.

Ursula nickt. Sie nimmt eines der Gebäckstücke und schneidet es in winzige Würfel, die sie sich wie Süßigkeiten in den Mund schiebt. Ich schneide meines nur ordentlich in der Mitte durch und nehme jeweils eine Hälfte in Angriff.

»Also«, beginnt sie, als sie ungefähr ein Drittel des Gebäcks gegessen hat. »Um das noch einmal zu rekapitulieren. Du dachtest, deine Mutter, meine Schwester, sei tot. Kürzlich hast du herausgefunden, dass das nicht der Fall …« Sie macht eine Pause, überdenkt ihren Satz und fährt dann fort. »Ist oder zumindest nicht sein muss. Dein Vater hat eine Form von Demenz und ist nicht in der Lage, deine Fragen zu beantworten, und deshalb hast du mich ausfindig gemacht. Ist das so ungefähr richtig? Habe ich etwas ausgelassen?«

Da ist keine emotionale Verbundenheit. Für sie ist es einfach eine Liste von Tatsachen und keine komplizierte und sehr traurige Geschichte ihrer eigenen Familie. Ich nehme allerdings an, dass es ihre distanzierte, gleichgültige Herangehensweise leichter für sie macht, mit der Situation umzugehen. Mit dieser emotionslosen Auflistung kann sie das Wesentliche erfassen. Ich nicke, weil ich meiner Stimme noch nicht ganz traue. Während ich dasitze und warte, dass sie mir die Wahrheit über mein ganzes Leben erzählt, wird der Knoten in meinem Magen größer und das Engegefühl in der Brust nimmt zu.

»Also«, beginnt Ursula, sucht meine weit aufgerissenen Augen mit ihren ab und heftet ihren Blick auf meinen. »Sie ist nicht gestorben und weilt noch unter uns. Behüte sie Gott.«

Ihr Tonfall ist verächtlich, fast spöttisch, als habe sie keine Zeit für ihre Schwester. Doch darauf kann ich mich nicht konzentrieren. Ich bin zu sehr damit beschäftigt zu verarbeiten, was sie mir gerade erzählt hat. Meine Mutter ist definitiv am Leben. Sie ist nicht gestorben, wie es alle gesagt haben. Sie hat uns verlassen. Natürlich habe ich diese Möglichkeit seit dem Auffinden der Postkarten immer wieder in Betracht gezogen, aber erst jetzt erfahre ich die Wahrheit. Nur ein einziges Wort kommt mir in den Sinn.

»Warum?«

Ursula greift nach ihrer Tasse und lässt den Kaffee darin kreisen. Die schwarze Flüssigkeit arbeitet sich an der Wand hinauf bis kurz vor den Rand. Erst als ich befürchte, sie wird sie auf dem Tisch verschütten, hört sie auf.

»Ist dir klar, Cara, dass, wenn ich dir erzähle, was du meinst, wissen zu wollen, es keine Möglichkeit mehr gibt, es aus deinem Gedächtnis zu streichen? Egal, wie sehr du dieses Wissen wieder loswerden willst und dir wünschst, du hättest es nie erfahren? Bist du sicher, dass du bereit für die Wahrheit bist?«

Darüber habe ich oft nachgedacht. Seit dem Auffinden der Postkarten habe ich das Problem, was ich als Nächstes tun soll, in meinem Kopf hin und her gewälzt. Manchmal denke ich, es wäre besser, einfach alles zu vergessen und so weiterzumachen wie bisher, aber im Grunde meines Herzens weiß ich, dass das keine Option ist. Jetzt gibt es kein Zurück mehr.

Ich nicke entschlossen. »Glaub mir, das weiß ich. Aber jetzt bin ich schon so weit gekommen, dass ich nicht weiß, was ich sonst tun sollte. Ich habe kaum darüber nachgedacht, wie es weitergehen soll, nicht, bis ich sicher weiß, dass sie uns verlassen hat. Bis ich verstehe, weshalb sie das getan hat, komme ich nicht voran. Bitte erzähl mir einfach alles.«

Ich kämpfe dagegen an, dass man mir meine Enttäuschung anhören könnte. Wenn das hier funktionieren soll, dann muss ich ruhig bleiben. Obwohl die momentane Ursula weniger explosiv zu sein scheint als die, die aus dem Restaurant gestürmt ist, darf ich nichts sagen, was sie wieder davonstürzen lässt. Sie nimmt mich vorsichtig in Augenschein, als würde sie abwägen, was sie tun soll, und dann nickt sie langsam.

»Okay«, sagt sie. »Wenn du sicher bist. Du erinnerst mich an sie, weißt du? Sie war auch eine ziemlich entschlossene Person.«

So entschlossen, dass sie ihre noch sehr kleinen Kinder im Stich gelassen hat, möchte ich am liebsten sagen, aber ich verkneife es mir. Ursula lehnt sich auf ihrem Stuhl zurück und schließt für einen Augenblick die Augen. Dann fängt sie an.

»Deine Mutter und ich sind in einem winzigen Dreizimmer-Reihenhaus in Tottenham aufgewachsen. Wir waren nur zu viert. Unsere Mutter, deine Großmutter, hat in einer Fabrik schäbige Kleidung für Marktstände genäht. Dad war Schlosser. Eine eigene Schlosserei hatte er nicht. Er hat für jemanden gearbeitet, den ich in Verdacht hatte, Kontakte zur Unterwelt zu haben, aber er selbst war ein ganz kleines Licht. Annie und mir ging es gut. Mum gab sich alle Mühe, damit wir hübsch aussahen. Sie nähte unsere Kleidung, achtete darauf, dass unsere Schuhe keine Löcher hatten, und kochte uns anständiges Essen. Sie war eine gute Frau, wirklich, trotz allem. Für uns hat sie meistens ihr Bestes gegeben. Aber Dad … der war ein ganz anderes Kaliber.«

Sie wirft einen Blick auf die Drahtkörbe mit den Broten, die über unseren Köpfen vorbeiziehen, und schweigt eine Weile. Ich bin mir nicht sicher, ob sie ihre Erinnerungen sortiert oder ob sie versucht, die richtigen Worte zu finden. Ich stochere an meinem Gebäckstück herum und warte.

»Im Grunde genommen war mein Vater ein Tyrann. Er tyrannisierte Mum und, als wir groß genug waren, auch uns.«

»Wie meinst du das?«, frage ich, bevor ich es mir verkneifen kann.

Ursula sieht aus, als ärgere sie meine Unterbrechung. Es ist klar, dass sie mir die Geschichte in ihrem eigenen Tempo erzählen wird.

»Tut mir leid«, entschuldige ich mich und unterbreche sie nicht mehr.

»Er konnte gut mit den Fäusten umgehen. Daran ist nichts Ungewöhnliches. Das können viele Männer. Er ging nach der Arbeit in seinen Pub, besonders, wenn er erfolgreich bei Pferdewetten gewesen war. Dort hat er sich einen hinter die Binde gekippt und hinterher Mum die Seele aus dem Leib geprügelt. Sie ist im Großen und Ganzen gut mit ihm fertiggeworden. Das hatte sie lernen müssen. Sie sorgte dafür, dass Essen für ihn da war, wenn er zurückkam, und dass wir entweder im Bett waren oder zumindest leise. Wenn sie vermutete, dass er richtig schlechte Laune haben würde, machte sie sich davon. Nicht aus dem Haus – sie hätte uns nicht allein zurückgelassen –, aber sie machte sich rar, war oben oder im Bett, wenn er nach Haus kam. Manchmal konnte man allerdings seinen Fäusten nicht entgehen. Annie und ich haben uns ein Bett geteilt und wir lagen da, ganz still wie kleine Mäuse, und hofften, dass er unsere Existenz vergessen hatte. Wir hörten ihn reinkommen und dann Mum, die mit ihm sprach. Sie hatte immer diese merkwürdig helle Stimme, wenn sie dachte, es könne Ärger geben. Und dann haben wir ihn manchmal schreien und sie schluchzen gehört. Es war grausig und oft unerträglich.«

Wieder macht sie eine Pause. Ihre Haut sieht grau aus und hat tiefere Falten als zuvor. Das alles für mich noch einmal zu erzählen, ist zweifellos schmerzlich für sie, und ich habe fast Mitleid mit ihr.

»Ich brauche noch Kaffee«, sagt sie unvermittelt. »Du auch?« Ich sehe, dass sie eine Pause braucht, um sich zu sammeln, bevor sie fortfährt. Deshalb nicke ich und schaue ihr nach, als sie mit kleinen, langsamen Schritten hinunter zum Tresen geht.

Als sie zurückkommt, stellt sie die Tassen vorsichtig auf den Tisch und senkt den Kopf. Dann fährt sie sich mit den Händen durch die kurzen Haare. Ihre Hände sehen ein bisschen aus wie meine. Schlanke Finger mit auffälligen Venen, die sich über den Handrücken schlängeln. Sie schaut nicht auf, sondern spricht weiter.

»Wie auch immer, so war es jedenfalls damals bei uns. Wir drei schlichen durchs Haus und versuchten, seine Aufmerksamkeit nicht auf uns zu lenken und sicherzustellen, dass alles dort stand, wo es hingehörte, damit er sich nicht aufregte. Ich habe mir manchmal gewünscht, dass wir ihn einfach verlassen – Mum, Annie und ich. Dass wir unsere Sachen zusammenpacken und irgendwo hingehen, wo er uns nicht findet, aber das waren damals die Siebziger. Wir konnten nirgendwohin. Und Mum verdiente nicht genug in der Fabrik, um uns durchzubringen, auch wenn wir eine Bleibe gefunden hätten. Annie und ich haben uns immer heimlich erzählt, was wir tun würden, wenn wir mit der Schule fertig wären. Wir würden uns Arbeit suchen und uns eine Wohnung teilen. Nur wir beide …«

Für einen Augenblick sieht sie fast wehmütig aus, aber dann kneift sie die Augen zusammen und ihr Mund verhärtet sich wieder. »Aber dazu ist es nie gekommen.«

Ursula spuckt die Worte förmlich aus, doch dann holt sie tief Luft und entzieht sich der Wut, die direkt unter der Oberfläche brodelt. »Ich erinnere mich nicht daran, dass ich mir um Mum viele Sorgen gemacht hätte. Nur um Annie und mich. Ich dachte, Mum sei selbst schuld, weil sie Dad schließlich geheiratet hatte. Es war nicht unser Fehler, dass sie seinen Charakter so schlecht eingeschätzt hatte, aber wir mussten die Konsequenzen aushalten. Ich erinnere mich an das erste Mal, als er mir wirklich wehgetan hat«, sagt sie.

Während sie redet, ist es fast so, als wäre ich gar nicht da. Sie spricht vor sich hin und hat mit niemandem Blickkontakt. Ich sitze so still da, dass ich kaum atme.

»Er stieß mich mit solcher Gewalt gegen die Küchenwand, dass ich mir das Schlüsselbein brach. Mum sah einfach zu. Annie, die jünger war als ich, versuchte ihn von mir wegzuziehen und handelte sich dafür ein blaues Auge ein, aber Mum … Sie stand einfach da und wartete, bis alles vorbei war. Das habe ich ihr nie wirklich verziehen.«

Ein stetiger Strom von Menschen drängt ins Café, aber die Tische um uns herum sind noch frei, als wäre es irgendwie offensichtlich, dass wir Platz brauchen. Ursula fährt fort.

»Es war nicht nur die Gewalt. Der Mann war im Grunde ein kontrollierender, manipulativer Mistkerl. Er hielt uns immer vor, wie nutzlos wir seien, und warf mit Beleidigungen um sich wie andere mit Witzen. Wir waren nie gut genug, sondern hässlich oder fett oder überflüssig wie ein Kropf oder würden ihn ein Vermögen kosten oder was auch immer es gerade war. Annie und ich, wir hatten einander und versicherten uns immer gegenseitig, dass er Quatsch erzählt und wir uns nicht darum kümmern sollten, aber ich glaube, Mum ist davon richtig zermürbt worden. Jedes Jahr schien sie kleiner zu werden und auch weniger in der Lage, mit ihm umzugehen. Sie versteckte sich nicht mehr, wenn er nach Hause kam, als würde sie ihn herausfordern, sie zu schlagen, als würde sie irrsinnigerweise annehmen, dass sie es verdiente. Und dann hat Anneliese deinen Vater kennengelernt.«

Etwas in Ursulas Stimme verändert sich. Sie presst die Lippen zusammen und die Falten um den Mund stechen noch mehr hervor. Sie hat Mum Anneliese genannt. Diesen Namen habe ich nie zuvor gehört. Ich möchte sie danach fragen, wage es jedoch nicht, sie mit einer Zwischenfrage zu unterbrechen.

»Er war ein ziemlich guter Fang«, fährt sie fort und ihre Stimme klingt immer noch gedämpft, »dein Vater. Er war acht oder neun Jahre älter als Annie und schien sehr kultiviert zu sein. Dass das ein Witz war, stellte sich erst später heraus, aber ich bin nicht überrascht, dass sie seinem Charme erlag. Er hatte einen guten Job und gab gern mit seinem Geld an. Er führte Annie zum Tanzen aus, und wenn er bei uns zu Hause vorbeikam, um sie abzuholen, flirtete er mit Mum. Sie lächelte und sagte, er solle nicht albern sein, aber es gefiel ihr richtig. Sogar mit Dad schien er zurechtzukommen. Sie gingen oft nach der Arbeit auf ein Bier in den Pub.«

Es hört sich ein wenig nach einer märchenhaften Romanze an, in der der Prinz auf einem weißen Schlachtross kommt, um meine Mutter aus der Gefahr zu retten, aber ich erkenne an Ursulas unverändertem Gesichtsausdruck, dass sie das nicht glaubt. Eingehend prüfe ich ihr Gesicht, während sie redet. Die Worte sprudeln aus ihr heraus und sie macht kaum eine Pause, um Luft zu holen. Es erweckt den Anschein, als müsse sie diesen Teil so schnell wie möglich hinter sich bringen. Ich sitze reglos da und höre angestrengt zu, versuche mich an jedes einzelne Wort zu erinnern. Ich habe den Eindruck, dass es keine Wiederholung geben wird.

»Dann hat er ihr einen Antrag gemacht«, fährt Ursula fort. »Es fühlte sich nicht richtig an. Immerhin war sie damals erst neunzehn und ich zweiundzwanzig. Eigentlich hätte ich das Nest verlassen müssen und doch war es meine kleine Schwester, die einen Freifahrtschein erhielt. Ich war wütend. Es fühlte sich an, als ließe sie mich im Stich. Es war, als schriebe sie mich und all unsere Pläne in den Wind. Rückblickend hätte ich einiges anders machen sollen. Sie war jung und wusste es nicht besser. Ich hätte nachsichtig sein und mich um sie kümmern müssen, aber das konnte ich nicht. Ich konnte ihr einfach nicht vergeben, dass sie mich mit ihm verließ. Das war gemein von mir.«

Ich denke darüber nach, wie wenig ich über meine Tante Ursula weiß. Ihr Name wurde einfach zu Hause nie genannt. Nur weil Michael sich dunkel an sie erinnerte, erfuhr ich überhaupt, dass es sie gibt. Während sie redet, arbeitet mein Verstand auf Hochtouren und versucht das, was sie erzählt, mit dem in Einklang zu bringen, was ich bereits weiß. Ich muss mich in die Gegenwart zurückkatapultieren, damit ich nichts verpasse.

»Wie auch immer«, setzt Ursula wieder an, »sie hat geheiratet und bekam deinen Bruder und zunächst sah alles rosig für sie aus – was aber nicht heißen soll, dass ich viel Notiz davon genommen hätte. Und dann kamst du. Ich war damals schon weg, aber Mum erzählte mir, dass Annie eines Tages vor ihrer Tür aufgetaucht sei. Dich trug sie wie ein Bündel im Arm und in einer Tasche hatte sie alles, was sie tragen konnte. Sie sagte, sie habe deinen Vater verlassen, dass er sie schlecht behandele und dass sie nicht zurückginge. Mum war wütend. Sie ließ Annie nicht herein, sondern vor der Tür stehen. Sie nahm ihr nicht einmal das Baby ab. Mum wies sie an, umzukehren und auf direktem Wege nach Hause zu gehen. Nach Meinung unserer Mutter blieb eine verheiratete Frau auf jeden Fall bei ihrem Mann. Ich nehme an, sie dachte, wenn sie das bei unserem Vater all die Jahre gekonnt hatte, dann könne Annie das auch. Und das war's dann. Annie musste umkehren und zu Joe zurück. Ich glaube nicht, dass Mum sie danach noch einmal gesehen hat.«

Ursula kaut auf ihrer Lippe und holt ein paarmal tief Luft. Einige Puzzleteile rutschen an die richtigen Stellen, aber trotzdem ergibt es nicht viel Sinn.

»Na ja«, sage ich langsam, »das erklärt, weshalb wir dich oder unsere Großeltern niemals sahen, aber nicht, weshalb Mum Michael und mich zurückgelassen hat. Ist sie nach der Affäre gegangen?«

Ich weiß nicht wirklich sicher, ob Dad eine Affäre hatte, aber es ist einen Versuch wert. Alles, was ich habe, ist eine Seite der in einer Schachtel versteckten Korrespondenz, aber es ist die einzige Erklärung für die Trennung, die bisher einen Sinn ergibt.

»Ah!«, ruft Ursula, während sie unaufhörlich in ihrer Kaffeetasse rührt. »Die entzückende Tilly.«

Tilly? T? Das T in den Liebesbriefen? Mein Herz klopft so heftig, während ich auf eine Erklärung von Ursula warte, dass ich einen tiefen Atemzug bis auf den tiefsten Grund der Lunge nehmen muss, um nicht ohnmächtig zu werden.

»War Tilly Mums Freundin? Ist sie diejenige mit den langen schwarzen Haaren? Und einer Einhorntätowierung?«, frage ich und versuche mich daran zu erinnern, was Michael mir über sie erzählt hat.

Könnte das dieselbe Frau sein? Hatte Dad eine Affäre mit Mums bester Freundin?

»Das ist sie. Und ich nehme an, sie war die Freundin deiner Mutter. Wenn man das so nennen kann«, sagt Ursula und rümpft die Nase.

Ich bemerke sofort, dass es zwischen ihr und dieser Tilly, wer auch immer sie ist, keine Zuneigung gibt.

»Und sie hatte die Affäre?«, frage ich.

Jetzt verstehe ich. Arme Mum! Sie lebte mit zwei kleinen Kindern in einer Ehe, in der sie und ihre Kinder misshandelt wurden, und hatte nur eine Freundin auf der Welt. Und die begann dann eine Affäre mit ihrem Mann. Sie muss sich vollkommen allein gefühlt haben. Ihre eigene Familie hatte sie bereits zurückgewiesen und dann zog ihre beste Freundin mit ihrem Mann los. Kein Wunder, dass sie ihn verlassen hat. Was hätte sie sonst tun können?

Mein Verstand stellt so schnell Verbindungen her, dass ich kaum nachkomme. Deshalb muss sie gegangen sein und dann war Dad vielleicht so wütend, dass er die Lüge über ihren Tod aufgebracht hat, um sich an ihr zu rächen. Die Affäre mit Tilly kann nicht von langer Dauer gewesen sein. Ich würde mich daran erinnern, wenn es einen Ersatz für Mum gegeben hätte. Und wenn nicht ich, dann garantiert Michael. Aber das erklärt immer noch nicht, weshalb Mum uns zurückließ. Sie hätte doch sicher ihre Kinder mitgenommen, wenn sie vor einem untreuen Ehemann davongelaufen wäre, oder? Sie hätte sie nicht bei ihm und der neuen Frau gelassen. Nichts davon ergibt einen Sinn.

»Jawohl«, bestätigt Ursula, trinkt den letzten Schluck Kaffee und stellt die Tasse mit so viel Schwung ab, dass sie auf der Untertasse klappert.

»Aber weshalb ist Mum gegangen, wenn es Dad war, der die Affäre hatte? Sie hätte ihn doch einfach rausschmeißen können oder auffordern zu gehen, um mit der neuen Frau zu leben.«

Ursula schaut mich an und kneift die scharfen Augen zusammen. Dann schüttelt sie langsam den Kopf.

»Es war nicht dein Vater, der die Affäre mit Tilly hatte. Es war deine Mutter.«

KAPITEL 41

Ich bin wie vor den Kopf gestoßen. Es fühlt sich an, als hätte meine ganze Welt plötzlich aufgehört, sich zu drehen, und trotzdem geht das Leben um mich herum weiter. Geschirr klappert, über den Tresen werden Bestellungen gerufen, Drahtkörbe surren auf ihrer Bahn … Aber die Geräusche werden alle gedämpft, als ich zu verarbeiten versuche, was Ursula mir gerade erzählt hat. Es war meine Mutter, die eine Affäre hatte. Meine Mutter hat mich im Stich gelassen. Nicht, weil sie von meinem Vater betrogen worden war und es der einzige Weg war, den Schmerz zu stoppen. Nein, sie war gegangen und hatte mich zurückgelassen, weil sie sich einem egozentrischen Hirngespinst hingegeben hatte. Das ist so klischeehaft, dass ich fast lachen muss. Meine Mutter war gegangen, um sich bei einer Frau selbst zu finden, einer seidenschaltragenden, kristallliebkosenden Frau. Wohin waren sie gegangen? Auf eine entfernte griechische Insel? Oder vielleicht nach Goa? Wie oberflächlich und egoistisch muss sie nur sein? Man liest zwar über solche Frauen, die sich beklagen, dass sie wegen der Kinder den Bezug zu ihrem *wahren* Ich verlieren, dass ihr eigenes Wesen in einer Flut von schmutzigen Windeln und nächtlichem Füttern untergeht. Aber solch eine Frau als eigene Mutter zu haben … Vielleicht hatte sie vorgehabt, zurückzukommen und uns zu holen, sobald ihre Entdeckungsreise beendet war. Aber dazu war es nie gekommen. Der Hang zur Freiheit war deutlich stärker und reizvoller gewesen als ihre mütterlichen Instinkte.

Ich beginne zu verstehen, weshalb Ursula mich vor der Macht dessen gewarnt hatte, was ich von ihr erfahren würde. Jede kleine Fantasterei, die ich mir selbst zusammengebastelt habe und die zu ergründen versuchte, weshalb meine Mutter mich, ein verletzliches zweijähriges Mädchen, im Stich gelassen hatte, zerspringt in tausend Stücke.

Plötzlich wird mir sehr schlecht. Ich muss hier raus, brauche frische Luft. Nur weg von hier. Ich stehe auf, taumele zur Treppe und falle fast die Stufen hinunter. Dann dränge ich mich durch die Schlange zur Tür. Die Luft hier draußen riecht nach Abgasen und ein wenig nach Fisch, aber zumindest ist sie kalt. Sie beißt mir in die Wangen und während ich sie in langen, verzweifelten Zügen einatme, kühlt sie mich von innen heraus. Ich lehne an der großen Glasscheibe der Bäckerei und sammle mich. Die Frau in der weißen Latzhose ist von den Igeln zu kleinen Teddybären aus Sauerteig übergegangen. Ein Blech voller teigiger, ungebackener Bären steht neben ihr.

Ich renne los, will jetzt unbedingt der Menschenmenge entfliehen und irgendwohin, wo ich durchatmen kann. Die Bürgersteige sind belebt. Menschen sind ruhig auf dem Weg zu ihren Bestimmungsorten, doch ich drängele mich an ihnen vorbei und renne dann in der Gosse weiter, wo ich schneller vorwärtskomme. Ab und zu hupt ein Auto, weil ich, eine verrückte Frau, auf der Straße entlanglaufe, ohne auf meine persönliche Sicherheit zu achten. Ich halte mich rechts und laufe zur Brücke, fühle mich von der beruhigenden Wirkung des Wassers angezogen, und schon bald erreiche ich einen Stadtpark. Dort gibt es Rasenflächen und einen Weg für Jogger und Radfahrer, der sich durch das Gelände schlängelt. Ich laufe zu einer freien

Bank und lasse mich darauf fallen, denn meine Beine haben nicht mehr die Kraft, mich zu tragen.

Erst als ich dasitze und stoßweise und unregelmäßig atme, fällt mir ein, dass ich Ursula einfach in der Bäckerei habe sitzen lassen. Sie und ich werden wahrscheinlich keine weitere Chance bekommen. Das wird zweifellos das letzte Mal gewesen sein, dass ich meine Tante gesehen habe. Ich habe außer über Skyler in der Galerie keine Möglichkeit, mit ihr Kontakt aufzunehmen. Es wird von Ursula abhängen, ob sie auf meine Nachrichten reagiert oder nicht. Und wenn ich erst einmal wieder abgereist und zu Hause bin, wird diese Verbindung abbrechen.

Plötzlich fühle ich mich furchtbar einsam. Mein Vater ist an einen Ort verschwunden, an dem ich ihn nie wieder erreichen werde, die Mutter meiner Fantasie stellt sich eher als Albtraum heraus und mein Bruder will nicht für das ganze jämmerliche Chaos verantwortlich sein, das sich unsere Familie nennt. Ich habe niemanden und sollte eigentlich weinen. Das erwartet man unter solch tragischen Umständen. Ich stelle jedoch fest, dass ich keine Tränen mehr habe, nur einen dumpfen Schmerz im Herzen, den ich immer mit mir werde herumtragen müssen.

Ich schaue auf die Bucht hinaus. Das Wasser hat eine dunkle indigoblaue Farbe und die Oberfläche ist von kräftigen, kreuz und quer verlaufenden Wellen durchbrochen, die dem Ufer entgegendrängen. Ich sehe die Brücke, ihre zwei roten Pfeiler, die sich hoch in den Bilderbuchhimmel erheben. Ich könnte einfach darübergehen und verschwinden. Keiner würde wissen, wohin ich gegangen bin. Kaum jemand würde mich vermissen. Ich könnte einfach gehen …

Jemand lässt sich auf das andere Ende meiner Bank fallen und unterbricht meine Gedankenkette. Ich bin verärgert. Hier gibt es unzählige andere freie Bänke und keinen Grund, mir jetzt, in meinem düstersten Moment, auf die Pelle zu rücken.

Ich bin drauf und dran aufzustehen und zu gehen, als ich feststelle, dass es Ursula ist.

»Ich sollte öfter ins Fitnessstudio gehen«, keucht sie. »Oder mit dem Rauchen aufhören.«

Sie ist mir gefolgt. Ich bin gerannt und sie hinter mir her. Vielleicht bin ich doch nicht so allein.

»Hör zu, Cara«, sagt sie immer noch japsend. »Ich weiß nicht, was in deinem kleinen hübschen Kopf vorgeht, aber ich glaube, du hast das alles falsch verstanden.«

Ich reiße meinen Blick vom Meer los und schaue sie an. Sie hat gerötete Wangen und trotz der frostigen Temperaturen Schweißperlen auf der Stirn, doch ihre Augen funkeln. Sie erinnern mich an meine.

»Weiß der Geier, weshalb ich dir gerade durch halb San Francisco nachgerannt bin. Das ist ja wie mit einem Kleinkind.«

Vielleicht sollte ich beleidigt sein, aber ich habe nicht die Kraft dazu.

»Ich nehme an«, fährt sie fort, »dass dein kleiner Gefühlsausbruch damit zusammenhängt, dass ich dir von Anneliese und Tilly erzählt habe. Deine Mutter hatte also eine Affäre mit einer Frau. Na und? Frauen sind im Allgemeinen erfolgreichere Wesen als Männer. Obwohl das in diesem speziellen Fall vielleicht nicht zutrifft.«

Ich bin drauf und dran zu erklären, weshalb ich so aufgebracht bin, aber dann halte ich inne und hake nach, was sie gerade gesagt hat. »Welcher spezielle Fall? Tilly? Was stimmte nicht mit ihr?«

»Du solltest besser fragen, ob überhaupt irgendetwas mit ihr stimmte. Zunächst einmal war sie schwerreich. An Geld ist nichts Unrechtes, aber sie hatte es schon immer. Ein Treuhandfond von Daddy, teure Schule, Pferde. All das. Sie war daran gewöhnt, ihren Willen durchzusetzen. Wenn sie etwas wollte, warf sie einfach ihre Haare nach hinten, und irgendjemand gab es ihr. Dadurch wurde sie unbesonnen, was deiner Mutter zu gefallen schien. Wir hatten nie die Möglichkeit, unbesonnen zu sein, weil wir immer auf der Hut vor dem nächsten Schlag sein mussten. Ich nehme an, es macht Spaß, ohne Angst vor den Folgen handeln zu können. Keine Ahnung. Ich habe das nie getan. Aber es gibt auch eine Kehrseite. Im Grunde war Tilly verwöhnt. Wenn es nicht nach ihrer Nase ging, schmollte sie, bis sie ihren Willen bekam. Letzten Endes tat sie das die meiste Zeit – schmollen.«

Die Wut auf meine flatterhafte Mutter verfliegt, als ich wieder konzentriert Ursulas Geschichte lausche. »Woher weißt du das?«, frage ich sie. »Kamen sie hierher, nachdem sie uns verlassen hatten?«

»Nicht sofort. Zuerst waren sie auf großer Tour und haben Tillys Treuhandfond verbraten.«

Ich denke an die ersten Postkarten, die von Touristen-Hotspots in Europa kamen.

»Sie hatten keinen Kontakt mit mir. Tilly hat dafür gesorgt. Sie wollte deine Mutter für sich allein haben und brachte sie dazu, jegliche Verbindungen zu ihrer Familie abzubrechen. Aber schließlich sind sie hier gelandet. San Francisco war in den Achtzigerjahren das Zentrum der Lesben- und Schwulenbewegung und natürlich wollte Tilly gern Teil der Szene sein, obwohl sie keine richtigen Lesben waren. Für Tilly war es nur eine vorübergehende Phase. Sie wollte, dass die Leute über sie sprachen. Und für deine Mutter …« Ursula reibt sich die Hände, um die Kälte zu vertreiben. »Also für Annie ging es ganz und gar darum, einen Ausweg zu finden. Sie tauchten also wegen der Atmosphäre hier auf, zeigten aber an mir kein Interesse. Allerdings habe ich sie ein bisschen öfter gesehen, als meine Arbeiten erfolgreich wurden. Tilly vermutete, dass ich ihnen Zutritt zu den Kreisen verschaffen könne, in denen sie sich gern bewegt hätte.«

Während Ursula redet, schaut sie übers Wasser, und der Ansatz eines Lächelns umspielt ihre Lippen. Es hat fast den Anschein, als genieße sie es zu guter Letzt, ihre Geschichte zu erzählen. »Zwischen den beiden lief es allerdings nicht so gut«, fährt sie fort. »Sie waren schon ein paar Jahre herumgereist, ohne irgendwo richtig Wurzeln zu schlagen. Ich glaube, Tillys Geld wurde langsam knapp. Annie wollte arbeiten, ein bisschen für sich selbst aufkommen, aber Tilly wollte das nicht. Das bedeutete, dass Annie feststeckte. Wieder einmal. Sie war mit allem völlig von Tilly abhängig. Es stellte sich heraus, dass sie einen kontrollierenden Einfluss gegen einen anderen ausgetauscht hatte. Und als Tilly ihrer überdrüssig wurde, da saß sie auf dem Trockenen. Sie hatte nichts. Ich erfuhr durch die Gerüchteküche von ihrer Trennung, habe aber keine von ihnen je wiedergesehen. Ich nehme an, sie gingen zurück nach England.«

Ich versuche, mir meine Mutter vorzustellen, wie sie dieser Frau um den Erdball herum hinterherjagt. Vielleicht hatte sie Tilly tatsächlich als ihr einziges Mittel zur Flucht angesehen. Wenn sie Dad jung geheiratet hatte, um laut Ursula von den Misshandlungen ihres Vaters wegzukommen, dann hatte sie später vielleicht gemerkt, dass sie einen riesigen Fehler gemacht hatte. Ich denke daran, wie Dad in unserer Kindheit war – dominant, kompromisslos und manchmal furchteinflößend. Aber wir waren Kinder. Es ist schwer zu glauben, dass Mum Angst vor ihm hatte. Ich kann verstehen, dass sie sich gefangen fühlte. Und wenn sie mehr vom Leben erwartet hatte, als Dad ihr bieten konnte, dann wer weiß? Vielleicht hatte Tilly ihr eine Möglichkeit geboten, die zu verlockend gewesen war, um sie abzulehnen.

Das bringt mich sofort zum ursprünglichen Problem und Ausgangspunkt zurück. Was war mit uns, mit Michael und mir? Sie war unsere Mutter. Sie hatte Verantwortung. Nur weil ihr

Leben nicht so verlief, wie sie es sich erhofft hatte, durfte sie uns doch niemals im Stich lassen. Dieser Gedanke verwandelt sich in einen Wutausbruch, bevor ich Zeit habe, ihn im Zaum zu halten.

»Aber sie hat uns verlassen! Ich war zwei Jahre alt und sie hat mich bei einem Mann zurückgelassen, von dem sie wusste, dass er alles andere als perfekt war, auch wenn er mein Dad war. Wie hatte sie einfach gehen und dann keinen Versuch machen können, uns zu sehen? Eine Kiste voller Postkarten. Soll das etwa ein Ersatz für ein Leben mit einer Mutter sein?«

Ursula legt mir ihre venenüberzogene Hand auf den Arm. Ich sehe zum ersten Mal etwas in ihrem Gesicht, das Besorgnis sehr nahekommt. »Aber sie konnte euch nicht mitnehmen«, sagt sie. »Sie konnte euch noch nicht einmal sehen.«

Mir schwirrt der Kopf. »Was meinst du damit? Natürlich konnte sie das. Sie hat sich einfach entschieden, es nicht zu tun. Sie ist abgezogen, um ein besseres Leben zu finden, und hat sich nicht mehr umgeschaut.«

»Nein, Cara. Das hast du vollkommen falsch verstanden. Sobald sie deinem Vater von Tilly erzählt hatte, ging er zum Anwalt. Er erwirkte ein gerichtliches Verbot. Deiner Mutter war es gerichtlich verboten, auch nur in eure Nähe zu kommen.«

Das ist zu viel. Ich ertrage es nicht mehr, weiß nicht mehr, was ich denken soll, und spüre, wie sich das Frühstück meine Kehle hinaufarbeitet. Ich schlucke es wieder hinunter. Ursula klingt jetzt sanftmütiger.

»Deine Mutter hat euch nicht im Stich gelassen. Ja, sie hatte eine Affäre, und ja, sie hat euren Vater verlassen, aber sie hatte hundertprozentig vor, euch mitzunehmen. Aber vergiss nicht, es waren die Achtzigerjahre. Ich weiß, dass die noch nicht lange her sind, aber als kulturelle Basis waren sie wie ein anderer Planet. Man fing gerade an zu verstehen, was Aids ist. Die Leute hatten Angst. Der Schwulenhass war weit verbreitet und bezog sich nicht nur auf Schwule. Zwei Mütter in einer Familie? Von wegen! Du kannst dir heute nicht vorstellen, wie schockierend die Vorstellung damals war. Die Leute glaubten wirklich, man bräuchte ein männliches Vorbild, um Kinder, besonders Jungs, zu erziehen. So dachte natürlich nicht jeder, aber genug Leute. Euer Vater musste nur einen Richter der alten Schule finden und ihn überzeugen, dass seine untreue lesbische Ehefrau eine ungeeignete Mutter sei. Das war nicht allzu schwer.«

»Aber sie hätte die Entscheidung doch bestimmt anfechten können.«

»Womit denn? Sie hatte kein Geld und Tilly wollte deine Mutter und nicht Michael und dich. Sie war nicht bereit, Annie einen teuren Gerichtsprozess zu finanzieren. Und Annie war besorgt über die Auswirkungen, die so ein Prozess auf euch gehabt hätte. Ja, diese Dinge sollten vertraulich behandelt werden, aber eine Frau, die mit einer anderen Frau davonrennt und ihre Kinder zurücklässt? Da hätten die Zeitungen nicht widerstehen können. Sie wollte nichts unternehmen, was es noch schlimmer gemacht hätte. Deshalb hielt sie es für das Beste, dem gerichtlichen Verbot zu folgen und es eurem Vater zu überlassen, euch großzuziehen. Sie wusste, dass ihr dort sicher und versorgt sein würdet, und hatte das Gefühl, keine andere Wahl zu haben, aber es hat ihr das Herz gebrochen.«

Mir schwirrt der Kopf. Also war es Dad. Er hat sie davongejagt und dann dafür gesorgt, dass sie niemals mehr zurückkommen konnte.

»Und wo ist sie jetzt?«, höre ich mich rufen.

Ursula schüttelt den Kopf. »Ehrlich gesagt habe ich keine Ahnung. Wir haben uns nach ihrer Hochzeit mit deinem Vater auseinandergelebt und als sie dann hier auftauchte, habe ich ihr ziemlich deutlich gesagt, was ich von Tilly hielt. Als sie abreisten, verloren wir den Kontakt. Seitdem habe ich nichts von Annie gehört.«

»Und hast du nie daran gedacht, mit Michael und mir Kontakt aufzunehmen?« Ich schleudere plötzlich meine Wut der einzigen Person entgegen, die ich als Ziel finden kann.

»Und was hätte ich tun sollen?«, fragt Ursula kalt. »Was hätte ich tun *können?* Das ging mich nichts an.«

»Aber hast du dich nicht gefragt, wie es uns geht?«

»Euer Vater ist kein Monster, Cara. Nicht wie meiner. Er hat getan, was er für euch drei für das Beste hielt. Und ich glaube, er hat Annie wirklich geliebt. In der Hitze des Gefechts hat er einfach überreagiert. Vielleicht war er zu stolz, um das Ganze rückgängig zu machen. Wer weiß? Er hat jedenfalls ziemlich deutlich gemacht, dass er das allein bewältigen wollte. Ich habe ihm einmal geschrieben, um ihn vom Tod unserer Mutter in Kenntnis zu setzen, aber er hat nicht geantwortet. Da dachte ich mir, dass ihr ohne mich besser dran seid.«

Mir wird alles zu viel. Ich werde regelrecht mit Informationen und Emotionen bombardiert und habe keine Kraft mehr, damit klarzukommen. Ich sitze einfach da und schweige.

»Lass uns gehen«, sagt Ursula, steht auf und zieht den Mantel enger um ihre dünne Gestalt. »Es ist eiskalt.«

Ich kann nicht einfach hier sitzen bleiben und folge ihr. Sie humpelt leicht nach der Verfolgungsjagd. In ihrem Alter, vermute ich, ist sie nicht daran gewöhnt, durch die Straßen zu rennen. Wir laufen direkt am Fuß der Brücke hinunter zum Wasser. Etwas fällt mir ins Auge und als ich die Brandungswellen absuche, sehe ich es erneut. Zuerst sieht es aus wir ein kleiner brauner Ball, der auf den Wellen hüpft, doch als ich genauer hinschaue, entdecke ich beim Eintauchen in die Wellen den glatten Rücken.

»War das ein Seehund?«, frage ich.

Ursula schaut in die Richtung, in die ich deute, riskiert jedoch nur einen kurzen Blick. »Es ist wahrscheinlich ein Seelöwe«, sagt sie. »Die Bucht ist voll von ihnen.«

Ich habe Seelöwen nur im Zoo gesehen, wo sie für Belohnungen in Form von trübäugigen Fischen Kunststücke vorführten. Einen hier in freier Wildbahn zu sehen, verändert meinen Blickwinkel. Ich starre Ewigkeiten auf das Wasser, aber er taucht nicht mehr auf. Als ich endlich den Blick abwende, hat sich Ursula umgedreht und geht den Weg zurück, den wir gekommen sind. Ich laufe ihr hinterher und hole sie ein.

»Tut mir leid, dass wir gestern mit dem falschen Fuß aufgestanden waren«, sagt sie und fixiert dabei weiter den Horizont vor uns. »Ich bin froh, dass du den weiten Weg hierhergekommen bist, um mich zu suchen. Das bin ich wirklich. Vielleicht hätte ich Kontakt aufnehmen sollen …« Ihre Stimme verliert sich. Dann dreht sie sich zu mir um und ihr Blick verweilt auf meinem Gesicht. »Ich kann einiges von mir in dir erkennen«, sagt sie.

Ich denke an unsere Hände, an die Art, wie sie den Kopf hält, aber dann kommt mir etwas anderes in den Sinn.

»Ich habe die Kunstakademie besucht. Genau wie du. Allerdings habe ich nicht Bildende Kunst studiert, sondern Textil- und Bekleidungstechnik. Aber das Künstlerische muss in den Kemp-Genen liegen. Dad kann nicht einmal einen Pinsel richtig herum halten.«

»Und jetzt entwirfst du Hochzeitskleider?«, fragt sie. »Erzähl mir, wie es dazu kam.«

Und so schlendern wir langsam zurück zur Stadt, während ich über mein Geschäft plaudere. Ich frage sie nach ihrer Kunst, wann sie zuerst damit erfolgreich war und woran sie zurzeit arbeitet.

»Und wie lange bist du schon bei der Galerie?«, frage ich sie.

»Oh, schon ewig. Sie kennen mich gut dort, wissen, wie ich arbeite, nehmen Rücksicht auf meine …« Sie schenkt mir ein halbes Lächeln. »Auf meine antisozialen Tendenzen.«

»Die E-Mail, die du mir geschickt hast, war auch so was«, werfe ich ein. »Fast wäre ich auf der Stelle davongerannt. Aber eigentlich bist du gar nicht so schlimm, wenn man dich erst mal ein wenig kennt.«

Sie klopft mir zaghaft auf die Schulter. »He! Ich habe einen Ruf zu verlieren. Sie sind sehr gut zu mir. Skyler ist ein liebes Mädchen. Sie schafft immer Platz für meine Werke und sie organisieren eine Ausstellung für mich, wenn ich genug neue Arbeiten zusammenhabe, die eine rechtfertigen.«

Ihr Gesichtsausdruck verändert sich. Für einen Augenblick sieht sie wehmütig aus.

»Was immer seltener der Fall ist«, fügt sie an. »Ich arbeite nicht mehr wie früher, werde nicht mehr so angetrieben. Die Wut, die meine frühen Gemälde widergespiegelt haben, verraucht irgendwie.«

Sie schaut mich an und ist plötzlich ganz ernst.

»Aber sag das bloß keinem, ja?«

Ich glaube für einen Moment an die Ernsthaftigkeit ihrer Bitte, aber dann lächelt sie und ich weiß, dass es ein Witz war.

»Allerdings male ich zurzeit wirklich weniger, weil ich an etwas Neuem arbeite und es Zeit braucht, das ordentlich zu integrieren. Ich will nicht unausgegoren in eine neue Richtung starten. Kann ja nicht mein Publikum gegen mich aufbringen.«

Der Wind peitscht übers Wasser und findet einen Weg durch meine Kleidung. Ich schaudere.

»Ich kann nicht glauben, dass ich morgen nach Hause muss«, gestehe ich.

»Und ich kann nicht glauben, dass du nur für ein paar Tage den ganzen Weg hierhergekommen bist.«

»Mir ist es nicht leichtgefallen, Dad zurückzulassen. Ich bin nicht gern zu lange weg, falls etwas passiert …«

»Aber er ist nicht allein zu Hause, oder?«

»O Gott, nein! Das wäre was! Wir haben eine Pflegerin, die mir hilft. Sie kümmert sich gut um ihn, ist sehr ruhig und sie scheinen gut miteinander auszukommen. Jedenfalls in dem Maße, in dem er heute mit jemandem auskommen kann.«

»Und hilft dein Bruder auch?«

Das ist eine plausible Frage, aber ich habe den Eindruck, dass sie auf Informationen aus ist. Normalerweise vermeide ich die Beantwortung solcher direkten Fragen über unser Privatleben, aber sie war mir gegenüber ehrlich und ich habe das Gefühl, ich sollte mich erkenntlich zeigen.

»Michael und Dad kommen nicht so gut miteinander klar. Das sind sie aber noch nie. Es gab immer Differenzen.«

»Sind sie sich zu ähnlich?«, fragt Ursula schüchtern.

»Nein. Überhaupt nicht. Michael hat nichts von Dad.«

Ich denke an Michael und Marianne und ihr hübsches Zuhause, in das ihre lebhaften Töchter so viel Freude bringen. Aber dann denke ich daran, wie Michael all dem hier gegenüber eingestellt war: ablehnend, überhaupt nicht hilfsbereit und unkooperativ. Vielleicht ist Ursula näher an der Wahrheit dran, als ich mir selbst je eingestanden habe.

»Na ja, vielleicht ein bisschen«, räume ich ein. »Es ist da allerdings immer so eine Stimmung zwischen ihnen gewesen, schon seit unserer Kindheit.«

»Vielleicht erinnert er sich an mehr, als er verrät«, vermutet sie.

Das war mir noch nie in den Sinn gekommen. Ich habe Michael immer um seine Erinnerungen beneidet. Wahrscheinlich, weil ich keine hatte und er etwas, was er bewahren konnte. Aber vielleicht ist das falsch. Ich erinnere mich daran, was er sagte, als ich ihn nach Ursula fragte. »Es gibt viel, was du nicht weißt, Cara.« Was sollte das heißen? Er hatte sich an Tilly erinnert. Wusste er von dem Unterlassungsurteil? Das würde eine Menge erklären.

»Sobald Michael die Schule beendet hatte, ist er weggegangen«, fahre ich fort. »Er studierte an der Universität und kam nie wieder nach Hause. Jetzt lebt er in London und arbeitet dort als Rechtsanwalt. Verheiratet ist er auch und hat Zwillingstöchter. Er ist glücklich.«

Ursula schaut mich an und verzieht das Gesicht.

»Und macht dir das nichts aus? Dass du die ganze Pflege leisten musst, meine ich.«

Einen Moment denke ich über ihre Frage nach.

»Nein«, lautet meine Antwort. »Das macht mir nichts aus. Einer muss es tun. Ich bin unverheiratet und wohne immer noch im Haus. Also praktisch ist es jetzt mein Haus, nehme ich an. Ich habe dort mein Nähzimmer und alles, was ich brauche. Das ist bequem und funktioniert für uns. Vielleicht wäre es anders, wenn ich jemanden kennenlernen würde, aber so?«

Unaufgefordert kommt mir ein Bild von Simeon in den Kopf. Ich verscheuche es.

»Und wie sieht's bei dir aus?«, frage ich und bin froh, die Aufmerksamkeit von meinem Leben abzulenken. »Bist du Single?«

Ursula nickt.

»Es gab da mal jemanden, aber es hat nicht hingehauen. Er war auch Künstler. Decan Murphy. Vielleicht hast du schon mal von ihm gehört?« Sie schaut mich erwartungsvoll an, aber ich schüttele den Kopf. Sie zuckt mit den Schultern. »Das ist schon lange her. Ich lernte ihn kennen, als ich hergekommen bin. Wir haben uns ineinander verliebt und dann wieder entliebt. Die übliche Geschichte. Er hatte feuriges keltisches Blut und ein hitziges Gemüt. Du hättest die Streitigkeiten hören sollen! Junge, Junge! Dafür hätten wir Eintritt verlangen können. Wie auch immer, meine Kunst begann sich zu verkaufen und deshalb habe ich nach vorne geschaut und nicht mehr zurück.«

Die Geschichte ist zu sauber, sogar für sie. Ich sehe, dass sie etwas zurückhält. Ein Gedanke keimt auf, aber ich bekomme ihn nicht ganz zu fassen.

»Und seitdem bist du allein?«, frage ich.

»Nicht allein. Ich habe ein Kind.«

Sie grinst mich an. Und dann macht es klick. Keltisches Blut. Rote Haare. Murphy.

»Skyler!«, schreie ich praktisch. »Sie ist …«

»Meine Tochter.«

Jetzt, da sie es gesagt hat, sehe ich auch Ähnlichkeiten zwischen den beiden Frauen. Vorher wären sie mir natürlich nicht aufgefallen. Als ich Skyler kennenlernte, wusste ich auch noch nicht, wie Ursula aussah.

»Das macht sie dann zu …«

Mein Verstand müht sich mit den Verwandtschaftsverhältnissen ab.

»Deiner Cousine«, hilft mir Ursula weiter.

Ich kann es kaum fassen. Vor Kurzem kam ich hier an und hatte kaum Familie und jetzt habe ich eine Tante und eine Cousine.

Die Sonne verschwindet hinter einer Wolke und die Temperatur fällt rapide. Ich ziehe den Mantel enger um mich.

»Meiner Cousine«, wiederhole ich. »Ich habe eine Cousine.« Dann spüre ich, wie sich ein Kloß in meinem Hals bildet, und beiße die Zähne zusammen, damit ich nicht in Tränen ausbreche. Angestrengt blinzele ich.

»Heute ist dein letzter Abend in San Francisco und deshalb habe ich mir überlegt, dass ihr beide zum Abendessen zu mir kommen solltet. Es wird nichts Ausgefallenes geben«, sagt sie schnell. »Ich kann nicht kochen und werde wahrscheinlich etwas bestellen. Magst du Chinesisch? Das ist hier unglaublich.«

Mir hat es die Sprache verschlagen. Ich nicke nur und hoffe, dass sie an meinem Gesichtsausdruck sieht, wie dankbar ich bin.

»Guter Gott, dieser Wind ist saukalt.« Ursula ignoriert offensichtlich die Mühe, die ich habe, meine Haltung zu bewahren. »Tut mir leid, aber ich muss zurück und heute Nachmittag noch einige Sachen erledigen. Aber hier ist meine Adresse.« Sie fischt ein Notizbuch aus ihrer Tasche und schreibt sie schnell auf. »Sagen wir so gegen sechs Uhr?«

Ich nehme den Zettel entgegen, ohne darauf zu schauen, und akzeptiere die Anweisungen nickend wie ein kleines Kind.

»Hast du Pläne für heute Nachmittag? Wäre nicht verkehrt, sich das Museum of Modern Art anzuschauen. Wenn du die Augen offen hältst, wirst du auch von meiner Wenigkeit etwas entdecken«, fügt sie mit einem Augenzwinkern hinzu. »Kauf dir eine Postkarte. Wir sehen uns um sechs.«

Dann macht sie sich auf den Weg und lässt mich allein. Möwen kreisen auf ihrer endlosen Jagd nach Futter über meinem Kopf. Mir ist jetzt wirklich kalt. Ich müsste mich eigentlich bewegen, aber stattdessen stehe ich einfach nur da und schaue auf die ans Ufer brandenden Wellen.

Kapitel 42

Annie, 1989

Annie sitzt am Fenster und schaut zu, wie der Zug langsam in Rom einfährt. Sie ist die Einzige, die bisher wach ist, und genießt die Ruhe, solange sie anhält. Rom erstreckt sich über eine riesige Fläche, ist meilenweit weder Stadt noch Land. Die zu beiden Seiten der Gleise aufragenden hohen Wohnblöcke sind ungepflegt und ungeliebt und jeder mit hässlichen Graffiti in Grau- und Rottönen beschmiert. Sie erinnern Annie an Ursulas Kunstwerke aus alten Zeiten: wütend, trotzig, sich nicht einfügen wollend. Ob die Leute, die hier wohnen, etwas dagegen haben, dass ihre Häuser mit solch einem Ausdruck von Verbitterung verunstaltet sind? Wissen sie das überhaupt?

Obwohl es noch nicht einmal acht Uhr ist, hat die Luft im Abteil bereits eine Temperatur erreicht, die Annie nicht mehr als angenehm empfindet. Sie holt mehrmals tief Luft, um ihre Lunge zu reinigen, aber für diesen Zweck taugt die abgestandene Luft nicht. Als der Zug durch die Nacht gerast war, hätte sie am liebsten die Fenster weit aufgerissen, aber das wäre zu laut gewesen, weil der Zug an verschiedenen an der Strecke liegenden Bahnhöfen gehalten hatte und wieder angefahren war.

Annie hatte wegen der Hitze sowieso kaum geschlafen. Das war eine verzwickte Situation. Jetzt lehnt sie sich über ihr Gepäck, das auf dem Boden gestapelt steht, und streckt die Hand aus, um das Fenster zu öffnen. Die Luft, die hereinströmt, ist nicht gerade erfrischend, aber besser als die, die hinausströmt.

Wie lange sie in Rom bleiben werden? Wie zwei reiche Viktorianerinnen waren sie auf ihrer Kavalierstour kreuz und quer durch Europa gereist. Ihr hatte es bisher überall gefallen, außer in St. Petersburg, wo die unverhohlene Aggressivität der Behörden zusammen mit dem furchtbaren Essen ihren Besuch überschattet hatten. Tilly hatte ihr die ganze Zeit erzählt, wie mutig sie seien, sich hinter den Eisernen Vorhang zu wagen, dass es ein Privileg sei, dort zu sein, wo nur wenige Touristen jemals hinreisten, aber Annie verstand das nicht und spürte nur Erleichterung, als der Zug zurück nach Westdeutschland rollte. Obwohl auch Deutschland fremdartig war, fühlte sich Annie dort eigenartigerweise sicherer.

Jetzt arbeiteten sie sich durch Italien vor. Zuerst Venedig, dann Pisa, dann Florenz und jetzt Rom. So zogen sie, Tillys Plan folgend, von Ort zu Ort. Annie trottet ihr blind hinterher, ist immer bereit, auf Knopfdruck begeistert auszusehen, wenn ihr noch ein Gebäude oder noch ein Gemälde gezeigt wird. Laut Tilly ist Rom eine Schatzkiste antiker Geschichte und gestohlenen Reichtums. Wenn Annie an England denkt, muss sie sich auf die Lippe beißen, um nicht die Beherrschung zu verlieren. Sie versucht, überhaupt nicht daran zu denken.

Ein Schaffner geht draußen den Gang entlang und ruft etwas auf Italienisch, das Annie nicht versteht, aber sie nimmt an, es ist ein Hinweis an die Reisenden, sich zu erheben und fürs Aussteigen bereit zu machen. Der Zug fährt weiter nach Neapel, deshalb wird nicht viel Zeit am Bahnsteig bleiben. Annie beugt sich vor und berührt Tilly sanft am Arm. Sie bewegt sich und ist fast sofort wach. Dann presst sie die Augen fest zu, reißt sie wieder auf und ist vollkommen präsent. Etwas dazwischen gibt es bei Tilly nicht, keine Grauzonen.

»Wir sind da«, flüstert Annie, die instinktiv darauf achtet, trotz der Aufforderung des Schaffners die Mitreisenden nicht zu wecken.

Tilly rutscht auf ihrem Sitz hin und her, testet Rücken und Beine, um zu sehen, wie sie die Reise überstanden haben. Während sie sich die Oberschenkel reibt, um wieder etwas Leben hineinzubekommen, lächelt sie Annie an.

»Warte, bis du das Kolosseum siehst.« Ihre Augen strahlen. »Du wirst es lieben. Es ist unglaublich. Alles hier ist unglaublich. Tausende von Jahren Geschichte um einen herum. Ungelogen, da strömt Atmosphäre aus den Wänden. Kannst du dir vorstellen, wie viele Leute auf den Bürgersteigen entlanggelaufen sind?«

Das kann sich Annie nicht vorstellen und eigentlich weiß sie auch gar nicht, wovon Tilly redet, aber sie hat gelernt, nur zuzuhören, wenn Tilly so begeistert von etwas spricht wie jetzt. Geschichte scheint so viel mehr für sie zu bedeuten als für Annie. Vielleicht hatte sie in der Schule besser aufgepasst. Tilly ist von einigen der Orte, die sie gesehen haben, wirklich ergriffen. Annie hat versucht, ebenfalls so eine Begeisterung zu empfinden, aber für sie sind es nur Gebäude – und dazu noch verfallene. Es ist schön, einen Bezug zur Vergangenheit zu haben, aber alles muss man nun wirklich nicht aufheben.

»Die Römer sind so gleichgültig gegenüber dem, was sie vor der Haustür haben«, fährt Tilly fort, faltet ihren Pullover zusammen, den sie als Decke benutzt hat, und steckt ihn wieder in den Rucksack. »Nimm zum Beispiel nur mal die Via dei Fori Imperiali.«

Die italienischen Worte rollen Tilly über die Zunge, als wäre sie dafür geboren, sie auszusprechen.

»Sie führt mitten durchs Zentrum des antiken Roms. Du kannst das Kolosseum quasi aus dem Busfenster berühren. Es ist der Wahnsinn! Kannst du dir vorstellen, dass bei uns Lastwagen direkt an Windsor Castle vorbeifahren? Nicht, dass das das Gleiche wäre. Verglichen mit dem Kolosseum gibt es Windsor erst seit fünf Minuten.«

Und dann macht sie weiter und verwirrt Annie mit dem, was sie alles weiß.

Der Zug kommt ruckelnd zum Stehen, wodurch die andere Frau in ihrem Abteil geweckt wird. Sie sieht das Schild für Rom auf dem Bahnsteig und schließt wieder die Augen. Tilly nimmt ihren Rucksack, macht einen Schritt über die ausgestreckten Beine der Frau und verdreht die Augen wegen der Unannehmlichkeit. Sie schiebt die Tür des Abteils auf und sie treten hinaus in das Getümmel des Bahnhofs, das auf dem Gang des Zuges zu beginnen scheint. Reisende schubsen und schieben, um auszusteigen, der Schaffner schreit und gestikuliert wild herum und zusätzlich ertönen über die Lautsprecheranlage unverständliche Durchsagen an Gott und die Welt.

Annie wuchtet ihren ramponierten Kunstlederkoffer hinter Tilly her und lässt ihn über die Stufen des Waggons auf den Bahnsteig poltern. Tilly, deren schicker Rucksack sie nicht vor solche logistischen Schwierigkeiten stellt, wie Annie sie zu bewältigen hat, fällt das gar nicht auf. Als sie England verließen, versprach Tilly, Annie auch so einen Rucksack zu kaufen. »Ich kann doch nicht zulassen, dass du wie eine Zigeunerin aussiehst«, sagte sie, aber der Rucksack tauchte nie auf und Annie mag nicht fragen. Tilly zahlt ohnehin schon für alles. Das scheint ihr nichts auszumachen, aber Annie ist es unangenehm und sie lenkt nur ungern mehr Aufmerksamkeit darauf als nötig. Annie findet es einfacher, wieder einmal die Tatsache zu ignorieren, dass sie finanziell von jemand anderem abhängig ist.

Tilly macht sich auf den Weg, geht mit großen Schritten auf das Ende des Bahnsteigs zu, winkt Mitreisenden zu und ruft »Buon giorno!«, als wären das alles Freunde von ihr. Tilly hat Freunde auf der ganzen Welt, jedenfalls kommt es Annie so vor.

Annie quält sich hinter ihr her und braucht beide Hände, um ihren schweren Koffer zu schleppen. Schweißflecken zeichnen sich bereits auf ihrem Rücken ab und sie haben noch nicht einmal gefrühstückt.

»Meinst du, es könnte hier eine Gepäckaufbewahrung geben?«, ruft sie Tilly hinterher, die sie entweder nicht hört oder es vorzieht, sie nicht zu hören.

Draußen auf der Straße herrscht laute römische Emsigkeit. Autos hupen und Vespas brummen hin und her wie wütende Wespen. Es wird viel herumgeschrien und mit den Händen gestikuliert und überall, wo Annie hinschaut, sehen die Leute beschäftigt aus, tun jedoch wenig. Tilly führt sie von der Hauptstraße weg und sie bleiben bei einem kleinen Café stehen und kaufen sich ein Stück Pizza, das sie im Gehen essen. Zu Beginn dieses Abenteuers aßen sie in den Cafés, nicht auf der Straße.

Ein zerlumpter Haufen Kinder versammelt sich um sie und Tilly vertreibt sie mit einer Handbewegung. In Pisa erwischte Annie eine Zigeunerin, wie sie die Hand in Tillys Handtasche gleiten ließ. Sie schrie die Frau auf Englisch an und die Frau schrie auf Italienisch zurück, ließ sie dann aber in Ruhe und versuchte ihr Glück bei anderen Touristen. Annie freute sich, dass es ihr gelungen war, mit ihrem schnellen Einschreiten Unheil abzuwenden, aber Tilly hatte nur mit den Schultern gezuckt, als wäre Taschendiebstahl der Preis, den man zahlte, wenn man ins Ausland reiste. Allerdings schien sie jetzt vorsichtiger zu sein und ihr Vertrauen einen leichten Dämpfer abbekommen zu haben.

Es ist so heiß, dass Annie kaum atmen kann. Da sie zuvor England noch nie verlassen hatte, beruht ihre einzige Erfahrung mit wirklicher Hitze auf dem Sommer 1976, aber soweit sie sich erinnern kann, ist es hier viel heißer. Immerhin haben sie ihr Gepäck in der *pensione* gelassen. Der Gedanke, sich durch die Menschenmenge zu drängen und ihren Koffer hinter sich her zu zerren, verursacht ihr ein mulmiges Gefühl.

»Ich bringe dich zum Trevi-Brunnen«, verkündet Tilly triumphierend, und als Annie erkennen lässt, dass ihr das nichts sagt, schaut sie sie missbilligend an. »Kennst du nicht den Film *Drei Münzen im Brunnen*?«

Annie schaut sie verständnislos an. Tilly schüttelt den Kopf und lächelt liebevoll.

»Frank Sinatra? Nein? Wie hast du bloß deine Kindheit verbracht, Schatz? Also, der Brauch besagt, dass wir eine Münze in den Brunnen werfen müssen, um sicherzugehen, dass wir irgendwann nach Rom zurückkommen.«

Im Moment ist Annie nicht sicher, ob sie jemals hierher zurückkommen will. Es ist schmutzig und stinkig und viel zu heiß, aber das wird sie Tilly gegenüber nicht erwähnen. Sie folgt ihrer Freundin, die die Straße entlangschreitet, als bewege sie sich auf bekanntem Terrain. Dann sieht sie einen kleinen Laden, der in die Mauer gebaut ist. Auf wackligen Ständern, die an den hölzernen Fensterläden hängen, werden Postkarten angeboten. Sie zögert. Tilly wird sauer werden, aber das ist ihr egal.

»Könnte ich ein bisschen Geld haben, um eine Postkarte und eine Briefmarke zu kaufen?«, fragt sie. »Bitte.«

Tilly seufzt laut.

»Was? Schon wieder?« Doch dann wühlt sie in ihrem Geldgürtel, den sie nach dem Beinahediebstahl in Pisa gekauft hat, und zieht einige Tausendlirescheine heraus. Sie winkt Annie damit zu, als würde sie die Kellnerin in einem Striplokal herbeizitieren.

Annie nimmt das Geld und überquert die schmale Straße zum Laden auf der anderen Seite. Sie fährt mit einem schmutzigen Finger über den Ständer und stoppt bei einem Gemälde, das ihr bekannt vorkommt. Darauf berührt ein nackter Mann fast die Finger eines alten Mannes in einer Toga.

»Ah«, sagt Tilly hinter ihr. »Die Erschaffung Adams. Die zeige ich dir morgen. Wir können nicht aus Rom abreisen, ohne die Sixtinische Kapelle gesehen zu haben.«

Annie hat für den Rest ihres Lebens genug Kirchen von innen gesehen und kein Interesse an einer weiteren. Außerdem ist sie nicht sicher, ob eine Postkarte mit einem völlig nackten Mann passend ist. Ihr Finger wandert weiter und sie wählt das Foto eines kunstvoll verzierten weißen Gebäudes mit nackten Statuen davor. Trägt hier niemand Kleidung?

»Das ist er«, haucht ihr Tilly aufgeregt in den Nacken. »Das ist der Trevi-Brunnen.«

Jetzt, wo Annie genauer hinschaut, erkennt sie ein bisschen Wasser im Vordergrund. Viel Brunnen ist das aber nicht. Sie geht mit der Karte zur Kasse und wird von einer winzigen und sehr faltigen Frau bedient, die ganz in Schwarz gekleidet ist. Annie signalisiert ihr, dass sie eine Briefmarke möchte, und die Frau verkauft ihr eine, die sie zur Sicherheit gleich auf die Postkarte klebt.

Zurück auf der Straße hakt Tilly Annie unter, zieht sie an sich und gibt ihr einen zärtlichen Kuss auf die Wange.

»Bist du glücklich, Schatz?«, fragt sie.

Annie zögert nur eine Sekunde lang, aber das reicht schon aus. Tilly weicht zurück und macht ein finsteres Gesicht.

»Manchmal frage ich mich, weshalb du überhaupt mitgekommen bist. Wenn du hier so eine verdammt miserable Zeit hast, dann kannst du auch jederzeit zurückgehen, weißt du? Ich halte dich nicht auf.«

»Das habe ich nicht«, wehrt sich Annie. »Ich genieße die Zeit. Das weißt du genau. Es ist nur hart …«

Sie spürt die Tränen und den Kloß im Hals, den sie hinunterschluckt. Es ist zwecklos, Tilly zu erklären, wie sie sich fühlt. Das hat sie bereits versucht und ist gescheitert. Sie schiebt die Postkarte in ihre Tasche, damit Tilly sie nicht zufällig sieht und wieder davon anfängt. Dann holt sie tief Luft und setzt ein strahlendes Lächeln auf.

»Also, wo ist jetzt der Brunnen?«

Tillys Wut ist sofort verraucht und sie tänzelt neben Annie her.

»Also, wenn ich mich recht erinnere …«, sagt sie und führt Annie die Straße entlang.

Annie folgt ihr gehorsam. Tilly hat natürlich unrecht. Sie kann nicht zurück. Joe hat dafür gesorgt. Sie kann nie wieder zurück.

Kapitel 43

Cara, 2018

Als ich zurück ins Hotel komme, schaue ich auf mein Handy und entdecke eine Nachricht von Beth. Schnell öffne ich sie.

> Hi. Hier ist Mrs Jackson (Wie merkwürdig sieht das denn aus?) Ich bin zurück!!!
>
> Flitterwochen waren der Hammer. Wahnsinnshotel. Perfekter Strand. Tolles Essen etc. etc. … Bist du schon neidisch?! Aber genug von mir und meinem perfekten Leben ;-) Wie waren Weihnachten und Silvester bei dir? Gibt's Neuigkeiten? Kann's kaum abwarten, dich zu sehen. Wie sieht's aus mit einem Treffen? B xxx

Gibt's Neuigkeiten? Ich weiß gar nicht, wo ich anfangen soll, und tippe eine schnelle Antwort.

> Hi. Freut mich, dass du eine schöne Zeit hattest. Habe dich wirklich vermisst. Bin in San Francisco! Lange Geschichte. Bin übermorgen zurück. Erzähle dir dann

alles. Auch ein bisschen was Romantisches. Alles auf einmal. Freue mich auf dich. C xxx

Ich lächele in mich hinein, als ich mir vorstelle, wie Beth die Nachricht liest und versucht herauszufinden, was geschehen ist, während sie weg war. Die Unwissenheit wird sie umbringen.

Ich scrolle die neuen Nachrichten herunter. Eingerahmt von den anderen befindet sich eine, die mein Herz höherschlagen lässt. Simeon. Mein Finger schwebt für einen Moment darüber, bevor ich sie öffne.

Cara Liebenswert. Frage mich gerade, wie es mit der neuen Tante läuft. Kannst mir vielleicht alles bei einem Glas Wein oder einem Abendessen erzählen. S.

Er ist beharrlich. Das muss man ihm lassen. Für einen Augenblick lasse ich ihn vor meinem geistigen Auge auftauchen, blende ihn dann jedoch wieder aus. Im Moment habe ich keinen Kopf für ihn und außerdem weiß ich, dass ich nicht gut für ihn bin. Ein großartiger Typ wie Simeon verdient viel mehr, als ich ihm geben kann. Ich sollte ihn ignorieren und das, was zwischen uns ist, einfach im Sande verlaufen lassen. Die Vergangenheit hat gezeigt, dass meine Beziehungen nie gut ausgingen, denn ich bin schlecht darin, andere an mich heranzulassen, und früher oder später entdecken sie immer das Loch an der Stelle, wo eigentlich mein Herz sitzen sollte. Es ist besser für uns beide, wenn ich einfach verschwinde, bevor einer von uns verletzt wird. Ein bisschen Schmerz zum jetzigen Zeitpunkt ist besser, als in Stücke zerrissen zu werden, wenn später alles schiefgeht.

Widerwillig tippe ich eine kurze Antwort, verspreche, mich zu melden, wenn ich wieder zu Hause bin, und frage mich, ob er den Abschied zwischen den Zeilen lesen kann.

Ein wenig später, als mein Taxi vor Ursulas Haus hält, habe ich sämtliche Gedanken an Simeon erneut beiseitegedrängt. Ursulas Haus ist ein kastenförmiger Bau im Industriedesign mit einem Flachdach und großen quadratischen Fenstern. Es ist in einem knallharten metallischen Grau gestrichen oder zumindest sieht es im Halbdunkel so aus. Ich klopfe an die Tür und mir fällt zu spät ein, dass ich eine Flasche Wein oder Blumen hätte mitbringen sollen. Dann höre ich, wie drinnen jemand eine Metalltreppe heruntergepoltert kommt, und schon fliegt die Tür auf und Skyler steht da. Noch bevor sie mich hereingebeten hat, wirft sie mir die Arme um den Hals und drückt mich fest.

»Cara!«, kreischt sie mir ins Haar. »Wir sind Cousinen! Kannst du das glauben? Das wird toll! Wir werden so etwas wie beste Freundinnen sein. Ich weiß einfach, dass es so werden wird.«

Nach einer gefühlten Ewigkeit lässt sie mich schließlich los.

»Komm rein, komm rein!«, ruft sie.

Das Haus scheint auf dem Kopf zu stehen, denn die Wohnräume sind oben – wegen der Aussicht, nehme ich an. Skyler geht die Stahltreppe hinauf voran und ich folge ihr. Meine Schritte hallen durch das Haus. An den Wänden hängen Gemälde, aber ich entdecke nicht Ursulas charakteristisches Rot. Es handelt sich ebenfalls um abstrakte Malerei, aber weicher und heller, ohne dunkle Ecken oder brutale Farbstriche. Ich frage mich, ob es sich um die neuen Arbeiten handelt, von denen Ursula erzählt hat. Es riecht leicht nach Terpentin.

Über den Flur führt mich Skyler in ein Wohnzimmer. Die Höhe des Raumes entspricht zwei Stockwerken und eine Seite besteht nur aus einem riesigen Fenster. Das Zimmer ist mit ein paar Sofas und einem Couchtisch aus Chrom sehr spärlich möbliert. Ursula sitzt zurückgelehnt auf einem der Sofas und hat ein Weinglas in der Hand. Sie nickt mir zu, als ich eintrete, macht aber keine Anstalten, aufzustehen. Skyler, die von der Geschwindigkeit, mit der sie die Treppe hinaufgerannt ist, ein wenig außer Atem ist, schwirrt um mich herum, möchte mir den Mantel abnehmen, einen Drink holen und das Haus zeigen.

»Herrgott noch mal, Skyler«, sagt Ursula. »Jetzt beruhige dich mal. Du bist wie ein Welpe. Lass Cara doch mal in Ruhe. Hol ihr etwas zu trinken. Komm rein, Cara, und setz dich.«

Sie zieht ihre Beine nicht zurück, um mir Platz zu machen, deshalb entscheide ich mich für das andere Sofa und hocke mich auf den Rand. Von der Wärme, die unser Treffen heute Morgen erzeugt hat, ist nichts mehr zu spüren, und plötzlich bin ich wieder auf der Hut, bereit, mich zu schützen, falls erforderlich.

Ich höre, wie Skyler in der Küche eine Flasche öffnet. Ursula schweigt und schaut mich nur aus zusammengekniffenen Augen an. Als Skyler mit einem Tablett zurückgewuselt kommt, auf dem eng beieinander Flaschen, Gläser und eine Schale Pistazien stehen, bin ich erleichtert.

»Ich wusste nicht, was du magst, deshalb habe ich Roten und Weißen mitgebracht, aber wir haben auch Bier oder Mineralwasser. Sag einfach, was du möchtest. Und hier habe ich auch ein paar Pistazien. Oh, du hast doch keine Nussallergie, oder? Ich kann sie auch schnell wieder wegbringen.«

Ich schüttele den Kopf und lächele Skyler an. »Nein, keine Allergien. Weißwein wäre toll, danke.«

»Ich bin ganz vernarrt in deinen britischen Akzent«, sagt sie, als sie für jeden von uns ein großes Glas einschenkt. »Der klingt so majestätisch. Hört sich jeder in Großbritannien so an?«

»Mach dich nicht lächerlich, Skyler«, schaltet sich Ursula ein. Ihre Stimme klingt ungeduldig, jedoch nicht verärgert. »Und außerdem solltest du an britische Akzente gewöhnt sein.«

»Oh, deiner zählt doch nicht, Mom«, kontert Skyler herablassend. »Ich wusste einfach, dass da irgendwas mit dir war«, fährt sie fort, ignoriert ihre Mutter und wendet sich an mich. »Sobald du die Galerie betreten hattest, habe ich das einfach gespürt. Ich wusste natürlich nicht, dass wir Cousinen sind«, fügt sie hinzu, »nicht sofort, aber ich habe gespürt, dass da etwas zwischen uns war, so eine Art Verbindung.«

»O mein Gott«, stöhnt Ursula. »Jetzt hör aber auf!«

Auch ich ignoriere Ursula.

»Ich weiß, was du meinst. Ich hatte das Gefühl, dass wir Freundinnen werden könnten, na ja, wenn sich die leiseste Möglichkeit dazu geboten hätte.«

»Siehst du!«, ruft Skyler und schaut ihre Mutter triumphierend an. »Cara hat es auch gespürt. Wir sind nicht alle trübselige, unsoziale Einsiedler wie du, Mom.«

Ursula winkt nur herablassend ab. »Glaub doch, was du willst«, sagt sie und verdreht die Augen, aber ich glaube, ich sehe den Hauch eines Lächelns auf ihren Lippen.

»Und sie …«, Skyler nickt in Richtung ihrer Mutter, »sie hat mir verboten, dir zu sagen, wer ich bin, obwohl ich es von dem Moment an wusste, als du sagtest, sie sei deine Tante.«

Ich schaue Ursula fragend an. »Weshalb? Hast du dich meinetwegen geschämt?«

»Nein«, antwortet sie, aber so langsam, dass ich es bezweifele. »Es war nur so, dass ich mir erst einmal über einige Dinge klar werden musste, bevor wir alle glückliche Familie spielen. Du hast ja Skyler erlebt und musst verstehen, was ich meine. Ich hätte das immer wieder zu hören gekriegt.«

Ich möchte fragen, was schlimm daran gewesen wäre, wenn sie von mir erzählt hätte und von meiner Herkunft, aber ich kann bereits spüren, dass es keinen Sinn hat. Von dem wenigen, was ich bisher über sie erfahren habe, weiß ich, dass sie bei solchen Dingen das Tempo und die Vorgehensweise selbst bestimmt.

Und so vergeht der Abend. Wir bestellen Essen beim Chinesen und plaudern über nichts Wichtiges, aber es fühlt sich gut an. Wie ein lockerer Abend mit alten Freunden. Um Mitternacht herum kann ich mein Gähnen nicht mehr unterdrücken und schaue auf die Uhr.

»Ich sollte gehen«, verkünde ich. »Ich kann kaum noch die Augen offen halten.«

»Mach dir doch um Schlaf keine Gedanken«, sagt Skyler. »Schlafen kannst du noch im Flugzeug.«

Aber Ursula nickt.

»Lass sie gehen. Sie wird wieder herkommen, nicht wahr, Cara?«

»Das hoffe ich. Und ihr beide seid natürlich jederzeit in England willkommen.«

Ich stehe auf und plötzlich habe ich das Gefühl, gleich weinen zu müssen. Das darf nicht passieren, deshalb konzentriere ich mich auf Praktisches.

»Können wir mir ein Taxi rufen?«

»Das mache ich«, erklärt sich Skyler bereit, verschwindet und lässt mich mit Ursula allein. Die mustert mich eigenartig und mir fällt auf, dass ihr nicht viel entgeht.

»Bist du okay?«, fragt sie.

Ich nicke.

»Ich bin froh, dass du gekommen bist.«

»Ich auch.«

Auf der kurzen Fahrt zurück ins Hotel lasse ich die letzten drei Tage Revue passieren. Ich habe eine Tante und eine Cousine, was großartig ist, aber noch wichtiger ist, dass ich jetzt ein besseres Gefühl dafür habe, wer ich bin. Irgendwie fühle ich mich geerdeter. Dieser Teil fühlt sich gut an, doch der Rest von dem, was ich erfahren habe, ist schwerer zu verdauen. Es ist jetzt klar, dass dieses ganze traurige Durcheinander Dads Schuld ist. Dass ich ohne Mutter aufgewachsen bin, ist allein sein Werk, und darüber hinaus habe ich Jahre meines Erwachsenenlebens verschwendet, weil er mir erzählt hat, sie sei tot. Ich hätte viel früher nach ihr suchen können, aber seine Lügen haben mir die Chance genommen.

Und was ist mit Michael? Wie viel wusste er bereits? Ich nahm immer an, dass er die erstbeste Gelegenheit ergriffen hatte, davonzurennen, weil er mit Dad nicht klarkam, aber was, wenn da noch mehr war?

Ich muss mit Michael sprechen und plötzlich wird das zum wichtigsten Thema in meiner konfusen Welt. Jetzt kann ich ihn nicht anrufen, weil er schlafen wird, aber ich muss so bald wie möglich mit ihm sprechen. Von Angesicht zu Angesicht.

Als ich zum Hotel zurückkomme, ist jegliche Müdigkeit verflogen. Ich setze mich an den Laptop und buche meinen Flug so um, dass ich in Heathrow und nicht in Manchester landen werde. Dann schicke ich eine E-Mail an Mrs P, um ihr mitzuteilen, dass ich ein paar Stunden später als ursprünglich geplant eintreffen werde, und eine an Michael, um ihn zu bitten, sich mit mir zu treffen, wenn ich in London ankomme. Einen Augenblick grübele ich darüber, welchen Treffpunkt ich vorschlagen sollte. Er muss zentral gelegen sein, leicht für ihn vom Büro aus zu erreichen, aber irgendwo, wo wir reden können, ohne uns in die Haare zu bekommen. Und wenn wir während des Gesprächs gehen könnten, dann wäre die Gefahr geringer, dass er mir davonläuft.

Ich wähle die Galerie Tate Modern.

Kapitel 44

Der Flug zurück ins Vereinigte Königsreich ist unkompliziert, aber lang. Ich versuche, im Flugzeug zu schlafen, weiß, dass ich für den vor mir liegenden Tag möglichst viel Energie brauche, aber mein Kopf gibt keine Ruhe. Die Flugbegleiter dimmen das Licht und geben Fleecedecken und winzige Kissen aus, aber ich starre aus dem kleinen ovalen Fenster in die Schwärze des Nachthimmels. Warum ist das alles erst jetzt herausgekommen, wo mein Vater zu krank ist, um sich zu rechtfertigen? Ich hätte jederzeit über die Postkarten stolpern können. Der Schlüssel zu diesen schrecklichen Geheimnissen lag auf dem Dachboden. Aber es war mir nie in den Sinn gekommen, dort nachzuschauen, weil ich nicht wusste, dass dort ein Geheimnis verborgen war. Mein Leben war einfach mein Leben. Überschaubar, ruhig, wie es immer gewesen war. Wie konnte ich wissen, dass es auf Lügen basierte?

Und jetzt, wo mein Kopf vor Fragen explodiert, kann ich mich an niemanden wenden. Dads Lügen, seine verdrehte Argumentation, jegliche Zweifel oder Reue, die er vielleicht gehabt hat, sind verloren im Chaos seines schwindenden Verstandes. Ich werde niemals erfahren, was er dachte, und das ist etwas, womit ich irgendwie lernen muss zurechtzukommen.

Während wir in die Morgendämmerung fliegen, verändert der Himmel still die Farbe und aus der samtigen Schwärze wird Violett und dann ein überraschendes Blutrot. Die Schönheit eines Sonnenaufgangs hat für mich jedes Mal etwas Erhebendes. Obwohl es seit Urzeiten jeden Tag geschieht, werde ich nie müde zuzuschauen, wie die Farben ineinander übergehen. Das beruhigt meinen aufgewühlten Verstand. Für ein paar Augenblicke erlaube ich mir, an Simeon zu denken. Trotz der unterschiedlichen Nachrichten, die er von mir bekommen haben muss, lässt er nicht locker. Das muss bedeuten, dass er mich ein kleines bisschen mag. Bin ich übervorsichtig? Vielleicht sollte ich die Sache entspannt sehen und mich einfach von ihr tragen lassen. Wohin auch immer. Bei dem Fiasko, zu dem der Rest meines Lebens gerade wird, wäre es doch wirklich nicht so schlimm, wenn ich eine kleine Ecke mit etwas Erfreulichem hätte, in die ich mich zurückziehen könnte. Ich beschließe, ohne Reue oder Angst zu genießen, was auch immer wir miteinander haben werden, wenn er noch einmal Kontakt zu mir aufnimmt. Während ich dem Sonnenaufgang zuschaue, spüre ich trotz allem ein aufgeregtes Kribbeln tief in meinem Inneren.

* * *

Die Galerie Tate Modern steht majestätisch am Rande der Themse. Ihr ursprünglicher Daseinszweck ist vergessen, in meiner Welt geht es heute nur um Neuerfindung.

Ich entdecke Michael, bevor er mich sieht. Er läuft mit großen Schritten und erhobenem Kopf, während die Rockschöße seines Mantels hinter ihm flattern. Er sieht unserem Vater so ähnlich. Als er näher kommt, bemerke ich, dass er in sein Handy spricht. Allerdings beendet er das Gespräch sofort, als er mich entdeckt. Eigentlich dachte ich, ich wäre wegen seiner wie auch immer gearteten Rolle in diesem Durcheinander wütend auf ihn, aber als er jetzt vor mir steht, scheint diese Wut verraucht zu sein. Er ist immer noch mein Bruder, mein Beschützer, mein Hafen im Sturm.

»Cara«, blafft er, noch bevor er mich erreicht hat. »Was soll das hier? Ich habe furchtbar viel zu tun und kann nicht einfach alles stehen und liegen lassen, um mich mit dir zu treffen. Na ja, sieht so aus, als könne ich das doch, aber ich hoffe, du hast einen triftigen Grund für dieses Treffen.«

»Wusstest du«, frage ich ihn und komme gleich zur Sache, »dass Mum nicht nur nicht tot ist, sondern dass Dad ein Unterlassungsurteil erwirkt hat, um sie davon abzuhalten, uns zu sehen?«

Ich sehe sofort an seinem Gesicht, dass er es weiß.

»Warum hast du mir das nicht erzählt?«

Michael scheint in Sekunden um Jahre zu altern. Die Stirnfalten werden tiefer, er wird blass und dann rot. Ich sehe Tränen in den Augenwinkeln glitzern, aber keine einzige läuft ihm über die Wange. Er beißt die Zähne zusammen, holt tief Luft und sagt, was ich bereits geahnt habe: »Lass uns gehen.«

Wir biegen in die Galerie ein und gehen die zentrale Eingangshalle hinunter. Der riesige graue Raum des Gebäudes ragt über uns auf. Das Echo von Schritten und Stimmen vermischt sich zu einem tiefen, dumpfen Dröhnen. Man hat fast das Gefühl, in einer Kathedrale zu stehen. Kein Lüftchen regt sich und ich erwarte fast, Leute zu sehen, die im Gebet die Köpfe neigen. Auf halbem Weg die Rampe hinunter bleibt Michael abrupt stehen und dreht sich zu mir.

»Es ist nicht so, wie du denkst«, sagt er. »An viel erinnere ich mich nicht und was ich weiß, habe ich mir selbst über die Jahre zusammengereimt. Dad hat nie darüber gesprochen. In dem Streit, dem letzten, den wir hatten, bevor ich an die Uni gegangen bin, ging es darum.«

»Was wusstest du?«, frage ich, denn ich bin jetzt begierig darauf, alles zu erfahren.

»Wie ich bereits sagte, kann ich mich an die Frau erinnern. Mums Freundin.«

»Tilly?«

Er nickt.

»Ich mochte sie nicht. Sie interessierte sich nie für uns. Wenn du versuchtest, mit ihr zu reden oder ihr etwas zu zeigen, was du gebaut hattest, tat sie es als Unsinn ab. Es hat mich immer geärgert, wie sie dich wegjagte, obwohl du noch ein Kleinkind warst.«

Er hatte mich also beschützt, schon damals, hatte gemerkt, wie ich mich fühlte, als ich erst zwei war. Mein Herz quillt über.

»Aber Mum mochte sie«, fährt er fort. »Mum sah sie nicht so wie ich. Tilly wurde zum Mittelpunkt ihrer Welt – mehr als wir, so fühlte es sich an. Sie war wie der Kuckuck im Nest und drängte uns weg. Und sie war immer da. Am Anfang verschwand sie, bevor Dad heimkam, aber allmählich war es, als würde sie gar nicht mehr gehen. Mum und Dad stritten wegen ihr. Ich lag im Bett, aber ich konnte sie schreien hören. Ich verstand nichts, doch mir war klar, weshalb Dad sie nicht mochte. Ich war gewissermaßen auf seiner Seite.«

Michael geht wieder mit großen Schritten die Rampe hinunter und ich hetze hinterher wie ein kleines Mädchen. »Und dann gab es eines Nachts einen mächtigen Streit. Mum schrie Dad an, aber ich konnte nicht hören, was sie sagte. Immer wieder wurden Türen zugeschlagen. Ich stieg aus dem Bett, schlich über den Flur und setzte mich auf die Treppe. Unten im Flur stand ein Koffer. Ich dachte, wir würden in den Urlaub fahren.« Er holt tief Luft und fährt sich mit der Hand durch die grau werdenden Haare. »Mir war nicht klar, wie es Mum gelungen war, Sachen für uns vier in einen einzigen Koffer zu bekommen.« Er schüttelt den Kopf. »Dann kam Tilly und Mum ging mit ihr und das war's. Ich habe sie nie wiedergesehen.«

Michael sieht niedergeschlagen aus und ich bemerke, wie er mit letzter Kraft versucht, Haltung zu bewahren. Es ist mir egal. Ich muss alles wissen.

»Hat sie sich nicht verabschiedet, nichts mehr gesagt?«, frage ich. »Ist sie einfach gegangen?«

»Ihr war nicht bewusst, dass sie nicht zurückkommen würde, glaube ich. Sie hatten Streit, sie ging mit Tilly und nahm an, sie würde am nächsten Tag zurückkommen und uns holen. Aber Dad wechselte die Schlösser aus und ging zum Anwalt. Und das war's dann. Zum damaligen Zeitpunkt verstand ich das noch nicht, habe mir aber später alles zusammengereimt.«

»Aber überhaupt kein Umgangsrecht? Wie konnte das sein? Sie war unsere Mutter, verdammt noch mal!«

»Ich bin mir nicht sicher, ob Dad das angestrebt hat, aber er hatte einfach Glück. Der dem Fall zugewiesene Richter war so ein radikaler Typ. Er dachte, Lesben seien die Ausgeburt des Bösen und könnten nicht mit der Erziehung von zarten, kleinen Seelen betraut werden. Ich habe die Papiere vom Gericht gelesen und im Nationalarchiv nachgeschlagen. Dad hätte keine verständnisvollere Anhörung haben können, auch wenn er sich einen Richter nach eigenen Vorstellungen hätte zusammenbasteln können.«

Ich kann nicht glauben, was ich höre. Michael hat die Papiere vom Gericht gelesen? Ich habe gerade einmal herausgefunden, dass es überhaupt einen Fall gegeben hat, und er hat die verdammten Papiere gelesen! Aber daran kann ich mich jetzt nicht festbeißen. Ich muss weitermachen.

»Ursula sagte, Mum hätte kein Geld gehabt, um sich vor Gericht verteidigen zu können, und Tilly habe es abgelehnt, ihr Geld dafür zu geben«, berichte ich.

»Das ergibt einen Sinn. Tilly war eine egoistische Kuh. Die wollte nur Spaß haben. Ich glaube, der war überhaupt nicht bewusst, was sie uns angetan hat. Du warst erst zwei, Cara. Du hattest keine Ahnung, was passiert war. Alles, was du wusstest, war, dass deine Mummy nicht mehr da war. Du hast wochenlang geweint. Wir zogen um nach Yorkshire und du hast immer noch geweint. Dad hat das nicht mehr ausgehalten. Er fing an, sich in sein Arbeitszimmer zurückzuziehen. Um Hilfe hat er sich auch nicht gekümmert. Ich nehme an, er befürchtete, dass jemand die Wahrheit herausfinden könnte und seine Witwer-Verschleierungsgeschichte aufflöge. Deshalb habe ich mich, soweit ich konnte, um dich gekümmert, habe dich getröstet, wenn du geweint hast. Und irgendwann hast du damit aufgehört.«

Mir verschlägt es den Atem. Wie konnte Dad uns das antun? Eine Mutter bedeutet für ein zweijähriges Kind alles. Wenn sie über Nacht verschwindet, richtet das immensen Schaden an. Und dann versucht der große Bruder auch noch, die kleine Schwester zu trösten. O mein Gott, der arme Michael! Grenzenloser Hass auf meinen Vater überkommt mich. Wie konnte er das uns beiden nur antun?

Doch dann fällt mir noch etwas auf.

»Du hast also gewusst, dass sie nicht tot ist. Du hast es immer gewusst.«

Er nickt und ich sehe in seinen Augen, welch große Last das für ihn war. Sie flehen mich an, es zu verstehen.

»Aber warum hast du mir das nicht gesagt?«

»Ich konnte es nicht«, sagt er mit stockender Stimme. »Du warst schon so verletzt worden und hast trotz allem etwas aus deinem Leben gemacht. Ich wollte dich vor weiterem Leid bewahren, Ca. Du hattest genug gelitten.«

Sein Blick fällt auf meine Hand. Ich greife mit meiner unverletzten Hand danach und reibe mit den Fingern über die runzelige Haut.

»Was meinst du damit?«

Michael holt wieder tief Luft und ich sehe, wie viel Überwindung es ihn kostet, mir alles zu erzählen. Er stößt die Luft aus und sein ganzer Körper schaudert.

»Es passierte ungefähr sechs Monate, nachdem Mum gegangen war. Dad war im Garten in Ilkley. Er hatte in einem alten Stahlbehälter Feuer gemacht, um Papier zu verbrennen. Du warst im Bett, hattest aber noch Durst und bist aus deinem Gitterbett geklettert, um nach unten zu gehen. Du musst Dad im Garten entdeckt haben und bist zu ihm gegangen. Ich erinnere mich daran, dass du ein kleines pinkfarbenes Nachthemd getragen hast und ich die Windel darunter erkennen konnte, die du nachts brauchtest. Du warst barfuß.«

Wieder holt er tief Luft und ist entschlossen, fortzufahren.

»Dad hat dich nicht kommen gehört. Er war zu sehr damit beschäftigt, Papier ins Feuer zu werfen. Gerade als er Mums Skizzenheft in die Flammen warf, hattest du ihn erreicht. Mum hat immer gezeichnet. Erinnerst du dich daran? Und dann hast du deine Hand ins Feuer gesteckt, um das Heft zu retten …«

Michael kann sich nicht mehr zurückhalten. Seine Schultern beginnen zu zittern und er atmet stoßweise und unregelmäßig.

»Ich konnte dich nicht davon abhalten«, sagt er. »Ich kam zu spät.«

Er wirft mir die Arme um den Hals und vergräbt seinen Kopf an meiner Schulter. Die Leute drehen sich um und starren uns an, während sein ganzer Körper bebt, als er jahrzehntelang vergrabene Emotionen herauslässt. Ich halte ihn einfach so fest ich kann. Ich kann ihm, Mum und sogar Dad nicht böse sein. Jeder von ihnen dachte auf seine eigene verschrobene Weise, dass er das Richtige tat. Jeder versuchte, mich zu schützen. Ich war das Baby und jeder wollte mich behüten.

»Schon gut«, flüstere ich in Michaels Haare. »Ich verstehe das. Es war nicht deine Schuld. Nichts davon war deine Schuld.

Ich mache dich dafür nicht verantwortlich. Wie könnte ich das auch?«

Er hebt den Kopf von meiner Schulter und schaut mir tief in die Augen. Ich kann mich nicht daran erinnern, wann wir uns das letzte Mal so nah waren.

»Meinst du das ernst?«, fragt er mit flehendem, verzweifeltem Blick. Er braucht Vergebung. Seit unserer Kindheit schleppt er das mit sich herum. Die ganze Wut, die ich noch im Flugzeug verspürt hatte, ist verflogen. So vieles, was ihn betrifft – seine Distanz, seine Flucht nach London, sein fehlendes Engagement bei Dad, bei mir –, ergibt plötzlich einen Sinn. Ich bin zum ersten Mal dankbar, dass ich damals noch so klein war. All die Jahre hatte ich gedacht, Michael sei der Glückliche, weil er alt genug gewesen war, sich zu erinnern. Mir war nicht bewusst gewesen, dass er sein ganzes Leben versucht hatte zu vergessen.

»Natürlich meine ich das ernst«, sage ich.

»Was wirst du jetzt tun?«

Ehrlich gesagt habe ich keine Ahnung. Ich muss nach Hause und über alles nachdenken, was ich in den letzten Tagen herausgefunden habe. Im Augenblick habe ich keine anderen Pläne.

»Nichts«, sage ich. »Nichts.«

Ich verlasse ihn am Bahnhof Blackfriars und fahre zu King's Cross, wo ich den Zug nach Hause erwische. Ich bin erschöpft, weil ich zu wenig geschlafen habe, und wie ausgewrungen von allem, was ich in den letzten Tagen herausgefunden habe. Jetzt will ich nur noch nach Hause.

Kapitel 45

Sobald ich auf das Haus zukomme, weiß ich, dass etwas nicht stimmt. Es ist spät und ich gehe davon aus, dass es ruhig in der Straße ist, aber wie bei einer unheimlichen Vorahnung weiß ich, dass mich zu Hause etwas Ungutes erwartet.

Als hätte ich zwei linke Hände, wühle ich in meiner Tasche nach dem Portemonnaie, um den Taxifahrer zu bezahlen, suche nach englischem Kleingeld und finde nur amerikanisches. Als das Taxi abfährt, fahnde ich nach meinem Haustürschlüssel, den ich an eine sichere Stelle gesteckt hatte, die ich jetzt nicht mehr finde. Es hat den Anschein, als wäre ich ewig weg gewesen, obwohl es nur ein paar Tage waren. Eine völlig andere Cara Ferensby kehrt nach Hause zurück.

Endlich finde ich den Schlüssel und schließe die Tür auf. Stille liegt auf dem Haus, so bedrückend wie ein Leichentuch, aber dann höre ich die leisen Geräusche von jemandem, der sich im ersten Stock bewegt. Behutsam und ruhig. Ich rufe, so leise ich kann, hoffe aber dennoch, gehört zu werden.

»Mrs P. Sind Sie das? Ich bin zurück. Ist alles in Ordnung?«

Mrs P erscheint oben an der Treppe. Sie trägt ihre Uniform, eine weiße Schürze aus Synthetik, die ordentlich um die Hüfte gebunden ist.

»Hallo Cara«, empfängt sie mich. »Hatten Sie eine gute Reise?«

»Ja«, antworte ich und blende kurzerhand ihre Frage aus. »Was ist los? Stimmt etwas nicht mit Dad?«

»Tut mir leid, aber es geht ihm nicht sehr gut«, berichtet sie geradeheraus und kommt die Treppe herunter, aber ich laufe ihr bereits entgegen.

»Die Ärztin war hier. Sie glaubt, Ihr Vater hat eine Lungenentzündung. Das ist angesichts seiner anderen Leiden nicht außergewöhnlich.«

Ich dränge mich an ihr vorbei und renne zu Dads Zimmer. Sie ruft mir nach.

»Ich wollte Sie nicht beunruhigen, wo Sie doch sowieso nicht früher hätten kommen können.«

Doch genau das wäre möglich gewesen, wenn ich meinen Flug nicht umgebucht und mich nicht mit Michael getroffen hätte.

Es ist dunkel in Dads Zimmer. Nur die Nachttischlampe wirft einen Schein auf die obere Hälfte des Bettes. Es ist stickig hier und der scharfe Geruch von Desinfektionsmitteln überdeckt alles andere. Ein aufgeschlagenes Buch und eine Lesebrille liegen auf dem Stuhl neben dem Bett. Mrs P muss Wache gehalten haben. Ein Tropf hängt über ihm und die Schläuche schlängeln sich über seine Brust. Ich nähere mich dem Bett und das Herz schlägt mir bis zum Hals, als hätte ich Angst, dass mich gleich etwas anspringt.

Dad liegt zwar mit geschlossenen Augen da, aber ich weiß nicht, ob er schläft. Er atmet schwer und fast jeder dritte Atemzug bleibt aus. In den vier Tagen meiner Abwesenheit scheint er geschrumpft zu sein. Unter der frischen weißen Bettdecke sieht er nicht größer aus als ein Kind und seine im Halbdunkel durchscheinende Haut ist milchig blass. Er hustet, aber das Geräusch klingt erschöpft, als wäre auch das zu viel für ihn.

Verzweifelt schaue ich zu Mrs P und hoffe auf irgendeine Art von Trost. Sie kommt zu mir und legt mir behutsam den Arm um die Schultern.

»Wie lange ist er schon in diesem Zustand?«

»Es fing gestern an. Bis dahin war er vollkommen in Ordnung. Abends habe ich die Ärztin gerufen und sie sagte, dass Ihr Vater hierbleiben könne, weil ich für die Pflege zur Verfügung stehe. Die Antibiotika müssten eigentlich bald wirken.«

Ich schaue Dad an. Er hat so abgebaut, dass es schwer ist, in dieser alten, zerbrochenen Schale den Mann zu sehen, den ich kenne. »Meinen Sie, er gehört ins Krankenhaus?«, frage ich leise.

Mrs P streicht eine unsichtbare Falte in der Bettdecke glatt. »Das müssen Sie entscheiden, Cara, aber ich glaube, man wird dort nichts anderes machen als ich hier. Und ihn hier zu Hause zu lassen, ist weniger stressig für ihn als ein Transport ins Krankenhaus. Ich denke, wir sollten es ihm behaglich machen und schauen, wie es ihm morgen früh geht. Den Krankenwagen können wir jederzeit rufen, wenn es ihm schlechter geht.«

Plötzlich fühle ich mich wie ein Kind. Ich brauche jemanden, der mir sagt, was das Beste ist, damit ich selbst keine Entscheidung treffen muss.

»Glauben Sie … dass es zu Ende geht?«, frage ich sie. Ich fühle mich unvorbereitet. Natürlich wusste ich, dass er irgendwann sterben würde, aber mir war nicht bewusst, dass es schon so bald sein würde. Ich schaue Mrs P an und warte auf ihre professionelle Meinung, weiß nicht, welche Antwort ich von ihr hören möchte.

»Oh, so weit sind wir noch nicht«, sagt sie in einem Ton, der mich an Oberschwestern oder Leiterinnen bei den Pfadfinderinnen erinnert. »Warten wir's ab.«

Ich setze mich neben das Bett, springe aber gleich wieder auf.

»Mein Koffer. Der steht noch vor der Tür.«

»Ich hole ihn rein«, sagt sie ruhig. »Und denken Sie, Sie sollten Michael anrufen?«

Dieser Gedanke war mir noch gar nicht in den Sinn gekommen.

»Natürlich. Wie spät ist es?«

»Halb zwei. Vielleicht sollten Sie lieber bis morgen früh warten.«

»Nein. Ich werde jetzt anrufen. Was soll ich sagen?«

Mrs P schaut mich an. Sie sagt nichts, aber was sie mir damit sagen will, ist klar. Warum wollen Sie Ihren Bruder jetzt wecken, wenn es keine Neuigkeiten gibt?

»Nein. Ich werde ihn anrufen, wenn es hell wird. Das wird das Beste sein. Vielleicht geht es Dad ein bisschen besser, wenn er aufwacht, und dann brauche ich Michael nicht zu beunruhigen.«

Angesichts dessen, was ich in den letzten Tagen herausgefunden habe, denkt ein Teil von mir, dass es Michael sogar egal sein wird, aber das ist nicht der Punkt. Ich kann nicht einfach entscheiden, es ihm zu verschweigen, werde jedoch bis zum nächsten Morgen warten. Außerdem könnte ein Anruf mitten in der Nacht die Zwillinge wecken und das wäre auch ohne die beunruhigende Nachricht schlimm genug.

Mrs P verlässt das Zimmer und ich höre sie leichtfüßig die Treppe hinuntertrippeln. Dann wird die Haustür geöffnet und wieder geschlossen und sie stellt meinen Koffer im Flur ab. Ich beuge mich vor und streichele Dads Gesicht. Seine hauchdünnen Augenlider zucken. Er schlägt die Augen auf und lächelt mich an. Es ist ein richtiges Lächeln, als wüsste er genau, wer ich bin. Dieser schwache und gebrochene Mann hat so vielen Leuten so viel Leid zugefügt, aber jetzt, als ich seine hohle

Wange berühre, fällt es mir schwer, Wut zu empfinden. Die letzten paar Enthüllungstage können nicht ein Leben voller Liebe verdrängen, denn er hat mich auf seine eigene, törichte Art geliebt. Die ganzen Lügen wurden mir erzählt, um mich zu schützen, und egal, wie unklug sein Handeln war, er glaubte, dass er das Richtige tat. Michael hat sich eine Meinung darüber gebildet, aber ich muss sie nicht teilen. Ich bin nicht sicher, ob ich je vergeben oder verstehen kann, was er getan hat, aber den Mann gibt es nicht mehr. Der alte Mann, der in diesem Bett liegt, ist jemand völlig anderer.

Dad öffnet den Mund, doch Worte bringt er nicht zustande. Sogar die Anstrengung dieser kleinen Bewegung scheint zu viel für ihn zu sein.

»Sag nichts, Dad. Du musst deine Kräfte schonen. Außerdem genieße ich die Ruhe und den Frieden.« Ich drücke seine Hand und hoffe, dass er die Tränen in meinen Augen nicht sieht.

»Braves Mädchen«, sagt er so leise, dass ich es nicht hören würde, wenn ich nicht die Bewegung seines Mundes sehen könnte. »Braves Mädchen.«

»Ruh dich aus«, sage ich und er schließt wieder die Augen.

Ich bin so müde. Deshalb beuge ich mich vor und lege mein Gesicht auf die Bettdecke neben Dads schwache Hand. Ich spüre sein rasselndes Atmen und schon bin ich eingeschlafen.

Als Mrs P behutsam meinen Arm berührt, wache ich auf. Einen Augenblick bin ich verwirrt, aber dann erinnere ich mich wieder, wo ich bin.

»Ich muss eingeschlafen sein. Wie spät ist es?«

»Fast fünf Uhr«, sagt sie.

Sie macht eine ganz kurze Pause. »Es tut mir so leid, Cara, aber Ihr Vater ist von uns gegangen.«

Ich brauche einen Moment, bis ihre Worte bei mir angekommen sind.

»Es war sehr friedlich«, fährt sie fort. »Er ist einfach im Schlaf verstorben.«

Ich schaue Dad an. Im Halbdunkel sieht er einen Moment genauso aus wie vorhin. Aber als ich genauer hinschaue, sehe ich, dass er völlig regungslos daliegt. Sein Gesicht ist bereits eine Maske. Als ich seine Wange berühre, ist sie kalt.

»Aber ich habe doch nur einen Augenblick die Augen zugemacht. Er kann nicht tot sein. Es ging ihm gut. Er hat mit mir gesprochen.«

Es gibt so viel und dennoch nichts zu sagen. Ich wollte Dad alles erzählen, was ich von Ursula und Michael erfahren habe, obwohl ich wusste, dass er nicht würde antworten oder gar verstehen können, aber jetzt ist es zu spät.

»Er kann nicht tot sein«, wiederhole ich noch einmal, obwohl ich es selbst sehen kann.

Mrs P fasst mich am Ellbogen und will mich wegführen, aber ich leiste Widerstand. Ich weiß nicht einmal, weshalb. Es fühlt sich einfach falsch an, Dad hier allein liegen zu lassen, wenn er mich braucht.

»Kommen Sie, Cara«, sagt sie behutsam. »Ich muss den Krankenwagen und einen Arzt anrufen, der den Tod bescheinigt. Und Sie sollten vielleicht Michael anrufen.«

Michael. Er weiß von nichts. Ich hatte ihn noch nicht einmal vorgewarnt, dass Dad sterben könnte, und jetzt ist es zu spät. Als könne sie Gedanken lesen, fährt Mrs P fort: »Er hätte niemals rechtzeitig den ganzen Weg von London hierhergeschafft. Es ging alles sehr schnell.«

»Das stimmt.« Ich ziehe auch das kleinste Fitzelchen Trost aus ihren Worten. »Es ging sehr schnell. Wir hatten keine Ahnung, nicht wahr?«

Ich schaue sie an, brauche dringend eine Bestätigung und die Besänftigung des unbekannten Gefühls, das, wie ich befürchte, schnell zu Schuld wird.

»Natürlich nicht«, sagt sie.

Wir wissen beide, dass dieses Gefühl nicht wahr ist, aber ich greife danach wie ein Ertrinkender nach einem vorbeischwimmenden Stock. Dann lasse ich mich von ihr aus dem Zimmer führen. Unten gehe ich zum Telefon und rufe Michael an. Aus irgendeinem Grund, den ich selbst nicht ganz verstehe, habe ich das Gefühl, ich sollte den Festnetzanschluss nehmen, als würde dadurch eine wirkliche Verbindung zwischen uns entstehen. Ich sitze auf der untersten Stufe der Treppe und tippe seine Nummer ein. Marianne ist fast sofort am Telefon.

»Hallo?«, meldet sie sich und ihre Stimme klingt ängstlich wegen eines Anrufs zu so früher Stunde.

»Marianne. Ich bin's, Cara«, sage ich und mit diesen vier Worten ist es vollbracht.

»Oh«, höre ich sie leise sagen.

»Ist Michael da?«

»Ja. Du erwischst ihn gerade noch. Warte.« Sie legt das Telefon ab und ich höre, wie sie sich auf die Suche nach Michael begibt. Ich verstehe nicht, was sie zu ihm sagt, aber als das Telefon wieder hochgenommen wird, ertönt die Stimme meines Bruders.

»Cara?«, sagt er.

»Dad ist von uns gegangen.«

Der Euphemismus dieses Satzes lässt mich für einen Moment denken, er könnte die Bedeutung nicht voll erfasst haben und dass ich deutlicher werden muss. Aber als er spricht, weiß ich, dass er mich verstanden hat.

»Wann?«

»Gerade eben. Er schlief und dann …«

»Was war es?«

»Lungenentzündung.«

»Bist du okay?«

Ich nicke und weiß, dass er mich versteht, obwohl er mich nicht sehen kann.

»Kann ich irgendetwas tun?«, fragt er mich.

»Ich weiß nicht. Mrs P ist hier. Sie weiß, was zu tun ist.«

»Gut«, sagt er leise. »Wir telefonieren später noch einmal, wenn du mehr über den Ablauf weißt. Ich komme zur Beerdigung hoch. Brauchst du mich vorher?«

Brauche ich ihn? Ja, natürlich. Ich brauche ihn, damit er mir zuflüstert, dass alles gut wird, wie er es immer getan hat, als wir Kinder waren. Ich brauche ihn, damit er mich festhält und mir Witze erzählt, bis die Tränen getrocknet sind. Ich brauche ihn, damit er mir versichert, dass wir beide die Einzigen auf der ganzen Welt sind, die zählen, und dass wir uns um keinen anderen scheren. Außer, dass das nicht mehr stimmt. Er hat Marianne und die Mädchen. Eigentlich bin ich die Einzige auf der ganzen weiten Welt.

»Nein«, antworte ich. »Ich komme klar und rufe dich später an. Tut mir leid, Michael«, füge ich hinzu.

»Das braucht es nicht, Ca«, sagt er leise. »Wir hören später voneinander.«

Dann legt er auf und ich bin allein.

Kapitel 46

Die Zeit vergeht beständig auf der großen weißen Küchenuhr, aber ich nehme keine Notiz davon. Ich koche Tee und lasse ihn vor mir auf dem Küchentisch kalt werden. Dieses Taubheitsgefühl ist wahrscheinlich Schock, aber ich weiß nicht genau, über welchen Teil dieser Geschichte. Mrs P führt Telefonate und erledigt ruhig und effizient all die praktischen Dinge, um die ich mich eigentlich kümmern sollte, doch ich bringe es nicht fertig. Leute kommen ins Haus und Dad verlässt es schließlich. Ich tue nichts. Sitze einfach nur da und bin unfähig, die Trauer, die ich wegen des Todes meines einzigen Elternteils fühle, mit der Wut zu kompensieren, die ich auf Dad habe, weil er mich des anderen Elternteils beraubt hat. Es tut zu weh herauszufinden, welcher Schmerz größer ist, deshalb unterdrücke ich sowohl den einen wie auch den anderen und atme einfach langsam ein und aus.

Nach dem Mittagessen, hätte es welches gegeben und würde es von Bedeutung sein, klingelt es an der Haustür. Ich stehe nicht auf, höre aber Mrs P zur Tür gehen. Im Flur sind gedämpfte Stimmen zu hören und einen Moment später erscheint Beths gebräuntes Gesicht in der Tür.

»Cara, Süße«, sagt sie leise. »Ich bin so schnell gekommen, wie ich konnte.«

Anfangs ist es das Natürlichste auf der Welt, dass Beth gekommen ist, aber dann wird meinem wirren Verstand klar, dass ich ihr noch nicht erzählt habe, was passiert ist. Niemandem außer Michael habe ich es erzählt.

»Woher …?«, frage ich.

»Mrs P. Sie hat mich angerufen. Es tut mir so leid, Cara.«

Beth, die meine lädierte Hand festgehalten hat, als die Mädchen in der Schule gemein zu mir waren, die da war, um bis ins mikroskopisch kleinste Detail unsere allererste Party zu analysieren, die immer zu mir gehalten hat und die nichts aus der Fassung bringen konnte, eilt durch die Küche, wirft mir die Arme um den Hals und hält mich fest. Das reicht aus, damit sich die Tränen sammeln, die bisher auf sich haben warten lassen. Ich spüre, wie mein Gesicht zerknautscht und mir ein einziger Schluchzer entschlüpft wie die Vorhut einer sich nähernden Armee.

Beth setzt sich neben mich, legt mir den Arm um die Schultern und ich lehne mich an sie. Sie riecht sauber und frisch wie Wäsche auf einer Leine im Frühling. Der Druck ihrer Arme verstärkt sich und sie wird Mutter, Schwester und beste Freundin in einer Person.

»Gut so«, sagt sie und streicht mir über den Rücken. »Lass alles raus.«

Und das tue ich.

Später, als mir der Brustkorb wehtut, die Augen brennen und alle Tränen geweint sind, kocht Beth uns Tee, mit dem wir ins Wohnzimmer gehen, wo es gemütlicher ist.

»Erzähl mir von deinen Flitterwochen«, fordere ich Beth auf.

Beth lächelt verhalten und schämt sich angesichts meines Schmerzes ein wenig wegen ihres Glücks. »Es war wunderbar«, sagt sie leise. »Das Hotel war perfekt und der Strand ein Traum. Ich glaube wirklich, ich könnte auf einer tropischen Insel leben. Stell dir mal vor, du bist irgendwo, wo du nicht übers Wetter nachdenken musst, wo es garantiert jeden Tag sonnig und warm ist.«

»Das würde irgendwann langweilig werden«, gebe ich zu bedenken. »Dieses endlose Blau. Ich wette, du würdest dich nach einem bleifarbenen Himmel sehnen, bevor dir die Schlüpfer ausgehen. Und du würdest den flachen Horizont hassen.«

»Vielleicht würde ich das Moor vermissen«, gibt sie zu und wir sitzen beide einen Augenblick schweigend da und stellen uns vor, wie rissig ein perfektes Leben wirklich ist.

Eigentlich sollte ich ihr jetzt von Simeon erzählen, aber irgendetwas hält mich zurück. Zum Teil liegt es daran, dass ich keine Kraft für ihre Begeisterung haben werde, zum Teil daran, dass ich immer noch nicht weiß, wo Simeon und ich eigentlich stehen. Ich habe mich noch nicht bei ihm gemeldet, seitdem ich zurück bin. Angesichts dessen, was geschehen ist, war kaum Zeit für irgendetwas anderes. Aber das ist es nicht. Ich halte mich fern, weil ich zwar im Flugzeug entschieden habe, es weiterlaufen zu lassen, jetzt aber Angst habe, dass Simeon seine Einstellung mir gegenüber geändert hat. Solange wir noch nicht miteinander gesprochen haben, kann ich mir einreden, dass er immer noch auf mich steht. Schuldbewusst behalte ich meine Neuigkeiten für mich.

Und dann, so ganz nebenbei, sagt Beth: »Ich bin mir nicht sicher, ob ich mein Häuschen verkaufen möchte.«

Das kommt so aus heiterem Himmel, dass ich zunächst keine Verbindung zu unserem bisherigen Gespräch herstellen kann und Simeon unbemerkt aus meinen Gedanken verschwindet. Meine Verwirrung muss mir ins Gesicht geschrieben stehen.

»Jetzt, da ich verheiratet bin«, erklärt Beth, »meint Greg, ich solle das Häuschen verkaufen, damit wir das Geld für die Zukunft investieren können, aber ich bin unsicher, ob ich das will.«

»Na ja, es ist dein Häuschen. Du kannst doch sicher damit machen, was du willst.«

»Das sollte man annehmen, oder?«

Ihre Worte klingen bissig. Das spüre ich sofort und hake nach.

»Was ist los?«, frage ich. »Ärger im Paradies?«

»Nein«, antwortet sie, aber das Wort hört sich, gepaart mit einem Seufzer, so an, als bereite ihr seine Aussprache bereits Mühe.

Ich lege den Kopf zur Seite und schaue sie mit gehobenen Augenbrauen an.

»Es ist nur, dass …«

Ich warte. Sie zu drängen hat keinen Sinn. Ich muss sie ihr eigenes Tempo bestimmen lassen.

»Na ja«, setzt sie wieder an. »Er kann ziemlich kontrollsüchtig sein, weißt du?«

Ach wirklich?!, denke ich, halte jedoch den Mund. Es kommt nicht häufig vor, dass Beth Greg kritisiert, und dass sie es jetzt tut, nachdem sie noch nicht einmal einen Monat verheiratet sind, ist umso erstaunlicher. Ich nicke mitfühlend.

»Versteh mich nicht falsch«, fährt sie fort. »Manchmal ist das wunderbar. Er rauscht dann ins Zimmer und übernimmt die Kontrolle und ich muss mir überhaupt keine Gedanken mehr um irgendetwas machen. Greg kümmert sich dann einfach um alles. Das ist eigentlich ziemlich beeindruckend. Er ist immer so präsent, hat so eine Aura.« So würde ich das eigentlich nicht nennen, aber ich halte meine Klappe und lasse sie weiter erklären. »Aber mein Häuschen gehört mir. Ich habe wirklich hart gearbeitet, um die Anzahlung zusammenzusparen und die Hypothek allein abzudecken. Du weißt das ja.«

»Natürlich weiß ich das«, pflichte ich ihr bei.

»Verglichen mit seinem Chirurgengehalt ist das natürlich nichts für ihn, aber für mich schon. Ich glaube, ich bin nicht bereit, es herzugeben. Noch nicht.«

»Und hast du ihm erzählt, was es dir bedeutet?«

Trotzig hebt sie den Kopf. »Er sagt, ich sei albern und das Häuschen würde bald eine Belastung werden, weil so viel daran gemacht werden müsse, und dass wir es jetzt an einen Bauunternehmer verkaufen sollten, um den Vermögensgegenstand zu liquidieren.«

Aus dem, was sie sagt, höre ich Greg heraus. Ich kann nicht glauben, dass ihr die Worte *Vermögensgegenstand zu liquidieren* je zuvor über die Lippen gekommen sind. »Und was wirst du jetzt tun?«, frage ich sie.

Beth schaut mich an und hebt eine Augenbraue. In ihren Augen ist wieder ein Funkeln, das ich die letzten Wochen vermisst habe. Ich heiße es wie einen alten Freund willkommen.

»Du wirst nicht tun, was er gesagt hat, oder?« Ich lächele schief und fühle mich, als wären wir Verschwörer in irgendeinem teuflischen Komplott. Genau wie früher, vor Greg, vor allem.

»Nein«, sagt sie entschlossen. »Ich glaube nicht. Es ist mein Häuschen. Nur weil wir geheiratet haben, bedeutet das nicht, dass ich mit allem einverstanden bin, was er sagt. Am Häuschen festzuhalten ist auch eine fundierte unternehmerische Entscheidung. Es ist ein Anlageobjekt mit einer Wertschätzung. Und ich kann es vermieten und so die Hypothek tilgen.«

»Genau«, pflichte ich ihr bei. Und du hast immer noch einen Zufluchtsort, wenn alles völlig danebengeht, denke ich, sage es aber nicht laut.

»Wie auch immer«, sagt Beth, beugt sich vor und schaut mir direkt in die Augen, wobei sie den Kopf auf die Seite legt und die Augenbrauen zusammenzieht. »Aber jetzt mal Schluss mit mir. Wie geht's dir? Das mit deinem Dad tut mir wirklich leid.«

In den wenigen Minuten, die vergangen sind, seitdem sie eingetroffen ist, habe ich fast vergessen, dass Dad von uns gegangen ist. Jetzt, wo sie es laut ausspricht, hört es sich für mich falsch an, wie etwas, das jemand wegen der dramatischen Wirkung sagt. »Ich kann es noch gar nicht richtig glauben«, presse ich hervor.

»Natürlich kannst du das noch nicht. Es war ja auch noch nicht zu erwarten, jedenfalls nicht so bald. Es muss wie ein Schock für dich gewesen sein. Mrs P sagte, er hätte eine Lungenentzündung gehabt.«

»Das haben die Ärzte gesagt. Ich hätte hier sein sollen.« Erst als ich mich diesen Satz laut sagen höre, weiß ich, dass ich so fühle. Ich bin weggegangen und habe ihn im Stich gelassen, bin um den halben Erdball gejagt, um etwas herauszufinden, von dem ich lieber nichts wüsste. Und das ist jetzt dabei herausgekommen. Meine Welt hat sich so verändert, dass ich sie nicht wiedererkenne, und mein Vater ist tot.

Beth will davon nichts wissen. »Das ist doch absurd«, sagt sie behutsam.

Ich spüre die brennende Hitze der sich wieder in meinen Augen sammelnden Tränen.

»Das hätte doch jederzeit passieren können. Es ging ihm nicht gut, Cara. Und das schon seit Langem. Er hätte eine Lungenzündung bekommen, ob du nun hier gewesen wärst oder nicht. Du kannst dir dafür nicht die Schuld geben. Außerdem werde ich das auch nicht zulassen.«

Ich weiß, dass sie recht hat, aber das macht die Schuldgefühle auch nicht besser.

»Ist er …?« Sie deutet mit dem Kopf zur Zimmerdecke. »Ist er noch hier?«

Sie sieht so ernst aus, dass ich lachen muss. Das Geräusch ist so abwegig in diesem melancholischen Haus und das lässt mich noch einmal lachen.

»Nein. Sie haben ihn weggebracht. Er wäre nicht sehr begeistert, mich lachen zu hören.«

Ich meine, so bald nach seinem Ableben, aber Beth sagt: »Nein. Er mochte es nie, wenn wir zu viel Spaß hatten.« Schnell schlägt sie die Hand vor den Mund und reißt die Augen auf. »O Gott, es tut mir so leid. Er ist noch keine zwei Minuten tot und ich rede schon schlecht über ihn.«

Sie hat allerdings recht. Wir waren aus Angst, wir könnten ihn stören und somit seinen Zorn erregen, immer sehr ruhig beim Spielen.

»Erinnerst du dich noch, als er uns ausgesperrt hat, weil er bei unserem Lärm keinen klaren Gedanken fassen konnte?«

»Ja!«, ruft Beth und nickt begeistert. »Es war eiskalt und hat in Strömen gegossen. Meine Mum war fuchsteufelswild, als ich nach Hause kam. Ich war patschnass und durchgefroren.«

»War sie das? Das wusste ich gar nicht.«

»Doch. Das hat sich in mein Gedächtnis eingebrannt, weil sie so wütend darüber war. Sie sagte, dass sie nicht wisse, was in diesem Haus vor sich ginge, aber dein Vater müsse mal seine Prioritäten neu ordnen. O nein!«, stößt sie hervor. »Ich habe es schon wieder getan. Tut mir so leid. Was meine Mum vor zwanzig Jahren dachte, ist völlig nebensächlich.«

»Das macht doch nichts«, beruhige ich sie. »Es stimmte wahrscheinlich.«

Mich interessiert, was Beths Mum über Dad gesagt hat. Ich bin nie mit einer alternativen Sichtweise seiner

Elternkompetenz konfrontiert worden und einen Vergleich hatte ich auch nie.

»Was hat sie noch über ihn gesagt?«

Beth legt die Stirn in Falten. Es ist offensichtlich, dass sie überlegt, was sie mir erzählen kann und was sie lieber zurückhalten sollte. »Na ja«, beginnt sie unsicher. »Ich glaube, sie dachte einfach, dass er unter schwierigen Umständen sein Bestes gab.« Sie löst ihren Blick von meinem und schaut auf den Tisch zwischen uns. »Aber dass Michael und du manchmal ein wenig vernachlässigt wart.«

Sie schaut mich wieder an, ernst diesmal, und beißt sich auf die Unterlippe, als sie darauf wartet, wie ich reagiere, um festzustellen, ob sie eine Grenze überschritten hat.

»Ich denke, das trifft es«, sage ich und sehe, wie sie erleichtert ist. »Er war nicht so wie dein durchschnittlicher praktischer Vater. Er konnte ein schwieriger Bursche sein und hat auf Besucher keine Rücksicht genommen. Aber zumindest war er authentisch. Was man sah, bekam man auch.«

Wenn ich jetzt, aus der Perspektive einer Erwachsenen, darüber nachdenke, vermute ich, dass Dad einfach nicht sehr gut mit Kindern umgehen konnte. Er war über Nacht zu einem alleinerziehenden Vater geworden und musste ganz allein und ohne Unterstützung lernen, mit zwei kleinen Kindern klarzukommen. Und dann waren da noch der Schock und die Demütigung, dass meine Mutter mit Tilly davongelaufen war. Vielleicht war es gar nicht so überraschend, dass er wütend auf uns war. Das wäre Mum vielleicht auch gewesen, wenn Dad sie alleingelassen hätte. Aber das alles war nur Wutgeschrei. Er hat uns nie richtig wehgetan. Vielleicht hatte er nur sein Bestes gegeben, und das war eben nicht besonders gut gewesen.

»Er war aber auch manchmal sauer auf uns, oder?« Durch meine Reaktion auf ihre Kritik löst sich Beths Zunge ein wenig. »Ich hatte eine Höllenangst vor ihm.«

»Wirklich?«, frage ich, wusste es aber natürlich bereits. Das war einer der Gründe, weshalb es nur so wenige Besucher im Haus gab. Wenn unsere Freunde Dad an einem schlechten Tag begegnet waren, kamen sie nur widerwillig noch einmal zu uns. Bei den Ferensbys wurde man nicht freundlich willkommen geheißen.

»Ich glaube, ich habe vergessen, wie er mal gewesen ist«, sinniere ich. »Er war so lange dieser fügsame, verwirrte Schatten dessen, was er einmal gewesen ist, dass diese Version von ihm irgendwie in meinem Kopf das Original ersetzt hat. Wenn ich darüber nachdenke, wie er seit Beginn seiner Krankheit gewesen ist, dann ist es schwer, sich vorzustellen, dass er einmal so furchteinflößend war.«

»Und trotzdem war er es«, sagt Beth leise. »Hör mal«, fährt sie fort, »sollen wir beide heute Abend nicht zum Abendessen ausgehen, damit wir uns mal wieder so richtig auf den neuesten Stand bringen können? Aber sag mir, wenn du meinst, dass das eine wirklich blöde Idee ist.«

»Ich bin total hinüber«, gestehe ich und schüttele den Kopf.

Beth sieht wieder besorgt aus und ist kurz davor, sich für ihren Vorschlag zu entschuldigen. Doch dann überdenke ich alles noch einmal. Was habe ich heute Abend vor? Hier sitzen und heulen? Ich komme ihrer Entschuldigung zuvor.

»Aber wenn ich mich heute Nachmittag hinlege, bekomme ich vielleicht ein bisschen Schlaf. Ja. Ich glaube, das wäre genau, was ich brauche, Beth. Danke.«

»Ich reserviere einen Tisch für uns«, bietet Beth an. »Acht Uhr?«

Ich nicke und unterdrücke ein Gähnen. »Ich freue mich schon darauf.«

Ich begleite Beth nach draußen und als ich mich umdrehe, steht Mrs P im Flur. Sie trägt ihren Mantel und in der Hand hat sie den Koffer. Ich frage mich, wohin sie will, und dann erinnere ich mich, dass es mit Dads Tod keinen Grund mehr für sie gibt, noch länger hierzubleiben.

»Ich mache mich dann mal davon, Cara«, sagt sie.

Ich weiß nicht, was ich sagen soll. Die Tatsache, dass sie gehen muss, trifft mich wie ein Schlag. Es war mir nie in den Sinn gekommen, dass sie mich verlassen würde, obwohl es einleuchtend ist, wenn ich jetzt darüber nachdenke. Dennoch möchte ich, dass sie bleibt. Ich brauche sie. Ich habe mich so sehr daran gewöhnt, sie hier bei uns, bei mir zu haben. Es hatte sich so normal angefühlt, jemanden zum Reden zu haben, wo das nie wirklich Standard für mich gewesen war. Für sie waren wir allerdings nur ein Job wie jeder andere. Sie wechselt ständig. Wenn sie sich mit der Familie versteht, für die sie sorgt, dann ist das sicher ein Pluspunkt, aber letzten Endes ist es eine Tätigkeit, mit der sie ihren Lebensunterhalt verdient. Sie macht das berufsmäßig. Sicher wäre sie zu Dad und mir genauso freundlich gewesen, wenn ihr hier alles nicht gefallen hätte.

Ich stolpere über meine Worte, als ich versuche, meine Dankbarkeit auszudrücken, und scheitere.

»Es ist so schön gewesen …«, beginne ich. »Ich weiß nicht, was ich ohne Sie getan hätte. Durch Sie ist alles besser geworden. Ich weiß, dass Dad es geschätzt hat. Ich hoffe, es läuft gut bei der nächsten …«

Sie breitet die Arme aus und ich lasse mich hineinfallen.

»Ich werde Sie so sehr vermissen«, murmele ich und spüre, wie sich neue Schluchzer die Kehle hinaufarbeiten.

»Ach, seien Sie doch nicht albern«, wehrt sie ab, aber ich glaube etwas in ihrer Stimme zu hören, einen Riss in der Fassade der Ruhe, die sie sonst ausstrahlt. »Wir bleiben in Verbindung und ich komme zur Beerdigung. Wenn Sie etwas brauchen, dann rufen Sie mich einfach an. Ich werde in den nächsten Wochen keine neue Arbeit annehmen.« Sie erlaubt mir, sie noch ein paar Sekunden festzuhalten, und dann entzieht sie sich vorsichtig meiner Umklammerung. Sie öffnet die Haustür und geht den Weg entlang, ohne sich noch einmal umzuschauen.

Kapitel 47

Als ich wegen des grellen Geräuschs der Weckfunktion meines Handys aufwache, ist es draußen bereits dunkel. Automatisch lausche ich auf Geräusche von Dad und es dauert ein, zwei Augenblicke, bis ich mich erinnere. Im Haus ist es vollkommen still. Ich bin allein.

Ich schalte die Nachttischlampe ein und stehe auf. Immer noch fühle ich mich angeschlagen, fast verkatert, und ich frage mich, ob die Idee so gut war, tagsüber zu schlafen. Es wird ewig dauern, bis ich den Jetlag überwunden habe, wenn ich das auf diese Weise angehe, aber plötzlich scheint das unwichtig zu sein. Ich könnte meine innere Uhr komplett umstellen, wenn ich das wollte. Wer ist jetzt noch da, der aufpasst, wie ich mein Leben organisiere?

Als ich geduscht bin und mich angezogen habe, mache ich mich auf den Weg nach unten, um mich mit Beth im Restaurant zu treffen. Irgendetwas lässt mich den Kopf in Dads Schlafzimmer stecken. Es ist, als würde ich an einem Schorf kratzen. Ich weiß, dass es wehtun wird, und trotzdem tue ich es. Das Zimmer ist aufgeräumt und das Bett neu bezogen. Ich rieche Desinfektionsmittel und Möbelpolitur. Mrs P, die Gute.

Als ich ins Restaurant komme, ist Beth schon da. Sie hat eine Flasche unseres Lieblingsweins bestellt und sich bereits durch eine halbe Schale dicker grüner Oliven gefuttert.

»Bin ich zu spät?«, frage ich und setze mich.

»Nein. Ich war früher hier. Ich wollte nicht, dass du reinkommst und hier allein sitzen musst. Außerdem hat Greg Football oder Rugby oder so etwas geguckt und kaum mitbekommen, dass ich gegangen bin. Oliven?«, fragt sie und schiebt die Schale über den Tisch. Dann gießt sie mir Wein ein. »Ein Trinkspruch?«, fragt sie.

Ich hebe mein Glas und stoße vorsichtig mit ihr an. »Auf Dad«, sage ich und dann trinken wir beide.

Im Restaurant ist viel los und es gibt zu wenig Bedienungen. Die Kellnerin, die für uns verantwortlich zu sein scheint, weigert sich unerschütterlich, Blickkontakt mit den Gästen aufzunehmen, und erledigt erst einmal die vorliegenden Bestellungen, bevor sie neue annimmt. Uns ist das egal. Wir haben Zeit.

»So. Jetzt erzähl mir mal, weshalb du nach San Francisco gedüst bist«, will Beth wissen.

Ich erzähle ihr also, wie ich Ursula online aufgespürt habe und von der Fotografie mit ihr und Mum.

»Da hast du also sicher gewusst, dass dein Dad dich wegen ihres Todes angelogen hat?«, fragt sie.

»Na ja, sicher nicht«, antworte ich. »Aber dann habe ich alle Puzzleteile zusammengesetzt und es erschien immer wahrscheinlicher. Deshalb musste ich mich mit Ursula treffen und sie von Angesicht zu Angesicht fragen.«

»Das war so mutig von dir«, lobt mich Beth mit großen Augen. »Hattest du keine Angst vor dem, was du vielleicht herausfinden würdest? Ich wäre völlig verängstigt gewesen. Kennst du das, wenn ein Teil von dir etwas wissen will und der andere Teil ganz und gar nicht?«

Das liebe ich so an Beth. Sie trifft immer den Nagel auf den Kopf. Und dann sprudelt es nur so aus mir heraus. Ich erzähle von meinem Besuch in der Galerie und meinem Treffen mit Skyler, wie ich auf die E-Mail gewartet habe und vom ersten katastrophalen Treffen mit Ursula.

»Was für eine Hexe!«, ruft Beth. »Ich glaube, ich wäre ihr hinterhergerannt und hätte ihr deutlich gesagt, was ich von ihr halte.« Doch wir beide wissen, dass sie das nicht wirklich getan hätte. Dann erzähle ich, wie sie mich am nächsten Tag aufgesucht hat und wie ich ihr vergeben habe. »Und was hat sie dir erzählt? Über deine Mutter, meine ich.«

Die erste Flasche ist fast leer und wir hatten noch immer keine Speisekarte, ganz zu schweigen von Essen, das über die mittlerweile verputzten Oliven hinausgeht, aber keine von uns stört das wirklich.

»Das ist kompliziert«, fahre ich fort. »Wie sich herausgestellt hat, ist meine Mum mit einer anderen Frau davongelaufen und Dad hat sie zu einer unfähigen Mutter erklären lassen und ein Gerichtsurteil erwirkt, das ihr verbot, uns zu sehen. Und Michael wusste das die ganze Zeit und hat nie etwas gesagt.«

Und das ist sie nun. Meine ganze traurige Lebensgeschichte in einer kleinen und leicht lädierten Kurzfassung. Beth sitzt einfach nur mit offenem Mund da. Die Kellnerin schafft es endlich bis an unseren Tisch, aber Beth verscheucht sie ungeduldig.

»O mein Gott!« Sie ist fassungslos. »O mein Gott! Und wo ist deine Mum jetzt? Ist sie noch mit dieser Frau zusammen?«

»Das wissen die Götter. Ursula meinte, sie habe sich von Tilly getrennt, aber sie hat seit den Neunzigerjahren nichts mehr von Mum gehört. Ich vermute, sie könnte jetzt tatsächlich tot sein.«

»Was für ein Durcheinander«, stellt Beth fest. »Aber sie hat all diese Postkarten geschickt.«

»Als ich achtzehn geworden bin, hörte das aber auf. Seit fünfzehn Jahren gibt es kein Lebenszeichen mehr von ihr.«

»Wirst du weiter nach ihr suchen?«

Ich stoße einen tiefen Seufzer aus. Das und der Wein machen mich ganz schwindelig.

»Ich weiß es nicht. Ich weiß nicht, was ich tun soll. Und im Augenblick kann ich auch nicht darüber nachdenken. Es gibt so viele andere Dinge zu erledigen, mit Dad und so. Was ich allerdings von Ursula erfahren habe, ist, dass Mums richtiger Name Anneliese ist, nicht Anne, und das erklärt vielleicht, weshalb ich nichts über sie gefunden habe.«

»Anneliese. Das ist ein schöner Name. Wie Cara.«

Es ist egal, wie verfahren die Situation ist, Beth findet immer etwas Positives daran. Die Kellnerin taucht erneut auf und dieses Mal geben wir unsere Bestellung auf, die sie lieber ihrem Gedächtnis anvertraut, als sie niederzuschreiben.

»Glaubst du, die Bestellung schafft es bis in die Küche?«, fragt Beth mich und schenkt uns nach.

»Danke, Beth. Dafür, dass du immer für mich da bist.«

»Wofür hat man denn eine beste Freundin?« Sie legt den Kopf zur Seite und schaut mich an, vergewissert sich, dass ich okay bin.

Wieder überkommt mich eine Gefühlswallung. Beth greift über den Tisch nach meinen Händen. »Weine ruhig, Cara. Lass es alles raus.«

Aber ich habe keine Tränen mehr. Meine Augen sind trocken, doch mein Herz tut weh.

Das Essen kommt, wie wir es bestellt hatten. Als es vor mir steht, merke ich, wie hungrig ich bin. Ich esse schnell und mit Genuss.

»Ich habe Neuigkeiten«, verkündet Beth. An ihrem Grinsen sehe ich, dass es etwas Gutes ist und dass sie gewartet hat, bis wir meine Probleme durchgesprochen hatten, bevor sie damit herausrückt.

»Oh, ja?«, ermuntere ich sie mit dem Mund voller Kartoffelgratin.

Aus dem Grinsen wird ein breites Lächeln und in ihren Augen blitzt der Schalk. »Ich habe einen Welpen gekauft, einen total niedlichen Cockapoo. Er ist schokobraun, mit einer süßen kleinen Stupsnase und dem weichsten Fell, das du je gefühlt hast. Er ist erst acht Wochen alt und kommt am Wochenende. Ich werde ihn Samson nennen.«

Ihr entschlüpft ein kleines Quieken der Begeisterung und dann schaut sie mich mit einem verschlagenen Blick an.

»Aber ich dachte …«, sage ich langsam. »Hasst Greg nicht Hunde?«

»Ja. Inbrünstig, weil sie alles durcheinanderbringen und stinken und schmutzige Pfotenabdrücke im Haus hinterlassen. Aber ich liebe Hunde und er hat mich geheiratet. Er muss sich halt daran gewöhnen!«

Ich lache, lange und laut. Die Leute schauen sich um und lächeln uns an, weil wir uns offensichtlich blendend amüsieren. Wie falsch ich doch lag, mir wegen Greg um Beth Sorgen zu machen. Sie weiß genau, wie sie mit ihm umgehen muss. Vielleicht möchte er sie nach seiner Pfeife tanzen lassen, aber da wird er auf Granit beißen. Und mal gucken, wer gewinnt – der Beißer oder der Granit.

Kapitel 48

Die Tage bis zur Beerdigung verlaufen sehr ruhig. Besucher oder Kondolierende gibt es nicht. Während ich für die Einsamkeit dankbar bin, kommt ein Teil von mir nicht umhin, darüber nachzudenken, wie wenig Raum Dad und ich wirklich auf der Welt einnehmen. Ein oder zwei Karten mit wohlmeinenden Worten treffen ein, als die Neuigkeit durchsickert, aber so wirklich ist niemand da, der um ihn trauert. Ehemalige Kollegen, zu denen er den Kontakt verloren hat, Freunde aus der Tagespflege, an die er sich sowieso nicht erinnern würde, Mrs P?

Mit Arbeit lenke ich mich ab. Für die Frühlingsbräute habe ich Termine einzuhalten und deshalb ist jede Menge zu tun. In meinem Nähzimmer schalte ich das Radio ein. Das leise Summen, das gut zum Geräusch der Nähmaschine passt, ist vertraut und tröstlich, überdeckt jedoch die im Haus herrschende Stille nur mit einer Maske. Ich versuche, nicht an Dad, Mum oder gar Simeon zu denken. Ich funktioniere einfach und bin ohne Unterbrechungen oder Ablenkungen überaus produktiv. Trotzdem überprüfe ich regelmäßig mein Handy auf eingehende Nachrichten. Ein- oder zweimal beginne ich sogar eine Nachricht an Simeon zu schreiben, aber jetzt, da ich wieder zu Hause bin, scheint sich mein Entschluss, es mit ihm zu versuchen, in Luft aufgelöst zu haben, und ich lösche die Nachricht wieder.

Michael, Marianne und die Mädchen sollen am frühen Abend des Tages vor der Beerdigung eintreffen. Bis sie hier ankommen, werden sie laut Marianne bereits gegessen haben. Dieses Detail ist wichtig für sie. Es gab eine Diskussion darüber, ob die Mädchen überhaupt mitkommen sollen, aber ich nehme an, Marianne hat ein Machtwort gesprochen und gesagt, es sei wichtig für die Mädchen, von ihrem Großvater Abschied zu nehmen. Ich frage mich allerdings eher lieblos, ob sie das macht, um einen Präzedenzfall für zukünftige Beerdigungen zu schaffen, die ganz klar mehr auf der Seite ihrer Familie stattfinden werden. Im Endeffekt ist es aber egal, welche Beweggründe sie hat. Ich bin nur froh, dass ich nicht mehr allein sein werde.

Ich beschäftige mich mit dem Beziehen der Betten und dem Bereitlegen von Handtüchern und beschließe, Dads Zimmer leer stehen zu lassen und nur die Tür zuzuziehen, ohne hineinzuschauen. Niemand wird in einem Bett schlafen wollen, das erst vor Kurzem der Tod heimgesucht hat.

Der Kühlschrank erzählt eine eigene Geschichte. Als ich die Tür öffne, sehe ich eine halb getrunkene Flasche Wein, einen Plastikkarton mit Milch und Käse, der an den Rändern bereits grün ist. Ich habe mich von Toast und Quality Street ernährt. Das Auffüllen der Vorräte bringt ein neues Gefühl von Normalität mit sich und als ich draußen Michaels Auto vorfahren höre, habe ich ein Feuer im Kamin entfacht und das Haus macht einen warmen und einladenden Eindruck.

Ich stehe in der Tür des Hauses, das jetzt mein Haus ist, und begrüße sie. Die Mädchen steigen zuerst aus, sehen angemessen traurig aus und sind wahrscheinlich gerade von Marianne über die entsprechenden Anstandsregeln instruiert worden.

»Hallo Tante Cara«, rufen sie im Chor. »Das mit Opa tut uns sehr leid.«

Ich breite die Arme aus und ziehe dort, wo sie mit gesenktem Kopf stehen, jeweils ein Kind an jede Hüfte. »Danke, ihr beiden. Es ist sehr traurig, aber dem Opa ging es sehr schlecht, und es war vielleicht das Beste, dass er gestorben ist.«

Sie stehen da, bis ihrer Meinung nach eine ausreichend lange Zeit vergangen ist, und dann schauen sie mit strahlenden Augen zu mir auf.

»Können wir jetzt auf Entdeckungstour gehen?«, fragen sie und hüpfen, alle Beerdigungsbenimmregeln vergessend, auf der Stelle.

»Mädchen! Mädchen! Was habe ich gerade gesagt?«, ertönt Mariannes Stimme von der Auffahrt. »Tante Cara ist sehr traurig und sie will nicht, dass ihr euch wie kleine Hunde benehmt. Beruhigt euch.«

Ich drücke weiterhin beide Kinder an mich und rede über ihre Köpfe hinweg mit Marianne.

»Das ist wirklich in Ordnung und eigentlich schön. Es war so still hier. Ich geistere ja allein durchs Haus. Bitte, kommt doch herein. Hattet ihr eine angenehme Fahrt?«

Die vier wechseln vom Auto ins Haus, die Mädchen schwatzen aufgeregt miteinander und Marianne informiert mich über die Einzelheiten der Reise. Nur Michael schweigt. Er trägt den einzigen Koffer und folgt seiner Familie wie ein Portier. Ich warte einfach. Er wird reden, wenn er dazu bereit ist. Ich nicke und lächele Marianne an, höre ihr aber nicht zu. Meine ganze Aufmerksamkeit konzentriert sich auf Michael. Er hält Abstand zu den anderen und nimmt vorsichtig sein Umfeld in sich auf. Als er über die Türschwelle tritt, glaube ich zu sehen, dass er kurz zögert, wie ein Tier, das vorsichtig nach Anzeichen von Gefahr schnuppert. Das habe ich noch nie an ihm beobachtet. Ich frage mich, ob ich mir das einbilde, ob sich meine veränderte Wahrnehmung unserer Familiengeschichte auf sein Verhalten projiziert und ich es deshalb neu interpretiere. Doch auch wenn er vorsichtig ist, verfliegt seine Nervosität schnell, und ich frage mich, ob ich überempfindlich war, weil ich mir eingebildet habe, dass sie jemals da gewesen ist.

»Es sieht immer noch wie früher aus«, sagt er, aber mit Rührung in der Stimme und nicht Verachtung. »Wie sind deine Pläne, Ca? Wirst du es zu Geld machen oder bleiben?«

Die Unverblümtheit seiner Frage wundert mich nicht. Ich kenne meinen Bruder.

»Ich glaube, ich bleibe hier«, antworte ich. »Jedenfalls vorerst. Bei einem Auszug müsste ich alles ausräumen. Wenn ich bleibe, brauche ich nur die Tür zu schließen und kann es erst mal eine Weile vergessen. Und ich glaube, das Haus könnte ein wenig liebevolle Pflege gebrauchen.«

Marianne wirft einen taxierenden Blick auf die ausgeblichenen Teppiche und die vergilbten Tapeten. »Es braucht nur ein bisschen Auffrischung«, sagt sie mildtätig.

Bis jetzt war mir nicht aufgefallen, wie schäbig das Haus eigentlich aussieht. Mein Hauptaugenmerk hatte auf Dads Pflege und auf meiner Arbeit gelegen. Über die Mängel des Hauses hatte ich hinweggesehen, besonders seit Mrs P für Sauberkeit und Ordnung sorgte. Jetzt, wo ich einen kritischeren Blick darauf werfe, sehe ich das Haus, wie es andere sehen müssen, und durch diese Erkenntnis werde ich aus dem Nichts von einer Welle der Trauer erfasst, die mich umhaut. Marianne legt mir behutsam den Arm um die Schultern und führt mich in die Küche, wo sie den Wasserkocher einschaltet, bevor ich auch nur ansatzweise bemerkt habe, dass Tee gebraucht wird.

»Tut mir leid«, sage ich, als die Schluchzer nachlassen. »Ich weiß nicht …«

»Entschuldige dich nicht«, beruhigt mich Marianne. »Das ist ganz normal. Es ja alles noch ganz frisch. Das braucht seine Zeit.« Ihre Stimme klingt einfühlsam, ruhig, als würde man in ein warmes Bad abtauchen.

»Aber ich habe nicht erwartet …«

Sie hält beim Teekochen inne und schaut mich direkt an. »Was hast du nicht erwartet? Dass es dich so traurig machen würde? Was auch immer geschehen ist, was auch immer er getan oder nicht getan hat, was auch immer aus ihm geworden ist, er ist immer noch dein Vater.« Während sie spricht, streicht sie mir über den Rücken. Auch in meiner Trauer merke ich, dass diese Sätze vorbereitet waren, und frage mich, wie viel Michael ihr erzählt hat. Der ist jedenfalls nicht zu sehen.

Als Marianne Tee eingießt, höre ich die Mädchen die Treppe heruntergepoltert kommen. Sie reden bereits, bevor sie die Küche betreten.

»Können wir auf dem Dachboden schlafen?«, fragen sie.

»Ich habe euch aber das Zimmer neben meinem hergerichtet«, sage ich und schaue sie so ernst wie möglich an. Dann sehe ich, wie ihnen das Lächeln ein wenig vergeht. »Aber … wenn Mum und Dad einverstanden sind, dann können wir eure Matratzen auch hinaufbringen.«

»Mädchen, ich glaube wirklich nicht …«, setzt Marianne an und wirft ihnen einen schnellen Blick zu.

»Ist schon gut«, beruhige ich sie. »Allerdings müssen wir ein bisschen Staub wischen.« Ich denke an den Zustand des vorderen, weniger vollgestopften Dachbodenraums. »Und ich hoffe, ihr habt kräftige Muskeln mitgebracht, damit ihr uns mit den Matratzen helfen könnt.«

Ich folge ihnen die Treppe hinauf und rufe dabei nach Michael. Er kommt ohne ein Wort zu sagen aus Dads Zimmer. Seinen Gesichtsausdruck kann ich allerdings nicht erkennen.

»Dad! Dad! Wir brauchen dich, damit du uns hilfst, die Matratzen auf den Dachboden zu schleppen!«, ruft Esmé, greift nach seinen Armen, als sie und Zara an ihm vorbeigehen, und zieht ihn hinter sich her. Er lacht und ergibt sich der Unnachgiebigkeit seiner Töchter.

»Wie wäre es, wenn wir nur eine Matratze hochbringen und ihr schlaft zusammen darauf? Wo die eine den Kopf hat, hat die andere die Füße«, schlägt er vor. Die Mädchen schauen sich fragend an und nicken dann zustimmend.

Zu viert schaffen wir es, die Matratze die knarrenden Holzstufen hinaufzutragen. Im Verlauf dieser Transaktion fällt Zara der iPod aus der Tasche und klappernd die Treppe hinunter. Der Moment reflektiert das unvergessliche Geschrei der Vergangenheit. Ich schaue Michael an. Kurz habe ich das Gefühl, er wird gleich toben. Er blickt seine Tochter finster an, doch dann verzieht sich sein Mund zu einem Lächeln.

»Tollpatsch!«, ruft er. »Mal gut, dass er in dieser Hülle steckt. Ist er in Ordnung?«

Zara lässt die Matratze los, hebt den iPod auf und untersucht sorgfältig den Bildschirm.

»Alles in Ordnung«, verkündet sie. »Kein Grund zur Panik.«

»Kannst du bitte in Zukunft ein bisschen besser aufpassen?«, bittet Michael seine Tochter. »Wenn er kaputtgeht, gibt es keinen neuen.«

Wir quälen uns weiter mit der Matratze die Treppe hinauf und in den Raum, den die Zwillinge gerade vor Kurzem aus seinem Dornröschenschlaf geweckt haben. Staubpartikel kreisen in der Luft.

»Ihr wollt doch nicht wirklich hier schlafen, oder?«, frage ich sie ungläubig. »Es ist so schmutzig.«

»Doch, doch!«, rufen sie im Chor. »Wir dürfen doch, oder, Tante Cara?«

Mein Blick wandert zu Michael, der fast unmerklich nickt.

»Na gut, wenn ihr sicher seid … Aber ich glaube, ihr seid verrückt! Lasst uns die Bettdecke holen und schauen, ob wir eine kleine Lampe oder so etwas finden.«

Die Mädchen stürzen sich auf die Matratze und tun so, als würden sie schlafen, während ich mit Michael wieder nach unten gehe.

»Es ist gut«, sagt er leise. »Mir gefällt das. Es hilft.«

Als die Mädchen in ihrem provisorischen Zimmer zur Ruhe gekommen sind, schürt Michael das Feuer und wir drei machen es uns auf dem Sofa gemütlich. Ein beladenes Tablett steht vor uns auf dem Teppich. Ich habe Fette Schlingel, eine Art Yorkshire Scones, in der schicken Bäckerei in der Stadt gekauft. Kirschen funkeln auf jedem wie Juwelen. Mein Blick fällt auf etwas Glitzerndes und ich entdecke zwei oder drei Stückchen Lametta, die immer noch im Teppich hängen. An die Weihnachtsdekoration hatte ich überhaupt nicht gedacht. Mrs P muss alles weggeräumt haben, als ich in San Francisco war, und mir wird wieder bewusst, wie sehr ich sie vermisse.

Und dann unterhalten wir uns über das Leben von Michael und Marianne in London und meiden hartnäckig andere Themen, bis die Asche verglüht ist.

Kapitel 49

Ich nehme an, dass normale Familien vor einer Beerdigung wirklich viel zu tun haben. Sie hetzen herum, bereiten Sandwiches vor, bestimmen die Musik und geben in letzter Minute noch Anweisungen. Dads Beerdigung ist nicht so. Ich habe bei der örtlichen Zeitung eine Todesanzeige mit allen Angaben aufgegeben. Von einem Leichenschmaus ist keine Rede, aber ich kaufe sicherheitshalber ein paar Extrapackungen Brot und hauchdünne Scheiben Schinken. Von Weihnachten haben wir noch Sherry übrig und Wein ist auch da. Ich habe kein Bier, aber da Michael sowieso vorhat, direkt nach der Beerdigung nach Hause zu fahren, nehme ich nicht an, dass wir welches brauchen. Es ist nicht so, sage ich mir, dass ich Dad keinen guten Abschied bereiten möchte, aber nur wir werden anwesend sein und wir brauchen nicht viel.

Tief im Herzen weiß ich allerdings, dass das nicht ganz die Wahrheit ist. Ich bin sicher, dass ich mir mehr Mühe gegeben hätte, wenn Dad vor sechs Monaten gestorben wäre, bevor ich wusste, was er getan hat. Es wären trotzdem nicht mehr Leute zu seiner Beerdigung gekommen, aber vielleicht wäre ich die Sache mit mehr Wohlwollen angegangen. Oder vielleicht auch nicht. Das ist wirklich schwer zu sagen.

Wir sind viel zu früh für die Abfahrt ins Krematorium bereit. Die Mädchen, die wir noch über unseren Köpfen herumhüpfen hörten, lange nachdem wir selbst zu Bett gegangen waren, sind schon vor Tagesanbruch aufgestanden. Ich bin bereits wach, als ich sie ins Badezimmer tappen höre. Ich liege da, starre an die Decke und genieße die Geräusche von Leben im Haus. An das Alleinleben muss ich mich erst noch gewöhnen.

»Gibt es wirklich nichts, was ich noch tun kann?«, fragt Marianne, nachdem wir den Frühstückstisch abgeräumt haben.

»Ich glaube nicht«, antworte ich und versuche, nicht abweisend zu klingen, will aber gleichzeitig auch kein Gespräch beginnen.

Ich spüre, dass sie etwas sagen will und den richtigen Moment vorsichtig dafür abwägt, aber ich mache es ihr nicht leicht. Ich will nicht, dass sie mich zwingt, meine Beweggründe für diesen zurückhaltenden Abschied zu genau zu hinterfragen. Ich habe Angst davor, was ich herausfinden könnte, wenn ich es täte. Deshalb gebe ich ihr keine Chance. Im Haus herumflitzend stelle ich Sachen von einer Stelle auf eine andere, schaffe nicht vorhandene Aufgaben, bis es an der Tür klopft.

»Das werden die Bestatter sein«, rufe ich nach unten. »Kannst du sie bitte reinlassen? Ich bin gleich fertig.«

Ich höre, wie die Tür geöffnet wird, und dann tiefe, gedämpfte Stimmen sprechen, aber ich verstehe nicht, was sie sagen. Ich will es auch gar nicht wissen und bleibe, wo ich bin, verstecke mich im ersten Stock, bis ich Michael höre, der mich nach unten ruft. Ich kann dem Unvermeidlichen nicht länger aus dem Weg gehen.

»Cara. Sie sind so weit. Sollen wir fahren?«

Natürlich sollten wir losfahren, aber ich zögere noch immer.

»Komme gleich!«, rufe ich nach unten, bewege mich jedoch nicht.

Marianne weist die Mädchen an, ihre Mäntel anzuziehen, Schlüssel klirren, die Haustür quietscht, als sie weit geöffnet wird. Ich würde alles tun, um hierbleiben und mich verstecken zu können, bis alles vorüber ist. Der Gedanke zu zeigen, was ich die letzten Tage verborgen habe, jagt mir Angst ein, und ich mache mir Sorgen darüber, dass ich nicht mehr aufhören kann zu weinen, wenn ich erst einmal angefangen habe.

Und dann steht Michael neben mir, obwohl ich ihn nicht die Treppe habe heraufkommen hören. Er schaut mich mit resigniertem Gesichtsausdruck an und streckt die Hand aus, um mich zu schnappen und in die richtige Richtung zu lenken.

»Wir müssen gehen, Cara«, sagt er, nimmt meine Hand und drückt sie behutsam. »Komm. Es wird schon schiefgehen. Du musst einfach noch diesen Teil durchstehen und dann wird alles wieder normal. Kommt Beth?«

Beth hatte ich ganz vergessen und der Gedanke, dass sie an meiner Seite sein wird, muntert mich auf.

»Ja. Ja, sie weiß Bescheid.«

»Gut. Dann komm jetzt. Sie warten auf uns.«

Ich lasse zu, dass mich mein Bruder die Treppe hinunter und hinaus zum Auto führt. Die Wintersonne hängt wie eine silberne Münze am blassblauen Himmel. Sollte es bei einer Beerdigung nicht regnen oder der Himmel zumindest wolkenverhangen sein? Es fühlt sich ein wenig unanständig an, dass so ein schöner Tag ist, der erste seit Wochen. Der Wagen des Bestattungsinstituts ist riesig und sehr, sehr schwarz. Marianne und die Mädchen sitzen schon in der hintersten Reihe. Michael und ich setzen uns in die Mitte und der Bestatter wartet geduldig darauf, dass er die Tür hinter uns schließen kann. Als ich mich herunterbeuge, um einzusteigen, bemerke ich, dass er einen Fleck auf dem Aufschlag seines schwarzen Mantelärmels hat. Der Fleck sieht aus wie Erbrochenes von einem Baby, aber der Gedanke, dass sich dieser düstere Mann jemals um ein Baby kümmern könnte, erscheint so unwahrscheinlich, dass ich fast lachen muss. Er sieht, dass mein Blick auf den Fleck fällt, und versteckt den Arm hinter dem Rücken. Jetzt sieht er aus wie ein Polizist. Das finde ich noch lustiger. Ich beiße mir auf die Lippe und erinnere mich, wo ich bin.

Das Krematorium ist nicht weit entfernt. Während der Fahrt sitzen die Mädchen so still wie möglich, aber ich kann hören, wie sie miteinander tuscheln.

Als wir ankommen, verlässt gerade die Nachhut der vorhergehenden Trauerfeier das Krematorium. Sie sehen aus wie eine richtige Trauergemeinde, sind von Kopf bis Fuß in Schwarz gekleidet, stützen sich gegenseitig und ziehen mit gesenkten Köpfen ab.

Wir steigen aus und betreten nacheinander den leeren Raum, in dem mindestens zwanzig Reihen Sitzgelegenheiten stehen, die man in einem Gotteshaus Kirchenbänke nennen würde, nehme ich an. Ungefähr in der Mitte sitzen Brian, der Busfahrer vom *Limes,* und ein paar alte Männer, die ich nicht zuordnen kann, aber die Dad wahrscheinlich von dort kennen. Ich vermute, sie sind nur wegen der Feier nach der Beerdigung gekommen, und spiele mit dem Gedanken, ihnen mitzuteilen, dass es keinen Leichenschmaus geben wird, damit sie nicht enttäuscht sind, aber dann gehen sie vielleicht schon vor der Trauerfeier. Auf der anderen Seite sitzt Beth weiter vorne. Sie trägt ihre dunkelste Kleidung, aber ihre Bräune passt so gar nicht zum feierlichen Anlass und sie sieht ein bisschen deplatziert aus. Sie sieht uns kommen und lächelt breit. Dann rückt sie auf, damit sie zwischen mir und Michaels Familie sitzt. Wir füllen eine halbe Reihe.

Und das ist sie auch schon, die Gesamtanzahl der Trauernden bei der Beerdigung meines Vaters. Dann beginnt die Musik zu spielen. Sie klingt ein wenig nach Kirchenlied, aber es ist keine Melodie, die mir bekannt vorkommt. Dad hätte sie wahrscheinlich gekannt. Ich suche nach einer Orgel oder einem Klavier, aber es muss eine Tonaufnahme sein. Und wieder stelle ich schuldbewusst fest, dass ich vielleicht ein Stück hätte auswählen müssen, das Dad etwas bedeutet hat. Die Tatsache, dass ich keine Ahnung habe, was das sein könnte, blende ich aus.

Die Bestatter tragen den Sarg langsam nach vorn und stellen ihn vorsichtig vor den blassgrauen Vorhang, hinter dem sich, so nehme ich an, der Verbrennungsofen befindet. Ein einfacher Strauß weißer Lilien liegt auf dem eichenen Sargdeckel. Hatte ich den bestellt oder haben sie ihn nur aus Mitleid und wegen des Mangels an Blumenschmuck daraufgelegt? Ich habe keine Ahnung.

Als der Zelebrant erscheint, schaut er auf seine Uhr, um sicherzugehen, dass er zur richtigen Zeit beginnt. Es gibt keine Gebete – Dad war nicht gläubig, obwohl er all die Lieder kannte – und keine Lesungen. Die Abwesenheit von Gott bei solch einem Anlass kommt mir merkwürdig vor. Als wäre die Beerdigung ohne eine Form von Ritual irgendwie ungültig. Aber so hätte Dad es gewollt. Eine Trauerrede gibt es auch nicht. Michael und ich hatten darüber gesprochen, ob einer von uns etwas sagen sollte, und beschlossen, dass das nicht nötig sei. Was hätten wir auch gesagt? »Hier liegt unser Vater, der unsere Mutter aus unserem Leben verbannt und uns eingeredet hat, sie sei tot.«

Und wegen des Mangels an Material hat der Zelebrant nicht viel zu tun.

»Wir haben uns heute hier versammelt, um von Joseph Ferensby, Vater von Michael und Cara und Großvater von Esmé und Zara, Abschied zu nehmen. Möge er in Frieden ruhen.«

Er schaut sich um, um sicherzugehen, dass keiner den plötzlichen Wunsch verspürt, doch noch eine Rede zu halten, und nickt dann, woraufhin sich der Vorhang öffnet und der Sarg langsam aus dem Blickfeld verschwindet. Esmé fragt etwas und

Marianne bringt sie zum Schweigen. Und das war's dann. Er ist von uns gegangen. Anstelle von Traurigkeit spüre ich Taubheit. Ich greife nach Michaels behandschuhter Hand und nehme sie in meine. Er drückt behutsam meine Finger und setzt damit eine Kettenreaktion in Gang. Ich spüre, wie der Kloß in meinem Hals höhersteigt, ich das Gesicht verziehe und die Tränen kullern. Michael reicht mir ein frisch gewaschenes Taschentuch, aber ich benutze eines der Papiertaschentücher, die ich in meiner Manteltasche bereithalte. Auf der anderen Seite lehnt Beth ihren Kopf leicht an meine Schulter. Ich fühle mich sicher zwischen den beiden. Wie in einen Kokon eingehüllt.

Wir sitzen lange Zeit da. Ich höre, wie Brian und die alten Männer aufstehen und gehen. Einer von ihnen murmelt, dass das keine große Feier gewesen sei. Ich weiß, dass ich aufstehen und ihnen dafür danken sollte, dass sie gekommen sind, aber ich will mich nicht bewegen. Als könne sie meine Gedanken lesen, schiebt sich Marianne aus der Bank und spricht mit ihnen. Ich höre, wie sie sagen, dass es ihnen sehr leidtäte, und dann sind sie weg. Wir drei sitzen einfach nur da. Die Mädchen flüstern miteinander.

»Wir sollten jetzt vielleicht aufbrechen«, regt Michael nach ein paar Minuten an. »Müssen wir noch etwas unterschreiben, bevor wir gehen?«

Ich lache ihn aus. Es ist der plötzliche kurze Ausstoß von Luft, der mehr nach Niesen als nach Lachen klingt.

»Das ist so typisch für dich«, sage ich und er hebt fragend die Augenbrauen. »Es ist alles erledigt. Wir können einfach gehen. Der Wagen bringt uns zurück nach Hause.«

Wir stehen auf und drehen uns um. Die Musik aus der Konserve hat erneut eingesetzt und schwebt aus den Lautsprechern in der Ecke des Raumes herab. Ich lausche, erkenne die Melodie jedoch immer noch nicht. Es ist etwas Nichtssagendes ohne tiefere Bedeutung und vielleicht nur für diese Art von Veranstaltung geschrieben. Kurz frage ich mich, ob jemand mit dem Schreiben nichtssagender anonymer Lieder seinen Lebensunterhalt verdient.

Der Raum ist jetzt leer bis auf eine Person, die mit gebeugtem Kopf ein paar Reihen hinter uns sitzt. Als wir auf sie zugehen, schaut sie auf, und ich erkenne das vertraute Gesicht von Mrs P. Ich hatte sie vollkommen vergessen, obwohl ich ziemlich sicher war, dass sie kommen würde. Ich möchte sie einladen, mit uns nach Hause zu kommen, damit sie Michael kennenlernt, ich ihr noch einmal danken kann und vielleicht ihre Adresse bekomme, damit wir in Verbindung bleiben.

»Oh, vielen Dank, dass Sie gekommen sind«, sage ich. »Sie kommen doch mit zu uns, um …«

Ich verstumme. Michael ist wie angewurzelt stehen geblieben, sein Gesicht hat eine totenbleiche Farbe angenommen und ihm steht der Mund offen.

»Mum …?«, sagt er.

Kapitel 50

Ich schaue zu Michael und dann zurück zu Mrs P.

»Nein, Michael. Das ist Angela Partington. Sie ist die Pflegekraft, von der ich dir erzählt habe. Die, die ich für Dad eingestellt hatte. Sie war fantastisch. Ich hätte es wirklich nicht geschafft …«

Michael starrt immer noch und schüttelt den Kopf.

»Mum«, sagt er wieder.

Mrs P sieht genauso verwirrt aus wie ich. Michael geht mit langen Schritten den Gang entlang auf sie zu. Ich weiß nicht mehr weiter. Warum glaubt er, dass Mrs P unsere Mutter ist? Ich kenne sie und weiß, dass sie es mir gesagt hätte. Sie hätte niemals die ganze Zeit in meinem Haus gelebt und es mir nicht gesagt. Das ergibt keinen Sinn. Außerdem sieht sie überhaupt nicht aus wie wir.

Und dann, für einen furchtbaren Augenblick, kommt mir in den Sinn, dass er vielleicht recht haben könnte. Es könnte sein, dass Mrs P mich angelogen hat wie der Rest meiner Familie. Doch dieser Gedanke verschwindet genauso schnell, wie er gekommen ist. Ich weiß, dass Michael unrecht hat. Ich weiß es einfach.

Michael geht weiter den Gang entlang, läuft aber direkt an Mrs P vorbei und fängt an zu rennen, als eine kleine Gestalt in einem dunklen Mantel draußen im Flur verschwindet.

Ich stehe mit offenem Mund da.

»Laufen Sie ihm nach«, fordert mich Mrs P auf und schiebt mich sachte auf die Tür zu. Als ich mich immer noch nicht bewege, schiebt sie energischer. »Gehen Sie und finden Sie heraus, was da vor sich geht.«

Ich folge Michael, aber als ich zur Tür der Kapelle gelange, ist weder er noch die Frau zu sehen. Hektisch drehe ich den Kopf von links nach rechts, suche verzweifelt und entdecke Michael dann in der Tür eines kleinen Warteraums auf der linken Seite. Seine in den grauen Wollmantel gehüllte Gestalt verdeckt die ganze Türöffnung und ich sehe nicht, wer jenseits von ihm steht, nehme aber an, dass es die Frau ist. Er hat sie in die Enge getrieben, wie ein Terrier ein Kaninchen.

»Michael, was ist hier los?«, frage ich, als ich näher komme.

Er bewegt sich nicht und ich muss mich auf die Zehenspitzen stellen, um über seine breiten Schultern zu schauen. Der Raum ist voller Blumen in verschiedenen Vasen und Präsentationsständern, aber ich sehe, dass es alles Kunstblumen sind. Hauptsächlich aus Seide und ein oder zwei aus Kunststoff. Diese Blumen werden wohl genommen, wenn die Hinterbliebenen keine besorgt haben. Ich frage mich, welche Familie noch nicht einmal Blumen für den Sarg bereitstellt, und erinnere mich dann an die Lilien.

Die Frau steht in der Ecke des Raumes und kann nicht weiter. Sie trägt schwarze Kleidung, die ihr aber ein wenig zu groß ist. Der Stoff ist nach zu vielem Waschen bereits leicht grau. Sie ist ungefähr so groß wie ich, aber dünner. Der sanfte Bogen des Schlüsselbeins ragt heraus und hinterlässt eine kleine Mulde um den Hals herum. Ihre Schultern sind gekrümmt, ihre Arme fest vor die Brust gedrückt und eine Hand hält sie vors Gesicht. Ich suche nach etwas Vertrautem, finde aber nichts.

Michael macht einen Schritt in den Warteraum und sie scheint noch weiter zurückzuweichen.

»Mum?«, sagt er so leise, dass ich ihn kaum höre. »Du bist es doch, oder?«

Ihr Blick trifft auf Michaels und sie nickt.

Meine Welt gerät aus den Fugen.

Michael zögert nicht. Er geht direkt auf diese Fremde zu und wirft die Arme um sie. Ich glaube, sie hat etwas anderes erwartet, denn sie weicht vor ihm zurück und neigt den Kopf noch tiefer, aber dann lässt sie Michaels Umarmung zu. Zuerst vorsichtig, als habe sie Angst, er könne sich in nichts auflösen, doch dann streckt sie die Arme aus und schlingt sie um seine Hüfte. Michaels Schultern zittern, aber sie steht reglos da und vergräbt ihren Kopf an seiner Brust.

Ich weiß nicht, was ich tun soll. Trotz dreißig fehlender Jahre ist die Verbindung zwischen den beiden offensichtlich nicht abgerissen. Ich spüre nichts. Nichts an dieser Frau ist mir vertraut. Für mich ist sie eine Fremde wie jede beliebige Person, die auf der Straße an mir vorbeigeht.

Sie lassen sich los und sie streicht mit den Fingern über Michaels Gesicht, fährt die Kontur seines Ohres nach.

»Das hast du immer gemacht, als ich klein war«, sagt er und sie lächelt. »Am liebsten, wenn meine Ohren kalt waren.«

Michael ist nicht mehr ein Mann in den Dreißigern, sondern hat sich zu einem siebenjährigen Jungen zurückentwickelt. Wenn er auf ihrem Schoß sitzen dürfte, ich glaube, er würde es tun. Sie streicht ihm über die Haare, schiebt sie vom Haaransatz zurück und hält bei den grauen Strähnen inne. Die beide sind wie eine Einheit. Es ist, als wäre ich gar nicht da.

Ich halte es nicht mehr aus. Mir ist schlecht. Ich brauche frische Luft und muss hier weg. Also mache ich in der Tür kehrt und stoße direkt mit Marianne zusammen, die uns aus der Kapelle gefolgt ist.

»Was ist los? Alles in Ordnung, Cara?«, ruft sie hinter mir her, als ich zur Gartenseite hin aus dem Gebäude renne.

Ich stolpere wie ein Katzenjunges, das gerade die Augen geöffnet hat. Der Wagen des Bestattungsinstituts wartet neben dem Eingang auf uns. Der Fahrer lehnt an der Motorhaube und hat eine Zigarette in der Hand. Als er mich sieht, lässt er sie elegant fallen, tritt sie mit der Schuhspitze aus und nimmt seine Schirmmütze vom Autodach.

»Sind Sie bereit zur Abfahrt, Miss?«, fragt er, als ich vorbeirenne, doch ich antworte nicht.

Ich stolpere fast die Steinstufen hinunter und in einen tiefer liegenden Garten. Was von der Sommerbepflanzung noch übrig ist, steht gebeugt und abgebrochen da. Die Blumenbeete sind abgestorben und braun. Mitten auf dem Rasen steht eine riesige Trauerweide, deren karge Äste aufs Gras herabhängen. Im Sommer könnte man sich darunter verstecken, wäre durch die belaubten Äste geschützt. Als Kind hätte ich das geliebt. Ich bahne mir einen Weg durch die Äste und lehne die Stirn gegen die raue Rinde des Baumstamms. Langsam atme ich ein und aus, bis sich mein Herzschlag normalisiert. Wäre ich nur irgendwo anders …

»Cara?«

Ich spüre eine Hand auf meiner Schulter, eine behutsame Berührung.

»Cara, sind Sie okay?«

Ich erkenne Mrs Ps Stimme, öffne die Augen jedoch nicht.

»Das muss ein furchtbarer Schock für Sie sein«, sagt sie. »Sie hätte sich vorher melden sollen und nicht einfach unangekündigt hier auftauchen. Es ist kein Wunder, dass Sie sich verdrießlich fühlen.«

Verdrießlich. Wie ich ihre Formulierungen liebe, die Art, wie sie alles herunterspielt.

»Wo ist sie?«, frage ich, ohne mich umzudrehen.

»Sie ist noch drinnen mit Michael, aber sie möchte Sie sehen. Sie müssen nicht zu ihr gehen, wenn Sie nicht wollen. Im Moment müssen Sie gar nichts.«

»Ich möchte nach Hause«, gestehe ich.

»Dann fahren wir dorthin. Ich kann Sie in meinem Auto mitnehmen, wenn Sie nicht mit den anderen fahren möchten.«

Ich nicke. Von dem Gedanken, jetzt mit ihnen allen zusammengepfercht zu werden, wird mir schlecht.

»Kommen Sie«, sagt sie und legt mir den Arm um die Schultern. »Lassen Sie uns gehen.«

Sie führt mich wieder die Stufen hinauf und dann zum Parkplatz. Ich höre, wie Michael nach mir ruft, aber ich drehe mich nicht um. Ich spüre, wie Mrs P ihm mit der freien Hand Zeichen gibt, aber ich weiß nicht, was sie bedeuten. Es ist mir egal. Ich will nur weg von hier. Mrs P öffnet die Tür und schiebt mich vorsichtig auf den Sitz, als befürchte sie, ich könne zerbrechen.

»Legen Sie den Sicherheitsgurt an«, fordert sie mich auf und ich fühle mich in meine Kindheit zurückversetzt.

Ich gehorche, fummele zuerst mit der Schnalle herum und dann rastet der Gurt ein. Mrs P fährt aus Respekt vor unserer Umgebung langsam, verringert das Tempo aber nicht weiter, als wir am Rest unserer Gruppe vorbeifahren, und ich bin ihr dankbar dafür. Ich senke den Kopf, sehe sie jedoch alle dort stehen – eine kleine düstere Gruppe.

Das Haus ist kalt und dunkel, als wir ankommen. Der Himmel ist jetzt wolkenverhangen und es sieht nach Regen aus. Obwohl es noch nicht einmal Mittagszeit ist, fühlt es sich an, als würde bald die Nacht hereinbrechen. Mrs P schaltet das

Licht ein und betätigt den Schalter der Zentralheizung. Der Heizkessel springt rumpelnd an.

»Jetzt setzen Sie sich erst mal hin und ich mache uns eine schöne Tasse Tee.«

Sie geleitet mich ins Wohnzimmer. Ich bin völlig betäubt und einfach nur froh, herumgeführt zu werden. Ich setze mich auf die Kante des Sofas, als könnte ich jede Minute wieder aufspringen. Dads Sessel steht mir gegenüber. Er ist leer. Eine Welle des Zornes überrollt mich. Wie konnte er mir, uns das antun? Welcher kranke Verstand konnte sich so etwas als geeignete Lüge ausdenken? Er hat das alles jahrelang mit sich herumgeschleppt und nicht einmal eingelenkt. Auch wenn er dachte, es wäre gerechtfertigt, als ich klein war, so hätte er mir doch sicher die Wahrheit sagen können, als ich größer war. Ich nehme an, er hatte Angst. Angst davor, was ich sagen oder tun würde. Angst davor, dass ich wie Michael reagieren und davonrennen könnte. Zu Beginn seiner Krankheit hatte er vielleicht Angst, sich selbst nicht mehr trauen zu können, über die Fakten Stillschweigen zu wahren. Aber eines Tages hatte er sie sicher einfach vergessen. Für ihn war es dann, als wäre all das niemals geschehen. Ich hätte es nie erfahren. Es ist offensichtlich, dass Michael für sich beschlossen hatte, mir niemals davon zu erzählen. Ich wäre unwissend durchs Leben gegangen. Wie konnten sie es wagen, mir das anzutun? Ich spüre, wie ich vor Zorn die Zähne zusammenbeiße und die Hände zu Fäusten balle, weil ich die Wut anders nicht herauslassen kann.

Und jetzt ist die untote Mutter aufgetaucht. Seiner Reaktion nach zu urteilen wusste Michael sicher nicht, dass sie dort sein würde, aber andererseits bin ich mir auch nicht mehr sicher, welcher Sache ich mir überhaupt noch sicher sein kann. Alles, was in meiner Welt einst sicher war, ist jetzt weggebrochen.

Mrs P kommt herein und drückt mir eine heiße Tasse Tee in die Hand.

»Ich habe viel Zucker reingetan«, sagt sie. »Wegen des Schocks. Ich bin mir sicher, die anderen werden jeden Moment hier sein. Gibt es etwas, das ich vorher noch für Sie tun kann?«

Ich schüttele den Kopf.

»Na ja, vielleicht schaue ich mal, ob ich mich in der Küche nützlich machen kann«, sagt sie und verschwindet zu dem, was sie am besten kann. Ein Teil von mir wünscht sich, dass sie hier bei mir bliebe. Ich will nicht reden. Im Moment fehlen mir die Worte für das, was ich fühle, aber ich sehne mich nach der Ruhe, die immer von ihr auf mich übergeht. Der Gegensatz zwischen dem, was ich für Mrs P empfinde, und dem, was ich für die Frau fühle, die gerade auf Dads Beerdigung aufgetaucht ist, könnte nicht größer sein. Mir wird bewusst, dass Mrs P, eine von der Agentur vermittelte Pflegerin, die dafür bezahlt wurde, in meinem Haus zu wohnen und sich um meinen Vater zu kümmern, viel mehr für mich zu einer Mutter geworden ist, als ich es mir je hätte vorstellen können. In den letzten Monaten ist sie auf eine ruhige Art und Weise mitfühlend, liebenswürdig und hilfsbereit gewesen und wusste instinktiv, was ich brauchte und was gesagt und nicht gesagt werden sollte. Ihre beruhigende Anwesenheit in meinem Leben kam dem am nächsten, was ich mir unter einer tatsächlichen Mutter vorstellen konnte. Und jetzt, wo ich das gerade verstehe, wird sie mich bei einer Frau zurücklassen, für die ich absolut nichts empfinde. Das ist eine furchtbar traurige Vorstellung.

Ich höre, wie die Haustür geöffnet und wieder geschlossen wird, flüsternde Stimmen im Flur, und dann geht die Wohnzimmertür auf und Michael kommt herein.

»Cara? Bist du okay?«

Er kniet sich vor mich und hebt mein Kinn, damit er mich anschauen kann. Seine Augen sind rot umrandet.

»Ich habe Mum mitgebracht«, sagt er mit fast flüsternder Stimme. »Ich glaube, wir müssen reden.«

Bevor ich Zeit habe zu antworten, erscheint die Frau in der Tür. Sie steht jetzt ein bisschen aufrechter da als vorhin und lässt die Schultern nicht mehr so hängen.

»Bitte gib mir eine Chance, alles zu erklären«, sagt sie. »Dann werde ich gehen, wenn du es willst.«

Ich schaue zu Michael. Er nickt und hat die Augenbrauen erwartungsvoll gehoben.

Ich höre Marianne im Flur.

»Kommt schon, Mädchen. Lasst uns mit Beth in die Küche gehen und schauen, ob wir etwas zu trinken finden.«

»Können wir Beth unser Lager zeigen?«, fragt Zara.

»Ich liebe Lager«, höre ich Beth sagen und dann verlieren sich die Stimmen.

Kapitel 51

Die Frau, meine Mutter, setzt sich in Dads ehemaligen Sessel. Ein Teil von mir zuckt bei der Dreistigkeit zusammen. Der Mann ist erst vor knapp einer Stunde eingeäschert worden. Aber dann fällt mir ein, dass sie nicht weiß, dass es sein Sessel war, und ich lasse es durchgehen. Michael bleibt neben mir. Wir sehen aus wie das Gremium bei einem Vorstellungsgespräch, was in gewisser Hinsicht auch zutrifft.

Die Frau beißt sich in die Fingerknöchel und mein Herz öffnet sich ein wenig. Das hier muss auch für sie wirklich hart sein, was allerdings nichts entschuldigt. Nach wie vor …

Dann räuspert sie sich. Es ähnelt dem Husten eines Kindes.

»Das Erste, was ihr verstehen müsst«, sagt sie und schaut mir direkt in die Augen, »ist, wie furchtbar leid mir tut, was geschehen ist.«

Mein Herz verschließt sich wieder. Es tut ihr leid? Sie, meine Mutter, lässt mich dreißig Jahre lang im Stich und sagt jetzt, es täte ihr leid. Und nicht das, was sie getan hat, tut ihr leid, sondern was geschehen ist. Ich vergrabe meine Fingernägel in den Handflächen und spüre ablenkenden, tröstenden Schmerz, als sie ins Fleisch schneiden, aber ich bringe es fertig, den Mund zu halten.

»Ich liebe euch«, sagt sie. »Ich habe nie aufgehört, euch zu lieben, und habe das alles getan, weil ich wirklich glaubte, dass es so am besten für euch sei.«

Ich kann nicht glauben, was ich höre.

»Hast du eine Vorstellung davon …«, beginne ich, aber Michael schüttelt den Kopf.

»Schhhh, Cara«, sagt er. »Lass sie ihre Version erzählen.«

Mit vor der Brust verschränkten Armen lehne ich mich zurück.

»Ich bin tatsächlich in jener Nacht gegangen. Es war Tillys Idee. Es sollte Joe zeigen, dass ich mich nicht mehr von ihm schikanieren lassen würde. Ich dachte, er könne sich über Nacht aufregen und dann, wenn er sich wieder abgeregt hätte, käme ich morgens zurück und würde euch holen und wir könnten zusammen fortgehen. Ich dachte, Tilly würde mir helfen, irgendwo eine Bleibe für uns zu finden, und dann hätte ich mich mit eurem Vater über das Besuchsrecht und Ähnliches geeinigt. Das war meine Idee. Heute bin ich mir nicht mehr sicher, ob es auch das war, was Tilly im Sinn hatte …«

Sie schaut mit geröteten Wangen zu Boden. So, wie ich Tilly heute einschätze, muss ein Blinder gesehen haben, dass wir nicht in ihre Pläne passten. Wie hatte das unserer Mutter nicht auffallen können? Andererseits machen Leute in ausweglosen Situationen einen Sprung ins Ungewisse und durchblicken nicht, wie weit sie springen müssen, um sich in Sicherheit zu bringen.

»Aber dann ging alles schief«, fährt sie fort. »Euer Vater tauschte in jener Nacht die Schlösser aus und dann ließ er mich weder ins Haus noch reagierte er auf meine Anrufe. Stundenlang hämmerte ich an die Tür. Ich hörte euch drinnen weinen, aber er machte nicht auf. Ich versuchte mit euch durch den Briefschlitz zu reden, aber er drehte einfach das

Radio so laut auf, dass ihr mich nicht hören konntet. Alle Nachbarn kamen aus ihren Häusern, um zuzuschauen, aber niemand half mir. Ich saß den ganzen Tag dort und rief nach euch.«

Ihre Atmung klingt abgehackt, aber Tränen sind nicht zu sehen. Ich höre zu, kann mir aber nicht vorstellen, was sie beschreibt, und kaum glauben, dass sie über etwas redet, in das ich involviert war. Ich schaue zu Michael. Tränen laufen ihm über die Wangen und mir wird klar, dass er sich wahrscheinlich daran erinnern kann oder zum ersten Mal zulässt, sich daran zu erinnern.

»Dann tauchte die Polizei auf«, berichtet sie weiter. »Joseph hatte sie gerufen und sie nahmen mich mit und steckten mich in eine Zelle, weil ich für einen Tumult gesorgt hatte. Zu einer Anklage kam es zwar nicht, aber als ich zu unserem Haus zurückkam, hatte euer Vater über einen Anwalt im Eilverfahren ein Besuchsverbot erwirkt. Wisst ihr darüber Bescheid?«

Michael nickt.

»Zu allem anderen bestand jetzt auch noch die Gefahr, im Gefängnis zu landen, wenn ich euch zu nahe gekommen wäre. Tilly sagte, es wäre nicht gut für euch, wenn sie mich einsperren würden. Ich sah das ein, aber es war so schwer, den Kontakt mit euch zu vermeiden. Tilly hasste euren Vater richtig, was dazu führte, dass auch ich voller Hass auf ihn war. Er hatte mir meine kostbaren Babys gestohlen und es gab nichts, mit dem ich ihn aufhalten konnte.«

Sie legt eine Pause ein und sammelt sich. Ich spüre, wie ich ihr gegenüber wohlgesonnener werde und ein Teil von mir sich danach sehnt, ihr zu vergeben. Aber der andere Teil ist immer noch zu wütend. Dann berichtet sie weiter.

»Und dann schlug Tilly vor, dass wir eine Reise machen sollten, nur eine kurze, bis sich die Wogen geglättet hätten.

Also gingen wir nach Europa und reisten dort eine Weile herum. Die Reise wurde länger, als ich gehofft hatte«, fügt sie leise hinzu.

Ich pruste. Schließlich habe ich die Postkarten gesehen. Sie waren jahrelang unterwegs. Ich stehe kurz davor, sie herauszufordern, doch Michael stößt mich mit dem Fuß an und ich halte meinen Kommentar zurück. Meine Mutter holt tief Luft und fährt fort.

»Ihr müsst verstehen«, sagt sie so leise, dass ich sie kaum hören kann, »dass man anfängt zu glauben, man sei wertlos, wenn man sein ganzes Leben hört, dass man eine Versagerin sei und es niemals zu etwas bringen werde. Ich habe mich wirklich für ihn angestrengt, aber alles, was ich tat, war nicht gut genug. Wenn ich sein Lieblingsessen kochte, war es langweilig. Wenn ich etwas Neues ausprobierte, beschwerte er sich, es würde nicht schmecken. Wenn er von der Arbeit nach Hause kam und ich es nicht geschafft hatte, alles aufzuräumen, vermittelte er mir das Gefühl, ich sei eine schlampige Hausfrau, die den ganzen Tag nur faulenzte und sein Geld ausgab. Dabei hatte ich gar kein Geld zum Ausgeben. Er gab mir Haushaltsgeld fürs Essen, aber das war auch schon alles. Wenn ich irgendetwas für euch brauchte, neue Schuhe oder Kleidung, musste ich ihn fragen. Ich selbst hatte so gut wie gar nichts, denn ihm schien nicht bewusst zu sein, dass ich irgendetwas brauchte. Ich hatte noch nicht einmal Geld für … für persönliche Dinge.«

Ihre Wangen brennen, als sie das sagt. Ich denke über die Auswirkungen dessen nach, was sie beschreibt, und kann mir nicht vorstellen, so dermaßen von jemandem abhängig zu sein, dass man mich durch das bloße Zurückhalten von Geld demütigen könnte. Ich spüre, wie ich mitfühlender werde, nur ein bisschen.

»Er machte Witze darüber, dass ich mich an ihm schadlos hielt, und nach einer Weile glaubte ich das auch. Er wollte nie, dass Freundinnen von mir vorbeikamen. Ich hatte viele, als wir heirateten, aber wenn er zu Hause war, wenn sie mich besuchen kamen, war er unhöflich zu ihnen, und sie fühlten sich unwohl. Schließlich erfanden sie Ausreden und kamen nicht mehr.«

Ihre Geschichte deckt sich mit dem, was mir Ursula über Dad erzählt hatte – der Kontrollwahn, die passive Aggression, die sein Modus Operandi gewesen zu sein scheint. Ich denke auch darüber nach, was Beth erst gestern Abend erzählt hat, wie ihre Mutter unser Familienleben gesehen hatte, und dann fügt sich die Geschichte meiner Mutter in ein größeres Bild ein. Ich versuche mich in sie hineinzuversetzen, kann aber immer noch nicht über die Tatsache hinwegsehen, dass sie uns bei ihm zurückgelassen hat.

»Er hat mich jeden Tag kritisiert«, erzählt meine Mutter weiter. »Hat mir immer wieder eingeimpft, wie nutzlos ich sei. Mein Selbstbewusstsein war beinahe schon von meinem Vater zerstört worden und deshalb war es für Joe ein Leichtes, mich noch weiter herunterzuziehen. Ich glaube, er hat es die meiste Zeit gar nicht gemerkt, aber der Funke in meinem Herzen verlor immer mehr an Leuchtkraft, und ich hatte Angst, dass er völlig erlöschen würde.«

Sie schaut zu uns, fleht uns an zu verstehen. Ich glaube, das kann ich vielleicht ein bisschen. Ursula hatte mir Geschichten von ihrem Familienleben erzählt, wie ihr Vater sie behandelt hatte. Ich weiß, dass meine Mutter, lange bevor sie Dad kennenlernte, bereits Schaden genommen hatte.

»Ich will mich nicht herausreden«, fährt sie fort. »Aber genau so war es. Wenn euch jemand immer wieder einredet, ihr seiet nutzlos und zu nichts zu gebrauchen, dann beginnt ihr irgendwann, euch selbst so zu sehen. Wenn Joe verärgert war, hielt er mir vor, ich sei eine furchtbare Mutter, und allmählich hatte ich das Gefühl, dass das stimmte. Nach und nach glaubte ich, ein hoffnungsloser Fall und nicht gut für euch zu sein. Für keinen von euch.«

Ihre Unterlippe beginnt zu zittern – die erste sichtbare Gefühlsregung, seitdem sie zu sprechen begonnen hat.

»Und dann traf ich Tilly«, sagt sie und ihr Ton verändert sich. Sie lächelt fast. »Also wir kannten uns schon aus der Zeit vor meiner Heirat. Sie war die Freundin einer Freundin, aber in der Post trafen wir uns zufällig wieder. Ich konnte gar nicht glauben, dass sich jemand wie sie an jemanden wie mich erinnerte, aber das tat sie sofort. Sie überredete mich dazu, noch etwas trinken zu gehen, und ich war so nervös, weil ich zu spät nach Hause kommen würde. Aber Tilly akzeptierte ein Nein nicht als Antwort. So war sie einfach, die Tilly. Wenn sie etwas wollte, dann ließ sie es einfach geschehen. Sie trat in mein Leben wie ein Hurrikan. Und dann hatte sie auch noch diesen fantastischen Job und jede Menge Geld. Durch sie wurde das Leben wieder aufregend. Joseph konnte sie natürlich nicht ausstehen. Ich nehme an, er sah, wie gefährlich sie war, aber ihr war das egal. Sie hatte keine Angst vor ihm wie meine anderen Freundinnen, und mir gefiel es, dass sie ihm die Stirn bot. Durch sie fühlte ich mich mutig. Nach all der Zeit spürte ich endlich, dass ich eine Wahl hatte.«

Die Tür geht auf und Esmé kommt, gefolgt von Marianne, hereingerannt. Esmé hat eine Zeichnung in der Hand. Es zeigt ihre Familie, die vor einem Haus steht, das mit dem hohen Satteldach aussieht wie dieses. Etwas abseits von den vier Personen steht eine einzelne Gestalt in einem langen weißen Kleid. Ich nehme an, das bin ich.

»Tante Cara«, sagt sie. »Ich habe dir ein Bild gemalt.« Sie hält es mir hin. Der Schmerz, der mich durchzuckt, als ich mich allein dort stehen sehe, nimmt mir den Atem. Die Zeichnung dieses Kindes zeigt deutlich, wer ich bin und was ich alles verloren habe.

»Esmé!«, ruft Marianne. »Komm bitte raus. Daddy und Tante Cara …«

Als Marianne mein ergriffenes Gesicht sieht, fragt sie: »Ist alles okay, Cara?«

Ich bin zu nichts fähig, aber Michael nickt, woraufhin Marianne Esmé bei der Hand nimmt und sie aus dem Zimmer zieht.

»Also«, sage ich und versuche die Wut wiederzuerlangen, die ich noch vor einem Augenblick verspürt habe. Mit Wut scheine ich irgendwie besser umgehen zu können als mit Schmerz. »Du hast uns im Stich gelassen, damit du dich bei Tilly selbst finden konntest.« Bei *selbst finden* deute ich mit den Fingern Anführungszeichen an.

Von Ursula weiß ich, dass das weder wahr noch gerecht ist. Der Frau, meiner Mutter, kommt nicht in den Sinn, sich zu verteidigen, und ich schäme mich. Ich möchte am liebsten darüber ausflippen, was mir angetan worden ist, aber im Moment ist mein Herz voll von unglaublich tiefer Traurigkeit darüber, was wir drei alles verloren haben.

»Das ist nicht fair, Cara«, schaltet sich Michael ein, aber er muss nicht für sie eintreten. Ich kann an ihrem Gesicht sehen, wie viel sie das Geschehene gekostet hat.

»Ich hatte keine Ahnung, was passieren würde«, sagt sie. »Ich dachte, ich würde Stellung beziehen und eurem Vater zeigen, dass ich einen eigenen Willen habe und Dinge tun kann, die er nicht erwartet. Ja, ich war unglücklich und dachte wirklich, ich würde Tilly lieben, aber ich hätte im Traum nicht daran gedacht, dass das Packen meines Koffers dazu führen würde, vollkommen aus euren Leben verdrängt zu werden. Euch in der Nacht zurückzulassen, war der größte Fehler meines Lebens.«

Und dann weint sie. Stille Tränen laufen ihr über die Wangen. Sie macht keine Anstalten, sie wegzuwischen, und sie laufen ungehindert.

Kapitel 52

Annie, 2018

Was macht eine perfekte Mutter aus?

Darüber habe ich in den vergangenen Jahren viel nachgedacht. Ich bin sicher, das tun viele Mütter, während sie die erdrückende Schuld zu verarbeiten versuchen, die sie wegen der Fehler überkommt, die sie meinen gemacht zu haben.

Ist die perfekte Mutter eine, die Tag und Nacht bei ihren Kindern ist, die deren Bedürfnisse vor ihre eigenen stellt, das Leben opfert, das sie einst gehabt hat, um all ihre Aufmerksamkeit ihnen zu widmen?

Was ist mit der Frau, die herumjongliert, um ein Gleichgewicht zwischen ihrer Arbeit und ihrem Zuhause herzustellen, die ein Vorbild für ihre Töchter liefert, während sie sich gleichzeitig ein wenig von dem erhält, was sie vor deren Geburt war?

Sollte die perfekte Mutter ihre Kinder Fehler machen lassen oder dazwischengehen, um sie vor jedem falschen Schritt zu bewahren? Verdreht sie die Wahrheit, um die Welt angenehmer erscheinen zu lassen, oder ist sie von Anfang an brutal ehrlich? Der Weihnachtsmann, die Zahnfee, der Osterhase … sind das alles Legenden, die die Kindheit bereichern, oder Lügen, die das Vertrauen zerstören?

Es gibt so viele Wege, ein Kind zu erziehen. Wer kann sagen, welches der richtige ist?

Jede Mutter muss es für sich selbst herausfinden. Sie muss zu jedem beliebigen Zeitpunkt entscheiden, was ihrer Ansicht nach das Beste für ihre Kinder ist.

Es bleibt jedoch nicht aus, dass diese Entscheidung von so vielen anderen Faktoren beeinflusst wird: ihrer eigenen Kindheit, ihrer finanziellen Situation, der Meinung ihres Partners, ihrer psychischen Stärke. Und was sie tut, ist vielleicht nicht das, was sie in einer idealen Welt täte. Letzten Endes besteht das Leben aus Kompromissen.

Dennoch ist das Einzige, was jede Mutter antreibt, das instinktive Bedürfnis, das Beste für ihren Nachwuchs zu tun. Sie mag Fehler machen, Dinge bereuen, sich eine weitere Runde auf dem Karussell wünschen, aber jede Mutter glaubt wirklich daran, dass die Entscheidungen, die sie in Bezug auf ihre Kinder trifft, die besten sind, die sie zu dem bestimmten Zeitpunkt treffen kann.

Kein Tag vergeht, an dem ich mir nicht wünsche, dass alles anders gekommen wäre. Ich habe mir die Was-wäre-wenn-Frage so oft gestellt, dass mir der Kopf dröhnt. Was wäre gewesen, wenn ich Joseph nicht geheiratet hätte, wenn ich nicht zugelassen hätte, dass er mich schikaniert, wenn ich nicht mit Tilly gegangen wäre, wenn ich das Gerichtsurteil nicht akzeptiert hätte oder mich nicht weiter ferngehalten hätte, auch als die Kinder volljährig wurden? Was wäre gewesen, wenn sich eines dieser Dinge anders abgespielt hätte …? Aber wenn ich Joseph nicht geheiratet hätte, hätte ich Michael und Cara nicht geboren, und an diesem Punkt höre ich immer auf, mir diese endlosen Fragen zu stellen. Sie sind die Krönung meines Lebens. Obwohl ich nicht das Glück hatte, bis jetzt eine allzu große

Rolle in ihrem Leben zu spielen, sind sie immer in meinem Herzen gewesen.

Wenn ihr wollt, verachtet mich, kritisiert meine Entscheidungen, vergleicht, wie ihr gehandelt hättet, wenn ihr ich gewesen wärt. Aber denkt daran, bevor ihr eine voreilige Entscheidung trefft, dass alle Mütter trotz ihres unterschiedlichen Fabrikats und Modells letztendlich vom gleichen Motor angetrieben werden. Wir tun einfach für unsere Kinder das, was wir für das Beste halten.

Kapitel 53

Cara, 2018

Marianne hat gekocht. Natürlich hat sie das. In einer Krise macht Marianne das immer. Sie nährt.

Ich habe keinen Hunger, aber ich folge den anderen in die Küche, wo ich nichts von den Schinken-Sandwiches sehe, die ich geplant hatte. Stattdessen steht da eine riesige Schüssel mit irgendeiner Art Kedgeree und eine weitere mit Pasta und einer leckeren Tomatensoße.

»Ich habe genommen, was da war, Cara«, sagt Marianne mit einem Gesichtsausdruck irgendwo zwischen Besorgnis und Stolz. »Ich hoffe, das ist okay.«

»Es ist toll, Marianne«, murmele ich. »Danke.«

Also setzen wir uns und essen wie die Familie, die wir nie waren, mit Beth und Mrs P, die verlegen am Rand sitzen. Mrs P hatte vorgeschlagen, dass sie gehen und uns allein lassen sollten, aber ich war hartnäckig und wollte, dass sie bleiben. Ich brauche sie. Ich habe kein Interesse an rührenden Familienzusammenführungen, noch nicht.

Während wir essen, plappern die Mädchen miteinander, und ich bin dankbar, dass ihr Gebrabbel die Stille füllt, die entsteht, wenn man dreißig Jahre voneinander getrennt war. Michael bemüht sich auch, aber ich kann nichts sagen. Allein die Tatsache, dass ich hier bin, beraubt mich jeglicher Energie.

Dann halte ich es plötzlich nicht mehr aus und stehe schnell auf.

»Tut mir leid«, sage ich. »Ich muss jetzt einfach …«

Was ich muss, sage ich nicht, aber ich schnappe mir meinen Mantel im Flur und gehe. Ich höre gerade noch, wie sie sich gegenseitig fragen, ob mir jemand nachgehen sollte, aber Michael sagt, sie sollen mich in Ruhe lassen.

Als ich die Haustür hinter mir schließe, ist von einem Verfolger nichts zu sehen.

Der Himmel verspricht nichts Gutes, hält aber bisher nur dunkles, schwaches Licht bereit. Gehe ich hinunter zum Fluss oder hinauf zum Moor? Ich zögere auf der Türschwelle und gehe dann den Hügel hinauf. Das Tal mit seinen tief hängenden Ästen und dem dunklen Unterholz wäre heute zu klein für mich, zu beengt und erdrückend. Ich brauche Weite, einen großen Horizont und Platz zum Atmen.

Irgendetwas kann mit mir nicht stimmen. Die anderen sind mit den Neuigkeiten gut klargekommen. Ungefähr eine halbe Stunde niederschmetternde Familiengeschichte und dann ein nettes, leichtes Abendessen. Was gibt's zum Nachtisch? Ich verstehe nicht, wie sie so ruhig sein können. Und Michael? Warum scheint das alles so leicht für ihn zu sein, wenn es mir das Herz zerreißt?

Ich bin so auf mich konzentriert, dass ich überhaupt nicht merke, dass ich direkt an Simeons Wohnung vorbeigehe. Ich überquere das Viehgitter, halte mich nicht damit auf, das Gatter zu benutzen, und gehe geradeaus den Hügel hinauf. Ein paar Autos parken dort – Leute mit Hunden, vielleicht, und Jogger –, aber es ist niemand zu sehen. Als ich jemanden rufen höre, durchschneidet das Geräusch die Stille.

Ich brauche einen Moment, bis ich bemerke, dass jemand meinen Namen ruft.

»Cara! Cara! Warte!«

Ich drehe mich um und da ist er. Mit großen Schritten läuft er hinter mir her den Hügel hinauf. Er kämpft mit dem Ärmel seiner Outdoorjacke, der hinter ihm flattert wie ein gebrochener Flügel, und die Schnürbänder seiner Boots sind offen.

»Wann bist du zurückgekommen?«, fragt er. »Hattest du eine gute Reise?«

Diese Fragen haben im Moment so wenig mit meinem Leben zu tun, dass ich mich frage, ob er mit mir spricht. Ich schaue über meine Schulter und erwarte fast, dass da noch jemand ist.

»San Francisco?«, sagt er grinsend. »Du erinnerst dich?«

So viel ist in der Zwischenzeit passiert, dass meine Reise ewig her zu sein scheint. Silvester und der Morgen danach waren das letzte Mal, dass ich Simeon gesehen habe. Es kommt mir vor, als wäre ich zu der Zeit eine andere Person gewesen – was auch stimmt, nehme ich an.

Er holt mich ein und beugt sich nach unten, um sich die Schnürsenkel zuzubinden.

»Warte mal«, bittet er mich. »Meine Oma dreht sich im Grab um, wenn sie sieht, dass ich mit offenen Schnürsenkeln herumlaufe.«

Ich kenne diesen Mann kaum. Wir haben ein paar Stunden und eine Nacht miteinander verbracht und seitdem habe ich ihn fortgestoßen. Trotzdem sehe ich keine Wut oder Bitterkeit in seinen klaren blauen Augen, als er mich anschaut. Ich werfe ihm die Arme um den Hals und drücke mich so fest an ihn, wie ich kann. Zuerst scheint er überrascht zu sein, aber dann schlingt auch er die Arme fest um mich. Wir schweigen unendlich lange. Als ich mich schließlich von ihm löse, schaut er mich mit einem belustigten Grinsen an. »Na, hallo du. Willkommen zurück.« Er sieht so erfreut darüber aus, mich zu sehen, dass ich am liebsten in Tränen ausbrechen würde. »Und was gibt's Neues bei dir, Cara Liebenswert?«

»Es ist kompliziert«, antworte ich und bemühe mich, die Tränen zurückzuhalten. »Und ich kann nicht garantieren, dass ich die ganze Geschichte bis zu Ende erzählen kann, ohne mich in ein hässliches, heulendes Etwas zu verwandeln.«

»Na ja, fang besser mal von vorne an«, schlägt er vor und greift nach meiner Hand.

Wir gehen weiter den Hügel hinauf zum Moor. Ich bin selbst überrascht. Scheinbar ewig war ich in diesem Strudel aus Verwirrung und Selbstzweifeln gefangen und kaum taucht Simeon auf, gibt es die Andeutung eines neuen Ichs, zu dem ich werden kann, wenn ich Liebe und Raum bekomme. Es ist wie ein Sonnenstrahl, der sich durch die Wolken drängt. Ich versuche, mich daran festzuhalten.

Auf unserem Spaziergang erzähle ich ihm alles und er hört zu und unterbricht mich nur, wenn er eine Frage hat.

»Und jetzt sind sie alle zurück in meinem Haus und essen zusammen«, schließe ich. »Als wäre es das Normalste auf der Welt.«

»Na ja, vielleicht ist es das auch«, sagt er. »Oder wird es mit der Zeit.«

Ich glaube nicht, dass alles wieder normal wird.

»Michael scheint kein Problem damit zu haben, mit gar nichts. Es ist, als habe er es fast erwartet.«

»Vielleicht hat er das auch«, meint Simeon behutsam. »Ich meine, wenn er die ganze Zeit gewusst hat, dass eure Mutter nicht tot ist, dann nehme ich an, er hat vielleicht darauf gewartet, dass sie auftaucht. Und es ergibt einen Sinn, dass sie erst jetzt gekommen ist. Wenn du sie wärst, hättest du dann nicht auch gewartet, bis dein Vater tot wäre, bevor du riskierst, dich zu zeigen?«

So hatte ich das noch nicht gesehen, aber ich nehme an, er hat recht. Michael hätte nie nach ihr gesucht, weil er mir damit vielleicht wehgetan hätte, aber er musste von dem Moment an, als ich die Karten gefunden habe, wissen, dass ich selbst die Wahrheit herausfinden würde. Er hatte sich in den letzten Monaten auf das vorbereiten können, wofür mir nur ein paar Stunden geblieben waren.

Ich kann nichts davon verarbeiten und habe keine Ahnung, was ich denken oder fühlen soll. Mein Kopf ist nicht fähig, sich auf irgendetwas zu konzentrieren. Für mich ist im Augenblick nur wichtig, dass ich hier im Moor bin, die Vögel singen höre und die Brise im Gesicht spüre.

Simeon drückt meine Hand. Es fühlt sich so an, als gehöre sie in meine.

»Meinst du, du kannst ihr verzeihen?«, fragt er. »Nicht heute oder in nächster Zeit, aber irgendwann?«

Kann ich das? Ich denke an die Traurigkeit in ihren dunklen Augen, als sie uns ihre Geschichte erzählt hat, an Michaels Tränen in der Tate Galerie, an Ursulas plastische Beschreibung ihres harten Familienlebens. Sie haben alle ihren Schmerz tief in ihren Herzen verborgen gehalten, während ich glückselig durch mein Leben gesegelt bin, ohne eine Ahnung von dem zu haben, was jeder von ihnen für mich durchgemacht hat. Aber eine Kindheit ohne eine Mutter und lebenslange Lügen? Darüber hinwegzukommen wird mehr brauchen, als ich im Moment aufbringen kann.

Wir haben den Swastika-Stein erreicht, eine Felsritzung auf einem flachen grobkörnigen Mühlstein aus dem Bronzezeitalter. Ich lehne mich gegen das Eisengeländer, das jetzt die antike Stätte umgibt, starre auf den Stein und folge der Form mit dem Blick.

»Wusstest du, dass die Swastika als Glückssymbol galt, bevor die Faschisten sie in die Finger bekamen?«, fragt Simeon.

Die regelmäßigen Kurven und Mulden der Einkerbungen, die jetzt nach Jahrtausenden von Regen- und Windeinflüssen kaum noch zu erkennen sind, sind so schön, dass es unmöglich scheint, sie mit den Gräueln des zwanzigsten Jahrhunderts in Verbindung zu bringen.

»Vielleicht ist das heute auch ein glückverheißender Tag für dich, Cara? Der Beginn von etwas Gutem?«

Seine Frage hängt zwischen uns in der Luft. Jetzt drücke ich seine Hand. Ich glaube, er könnte recht haben.

Wir stehen schweigend da und schauen über das Tal, in dem die Stadt sicher jenseits der Hügel eingebettet liegt. Ein kleiner Fleck der dunklen Wolke hellt auf wie eine Kugel Vanilleeis auf einer Schieferplatte. Und dann bricht nur für einen Augenblick die Sonne durch und schickt einen einzigen Strahl fahlen Lichts, um das glückliche Feld darunter in den lange begehrten Sonnenschein zu tauchen.

Epilog

Ich habe das Haus verkauft. Allerdings nicht sofort. Es heißt ja, man solle kurz nach einem Todesfall keine Entscheidungen treffen. Deshalb zögerte ich. Aber die unangenehmen Begleiterscheinungen des Alleinlebens in einem großen Haus mit drei Stockwerken summierten sich schon bald, besonders ohne Mrs P, die hier alles für mich im Griff gehabt hatte. Also warf ich es auf den Markt und es fand innerhalb weniger Wochen einen Käufer. Der Immobilienmakler pries es als perfektes Haus für eine Familie an, was mich eine Augenbraue heben ließ.

Die Sachen auf dem Dachboden habe ich nie mehr durchgeschaut. Irgendwann hatte ich es wirklich einmal vor, aber letzten Endes war es einfach nicht mehr wichtig. Dads grandiose Beschriftung bedeutete, dass ich die Sachen einfach bei eBay anbieten konnte, ohne den Karton zu öffnen. War der Inhalt durch den Aufkleber nicht klar definiert, kam alles in den Müll. Ich fragte mich ein- oder zweimal, wo der kleine blaue Engel abgeblieben war, aber wenn er sich je auf dem Dachboden befunden haben sollte, dann ist er jetzt mit dem Rest der Sachen entsorgt worden.

Annie (ich bekomme es scheinbar nicht fertig, sie wie Michael Mum zu nennen) kam ziemlich oft nach der Beerdigung hierher. Es sah so aus, als wüsste sie nicht, was sie tun und wie sie mit mir umgehen sollte. Und wenn ich ehrlich sein soll, dann habe ich es ihr auch nicht besonders leicht gemacht. Beth bot an, die ersten Male vorbeizukommen, damit ich nicht allein mit ihr war und um das peinliche Schweigen zu überspielen, das entstehen kann, wenn man ein Leben lang gedacht hat, dass jemand tot ist.

Annie und ich sind uns dann eine Weile aus dem Weg gegangen und haben uns mittlerweile an ein beklommenes Gleichgewicht gewöhnt, das zu funktionieren scheint, solange keine von uns etwas erwähnt, das sich auf die Vergangenheit bezieht. Wir streiten nicht. In dieser Beziehung bin ich furchtbar erwachsen geworden. Unsere Vergangenheit wiederaufleben zu lassen, bringt uns nicht weiter. Es ist einfacher, sie ruhen zu lassen. Ich finde, ich brauche nicht zu wissen, was sie all diese Jahre ohne mich gemacht hat. Also halten wir uns an die Gegenwart und die Zukunft und das scheint prima zu klappen.

Sie hat Ursula besucht und Skyler kennengelernt. Wir können also über die beiden reden und uns über unsere Zeit in San Francisco austauschen. Ursula schickte mir eine E-Mail, um mich über den Besuch ins Bild zu setzen. Sie ist jetzt mitteilungsfreudiger, allerdings nicht sehr. Sie schrieb, Skyler habe sich gefreut, ihre Tante Annie kennenzulernen. Ich hatte den Eindruck, dass Ursula weniger entzückt war, aber das überraschte mich angesichts dessen, was ich wusste, nicht. Ursula und Skyler planen eine Reise nach Großbritannien, um mich zu besuchen und Michael und seine Familie kennenzulernen, und darauf freue ich mich sehr. Ich möchte Ursula meine Kleider zeigen. Ich glaube, sie wird diesen Teil von mir besser verstehen als alle anderen.

Nicht lange nachdem Annie wieder in unser Leben getreten war, wurde eine Wohnung in einem Mehrfamilienhaus in

Michaels Nähe angeboten und sie zog dort ein. Er hat es zwar nie erwähnt, aber ich glaube, Michael hat die Wohnung für sie gekauft und vielleicht seinen Anteil am Verkaufspreis des alten Hauses dafür verwendet. Ich habe ihn nicht gefragt. Es scheint sehr gut zwischen ihnen zu laufen. Annie passt gern auf die Zwillinge auf, habe ich mitbekommen, und ich kann sie jederzeit besuchen, wenn ich will.

Die Haustür fällt ins Schloss und Simeon ruft: »Ich bin's nur. Wie geht's meiner Prinzessin?«

Er erscheint in der Tür mit einem Arm voller Sachen.

»Sie hatten nur die hier. Ich habe mich gefragt, ob sie vielleicht ein bisschen zu klein sind, fand dann aber, dass zu klein besser ist als zu groß. Ist das richtig? Ich kann sie aber auch zurückbringen, wenn die anderen besser wären. Und das hier ist irgendwie in meinen Einkaufskorb gefallen.«

Er zwinkert mir zu und ich sehe dunkle Ringe um seine Augen, die vorher nicht da waren, aber trotzdem lächelt er immer. Er hält ein winziges rosafarbenes Kleid auf einem winzigen weißen Kleiderbügel hoch. Es besteht eigentlich nur aus Rüschen und ist völlig unpraktisch, aber es ist sehr süß.

»Sie ist noch viel zu klein für Kleider«, sage ich. »Bis ich sie da hineingewurschtelt habe, ist es Zeit fürs Bett.«

Er rümpft die Nase.

»Ich weiß, aber ich konnte einfach nicht widerstehen. Bitte sei nachsichtig mit mir.«

Er kommt und setzt sich neben uns aufs Sofa. Lily, die augenblicklich abgelenkt ist, hört auf zu saugen und schaut kurz auf, ist dann aber wieder bei der Sache. Simeon greift nach ihrem winzigen Fuß und streicht über ihre Ferse.

»Die Windeln sind okay«, beruhige ich ihn. »Und ich bin sicher, wir werden irgendwann irgendwohin gehen, wo sie das Kleid tragen kann.«

Er grinst. Simeon wird ein großartiger Vater sein. Das sehe ich jetzt schon.

»Braucht jemand einen Tee?«, ruft Mrs P aus der Küche. Ich nenne sie jetzt Angie, aber in meinem Herzen wird sie immer Mrs P bleiben. »Babys zu stillen macht Durst«, fügt sie hinzu und sie hat recht.

Simeon küsst mich auf den Kopf und eilt ihr zu Hilfe. Die Packung mit den Windeln kickt er vor sich her.

Lily scheint satt zu sein, denn sie lässt mich los, und ich zucke zusammen. Kurz schaut sie mit ihren tiefblauen Augen zu mir auf und schläft dann mit einem winzigen Lächeln auf den rosigen Lippen ein. Es sieht nach Zufriedenheit aus, deutet aber wahrscheinlich nur auf einen Anflug von Blähungen hin.

»Keine Angst«, flüstere ich in ihre dunklen Locken und drücke ihren winzigen Körper an meinen. »Mummy ist da.«

Danksagung

Als Mutter von vier Kindern muss ich zugeben, dass ich ab und zu mit dem Gedanken gespielt habe, davonzurennen, und es war die Frage, was eine Mutter dazu veranlasst, ihre Kinder im Stich zu lassen, die mich zu diesem Buch inspiriert hat. Seitdem mir diese anfängliche Idee kam, hat die Geschichte eine Reihe von Veränderungen erfahren und ich möchte mich bei den Autorinnen Patricia Duncker und Jenny Parrott für ihre wertvolle Hilfe in Bezug auf den Handlungsablauf meiner Geschichte bedanken. Ein Dankeschön geht auch an die Redakteurinnen Roisin Heycock, Celine Kelly und Victoria Pepe, ebenso wie an mein Team bei Lake Union für all ihre Unterstützung und Anleitung bei diesem Abenteuer.

Näher an zu Hause möchte ich meinen Schreibfreundinnen Carole Richardson und Lee Night für ihre ständige Ermutigung danken und der Wobble-Wonk-Gruppe dafür, dass mir das Lächeln nicht verging.

Schließlich soll ein Dankeschön auch an meine Familie gehen. An meine Eltern dafür, dass sie immer an mich geglaubt haben, auch wenn ich es selbst nicht tat. An meine Kinder, dass sie gelernt haben, wann die Tür zu meinem Arbeitszimmer geschlossen bleiben musste, und vor allem an John, der mich unermüdlich unterstützt und mich auf meinem tippenden, schwärmenden und schreienden Weg bis zu diesem Punkt begleitet hat. Ohne dich hätte ich es niemals geschafft.

44666048R00254

Printed in Poland
by Amazon Fulfillment
Poland Sp. z o.o., Wrocław